KNAUR

Über den Autor:

Jens Kubo war als Luftwaffenpilot im Einsatz für die NATO, für die er nach seiner fliegerischen Karriere Sicherheitskonzepte von militärischen Einrichtungen prüfte und überarbeitete. Heute ist er ziviler Berater im In- und Ausland und schreibt unter Pseudonym brisante politische Romane. Der Autor ist mit einer Journalistin verheiratet und lebt in Berlin.

JENS KUBO

GEFÄHRLICHE SAAT

THRILLER

KNAUR

Besuchen Sie uns im Internet:
www.knaur.de

FSC
www.fsc.org
MIX
Papier aus verantwortungsvollen Quellen
FSC® C083411

Originalausgabe September 2017
Knaur Taschenbuch

Ein Imprint der Verlagsgruppe
Droemer Knaur GmbH & Co. KG, München

Redaktion: Alexandra Löhr
Covergestaltung: ZERO Werbeagentur GmbH, München
Satz: Wilhelm Vornehm, München
Druck und Bindung: CPI books GmbH, Leck
ISBN 978-3-426-52202-8

2 4 5 3 1

KAPITEL 1

Es war einer der ersten warmen Frühlingsnachmittage, und in den Straßen von Berlin-Mitte staute sich die Wärme zwischen den Häusern und vermischte sich mit den Abgasen des stockenden Verkehrs. Ein leichter Luftzug verschaffte Djamal Khadim Erleichterung, der unter dem Schatten eines Vordaches wartete, bis er die zierliche Gestalt seiner Mutter aus dem Gebäude der Charité treten sah.

»Wie war dein Tag?«, begrüßte sie ihn, und ihre großen, dunklen Augen betrachteten ihn mit jenem liebevoll prüfenden Blick, dem er sich ausgeliefert fühlte, seit er denken konnte. Yara Khadim ließ sich von ihren Kindern nichts vormachen, am allerwenigsten von ihrem Zweitgeborenen, dem sie schon immer ihre besondere Beachtung geschenkt hatte, auch wenn sie es stets zu verbergen suchte.

»Ich hab heute kein Glück«, gestand Djamal und hakte sich bei ihr ein. »Vielleicht bin ich mit dem falschen Fuß aufgestanden.«

Yara schüttelte den Kopf. »Das Glück ist wie ein Dschinn. Es ist ihm egal, mit welchem Fuß du aufstehst. Aber du musst es locken, Djamal.« Sie fasste an seine Brust. »Trägst du das Amulett noch, das deine Großmutter dir geschenkt hat?«

Djamal lächelte. Seine Mutter war eine gebildete, aufgeklärte Frau, in Deutschland aufgewachsen und zur Schule gegangen, und dennoch sprach sie bisweilen wie eine einfache Irakerin aus den Flussniederungen des Tigris.

»Wie war *dein* Tag?«, fragte er, um von sich abzulenken.

Sie warf ihm einen verschmitzten Blick zu, wie immer, wenn sie seine Absichten durchschaute, und er fragte sich nicht zum ersten Mal, wie ihre Patienten es mit ihr aushielten.

»Mein Tag war wie immer ausgefüllt«, erwiderte sie und wechselte intuitiv ins Arabische: »Eine Besprechung hat die nächste gejagt …«

Während sie die Straße hinuntergingen, lauschte er dem Singsang ihrer Stimme, ohne wirklich auf die Worte zu achten. Solange er sich erinnern konnte, war seine *Umm* Ärztin an der Charité. Als Kind hatte er die alten Gebäude des Krankenhauses deswegen gehasst, weil er eifersüchtig auf die Menschen war, um deren Wohlergehen sie sich kümmerte, anstatt bei ihm zu sein. Dennoch hatte er sich nie beklagt. Die Rastlosigkeit, die seine Mutter überkam, wenn sie zu Hause bleiben musste, war letztlich unerträglicher gewesen als ihre Abwesenheit. Vielleicht liebte er es deshalb mit nunmehr zwanzig Jahren noch heute, sie ganz für sich allein zu haben, sie nicht teilen zu müssen mit seinen Geschwistern, dem Vater, den Großeltern und allen anderen. Und so holte er sie auf seinem Nachhauseweg von der Universität gelegentlich ab, oft setzten sie sich dann in ein Café und diskutierten Familienangelegenheiten oder das Tagesgeschehen.

Inzwischen waren sie auf der Höhe des Museums für Naturkunde angelangt, und eine größere Gruppe Kinder strömte von dem Gelände auf sie zu. Djamal war so beschäftigt, ihnen auszuweichen, während er gleichzeitig mit halbem Ohr auf die Erzählung seiner Mutter lauschte, dass er die ihnen entgegenkommenden Jugendlichen erst bemerkte, als sie seine *Umm* so hart anrempelten, dass sie das Gleichgewicht verlor und gefallen wäre, hätte er sie nicht in letzter Sekunde gehalten.

Aufgebracht fuhr er herum. »Geht's noch? Könnt ihr nicht aufpassen?«

Die beiden Jugendlichen blieben stehen, und mit einem schnellen Blick taxierte er sie. Sie waren nur wenige Jahre jünger als er.

»Schau an, der Kanake kann Deutsch«, bemerkte der eine spöttisch, ein schlaksiger Typ in weiten Shorts und mit einer Baseball-Cap.

Der andere, dessen Nase in seinem breiten Gesicht aussah, als wäre sie schon einmal gebrochen gewesen, spuckte Djamal abfällig vor die Füße. »Das ist ein deutscher Gehweg für deutsche Bürger. Verpiss dich in dein eigenes Land!« Unter seinem enganliegenden Shirt spannten sich die Muskeln seines Oberkörpers.

Djamal ballte die Fäuste. Seit dem vermehrten Zustrom von Flüchtlingen nach Berlin war er immer wieder solchen Anfeindungen ausgesetzt. Manche versteckt, andere offen wie diese. »Ich bin Deutscher wie du!«, stieß er zwischen zusammengepressten Zähnen hervor.

»Die Schlampe aber nicht. Wo hat sie überhaupt ihr Kopftuch? Hat sie wohl vergessen, was?« Der Untersetzte ging einen Schritt auf Djamals Mutter zu und hob die Hand, als wollte er ihr einen weiteren Stoß versetzen.

Mit einer schnellen Bewegung schoss Djamal dazwischen und stieß den Jugendlichen zurück. »Verschwinde! Und zwar schnell!«

Der Untersetzte schlug zu.

Der Schlag traf Djamal in der Magengegend. Einen Atemzug lang schnappte er nach Luft, dann überwältigte ihn die Wut. Der Hieb, mit dem er antwortete, saß. Der Jugendliche taumelte. Blut spritzte aus seiner Nase.

»Verdammter Scheißausländer!«, brüllte der andere mit überschnappender Stimme. »Ich zeig dich an! Dann schicken sie dich wieder nach Hause!«

»Ach ja?«, entfuhr es Djamal. »Komm nur her, du Großmaul! Dann zeig ich dir, wie mein Zuhause aussieht.«

Aus dem Augenwinkel sah er, wie die Kinder stehen blieben und starrten. Seine Mutter griff panisch nach seinem Arm. »Djamal, hör auf! Lass uns gehen! Sei vernünftig, bitte! Die beiden sind angetrunken!«

Unwirsch schüttelte er sie ab. »Deswegen müssen wir uns nicht von ihnen beleidigen lassen«, zischte er wütend. »Wenn sie keinen Alkohol vertragen, sollten sie die Finger davon lassen!«

»Fick dich!«, brüllte der Untersetzte, wischte sich das Blut von der Nase und stürzte sich erneut auf Djamal.

»Herr Khadim?«

Djamal versuchte, einen klaren Gedanken zu fassen, vergeblich. Vor ihm hockte ein Polizeibeamter, der nicht älter schien als er selbst.

Wo waren die beiden Schläger?

Wo war seine Mutter?

»Herr Khadim, ich muss Sie mit auf die Wache nehmen. Können Sie aufstehen?«

Er nickte benommen.

Jemand drehte ihm die Arme auf den Rücken. Handschellen schlossen sich um seine Handgelenke.

»Was soll das?«, entfuhr es ihm.

Am Straßenrand stand ein Rettungswagen.

»Wo ist meine Mutter?«

»Ihrer Mutter geht es gut. Machen Sie sich keine Sorgen.«

»Djamal!«, hörte er sie plötzlich rufen.

Er wandte sich hastig um, ein stechender Schmerz in seinem Kopf ließ ihn nach Luft schnappen, doch dann entdeckte er in einiger Entfernung seine Mutter, die eine protestierende Polizeibeamtin ignorierte und hastig an ihr vorbei auf ihn zurannte. Sie umschloss mit den Händen fürsorglich und prüfend zugleich sein Gesicht, sobald sie ihn erreichte. »Ist alles in Ordnung?«, fragte sie außer Atem.

Djamal nickte vorsichtig. »Und mit dir?« Er war noch immer nicht ganz bei sich.

»Mir geht es gut, Djamal«, versicherte sie. »Ich rufe einen Anwalt an. Sag nichts, bevor er da ist.«

Dann wurde er auch schon in ein Polizeifahrzeug geschoben. Die Tür schloss sich, und das Gesicht seiner Mutter verschwand hinter der Scheibe. Sie lief mit dem Fahrzeug mit, als es langsam anrollte, rief noch etwas, gestikulierte, aber er konnte sie nicht verstehen. Im Wageninneren war es stickig, und während der kurzen Fahrt wurde ihm so schlecht, dass er sich beinahe übergeben hätte. Als sie schließlich hielten und sich die Tür öffnete, stolperte er erleichtert hinaus. Die Sonne blendete ihn.

Die Polizeiwache war in einem alten Gebäude untergebracht, in dem es angenehm kühl war. Der Beamte brachte ihn in ein Büro und wies ihn an, auf einem Stuhl vor einem Schreibtisch Platz zu nehmen.

»Warten Sie bitte einen Moment«, sagte er und postierte sich auf der anderen Seite einer Glastür, die das Büro von dem nächstgrößeren trennte, in dem mehrere Beamte in Zivil an Computern arbeiteten.

Djamals Kopf brummte, und sein Magen schmerzte dort, wo ihn die Faust des Untersetzten getroffen hatte. Er starrte auf die Rückseite des Computerbildschirms auf dem Schreibtisch, auf den Aktenschrank an der Wand und die gefiederte Topfpflanze auf dem Fensterbrett. Sein Verstand funktionierte noch immer nicht richtig. Warum war er hier? Warum in Handschellen?

Die Tür öffnete sich, und ein drahtiger Mann mittleren Alters, ebenfalls in Zivil, der sich ihm als Polizeihauptkommissar Thomas Schlegel vorstellte, kam herein.

Djamal richtete sich auf seinem Stuhl auf. »Nennen Sie mir einen Grund, warum man mich hierhergebracht hat!«, forderte er. »Noch dazu in Handschellen!«

Schlegel maß ihn mit einer Kälte, die Djamal verstummen ließ. »Das müssten Sie doch am besten wissen, oder?«, entgegnete er in entsprechendem Tonfall.

Die Worte seiner Mutter kamen Djamal in Erinnerung.

Ich rufe einen Anwalt an. Sag nichts, bevor er da ist.

Etwas lief hier gewaltig schief.

Noch immer konnte er sich nicht erinnern, was genau geschehen war, welchen Verlauf die Auseinandersetzung mit den beiden Jugendlichen genommen hatte. Das letzte Bild, das er aufrufen konnte, war das wutverzerrte Gesicht des Untersetzten, als er sich auf ihn stürzte.

Schlegel legte die Papiere, die er in der Hand hielt, auf seinen Schreibtisch und setzte sich. Djamals Blick blieb an dem kurzen, von Grau durchzogenen Haar hängen, das mit Gel in Form gebracht war, dem teuren, dezent gemusterten Oberhemd mit kurzem Arm.

»Herr Khadim, ich möchte zuerst Ihre Personalien mit Ihnen abgleichen.« Schlegel warf einen Blick auf seine Unterlagen. »Ihr Name ist Djamal Khadim, geboren am 20. Juli 1997 in Berlin. Sie sind wohnhaft in der Tschaikowskistraße in Berlin-Pankow und sind deutscher Staatsangehöriger. Ist das richtig?«

Djamal nickte wortlos.

Schlegel lehnte sich auf seinem Schreibtischstuhl zurück und betrachtete ihn schweigend. »Sie sind vor zehn Tagen von einem dreiwöchigen Aufenthalt aus dem Irak zurückgekehrt«, fuhr er dann fort.

Djamal erstarrte.

Es passierte tatsächlich.

Er hatte sich geweigert zu glauben, was die anderen an der Uni erzählten, hatte nicht für möglich gehalten, dass diese Personenüberwachung und Datensammlung, von der alle sprachen, auch auf ihn zutreffen könnte. Er schluckte unwillkürlich, als er sich fragte, welche Informationen noch mit rotem Ausrufezeichen neben seinem Namen auftauchten, sobald seine Daten in ein behördliches System eingegeben wurden. Er bemühte sich, ruhig zu bleiben, seine Irritation zu verbergen, doch seine Stimme klang selbst in seinen Ohren angespannt, als er fragte: »Was hat das mit dem heutigen Vorfall zu tun?«

»Ich weiß es nicht«, entgegnete Schlegel kühl. »Sagen Sie es mir. Sie haben auf offener Straße zwei deutsche Jugendliche angegriffen und einen der beiden nicht unerheblich verletzt. Er wird noch im Krankenhaus behandelt.«

Wie bitte?

Was war geschehen? *Was* sollte er getan haben?

Djamal wollte widersprechen. So war es nicht gewesen. Seine Mutter konnte das bezeugen. Doch er schwieg. Sein Herz schlug ihm bis zum Hals, als er erneut an ihre Worte dachte.

Ich rufe einen Anwalt an. Sag nichts, bevor er da ist.

Anscheinend hatte sie vor Ort schon erkannt, dass es Probleme geben würde. Aber warum? Warum saß *er* auf einem Polizeirevier und wurde beschuldigt, obwohl sie angegriffen worden waren?

Aus zusammengekniffenen Augen betrachtete er den Kriminalbeamten. War auch er einer von denen, die sich von der aufgeheizten

Stimmung anstecken ließen, oder warum behandelte er ihn wie einen potenziellen Gefährder?

Die hohe Zahl der Flüchtlinge sorgte für Nervosität unter den Berlinern. Djamal erlebte es jeden Tag. Die Anschläge in deutschen und europäischen Städten in den vergangenen zwei Jahren hatten ein latentes Misstrauen gegenüber allem Fremden wachsen lassen, das es vorher in dieser bunten Stadt nicht gegeben hatte und das das tägliche Leben unterwanderte. Es äußerte sich in Gesten und Blicken, in unerwarteter Distanz und eskalierte in vereinzelten hysterischen Angstausbrüchen, die stets aufs Neue geschürt wurden, wenn es der Politik zupasskam.

Er hatte aufgehört zu zählen, wie oft er in den vergangenen Monaten kontrolliert worden war, wenn er sensible Bereiche wie das Regierungsviertel aufgesucht hatte, hatte darüber Scherze gemacht, sich bemüht, nicht wütend zu reagieren. Aber es war auf Dauer nicht leicht, den Argwohn zu ignorieren, den sein orientalisches Äußeres provozierte.

›Ihr dürft euch davon nicht beeinflussen lassen‹, predigten seine Eltern immer wieder, auch wenn sie ihre Sorge über die sich zuspitzende Lage in der Stadt nicht verhehlen konnten. ›Ihr seid vollwertige Bürger dieses Staates, wie alle anderen auch.‹

›Sind wir das wirklich?‹, hatte er gefragt. Nicht seine Eltern, ihnen widersprach er nur selten, obwohl er ihren Langmut nicht nachvollziehen konnte. Er hatte das Thema mit seinen gleichaltrigen Verwandten diskutiert, vor allem mit seinem Cousin Issam und dessen Freunden. Und es fiel ihm immer schwerer, auf den Dialog als Lösung zu setzen, so, wie er es zunächst auch heute versucht hatte.

»Nun?«, hakte der Beamte ihm gegenüber nach. »Wollen Sie zu den Vorwürfen Stellung nehmen, die gegen Sie vorgebracht werden?«

Djamal versuchte, seinen wachsenden Zorn zu kontrollieren, aber es wollte ihm nicht gelingen. Nicht einmal über seine Rechte wurde er belehrt. »Ich denke, ich warte auf meinen Anwalt«, entgegnete er und war stolz, wie gefasst er diesen Satz hervorbrachte.

KAPITEL 2

Marc Bauer starrte auf die Monitore in der operativen Einsatzzentrale des Bundesnachrichtendienstes und verfolgte, wie uniformierte Polizisten Absperrungen um die Trümmer einer Werkshalle zogen und ankommende Rettungswagen einwiesen. Er konnte es förmlich spüren, wie das Entsetzen durch alle Kanäle rauschte, sich in den Adern des Landes verteilte und Kräfte aktivierte, die nur darauf gewartet hatten, dass genau das passierte, was nun geschehen war, die es vorhergesagt, aber kein Gehör gefunden hatten.

Die Bilder, die auf den Monitoren flirrten, bestimmten seit zwei Jahrzehnten sein Leben, heute jedoch mit dem entscheidenden Unterschied, dass die zerstörten Gebäude nicht in Gaza-Stadt, Bagdad oder Damaskus standen, sondern mitten in Europa. Dass die Überlebenden, die fassungslos und tränenüberströmt ihre Toten hielten, Franzosen waren. Erneut Franzosen. Ungeachtet der Notstandsgesetze, die nach den Attentaten in Paris und Nizza erlassen worden waren, ungeachtet der mehr als dreitausend Festnahmen möglicher Verdächtiger und sogenannter Gefährder, der landesweiten Verstärkung der Sicherheitsmaßnahmen, der Polizei- und Militärpatrouillen und der Intensivierung der Arbeit der Nachrichtendienste. All das war nichts als Kosmetik gewesen. Hilfloser Aktionismus. So schien es zumindest im Moment.

Fünfzig Tote, mehr als zweihundert Verletzte, lautete die vorläufige interne Meldung, die er soeben erhalten hatte. Ein Mann mit vermutlich nordafrikanischem Migrationshintergrund hatte sich in der Kantine eines der größten Energieversorger Frankreichs in die Luft gesprengt. Gleichzeitig waren in einer Werkshalle zwei Sprengsätze detoniert, und durch einen Hackerangriff auf die Software des Unternehmens war im gesamten kommunalen Versorgungsbereich der Strom ausgefallen und damit das öffentliche wie das private Leben vorübergehend lahmgelegt. Es war eine konzertierte Aktion gewesen. Nicht die Tat eines Einzelnen. Das war das Bedenkliche. Eine Demonstration der Macht.

Egal, was ihr tut. Ihr haltet uns nicht auf.

Das war es, was das Entsetzen auslöste. Wie hatten die Absprachen für ein Attentat solchen Ausmaßes trotz der angeblich so lückenlosen Überwachung in Frankreich stattfinden können?

Bauer ahnte, dass genau diese Frage jeden der Anwesenden in der Einsatzzentrale des BND beschäftigte, und er meinte, die unterschwellige Anspannung in dem Großraumbüro zu spüren, während Telefone klingelten, Drucker Informationen ausspien und Mitarbeiter hektisch hin und her eilten. Wie reagierten die radikalen Zellen in Deutschland auf die Tat? Gab es Verbindungen nach Frankreich? Wie hoch war die Gefahr eines Anschlags hierzulande, der tatsächlich gesteuert und nicht die Tat eines einzelnen Verwirrten war?

Seit sich die Bedrohung durch islamistische Terrororganisationen konkretisiert hatte, arbeiteten BND und Verfassungsschutz über die regelmäßigen Arbeitsgruppen im Gemeinsamen Terrorismusabwehrzentrum hinaus eng zusammen, um die einzelnen Zellen im Land und den Grad ihrer Radikalisierung zu beobachten. Bauer selbst stand einer neu gebildeten Abteilung innerhalb des BND vor, für die auch Mitarbeiter des Verfassungsschutzes abgestellt waren. Seine langjährige Nahost-Erfahrung und seine Kenntnis der extremistischen Szene hatten ihn mehr oder weniger gegen seinen Willen in diese Position katapultiert. Für die Überwachung der potenziellen Gefährder stand ihnen modernste Technik zur Verfügung, Möglichkeiten, von denen andere staatliche Abteilungen nur träumten und die, sollte etwas über ihre Anwendung publik werden, einen Sturm der Entrüstung in der Republik auslösen würden. Dessen war sich Bauer sicher. Aber nur so entging ihnen nichts. Das gespannte Netz war so engmaschig, dass niemand ungesehen hindurchschlüpfte. Es sei denn, es handelte sich um jene jungen Männer aus dem Heer dschihadistischer Unterstützer, die sich vorzugsweise zu zweit oder zu dritt schnell und ohne große Planung oder Absprachen für terroristische Einzelaktionen gewinnen ließen. Solche Taten waren auch mit Hilfe der besten nachrichtendienstlichen Mittel nicht vorherzusagen. Sie konnten jederzeit und überall passieren.

»Herr Bauer?« Der diensthabende Leiter der Einsatzzentrale, ein militärisch wirkender Mitdreißiger, war zu ihm getreten, eine Aktenmappe in der Hand. »Das Treffen im Terrorismusabwehrzentrum in Treptow findet in einer Dreiviertelstunde statt. Ich habe alle nötigen Informationen und Fakten für Sie zusammenstellen lassen. Regelmäßige Updates erhalten Sie wie üblich verschlüsselt direkt auf Ihr Telefon.«

Bauer nahm die Mappe entgegen und überflog die Papiere. Sie enthielten nichts, was er nicht bereits wusste. »Ist bei den französischen Behörden schon ein Bekennerschreiben eingegangen?«

»Wir haben noch keine Mitteilung darüber erhalten. Aber es gibt erste Hinweise, dass es sich bei dem Selbstmordattentäter tatsächlich um einen Mann algerischer Abstammung handelt.«

»Vielen Dank.« Bauer zog sein Handy aus seiner Jackentasche und orderte einen Dienstwagen.

Wenig später verließ er das Gebäude. Obwohl es noch früh am Tag war, schien die Sonne bereits angenehm. Der bestellte Wagen wartete schon auf ihn. Im Seitenfenster blickte er auf sein Konterfei, einen hochgewachsenen, schlanken Mann in grauem Anzug mit dunklem, kurzem Haar, markantem Gesicht und einer Sonnenbrille – unauffällig genug, um auf den ersten Blick als Manager oder Banker durchzugehen. Erst auf den zweiten Blick, so seine Erfahrung, straften sein Auftreten und seine Haltung das zivile Bild Lügen.

Als er die Tür des Wagens öffnete, begrüßte ihn der Fahrer, dessen Halbglatze im einfallenden Sonnenlicht wie poliert glänzte, mit höflicher Zurückhaltung. »Sie wollen nach Treptow?«

»Das ist richtig«, entgegnete Bauer. »Wie ist die Verkehrslage?«

»Knappe halbe Stunde werden wir brauchen«, bemerkte der Fahrer, der nicht nur dem Tonfall nach ein Berliner Urgestein war.

Bauer erinnerte sich noch gut daran, wie ihn der untersetzte Mann in seiner Anfangszeit in der Hauptstadt hin und wieder von seiner Wohnung abgeholt und mit immer neuen Geschichten über die Stadt und ihre Bewohner unterhalten hatte. Jetzt war ihm jedoch nicht nach Konversation zumute, und der Fahrer benötigte nur einen flüchtigen Blick in den Rückspiegel, um den Gemütszustand seines Gastes einzuschätzen. Schweigend konzentrierte er sich auf den Verkehr, während Bauer noch einmal seine Unterlagen durchging.

Mehrere Nachrichten erreichten ihn auf der halbstündigen Fahrt, darunter Korrekturen zur Anzahl der Toten und Verletzten, weitere Vermutungen bezüglich der Identität des Selbstmordattentäters und erste Stellungnahmen aus der Politik. Kurz vor Erreichen des Ziels klingelte sein Telefon. »Vermutlich gibt es eine Spur nach Deutschland«, teilte ihm der Leiter der Einsatzzentrale mit.

Bauer lehnte sich im Polster des Wagens zurück und schloss für einen Moment die Augen, während er sich ausmalte, was diese Information bedeutete, sollte sie sich bestätigen.

Als er den Konferenzraum im Terrorismusabwehrzentrum betrat, scannte er in alter Gewohnheit die Gesichter der Anwesenden, um möglichst schnell die Stimmung zu erfassen. Ihre Arbeitsgruppe setzte sich größtenteils aus Vertretern des Bundesnachrichtendienstes, des Verfassungsschutzes und des Bundeskriminalamtes zusammen. Einzelne Vertreter der Länder waren ebenfalls anwesend sowie ein ständiger Vertreter des Bundesamtes für Migration und Flüchtlinge. Sie alle waren Spezialisten auf ihrem Fachgebiet und durch ihre jahrelange Erfahrung abgeklärt, dennoch schien auch hier eine gewisse Anspannung in der Luft zu liegen.

Sein Blick blieb schließlich an einem hageren, grauhaarigen Mann hängen, der ihn im selben Moment bemerkte und sofort auf ihn zukam. »Marc Bauer! Warum bin ich nicht überrascht, Sie hier zu treffen?«, begrüßte ihn Jochen Metzner und streckte ihm die Hand entgegen.

Bauer erwiderte den festen Händedruck des Beamten vom BKA, mit dem er in der Vergangenheit schon des Öfteren zusammengearbeitet hatte.

»Was halten Sie von der aktuellen Situation?«, ging Metzner, wie es seine Art war, sofort in medias res. »Wie schätzen Sie die Situation ein?«

Bauer rieb sich das Kinn. »Die Verhältnisse in Frankreich sind meiner Meinung nach nicht auf Deutschland übertragbar. Das hohe Gefährdungspotenzial im Nachbarland begründet sich in dessen Historie.«

»Frankreichs nicht wahrgenommene Verantwortung als ehemalige Kolonialmacht im Nahen Osten?«

Bauer nickte. »Und die verfehlte Sozialpolitik der Franzosen, die eine ganze Bevölkerungsgruppe vom gesellschaftlichen Leben ausschließt, sie in Ghettos verbannt und ihrer Jugend keine Perspektive bietet. Das ist ein Problem, das wir hierzulande glücklicherweise nicht haben.«

»Das ist sicher richtig«, stimmte Metzner zu, »dafür haben wir eine Vielzahl von Politikern und Lobbyisten, die versuchen, jede Krise zu ihren Gunsten publikumswirksam auszuschlachten.«

Bauer entging nicht die Resignation in Metzners Stimme. »Wie es scheint, haben wir dieselben schlechten Erfahrungen gemacht«, bemerkte er trocken.

»Es wäre nicht das erste Mal, dass das Kabinett ungeachtet aller Fakten übereilt Entscheidungen trifft, die uns langfristig mehr schaden als nützen.«

Bauer wusste genau, worauf der BKA-Mann hinauswollte. In seiner jetzigen Position berichtete er direkt an den Beauftragten der Geheimdienste im Bundeskanzleramt, und ebenso wie seine anwesenden Kollegen informierte und beriet er die verteidigungspolitischen und sicherheitsrelevanten Gremien, doch alle dort vermittelten Fakten und Erfahrungswerte wurden im Zweifelsfalle ignoriert, wenn es der Polemik dienlich war. Dieser Umstand stellte momentan für alle Anwesenden die größte Bedrohung dar, wenn zu starker Druck auf die Kabinettsmitglieder ausgeübt wurde, führte das erfahrungsgemäß zu übereilten Entscheidungen und Beschlüssen, die sich häufig langfristig als nachteilig erwiesen hatten.

Doch in der jetzigen Situation war es nicht hilfreich, sich mit solchen Gedanken zu belasten, und Bauer hatte schon eine entsprechende Antwort für Metzner parat, als sich die Tür zum Konferenzraum erneut öffnete. Überrascht blickte Bauer auf den schlaksigen jungen Mann, der in seinem schlecht sitzenden Anzug wie verkleidet aussah.

Sie hatten sich wie lange nicht gesehen?

Waren es vier oder schon fünf Jahre?

Lukas Weber war älter geworden. Ernster. Sein Ausdruck und seine Haltung zeigten, dass nicht alles glattgelaufen war in der Vergangenheit. Doch sein Jungengesicht leuchtete in einem breiten Grinsen flüchtig auf, als er Bauer erkannte.

KAPITEL 3

Als Djamal von seinem Anwalt erfuhr, dass Thomas Schlegel ein Mitarbeiter der Abteilung Staatsschutz der Kriminalpolizei war, brach ihm der Schweiß aus. Die Abteilung ließ Erinnerungen wachwerden an die Vergangenheit seiner Eltern in der DDR, an Geschichten, die von Verhältnissen berichteten, die ihm ebenso fremd und unwirklich erschienen wie jene in den Erzählungen, die seine Großmutter von ihrer Jugend im Irak zum Besten gab.

Vor zehn Tagen erst war er von dort zurückgekehrt. Er hatte Basra besucht, den Ort, aus dem seine Großeltern vor einem halben Jahrhundert nach Ostberlin geflohen waren. Er hatte Großtanten und entfernte Cousinen in der Millionenstadt im Süden des Irak getroffen, und ihre Ähnlichkeit mit seiner *Umm* hatte ihn sprachlos gemacht, ebenso wie ihr Kampf ums Überleben in dem instabilen Land ihn verstört hatte, zumal sie ihr Schicksal mit einer Gelassenheit trugen, die er aus seinem westlich geprägten Kosmos heraus nicht nachvollziehen konnte. Es war ein Familienbesuch gewesen, eine Reise in die Vergangenheit, ins Land seiner Wurzeln. Und deswegen ermittelte nun der Staatsschutz gegen ihn?

»Warum?«, fragte er seinen Anwalt nervös. »Was wollen die von mir? Was hab ich getan?«

»In der angespannten Sicherheitslage reagieren die Behörden übernervös«, versuchte dieser ihn zu beruhigen. »Nehmen Sie das nicht persönlich.« Er war schon älter und von beachtlicher Leibesfülle, und im ersten Moment hatte Djamal an der Wahl seiner Mutter gezweifelt, doch dann hatte er verfolgt, wie der Mann Hauptkommissar Thomas Schlegel ruhig und sachlich in seine Schranken gewiesen und ein Vieraugengespräch mit seinem Mandanten gefordert hatte.

»Bei Straftaten mit Ausländerbeteiligung schaltet sich derzeit häufig der Staatsschutz ein«, fügte er jetzt erklärend hinzu.

Djamal ballte die Fäuste in seinem Schoß. »Ich bin kein Ausländer«, stieß er zwischen zusammengepressten Lippen hervor.

»Nein, natürlich nicht. Nicht auf dem Papier. Aber für viele Menschen sind Sie es. Das wissen Sie selbst. Da müssen wir uns nichts vormachen. Dazu kommt Ihre Reise in den Irak, und schon …« Er sprach den Satz nicht zu Ende, machte aber eine eindeutige Geste mit den Händen und zuckte mit den Schultern.

Djamal versuchte, sich zu beruhigen. Nicht der Wut den Platz in seinem Hirn zu überlassen, den er jetzt für klare Gedanken benötigte.

»Unangenehmer sind im Moment die Anschuldigungen der Jugendlichen gegen Sie«, fuhr der Anwalt fort. »Unabhängig voneinander scheinen sie zu behaupten, dass Sie als Erster zugeschlagen haben.«

Djamal atmete tief durch. »Meine Mutter und sicher auch andere, die den Vorfall verfolgt haben, können bezeugen, dass das nicht der Wahrheit entspricht. Ich habe nur reagiert.«

»Tut mir leid, aber so wie es aussieht, gibt es keine weiteren Zeugen außer ein paar Kindern, deren Aussagen völlig widersprüchlich sind.«

Djamal schluckte. »Was heißt das?«

»Das heißt, dass die Staatsanwaltschaft Anklage wegen Körperverletzung erheben wird.« Der Anwalt räusperte sich. »Da Sie bislang nicht aufgefallen sind, wird das Gericht sich unter Umständen mit einer zu leistenden Geldbuße zufriedengeben. Im schlimmsten Fall läuft es auf eine Bewährungsstrafe hinaus.«

»Das heißt, ich wäre vorbestraft?«

»Sie sind erst einundzwanzig. Ich werde mich dafür einsetzen, dass der Fall vor ein Jugendgericht kommt, dann werden die Akten gelöscht, sobald die Strafe abgegolten ist.«

Djamal platzte der Kragen. »Diese betrunkenen Rowdys haben meine Mutter fast zu Boden gestoßen!« Ungehalten hieb er mit der Faust auf den Tisch. »Das kann doch nicht sein, dass sie damit straffrei durchkommen! Warum steh ich plötzlich wie ein Verbrecher da?«

Der Anwalt zögerte. »Sie haben ordentlich zugeschlagen.«

»Ach, Scheiße!«, entfuhr es Djamal. Frustriert lehnte er sich zurück und verschränkte seine Arme.

Der Anwalt stand schwerfällig auf. »Jetzt holen wir Sie erst einmal hier raus. Beantworten Sie die Fragen der Polizei, wie wir es besprochen haben, dann können Sie in einer halben Stunde nach Hause fahren.«

Als Thomas Schlegel in das Verhörzimmer im Souterrain kam, in dem sie inzwischen saßen, erinnerte sich Djamal an die Dankbarkeit, die er empfunden hatte, als er nach seiner Irakreise am Flughafen Tegel wieder deutschen Boden unter den Füßen gespürt hatte. Er erinnerte sich an die Streitgespräche, die er mit seinem Cousin Issam geführt hatte, daran, wie er dieses Land und seine Werte verteidigt hatte gegen die radikalen Ansichten Issams. Doch angesichts des überheblichen Blicks des Hauptkommissars, mit dem dieser ihm nun erneut begegnete, schimpfte er sich selbst einen naiven Narren. Und Schlegel war nur einer von vielen.

Erst mit Sorge, dann mit Entsetzen hatte Djamal verfolgt, wie viel Zulauf die rechtsorientierten Parteien erhielten und wie die Kanzlerin, der er normalerweise nicht viel abgewinnen konnte, für ihre Politik der offenen Tür selbst von eigenen Parteimitgliedern gerügt worden war. Er hatte seinen gleichaltrigen Cousin mütterlicherseits, mit dem er seit seiner Kindheit befreundet war, in die Flüchtlingsunterkunft in Moabit begleitet, hatte mit Menschen aus Syrien gesprochen, denen man das Grauen und die Trauer noch immer ansehen konnte, wenn sie von der Heimat sprachen, die sie verloren hatten, und den Familienmitgliedern, die getötet worden waren. Und dann war er auf die Straße getreten und hatte den Wohlstand betrachtet, von dem die Deutschen, die sich hinter dem rechten Banner versammelten, nichts abgeben wollten. Er hatte die Politiker reden hören, die Menschenschicksale gegen Wählerstimmen aufwogen, und dennoch hatte er Issams seit einigen Monaten immer radikaler werdendem Gedankengut widerstehen können. Aber wohin hatte ihn sein Vertrauen in diese Gesellschaft gebracht? Was half ihm sein deutscher Pass in dieser Polizeidienststelle, wo er sich von einem Mann wie Schlegel als mutmaßlichen Terroristen betrachten lassen musste. Er hatte nur seine Mutter gegen randalierende, betrunkene Jugendliche verteidigt.

Ich rufe einen Anwalt an. Sag nichts, bevor er da ist.

Seine *Umm* hatte längst realisiert, wohin die Reise in diesem Land ging, auch wenn sie nach wie vor Zurückhaltung und Besonnenheit predigte. Aber war das wirklich die Lösung? Sprach sie nicht nur aus der Angst heraus, ihn zu verlieren, da sie um das Niemandsland wusste, in das er sich gedrängt fühlte, und um die Zweifel, die er hegte? Wie oft hatten sie die Diskussion geführt, ob er Iraker oder Deutscher war, und wie oft hatte er dabei die Furcht in ihren Augen gesehen? Er spürte, wie sich der Wutball in seinem Inneren weiter verfestigte, als Thomas Schlegel sich setzte und ein Diktiergerät auf den Tisch stellte.

»Können wir beginnen?«

Djamal überließ seinem Anwalt das Reden.

Als er, wie angekündigt, eine Dreiviertelstunde später aus dem Dienstgebäude hinaus auf die Straße trat und die wohltuende Frühlingssonne ihn umfing, hatte er sich noch immer nicht beruhigt. Er musste mit jemandem reden. Jemandem, der nicht versuchen würde, ihn zu beruhigen wie seine Mutter oder der übergewichtige Jurist, der ihm schnaufend folgte und dabei versicherte: »Wir werden das abwenden. Sie werden mit einem blauen Auge aus der Geschichte rauskommen und den Vorfall schon bald vergessen haben.«

»Da bin ich mir nicht so sicher«, entfuhr es Djamal ungewollt.

Der Anwalt betrachtete ihn ernst. »Machen Sie jetzt keine Dummheiten. Die Polizei wird Ihre nächsten Aktivitäten verfolgen, davon sollten Sie ausgehen.«

Sollen sie doch, dachte Djamal voller Zorn.

In seiner Hosentasche vibrierte sein Telefon. Er zog es heraus. Es war eine Nachricht von Issam. Sein Finger schwebte schon über der

Tastatur, aber er antwortete nicht. Auch Issams Hasstiraden waren nicht das, was er jetzt hören konnte oder wollte. Er drückte die Nachricht weg. Es gab nur einen Menschen, nach dem er sich jetzt sehnte. Beinahe hastig öffnete er den Kontakt.

Bist du zu Hause? Hast du Zeit?

Die Antwort kam sofort.

Ja.

Dann bin ich in zwanzig Minuten da.

Okay. Freu mich.

Er verabschiedete sich von seinem Anwalt und war schon auf dem Weg zur nächstgelegenen S-Bahn-Station, als ihm einfiel, dass er nicht gefragt hatte, wie es weitergehen würde. Dass er sich nicht einmal den Namen des Mannes gemerkt hatte. Aber es war auch nicht wichtig. Nicht jetzt.

KAPITEL 4

Verfassungsschutz.« Bauer blickte Lukas Weber kopfschüttelnd an. »Wie lange schon?«

Sie standen in dem langen Flur vor dem Tagungsraum im GTAZ, dem Gemeinsamen Terrorismusabwehrzentrum. Bauer nippte an seinem Kaffee, Weber hielt eine Dose Cola in der Hand und grinste Bauer verlegen an. »Die haben mich abgeworben, nachdem Sie weggegangen sind, Chef.«

»Und? Geht es Ihnen gut in Köln?«

Weber verzog kurz das Gesicht. »Es ist nicht der BND, aber es ist okay. Ich habe mich durchgebissen.«

»Wie ich eben gehört habe, haben Sie bereits Personalverantwortung.«

»Ein sehr überschaubares, kleines Team«, wiegelte Weber ab.

»Machen Sie sich nicht klein, Lukas. Sie haben das Zeug dazu.«

»Vielleicht. Ich denke, ich kann die Jungs gut motivieren. Aber es ist manchmal doch recht eng in der Behörde. Rechtsextremismus. Linksextremismus. Beobachtung von Parteien …« Er sah Bauer vielsagend an. »Sie wissen, was ich meine.«

»Bei uns war es bisweilen auch recht eintönig.«

»Kam ganz drauf an, mit wem man zusammengearbeitet hat.«

»Ah ja?«, erwiderte Bauer trocken.

Nachdenklich rührte er in seinem Kaffee und beobachtete, wie Weber die Cola-Dose in seiner Hand drehte. Wenn er in Gedanken war, verlor sich der jugendliche Übermut aus seinen Zügen, und erneut trat die Ernsthaftigkeit hervor, die davon zeugte, dass bei weitem nicht alles so glattgelaufen war in den vergangenen Jahren, wie er jetzt vorgab.

»Warum haben Sie den BND verlassen?«, hakte Bauer deshalb nach. Es war keine Frage, die er stellen wollte. Noch weniger wollte er die Antwort hören, die er, wenn er ehrlich zu sich selbst war, längst kannte. Aber er war es Weber schuldig.

Für einen Moment wich der jüngere Mann Bauers Blick aus und nahm einen Schluck von seiner Cola. Dann sah er seinem ehemaligen Vorgesetzten jedoch offen in die Augen. »Ich hatte beim BND keine Chance mehr nach unserem letzten gemeinsamen Alleingang. Ich habe es versucht auf dem Posten, der mir danach angeboten wurde, aber es war hoffnungslos.«

Bauer nickte betroffen. Genau das hatte er befürchtet. Er hätte Weber nicht zurücklassen dürfen. »Ich hätte Sie mit in den Nahen Osten nehmen sollen.«

Weber schüttelte den Kopf. »Ich war damals noch nicht so weit.« Er lachte auf, als ihm bewusst wurde, was er gerade gesagt hatte. »Damals! Ich rede wie ein Veteran. Es ist keine fünf Jahre her.«

»Das kann eine lange Zeit sein. Die anderthalb Jahre in der Hauptstadt erscheinen mir wie eine Ewigkeit.«

Weber grinste breit. »Bürotätigkeit war noch nie was für Sie.«

»In der Tat«, stimmte Bauer ihm zu.

Webers Offenheit war erfrischend und rang ihm ein Lächeln ab, zeigte ihm aber auch schonungslos, wie erstarrt er war in einem Leben, das nicht das seine war. »Was führt Sie heute ins GTAZ?«, fragte er, um von sich selbst abzulenken.

Weber zuckte mit den Schultern. »Ist mal ein wenig Abwechslung zu Köln.«

Bauer zog irritiert eine Augenbraue hoch. »Abwechslung zu Köln?«

Weber wand sich.

»Ich hab mich dafür beworben«, gab er schließlich zu.

»Einfach so?«

Da war es wieder das jungenhafte Grinsen, gepaart mit einer Spur von Verlegenheit, die ihm gut zu Gesicht stand. »Ich werde einen Kollegen ablösen, der vom Verfassungsschutz abgestellt ist, um in Ihrer Abteilung mitzuarbeiten.«

Bauer nickte knapp. »Ich bin über den Wechsel informiert, aber Ihren Namen habe ich in dem Zusammenhang nicht gelesen, und soweit ich weiß, findet der besagte Wechsel auch erst in vier Wochen statt.«

»Ich bin hier, um mich einzuarbeiten, und werde parallel einen unserer Mitarbeiter ersetzen, der kurzfristig nach Köln zurückbeordert wurde.« Er räusperte sich. »Ich war für diesen Dienstposten ursprünglich nicht vorgesehen, aber ich dachte, ich könnte mal wieder ein wenig Spaß gebrauchen.«

»Spaßig wird das wohl kaum«, bemerkte Bauer.

»Meine Güte, Chef«, stellte Weber plötzlich nüchtern fest. »Diese Stadt tut Ihnen wirklich nicht gut.«

In diesem Moment erschien Jochen Metzner in der Tür des Tagungsraums. »Ich muss Ihren Plausch über alte Zeiten leider unterbrechen.«

»Es war eher eine Vorbereitung auf die künftige Zusammenarbeit«, korrigierte Weber.

Metzner schmunzelte. »Das eine impliziert das andere, oder?« Dann wurde er ernst. »Es gibt keine guten Nachrichten.«

Bauer ahnte, was Metzner meinte. »Hat sich die Information, dass sich einer der mutmaßlichen Attentäter nach Deutschland abgesetzt haben soll, bestätigt?«

»Gerade eben.«

Metzner war, wie Bauer inzwischen erfahren hatte, nach wie vor beim BKA in Berlin und hatte sein Büro in der Dienststelle auf dem alten Kasernengelände am Treptower Park, wo auch das GTAZ untergebracht war. Die Wege waren also kurz für ihn.

»Handelt es sich um einen Rückkehrer?«, wollte Weber wissen und warf einen Blick auf das Whiteboard am anderen Ende des Raums, auf dem nach und nach alle relevanten Informationen erschienen.

Metzner brachte sie auf den aktuellen Stand. »Nach Angaben der Franzosen war der Mann mehr als ein Jahr im Nahen Osten und an der Einnahme von Mossul durch den Islamischen Staat im Irak beteiligt.«

Um sie herum summte der Raum vor Aktivität wie ein Bienenstock. Über ein gesichertes Netzwerk wurden die eintreffenden Informationen per Telefon und E-Mail in die Dienststellen der Bundesländer weitergeleitet. Dort würden die Beamten ausschwärmen zur Überwachung und teilweise auch zur Befragung der islamistischen Gruppierungen und der im Visier der Behörden stehenden Einzelpersonen. Die Ergebnisse ihrer Arbeit würden wiederum hier in Berlin gesammelt und ausgewertet werden. Auch Lukas Weber hatte nach einem kurzen Austausch mit einem Kollegen bereits sein Telefon in der Hand, um, wie Bauer vermutete, V-Leute und eventuelle verdeckte Ermittler zu informieren, mit denen der Verfassungsschutz die muslimischen Kulturvereine infiltriert hatte, die unter seiner Beobachtung standen.

Bauer selbst setzte sich an ein freies Computerterminal. Es gab einen Verbindungsmann der französischen Nachrichtendienste, mit dem er Kontakt aufnehmen wollte, um eine Einschätzung aus erster Hand zu erhalten. Als er den Namen las, stutzte er. Dann wählte er die angegebene Mobilnummer.

»Ich dachte, du wärst im Ruhestand und kochst nur noch«, sagte er zur Begrüßung, nachdem er seinen Namen genannt hatte.

Der Mann am anderen Ende der Leitung lachte, aber Bauer entging nicht die Bitterkeit, die darin lag. »In Krisenzeiten nimmt unsere Regierung darauf keine Rücksicht.«

»Wann hat man dich reaktiviert?«

»Nach den Anschlägen von Paris.«

»Was sagt deine Frau dazu? Ihr habt doch geheiratet, oder?«

»Im vergangenen Jahr, ja. Sie ist noch in Jordanien.«

»Das ist nicht unbedingt beruhigend.«

»Nein, das gefällt mir auch nicht.«

Dass François Hermier sich derart knapp äußerte, zeigte, wie angespannt er war. Bauer kannte den Agenten des französischen Auslandsnachrichtendienstes seit vielen Jahren. Als Nahost-Experten ihrer Dienste waren sie sich häufig begegnet, vor allem während ihrer gemeinsamen Zeit in Damaskus. Vor einigen Jahren hatte es für die Franzosen dann einen schweren Zwischenfall in Syrien gegeben. Natürlich hatte der französische Dienst keine Details bekannt gegeben, aber über einen anderen Kontaktmann hatte Bauer erfahren, dass Hermier Ziel eines Anschlags und danach Opfer einer Geiselhaft geworden war. Nach seiner Befreiung hatte sich der Franzose aus dem Geschäft zurückgezogen, obwohl er sein Pensionsalter noch nicht erreicht hatte. Dass seine Regierung ihn nun reaktiviert hatte, zeigte, wie sehr das Nachbarland unter Druck stand.

»Kannst du mir eine sachliche Beurteilung der Situation geben?«, fragte Bauer.

»Frei von Polemik und politischem Geschrei?«

»Genau das.«

»Wir sind selbst noch nicht weit«, gestand Hermier. »Der Schock sitzt tief, denn der Anschlag zeigt uns, dass all die Maßnahmen, die getroffen wurden, nicht gegriffen haben.«

Die südländische Übertreibung, die in Hermiers Worten lag, kommentierte Bauer nicht, sondern fragte: »Ist es richtig, dass nur einer der Attentäter fliehen konnte?«

»Das stimmt. Zwei weitere sind getötet worden. Allerdings haben wir noch keinen endgültigen Überblick über Helfer und Unterstützer.«

»Und von dem Flüchtigen nehmt ihr an, dass er nach Deutschland unterwegs ist, oder soll er schon hier angekommen sein?«

Hermier gab nur zögerlich eine Antwort. »Ein Mann, auf den die Beschreibung passt, wurde am Grenzübergang Basel von einer Videokamera aufgenommen«, sagte er schließlich.

Bauer unterdrückte ein Seufzen. »Das ist alles?«

»Ja, tut mir leid.«

»Ich erspare dir, wie das hier aufgenommen werden wird.«

»Ich kann es mir vorstellen, aber deswegen sprechen wir jetzt auch.«

»Hast du sonst noch etwas für mich?«

»Wir haben eine Akte über den Flüchtigen. Er ist in den vergangenen Jahren immer mal wieder auffällig geworden wegen kleiner Straftaten wie Eigentumsdelikte und Körperverletzung. Ich kann dir eine Kopie schicken.«

»Wir haben die Information erhalten, dass er im Irak für den IS gekämpft hat.«

Hermier ließ sich wieder Zeit mit seiner Antwort. »Wir können das nicht definitiv bestätigen. Wir haben Fotos von französischen Kämpfern ausgewertet, auf denen er zu erkennen ist, aber einen endgültigen Beweis haben wir nicht dafür.«

Bauer schloss für einen Moment die Augen. Es war überall das Gleiche. Es gab Mutmaßungen, manchmal auch Indizien, die auf Sachverhalte hinwiesen, und Schlüsse, die daraus gezogen wurden, aber verwertbare, handfeste Beweise gab es in der Regel nicht, weshalb alles, was sie unternahmen, in einem Nebel geschah, sich mehr auf Annahme als auf Gewissheit begründete und sich bei genauerem Hinsehen oft auflöste. So wie jetzt.

Noch während er mit Hermier sprach, begegnete er über den Raum hinweg Lukas Webers Blick, was seinen jüngeren Kollegen dazu veranlasste, aufzustehen und zu ihm zu kommen.

Mit wenigen Worten informierte Bauer ihn gleich darauf über den Inhalt seines Telefonats mit François Hermier.

Weber sah sich um. »Was machen wir damit?«

»Wir müssen die Ermittlungen entsprechend ausweiten, und dafür würde ich gern Metzner ins Boot holen.«

»Der alte Bürokrat wird sich deshalb nicht von seinem eingeschlagenen Kurs abbringen lassen«, gab Weber zu bedenken. »Die Erfahrung haben wir in der Vergangenheit schon des Öfteren gemacht.«

Wie Weber vorhergesagt hatte, stand Jochen Metzner den Informationen, die Bauer von Hermier erhalten hatte, skeptisch gegenüber.

»Nicht, weil sie nicht richtig sein könnten«, erklärte er, »sondern weil wir, sollten wir sie weiterverfolgen, von der vorgegebenen Linie abweichen. Stellen wir in Frage, was die Franzosen uns offiziell an Informationen geben, kann das zu unangenehmen Verwicklungen führen, die wir gerade jetzt nicht brauchen.«

»Also ermitteln wir im Hinblick auf die eben erfahrenen Aspekte vorerst unter der Hand«, stellte Weber fest.

Metzner nickte. »Das wäre mein Vorschlag.« Er sah Bauer fragend an. »Ist das etwas für Ihre Abteilung?«

»Klar«, antwortete Weber an seiner Stelle.

Bauer warf ihm einen strengen Blick zu.

»Ich werde das übernehmen«, sagte er dann zu Metzner gewandt. »Für solche Aufgaben ist diese Abteilung gebildet worden.«

»Wenn Sie aus dem BKA Unterstützung benötigen, wenden Sie sich direkt an mich«, bat Metzner.

»Das mache ich.« Bauer sah auf seine Uhr. »Sie müssen mich jetzt entschuldigen. In einer halben Stunde steht per Videoschaltung das Briefing unserer Arbeitsgruppe für den Innenminister und seine engsten Mitarbeiter an. Ich habe dafür heute die Leitung und würde mich jetzt gern mit meinem Team absprechen.«

Metzner nickte. »Ist eine Pressekonferenz seitens des Ministeriums geplant?«

»Heute Mittag.«

KAPITEL 5

Nina Mainhardt öffnete die Tür der großräumigen Altbauwohnung, die sie mit ihrer Mutter und ihrer Schwester in der Lettestraße im Stadtteil Prenzlauer Berg bewohnte.

»Himmel, Djamal, was ist passiert? Du siehst ja fürchterlich aus!«, entfuhr es ihr, als sie ihren Freund sah.

Unter der Bräune, die er aus dem Irak mitgebracht hatte, war er blass und der Ausdruck in seinem schmalen Gesicht so angespannt, dass sie Schlimmes befürchtete. »Ist etwas mit deiner Familie? Deiner Schwester Ayasha?« Sie wusste, wie eng ihr Verhältnis war.

Djamal schüttelte den Kopf, und Nina trat hastig einen Schritt zurück, um ihn hereinzulassen. Sie war mit ihren ein Meter achtzig beinahe so groß wie er, eine schlanke und sportliche junge Frau mit langem braunem Haar, das sie meistens in einem Pferdeschwanz trug. Sie griff nach seiner Hand, spürte den Schweiß auf seiner Haut, die Nervosität, die unter der Oberfläche vibrierte. Ohne ein weiteres Wort zu verlieren, zog sie ihn in ihr Zimmer.

»Du stehst ja völlig neben dir«, sagte sie. »Was ist denn nur passiert?«

Sie sah, wie er schluckte, um seine Fassung rang. »Ich bin verhaftet worden«, antwortete er schließlich.

»Scheiße, Djamal, aber nicht wegen Drogen, oder?« Erschrocken ließ sie ihn los.

Er lachte gequält. »Ich glaube, damit wäre ich besser klargekommen.«

Mit knappen Worten erzählte er, wie er seine Mutter an der Charité getroffen und es dann zu dem Zusammenstoß mit den Jugendlichen gekommen war, von seiner Verhaftung und den Vorfällen auf dem Polizeirevier.

Nina hörte schweigend zu. Sie kannte Djamal lange genug, um zu wissen, dass seine Sachlichkeit nur eine Fassade war, dass er innerlich noch immer bebte, wütend war und sich vor allem verletzt fühlte. Intuitiv fuhr sie ihm mit der Hand über die Wange. Er lehnte sich kurz dagegen, bevor er sich dessen bewusst wurde und einen Schritt zurücktrat. Er wollte kein Mitleid, nicht bemuttert werden. Er war in dieser Hinsicht sehr empfindlich.

Sie unterdrückte ein Seufzen.

»Tut mir leid«, murmelte er, als er ihre Reaktion bemerkte.

»Schon gut«, wiegelte sie ab. »Ich frag mich nur, wie ich dir helfen kann.«

»Da gibt es nichts zu helfen.« Er setzte sich an das geöffnete Fenster und starrte hinaus auf den Platz vor dem Haus und über die Bäume, die ihn beschatteten. »Es wird nicht das letzte Mal sein, dass so was passiert.«

»Vermutlich nicht bei der Stimmung, die da draußen herrscht«, stimmte Nina ihm zu. »Aber du darfst es nicht einfach hinnehmen.«

»Was soll ich denn tun?« Er schnaubte. »Was *kann* ich denn tun?«

»Wehr dich!«

Er zog eine Augenbraue hoch. »Jetzt redest du wie Issam.«

Nina presste die Lippen aufeinander. »So meine ich es nicht«, entgegnete sie schließlich. »Und das weißt du.« Sie konnte nicht verhindern, dass ihre Stimme bei diesen Worten eine gewisse Schärfe bekam.

Ihre Blicke trafen sich.

»Lass uns nicht streiten, nicht deswegen«, bat er und streckte die Hand aus, um sie zu sich heranzuziehen. »Es tut mir leid, dass ich es gesagt hab. Du weißt, warum ich jetzt hier bin und nicht bei Issam, oder?«

Sie nickte wortlos und fuhr zögernd mit ihren Fingern durch sein dichtes schwarzes Haar. Nach einer Weile ließ er seinen Kopf an ihre Brust sinken und umschlang ihre Hüften haltsuchend mit seinen Armen, und nicht zum ersten Mal fragte sie sich, warum es ihm so schwerfiel, sich seine Hilflosigkeit einzugestehen.

Während sie ihn hielt, lauschte sie auf die Kinderstimmen, die vom Spielplatz des kleinen Parks heraufdrangen, hörte einen Hund bellen. Aus einem der Cafés schwebten Gesprächsfetzen und Gelächter empor, eine Leichtigkeit, die sie nur schwer ertrug. Es war alles nur Schein. Um sie herum veränderte sich die Welt und schien in Trümmer zu brechen, und sie waren nur deshalb geschützt, weil sie unter einer gut behüteten Glocke lebten. Doch in diesen Momenten wurde sie der Risse in dieser Glocke gewahr, der kalten Wirklichkeit, die unaufhaltsam in ihre vermeintlich heile Welt hineinsickerte. Djamals Verhaftung war das beste Beispiel dafür. Sie dachte an seinen aufbrausenden Charakter und daran, wie sehr gerade ihm Ungerechtigkeiten nachgingen. Was geschehen war, würde Wasser auf die Mühle seines Cousins sein. Bislang hatte Djamal seinen Einflüsterungen widerstanden.

Das Klopfen an der Zimmertür riss sie aus ihren Gedanken.

Djamal löste sich aus ihrer Umarmung.

»Ja?«, rief sie, ungehalten über die Störung.

Es war ihre Mutter.

»Oh, hallo Djamal, ich habe gar nicht gehört, dass du gekommen bist«, begrüßte diese ihn, als sie ihn bemerkte. »Willst du mit uns essen? Es ist gleich fertig.«

Nina spürte das Zögern ihres Freundes.

»Bleib«, bat sie leise.

»In Ordnung«, sagte er und dann zu ihrer Mutter gewandt: »Danke für die Einladung.«

Vivien Mainhardt lächelte, und Nina konnte beobachten, wie dieses Lächeln Djamal einnahm und sie stolz und eifersüchtig zugleich machte. Ihre Mutter besaß trotz der Härte, die ihr nachgesagt wurde, eine besondere Ausstrahlung, und ihr Lächeln verfehlte selten seine Wirkung.

»Vielleicht solltest du meiner Mutter erzählen, was heute geschehen ist«, schlug Nina vor, nachdem sie wieder allein waren.

Djamal sah sie zweifelnd an. »Ich weiß, dass sie Anwältin ist, aber …«

»Sie kennt einflussreiche Leute«, fiel Nina ihm ins Wort. »Wenn du willst, dass die ganze Angelegenheit noch einmal von anderer Seite beleuchtet wird, solltest du mit ihr darüber sprechen.«

Tatsächlich war es Vivien selbst, die wenig später erkannte, dass etwas nicht in Ordnung war.

»Ihr seid ziemlich schweigsam, ist etwas passiert?«, wollte sie in ihrer direkten Art wissen, als sie gemeinsam am Esstisch saßen.

Nina warf Djamal einen auffordernden Blick zu.

Er zuckte hilflos mit den Schultern.

Daraufhin antwortete Nina: »Djamal ist heute verhaftet worden«, und gab ihrer Mutter eine kurze Zusammenfassung der Geschehnisse.

Wie sie erwartet hatte, nahm Vivien den Vorfall ernst. Obwohl sie längst nicht mehr als Anwältin praktizierte, sondern in einem juristischen Beraterstab für die Regierung tätig war, lebte in ihr noch immer jenes Berufsethos, das sie über lange Jahre zu einer der gefragtesten Strafverteidigerinnen in ihrer ehemaligen Heimatstadt Hamburg gemacht hatte.

»Ich habe Kontakte ins Justizministerium«, sagte sie zu Djamal gewandt, während sie einen Schluck von ihrem Weißwein nahm. »Wenn du möchtest, kann ich deinen Fall dort zur Sprache bringen.«

»Ich weiß nicht«, gestand er unschlüssig. »Einerseits wünsche ich mir natürlich, dass die Jugendlichen für ihr Verhalten zur Rechenschaft gezogen werden, andererseits fürchte ich, dass es mir nur noch mehr Ärger einbringt.«

Vivien schüttelte ungeduldig den Kopf. »Das ist nicht die richtige Herangehensweise, Djamal. Mach dir klar, dass es hier auch darum geht, ein Exempel zu statuieren. Wie oft passiert derzeit genau das, was dir heute passiert ist? Und die Betroffenen halten still. Vielleicht gibt es eine Flut weiterer Beschwerden, wenn du nur erst den Anfang machst.«

»Ich will meine Familie damit nicht belasten. Meinen Eltern ist Zurückhaltung sehr wichtig.«

»Ich weiß, darüber haben wir schon einmal gesprochen. Aber man muss nicht alles hinnehmen. Auch der Staat beziehungsweise seine

Organe machen Fehler. Und es darf keine Angst geben, Missstände anzusprechen, das widerspricht unserem Demokratieverständnis.«

Nina tauschte einen Blick mit ihrer Zwillingsschwester Sarah, die ihnen gegenübersaß und den Austausch bislang schweigend verfolgt hatte. Sie wussten beide, was dieses Thema in ihrer Mutter auslöste und woher ihre Unnachgiebigkeit rührte, und beinahe schämte sich Nina dafür, dass sie dieses Wissen so rücksichtslos ausnutzte.

Letztlich konnte sich Djamal den Argumenten ihrer Mutter nicht mehr entziehen und gab nach. »Ich ruf meinen Anwalt an und bitte ihn, sich mit Ihnen in Verbindung zu setzen.«

Nina atmete innerlich auf. Unter dem Tisch griff sie nach seiner Hand und drückte sie versichernd, während sie beobachtete, wie Vivien ihr Smartphone vom Sideboard nahm und ein kurzes Memo schrieb, bevor sie aufsah und sagte: »Sehr gut, dann habe ich gleich alle Informationen, die ich benötige.«

»Ist es das, was du wolltest?«, fragte Djamal Nina, als sie wenig später wieder in ihrem Zimmer waren.

»Ist es das, was *du* wolltest?«, beantwortete sie seine Frage mit einer Gegenfrage. »Oder fühlst du dich von ihr gedrängt? Sie kann das ziemlich gut.«

»So wie du. Ihr seid euch ziemlich ähnlich.« Er sagte es mit einem Lächeln in den Mundwinkeln, das ihr mehr als alles andere zeigte, dass das Gespräch mit ihrer Mutter und die Aussicht, doch noch fair behandelt zu werden, ihn beruhigt und ihm seine Zuversicht zurückgegeben hatten.

»Dir ist schon klar, dass wir Mädchen es nicht mögen, mit der eigenen Mutter verglichen zu werden«, entgegnete sie mit gespieltem vorwurfsvollem Unterton.

Das Lächeln in seinen Mundwinkeln wurde breiter. »Und dir ist hoffentlich klar, dass wir Jungs uns die Mütter unserer Freundinnen sehr genau anschauen, um zu sehen, was uns erwartet, wenn es wirklich ernst wird.«

Nina wickelte sich das Ende ihres Pferdeschwanzes um die Finger. »Das hab ich schon bemerkt«, entgegnete sie kokett. »Und glaub ja nicht, dass ich das gut finde.«

Djamal zog sie in seine Arme und küsste sie. Nina spürte die Wärme seines Körpers durch ihr dünnes T-Shirt hindurch. Seine Hände glitten langsam ihren Rücken hinunter und ließen keinen Zweifel, woran er dachte. Sie schloss die Augen. Sex war jetzt vermutlich die beste Ablenkung.

Als Djamal sich später verabschiedete und Nina die Wohnungstür hinter ihm schloss, hörte sie ihre Schwester aus ihrem Zimmer kommen. Obwohl sie Zwillinge waren, waren sie sich nicht besonders ähnlich, weder im Äußeren noch im Charakter. Sarah war eine sanfte Schönheit mit aufgestecktem blondem Haar, besonnen, wenn Nina ungestüm war, und stets mit einem Platz in der zweiten Reihe zufrieden im Gegensatz zu Nina, die immer vorne dabei sein musste.

»Das hast du geschickt eingefädelt«, sagte sie jetzt.

Nina sah sie fragend an. »Was meinst du?«

Sarah rückte ihre Brille zurecht. »Na, indem du Mama die ganze Geschichte erzählt hast. Du wolltest doch vor allem vermeiden, dass Djamal seinen Frust bei Issam ablädt, oder?«

Nina rieb sich die Nase, eine typische Geste, wenn sie sich ertappt fühlte. »Sprich nicht drüber, okay?«

»Mach ich nicht, aber Mama ist auch nicht von gestern.«

»Hat sie was zu dir gesagt?«

»Nein, aber der Blick, mit dem sie euch nachgesehen hat, hat Bände gesprochen.« Sie legte ihrer Schwester einen Arm um die Schultern. »Hast du Angst um Djamal?«

Nina antwortete nicht sofort. »Angst ist nicht das richtige Wort«, erklärte sie schließlich. »Ich mach mir eher Sorgen. Früher war Issam ein netter Kerl, und wir haben viel Spaß zusammen gehabt, aber seit er regelmäßig in die Moschee geht, ist nicht mehr mit ihm zu reden. Er behandelt mich wie Luft.«

»Und er beeinflusst Djamal.«

»Ich fürchte, ja.« Nina seufzte. »Obwohl das religiöse Getue, das Issam an den Tag legt, gar nicht zu Djamal passt. Ich glaub, es nervt ihn sogar. Aber die Ungerechtigkeiten um uns herum machen ihn so wütend, und Issam bietet ihm ein Ventil für diese Wut.«

»Djamal braucht vor allem dich«, sagte Sarah. »Sonst wäre er heute nicht hergekommen.«

Nina sah ihre Schwester an. »Ja, ich weiß …«

Sie sprach nicht weiter, teilte Sarah nicht ihre tiefsten Befürchtungen mit. Sie war noch nicht einmal so weit, sie sich selbst einzugestehen.

KAPITEL 6

Vivien Mainhardt sah ihrer Tochter und ihrem Freund nach, und für einen Moment meinte sie, das Unheil bereits wie eine dunkle Wolke am Horizont zu erkennen. Was Djamal zugestoßen war, war kein Einzelfall, und es würde wieder geschehen. Die Stimmung in der Gesellschaft kippte aufgrund der großen Flüchtlingszahl, und die Regierung war nach wie vor völlig überfordert mit der Situation. In ihrem Arbeitsalltag erlebte sie das jeden Tag. Es wurde an kleinen Stellschrauben gedreht, um aktuelle Missstände zu entschärfen, aber eine Einigung auf durchgreifende, langfristige Lösungen wie die Schaffung von Wohnraum und Bildungseinrichtungen, um die Integration der Neuangekommenen voranzubringen, war nicht in Sicht. Und solange die Koalitionsparteien dieses Problem nicht bewältigten, taumelte das Land von einer diffusen Angstwolke in die nächste, und rechtes Gedankengut nistete sich selbst in der Mitte der Gesellschaft ein. Und Nina steckte mittendrin in diesem Konflikt. Was konnte sie als Mutter tun? Wie ihre Tochter schützen?

Sie mochte Djamal, er war ehrlich, wenn auch stürmisch und bisweilen unbedacht, aber das war letztlich auch ein Vorrecht der Jugend. Sie kannte seine Familie, er stammte aus einem gebildeten und intellektuellen Umfeld. Seine Eltern waren zurückhaltende Menschen, die die fundamentalistischen Strömungen in der arabischen Welt kritisch beobachteten, Djamal selbst war westlich und größtenteils säkular erzogen. Natürlich pflegte die Familie Bräuche aus ihrer Heimat, aber wer tat das nicht? Wie es im Nahen Osten üblich war, wurde Gastfreundschaft im Hause Khadim großgeschrieben, und Vivien war mit ihren Töchtern schon zu verschiedenen Anlässen in der Villa in Pankow eingeladen gewesen. Die arabischen Sitten waren gerade ihr nicht fremd, denn auch ihre eigenen Bindungen in den Nahen Osten waren eng. Gute Freunde von ihr waren gestorben, weil sie zur falschen Zeit am falschen Ort gewesen und Opfer staatlicher Willkür geworden waren. Davor hatte sie weder ihre Herkunft noch ihre Bildung schützen können.

Und nun drohte sich die Geschichte zu wiederholen. So zumindest empfand es Vivien. Zehn Jahre waren seitdem vergangen, doch selbst nach dieser Zeit konnte sie sich nicht den Bildern entziehen, die durch die aktuellen Ereignisse wieder lebendig wurden. Am eigenen Leib hatte sie erfahren, was geschah, wenn Hysterie in einem Staat die Vernunft aushebelte, hatte sich Demütigung und Gewalt beugen müssen bei ihrer eigenen rechtswidrigen Verhaftung und allem, was darauf gefolgt war. Sie spürte, wie ihr Herz schneller schlug und ihr der Schweiß ausbrach. Nur mit Anstrengung verdrängte sie die Erinnerung in jene dunklen Bereiche des Seins, aus denen sich in der Nacht die Alpträume generierten. Sie würden sie stets quälen, das wusste sie. Sie kamen häufig in der letzten Zeit.

Alles wiederholte sich. Auch Djamal würde im Zweifelsfall weder seine Bildung noch seine Herkunft schützen. Sie konnte nicht verhindern, dass ihre Tochter erleben musste, wie ihr Freund aufgrund seiner ethnischen Herkunft vorverurteilt wurde, aber sie konnte ihre Tochter vor Erfahrungen schützen, die sie selbst durchleben musste.

Nina sorgte sich. Das war Vivien nicht entgangen. In letzter Zeit hatte sie oft bei den gemeinsamen Mahlzeiten abwesend und deprimiert gewirkt, obwohl das nicht ihrem Charakter entsprach. Viviens behutsame Versuche, zu erfahren, was sie bedrückte, hatte Nina abgeblockt. Heute hatte sie erstmals um Hilfe gebeten. Es war ihrer Tochter wichtig gewesen, für ihren Freund ihre Unterstützung zu bekommen, und vor allem aus diesem Grund hatte Vivien Djamal davon überzeugt, dass es richtig war, diese Hilfe auch anzunehmen.

Aber was fürchtete Nina?

Beinahe hätte sie ihre Tochter direkt gefragt, so wie sie Nina und Djamal direkt gefragt hatte, was geschehen war. Aber Nina ließ sich nicht zwingen. Die Erfahrung hatte Vivien in der Vergangenheit oft genug machen müssen. Nur Geduld brachte sie weiter. Vertrauen in ihre eigene Erziehung. Nina würde erneut zu ihr kommen. So wie heute. Hoffentlich!

Die Machtlosigkeit, die sie für einen Moment empfand, ließ sie unwillkürlich seufzen. Dann ging sie in ihr Arbeitszimmer, rief ihr Computeradressbuch auf und griff zum Telefon. Noch während sie die Nummer eintippte, fragte sie sich, ob sie diesen Anruf tatsächlich für Djamal tätigte oder um ihre eigenen Dämonen zu besänftigen.

»Frau Mainhardt«, sagte eine weibliche Stimme, als sie sich mit ihrem Namen meldete, »Herr Ingenhausen spricht gerade. Soll er sie zurückrufen, oder wollen Sie warten?«

»Ich warte«, erwiderte Vivien und klopfte mit den Fingern auf ihren Schreibtisch. Auch nach all den Jahren machte sie der Kontakt mit ihm noch immer nervös. Er war inzwischen nicht nur der Justizminister, sondern besaß darüber hinaus ein profundes Rechtsverständnis und eine überraschend gute Kenntnis seiner Behörde. Ihr ehemaliger Chef und Mentor würde ihr sofort einen Ansprechpartner nennen können, der sich ihres Falles mit dem Engagement annahm, das vonnöten war.

KAPITEL 7

Es wurde bereits dunkel, als Djamal in die Tschaikowskistraße einbog und langsam den Gehweg hinunterschlenderte. Es war noch immer angenehm warm, aber hier in Pankow brachte eine leichte Brise das Laub der Bäume zum Rauschen. Die Erleichterung, die er nach dem Gespräch mit Ninas Mutter empfand, hielt noch immer an. Ihr Zuspruch und ihre Vehemenz hatten seinen Zorn verrauchen und ihn wieder Mut schöpfen lassen. Und er kannte Vivien Mainhardt inzwischen gut genug, um zu wissen, dass sie Wort halten würde und vermutlich bereits ihre angesprochenen Beziehungen in das Justizministerium hatte spielen lassen, um seinem Fall eine andere Wendung zu geben.

Als er das Haus seiner Eltern, das sie zusammen mit seinen Großeltern und einem alleinstehenden älteren Bruder seines Vaters bewohnten, erreichte, stellte er fest, dass alle Fenster hell erleuchtet waren. Sofort meldete sich sein schlechtes Gewissen. Hatte er einen Termin vergessen? Seine Mutter hatte nicht erwähnt, dass sie heute Gäste erwarteten. Aber vielleicht war die Ankündigung auch nur in der Aufregung der nachmittäglichen Ereignisse untergegangen.

Zögernd schloss er die Haustür auf und trat ein. Seine Schwester Ayasha kam gerade aus dem Wohnzimmer und blieb abrupt stehen, als sie ihn im Eingangsbereich sah. Sie war drei Jahre jünger als er. Ihr langes schwarzes Haar trug sie offen, und zu Hause war sie nur dezent geschminkt, was er deutlich attraktiver fand als die Kriegsbemalung, die sie auflegte, wenn sie mit ihren Freundinnen die Diskotheken in der Warschauer Straße besuchte.

»Da bist du ja, wir haben dich schon vermisst!«, rief sie. »Mama war in Sorge, als du nicht nach Hause gekommen bist. Der Anwalt hat sie schon angerufen.«

Djamal unterdrückte ein Seufzen. Es wussten also schon alle von dem Vorfall. Aber gut, das hätte ihm klar sein müssen. Er liebte seine Mutter, aber innerfamiliär trug sie jedes Ereignis als Erste weiter.

»Ich hab ein Handy. Ein Anruf genügt, und ihr wisst, wo ich bin«, entgegnete er und versuchte, nicht gereizt zu klingen. »Wer ist denn alles da?«

Ayasha zuckte mit den Schultern. »Sind alle vor fünf Minuten gefahren.«

Djamal atmete erleichtert auf, doch als er das Wohnzimmer betrat und seine Eltern auf der Couch sitzen sah, musste er feststellen, dass Ayashas Aussage nicht ganz richtig war. In dem tiefen Sessel seinen Eltern gegenüber saß ein kompakt gebauter junger Mann, knapp zwei Jahre älter als er selbst, der in seiner orientalischen Kleidung tatsächlich wie einer der Mudschaheddin wirkte, die seit einiger Zeit seine Vorbilder waren – sein Cousin Issam.

Doch er ließ sich nichts anmerken und begrüßte, wie es der Tradition entsprach, zuerst seinen Vater mit einem Kuss auf die Wange, dann seine Mutter und schließlich Issam.

»Djamal«, sagte seine Mutter sichtlich erleichtert, »da bist du ja endlich, ich habe mir schon Sorgen gemacht! Wo hast du denn gesteckt?«

»Ich war bei Nina«, antwortete er, und ihm schien, als ob sich Issams Gesicht bei der Nennung ihres Namens verdüsterte. Allerdings war das Mienenspiel so kurz, dass Djamal sich nicht sicher war, ob er seiner Einbildung erlegen war, zumal Issams Gesicht zu einem großen Teil von einem Bart bedeckt war, den er als Zeichen seiner Verehrung für Allah wachsen ließ.

Von seiner Mutter wusste Djamal, dass Issams Eltern die jüngste Entwicklung ihres Sohnes mit Sorge verfolgten, aber was konnten sie tun? Issam war erwachsen, längst zu Hause ausgezogen, und obwohl er noch an derselben Fachhochschule studierte, an der auch Djamal sein erstes Semester begonnen hatte, hatte er sich die finanzielle Unabhängigkeit von seiner Familie erkämpft, indem er nahezu jeden Job annahm, um sich über Wasser zu halten. Anders als seine beiden Brüder war er schon als Kind häufig eigene Wege gegangen.

»Ach, bei Nina warst du«, riss seine Mutter ihn aus seinen Betrachtungen. »Hast du dort gegessen? Wenn nicht, es ist noch etwas übrig.« Und mit einem Seitenblick auf seinen Cousin fügte sie hinzu: »Issam ist extra deinetwegen geblieben, nachdem er erfahren hat, was heute geschehen ist.« An ihrer Stimme hörte er, dass sie unschlüssig war, ob sie diesen Umstand begrüßen sollte oder nicht. Auch seine Eltern waren unsicher, wie sie mit Issams Wandlung umgehen sollten. Der Familie gegenüber verhielt er sich stets äußerst ehrerbietig und gab ihnen daher nie einen Anlass zur Kritik, andererseits begegneten sie seiner zur Schau getragenen Religiosität mit einem gewissen Misstrauen.

Die Worte seiner Mutter plätscherten weiter auf ihn ein, und Djamal nickte abwesend, ohne richtig zuzuhören, während er überlegte, ob er ihr von Vivien Mainhardts Vorstoß erzählen sollte. Letztlich entschied er sich dagegen. Er fühlte sich plötzlich völlig erschlagen.

Seinem Vater, der sich bislang im Hintergrund gehalten hatte, entging das scheinbar nicht, weshalb er jetzt von seinem Platz auf der Couch aufstand und zu seinem Sohn trat. »Lass den Jungen in Ruhe, siehst du nicht, dass er müde ist?«, sagte er zu seiner Frau und legte Djamal beschützend einen Arm um die Schulter. »Vielleicht sollten wir unser Gespräch auf morgen verschieben«, fügte er hinzu und blickte Issam direkt an.

Djamal ahnte, dass Issam darauf brannte, sich mit ihm auszutauschen, doch sein Cousin nickte nur höflich, denn Omar Khadim, dessen aristokratische Züge von einer grauweißen Haarpracht gekrönt waren, widersprach man nicht. Und so verabschiedete sich Issam von seiner Tante und seiner Cousine, die eben zurück ins Wohnzimmer gekommen war. Zum Abschluss umarmte er Djamal und flüsterte ihm ins Ohr: »Wir müssen unbedingt reden. Ich hab heute den ganzen Abend versucht, dich zu erreichen.«

Djamal nickte nur und war seinem Vater so dankbar wie schon lange nicht mehr.

Aber er hatte Issams Hartnäckigkeit unterschätzt. Kurz nachdem er gegangen war, erreichte Djamal eine WhatsApp-Nachricht seines Cousins.

Kommst du morgen zum Freitagsgebet?

Djamal zögerte. Das Freitagsgebet war das Einzige, zu dem auch sein Vater regelmäßig ging, es war ein Ritus, zu dem ihn seine Söhne, wann immer sie Zeit hatten, begleiteten.

Aber auch Issam und seine Freunde würden da sein. Und wie er seinen Cousin kannte, hatte er alle vermutlich längst darüber informiert, welche Ungerechtigkeit Djamal widerfahren war. Aus diesem Grund war er versucht, Termine an der Fachhochschule vorzuschieben, letztlich tat er es aber nicht. Er hatte seinem Vater den gemeinsamen Besuch bereits zu Beginn der Woche zugesagt.

In der Nacht träumte er von Sex mit Nina, und von Issam, der ihnen dabei zusah und wortgewaltig die Rache Allahs beschwor. Als er aufwachte, wurde es bereits hell draußen, und nachdem er sich rastlos in seinem Bett hin- und hergedreht hatte, beschloss er schließlich aufzustehen.

Er nahm seine Sportsachen aus dem Schrank, und wenig später joggte er mit langen Schritten die Tschaikowskistraße in Richtung Schloss entlang. Tief atmete er die frische morgendliche Luft ein, die die Geister der Nacht vertrieb. Um ihn herum erwachte die Stadt zum Leben. Berufspendler waren auf dem Weg zur nächsten S-Bahn-Station, Schüler überholten ihn mit dem Fahrrad. Er lief eine große Runde unter den alten Bäumen durch den Schlosspark, vorbei an den Kleingärten und am Ufer der leise gluckernden Panke entlang, über die Schlossallee bis zum Pankower Fischteich. Als er nach einer Dreiviertelstunde zurückkehrte und den Park an der Ossietzkystraße wieder verließ, bemerkte er auf Höhe der Bundesakademie für Sicherheitspolitik einen hochgewachsenen dunkelhaarigen Mann mittleren

Alters. Er stand hinter dem Torhaus mitten auf dem Weg und telefonierte, in der freien Hand eine schmale Aktentasche. Djamal verlangsamte seine Schritte und betrachtete ihn neugierig, denn selbst der teure Anzug, den der Mann trug, konnte nicht über den durchtrainierten Körper hinwegtäuschen, der darin steckte. In diesem Moment registrierte der Mann ihn ebenfalls und betrachtete ihn eindringlich von oben bis unten, so dass Djamal hastig den Blick abwandte und ihn im größtmöglichen Bogen eilig passierte.

KAPITEL 8

Marc Bauer beendete sein Telefongespräch mit Lukas Weber und sah nachdenklich dem Jogger nach. Der kurze Augenkontakt hatte genügt, um ihm zu zeigen, dass er es nicht mit einem kürzlich erst eingereisten Flüchtling zu tun hatte. Zu viel Selbstbewusstsein hatte im Blick des jungen Mannes gelegen, dessen Eltern oder vermutlich schon Großeltern aus dem arabischen Raum nach Berlin eingewandert waren. Bauer erinnerte sich, dass es zwischen Bagdad und Ostberlin zu DDR-Zeiten enge Beziehungen gegeben hatte.

Integration ließ sich nicht übers Knie brechen, das zeigte sich immer wieder, und dafür war dieser junge Mann wahrscheinlich das beste Beispiel. Auch die jetzt angekommenen Menschen aus dem Nahen Osten würden Zeit brauchen, um in der deutschen Gesellschaft Fuß zu fassen, aber Bauer war sich nicht sicher, ob der politische Wille stark genug war, ihnen diese Zeit auch zu gewähren.

Er dachte an die gestrige Pressekonferenz und an den Innenminister, der einen wahren Eiertanz um die tatsächlichen Fakten aufgeführt hatte. Ein amerikanischer Nachrichtensender hatte, aus welcher Quelle auch immer, dieselben Informationen zu dem noch flüchtigen Attentäter erhalten, die offiziell auch die Mitarbeiter der Sicherheitsbehörden während ihres Treffens im GTAZ erreicht hatten, und sie veröffentlicht. Der Minister aber hatte die angebliche Flucht des Mannes nach Deutschland wie auch seine vermeintliche Identität weder bestätigen noch dementieren wollen. Die Öffentlichkeit durfte nicht beunruhigt, die Stimmung nicht angeheizt werden. Das war das oberste Gebot. Doch das ausweichende Verhalten des Ministers hatte die Spekulationen forciert. Die Medien berichteten über nichts anderes mehr, und jeder noch so unwichtige Politiker, der meinte, sich äußern zu müssen, wurde vor eine Kamera gezerrt. Im Fernsehen wechselten Sondersendungen und Expertenrunden, die ein Bild zeichneten, das von gefährlichem Halbwissen geprägt war.

Im Nachhall der Pressekonferenz hatte es hinter den Kulissen aufgeregte Forderungen nach mehr Kontrolle und schnellem Eingreifen gegeben. Und solange die Frage nicht geklärt war, wie groß die Bedrohung durch islamistische Gruppen oder Einzeltäter nach dem jüngsten Attentat in Frankreich in Deutschland tatsächlich war, würde es keine Ruhe geben.

Ihre Arbeit wurde dadurch nicht befördert. Bauer rechnete es Jochen Metzner hoch an, dass er zu seinem Wort stand und trotz des Drucks von außen die inoffiziellen Ermittlungen, die Bauers Abteilung noch am Vortag aufgenommen hatte, unterstützte.

In der momentanen Situation hätte Bauer den Vortrag, den er an diesem Vormittag hier an der Bundesakademie im Rahmen einer Seminarreihe halten sollte, am liebsten abgesagt. Aber das Zeichen, das er mit einer solchen Absage gesetzt hätte, wäre zweifellos in die falsche Richtung gegangen. Aus diesem Grund würde er nun über innere Sicherheit im Zusammenhang mit den aktuellen Veränderungen in der deutschen Gesellschaft und der Bedrohung durch den Islamismus mit all seinen Auswüchsen sprechen. Als BND-Mitarbeiter fühlte Bauer sich für dieses Thema nicht wirklich zuständig, doch mit seinem Wechsel aus dem Ausland nach Berlin hatte er erkennen müssen, dass die Übergänge fließender waren, als er es sich früher vorgestellt hatte. Das gefiel ihm keineswegs, und er fragte sich in letzter Zeit öfter, was gewesen wäre, wenn er diese Beförderung abgelehnt hätte. Aber die Frage war müßig. Es gab keine Antwort. Und kein Zurück.

Letztlich hatten ihn seine Verdienste, seine Fachkompetenz für das Geschehen im Nahen Osten und sein Netzwerk zu anderen europäischen und transatlantischen Nachrichtendiensten in diese Führungsposition gebracht.

›Wir brauchen Ihre Erfahrung in Berlin‹, hatte sein Vorgesetzter damals argumentiert. ›Sie sind zu wertvoll für uns, um Sie da draußen zu vergeuden. Überlassen Sie das operative Geschäft den Jüngeren.‹

Alles in Bauer hatte sich gesträubt bei dem Gedanken an eine leitende Position in Berlin. Schließlich wusste er genau, was damit verbunden war. Die Zusammenarbeit mit den befreundeten Diensten auf der administrativen Ebene erforderte ganz andere Kompetenzen als diejenigen, die bisher von ihm gefordert waren, und er taugte nicht als Schnittstelle in die Politik. Aber genau das hatte sein Vorgesetzter nicht hören wollen.

›Die Sicherheitslage ist alles andere als einfach im Moment. Wir brauchen jemanden, der seinen eigenen Erfahrungshorizont in die Verhandlungen und Gespräche einbringt und nicht mit Informationen oder Meinungen aus zweiter oder dritter Hand arbeitet. Und wir benötigen auf einer solchen Position auch jemanden mit Ihrem Scharfsinn. Ich bedaure es sehr, Sie aus meinem Team zu verlieren, aber Sie können das leisten. Das weiß ich.‹

Natürlich hatte sein Vorgesetzter recht, wenn er Sachverstand und Erfahrung einforderte. Doch inzwischen wusste Bauer, dass er trotz alledem hätte ablehnen sollen.

Er atmete tief durch, als er an das Publikum dachte, dem er gleich gegenüberstehen würde, an die Skepsis, die ihm entgegenschlagen würde, ebenso wie die Fragen, auf die er gerade jetzt keine befriedigenden Antworten geben konnte. Für einen Moment wünschte er sich, mit dem jungen Jogger tauschen zu können. Dann ließ er das Telefon in die Außentasche seines Sakkos gleiten und ging zum Eingang des Gebäudes.

Die Teilnehmer der Seminarreihe setzten sich aus Vertretern der zivilen und militärischen Führungsebene des Bundes zusammen. Wie erwartet waren es zu achtzig Prozent Männer. Die meisten kannten sich untereinander. Bauer begrüßte den Chef des Stabes, der in Vertretung des Präsidenten der Akademie eine kurze Einführung halten würde. Sie wechselten einige belanglose Höflichkeiten, bis Bauers Aufmerksamkeit von einer Frau gefangen genommen wurde, die von der Seite auf ihn zukam und ihn mit »Hallo, Marc« begrüßte.

Bauer schluckte.

»Vivien«, murmelte er überrascht.

Der Chef des Stabes lächelte. »Ah, Sie kennen sich. Das ist gut. Frau Mainhardt ist heute als Rechtsexpertin hier. Sie gehört dem Team an, das die Regierung in juristischen Fragen berät. Wir haben sie, obwohl sie nicht am Seminar teilnimmt, explizit zu dieser Veranstaltung eingeladen.«

»Hm, ja«, war das Einzige, was Bauer zu seiner eigenen Verblüffung herausbrachte.

Vivien hatte sich nicht verändert, seit sie sich das letzte Mal gesehen hatten. Und dem Moment und der Umgebung überhaupt nicht angemessen, fragte er sich, wann dieses letzte Mal gewesen war, nachdem Vivien sich entschlossen hatte, ihre Arbeit bei den *Vereinten Nationen* in Genf aufzugeben, um nach Hamburg zurückzukehren und ihrer Ehe noch eine Chance zu geben.

Vivien schien ebenso überrascht wie er.

»Wusstest du, dass ich hier heute …«, fragte er dennoch.

Der Chef des Stabes zog sich diskret zurück.

Sie schüttelte den Kopf und sah verlegen zu Boden. »Ich … ich habe den Termin ganz kurzfristig auf den Schreibtisch bekommen und, ehrlich gesagt, nicht genau auf die Teilnehmerliste geschaut.«

Er lächelte. »Was für ein Zufall, oder?«

»Ja, irgendwie schon.« Beinahe prüfend sah sie ihn nun an. »Du siehst gut aus. Keinen Tag älter.«

Es war geschmeichelt, aber er nahm es gern an.

»Du auch«, erwiderte er. In ihrem Fall war es die Wahrheit. Das klassische Kostüm, das sie trug, betonte ihre schlanke Figur vorteilhaft. Das dunkle Haar trug sie hochgesteckt. Wie immer fielen ihr ein paar widerspenstige Strähnen ins Gesicht, und er musste an sich halten, sie nicht zurückzustreichen. Doch was ihm vor allem auffiel, war die Zufriedenheit, die sie ausstrahlte. War sie endlich zur Ruhe gekommen?

»Wann haben wir uns das letzte Mal gesehen?«, fragte er und nahm den rauhen Unterton in seiner Stimme wahr.

»Vor drei Jahren in Hamburg«, antwortete sie.

Er zog fragend eine Augenbraue hoch.

»Du warst überraschend in der Stadt und hattest mich angerufen«, fügte sie erklärend hinzu. »Aber wir konnten uns nur kurz auf einen Kaffee treffen, erinnerst du dich nicht?«

Ja, doch, jetzt erinnerte er sich. Es war eine unbefriedigende, viel zu kurze Begegnung gewesen, vielleicht hatte er sie deswegen aus seinem Gedächtnis verdrängt. Aber waren seither tatsächlich drei Jahre vergangen?

»Ist es wirklich schon so lange her?«

Sie nickte.

Um sie herum begannen die anderen Anwesenden ihre Plätze aufzusuchen. Widerstrebend sah er zum Rednerpult hinüber. »Ich fürchte, ich muss jetzt auf dieses Podium«, sagte er bedauernd.

»Ja, ich weiß.« Lag auch in ihrer Stimme eine gewisse Atemlosigkeit, oder bildete er sich das nur ein, weil er so aufgewühlt war von ihrer unerwarteten Begegnung?

Er suchte ihren Blick und sah sie tatsächlich nervös lächeln.

»Hast du im Anschluss Termine?«, fragte er und formulierte in Gedanken bereits eine Nachricht an Weber, um seine angekündigte Rückkehr eine Stunde zu verschieben, während er sich gleichzeitig klarmachte, dass eine solche Handlungsweise bis vor kurzem für ihn noch undenkbar gewesen wäre.

»Nichts, was nicht warten könnte«, entgegnete sie.

Es ging bereits auf Mittag zu, als sie nach einer gemeinsamen S-Bahn-Fahrt ein kleines Restaurant in einer Seitenstraße nahe der Charité betraten, das Vivien ausgewählt hatte und das Marc mit seinem zentralen Tresen aus dunklem Holz an einen gediegenen britischen Pub erinnerte. Sie fanden einen ungestörten Platz direkt am Fenster. Die Karte war überschaubar, vorwiegend fleischlos, und Marc warf Vivien einen fragenden Blick zu. »Hat dich der Umzug in die Hauptstadt zur Vegetarierin werden lassen?«

»Ich hab zwei nahezu erwachsene Töchter, die sehr bewusst leben«, erwiderte sie fast entschuldigend.

»Aber du musst nicht heimlich ins Steakhouse gehen, wenn es dich überkommt?«

»Nein, ganz so schlimm ist es nicht. Noch nicht.«

Die Bedienung kam, brachte ihre Getränke und nahm die Bestellung auf.

Sie prosteten sich zu. Er beobachtete, wie Vivien ihr Glas behutsam wieder abstellte und mit dem Finger langsam über den Rand strich.

»Seit wann bist du in Berlin?«, fragte sie nach einer Weile. Sie hatte es beiläufig klingen lassen wollen, aber die erneute Atemlosigkeit in ihrer Stimme verriet sie.

»Seit etwas mehr als einem Jahr.« Er ließ sie nicht aus den Augen.

Überrascht sah sie auf. »So lange schon? Wie kommt es, dass wir uns nie begegnet sind, obwohl wir beide regelmäßig im Regierungsviertel zu tun haben?« Sie klang fast empört, was ihm ein Lächeln entlockte.

»Hätten wir nicht wenigstens bei einer Veranstaltung oder einem Empfang aufeinandertreffen müssen?«, fügte sie ungläubig hinzu.

»Du weißt, dass ich solche Verpflichtungen meide, wo ich nur kann.«

»Ja, aber ich weiß auch, dass du sie nutzt, um deine Netzwerke zu pflegen.«

»Nicht hier in Berlin.«

»Nicht?«

Er schüttelte den Kopf. »Ich bereue noch heute den Tag, an dem ich zugesagt habe.«

»Warum?«

»Ich eigne mich nicht für die Zusammenarbeit mit Staatssekretären und Politikern.«

Sie wusste sofort, wovon er sprach. »Du bist vermutlich nicht bereit, ihre Eitelkeiten zu befriedigen.«

»Nicht, wenn es der Sache schadet.«

»Was machst du genau?«

Er erzählte ihr so viel, wie er verantworten konnte. Sie hörte aufmerksam zu, stellte hier und da eine Frage, und er erkannte, dass er schon lange nicht mehr auf einer so persönlichen Ebene mit einem anderen Menschen zu tun gehabt hatte.

»Und du?«, fragte er schließlich. »Was hat dich nach Berlin geführt?«

Sie zuckte mit den Schultern. »Ich bin eine ganze Weile zwischen Hamburg und Berlin gependelt, um herauszufinden, ob der Job hier überhaupt etwas für mich ist. Nach der Scheidung von Christian vor einem Jahr habe ich dann den Schritt gewagt, herzuziehen.«

»Schon mutig als Hamburgerin nach Berlin zu gehen«, bemerkte er trocken.

»Findest du?«, nahm sie den Ball auf. »Tatsächlich fühle ich mich ziemlich wohl. In Berlin kann man sein, wie man ist – zumindest jenseits des Regierungsviertels.«

Bauer lachte auf. »Ja, da hast du wohl recht.«

Als sie sich eine Stunde später voneinander verabschiedeten, hielt er ihre Hand einen Moment länger fest als nötig. »Ich würde dich gern wiedersehen.«

Sie entzog sich ihm nicht. »Ja«, erwiderte sie überraschend sanft. »Ich dich auch.«

Sie reichte ihm ihre Visitenkarte. »Auf der Rückseite stehen meine Privatadresse und meine Mobilnummer. Was hältst davon, wenn wir demnächst ein Glas Wein bei mir trinken?«

»Ich ruf dich an«, versprach er.

Er sah ihr nach, wie sie die Straße hinunterging, sich an der Ecke noch einmal zu ihm umwandte und winkte. Er hatte gedacht, sie hätte sich nicht verändert, aber das stimmte nicht.

KAPITEL 9

Mehrere Hundert Gläubige hörten sich bereits in der großen Moschee die Predigt des Imams an, als Djamal das Gotteshaus mit seinem Vater betrat. Dass sie so spät waren, war seine Schuld. Er hatte ihren Aufbruch bewusst verzögert und den Ärger seines Vaters in Kauf genommen, um Issam und seiner Clique zu entgehen, doch als sie sich jetzt in die Reihen der Betenden einreihten, ahnte er bereits, dass seine Mühen vergebens gewesen waren. Ein schneller Rundblick zeigte ihm in seiner Nähe zwei alte Freunde seines Vaters, mit denen er im Gemeindezentrum sicher noch ein Glas Tee trinken würde. Und natürlich wäre es respektlos gegenüber seinem alten Herrn, ohne ihn nach Hause zu fahren.

Es gelang Djamal nicht, sich auf die Predigt zu konzentrieren. Seine Gedanken schweiften ab, gleichzeitig beobachtete er Issam, der nur wenige Reihen vor ihm aus der Menge herausstach, weil er als einer der wenigen eine Takke, die Gebetsmütze der Muslime, trug.

Issam kam nicht gern in die große Moschee, der Imam war ihm zu gemäßigt und die Gemeinde zu angepasst an das westliche Leben. Aber zum Freitagsgebet versammelten sich hier auch viele junge Muslime, und Djamal wusste, dass Issam und seine Clique hofften, unter ihnen einige rekrutieren zu können.

Endlich war die Predigt zu Ende. Djamal ließ sich in den vertrauten Ritus der Gebete fallen, die ihn, wenn er es zuließ, in einen meditativen Zustand versetzen konnten und seinen Geist besonders dann, wenn er angespannt oder gestresst war, beruhigten. Sechsmal täglich hatte er während der Vorbereitung auf sein Abitur und auch innerhalb der Prüfungsphase aus diesem Grund gebetet. Seine Eltern hatten diese Meditationsübungen zum Anlass genommen, seine religiöse

Ausrichtung kritisch zu hinterfragen. »An Allah zu glauben und ihm zu dienen ist gut und richtig«, pflegte sein Vater zu sagen. »Aber es muss mit Augenmaß geschehen.«

Mit dieser Einstellung ließen seine Eltern ihnen mehr oder weniger freie Hand bezüglich ihres Glaubens. Seine Schwester Ayasha begleitete ihren Vater ebenso selten in die Moschee wie seine Mutter, die das Freitagsgebet für ein Privileg der Männer hielt. Diese liberale Haltung traf im weiteren Familienkreis nur begrenzt auf Verständnis. Es war ein offenes Geheimnis, dass sein Cousin ein Auge auf seine Schwester geworfen hatte, aber Issam stieß sich an Ayashas Lebenswandel, angefangen bei der Kleidung, die sie trug, über ihre Schminke bis hin zu den Diskothekenbesuchen mit ihren Freundinnen. ›Wie soll deine Schwester einen anständigen muslimischen Mann bekommen, so wie sie sich anzieht und benimmt?‹, hatte er Djamal einmal direkt gefragt.

Djamal war über diese Anmaßung seines Cousins verärgert gewesen. Noch vor wenigen Monaten, vor Issams religiöser Wandlung, hatte er an derlei Themen keinen Gedanken verschwendet. ›Vielleicht will sie gar keinen muslimischen Mann heiraten‹, hatte Djamal deshalb lediglich geantwortet und mit Genugtuung verfolgt, wie sein Cousin sich beleidigt zurückgezogen hatte.

Die letzten Silben des Gebets waren gesprochen, und Djamal war gezwungen, seine mentale Schutzzone zu verlassen. Wie erwartet bedeutete sein Vater ihm, dass er noch bleiben würde, und aus dem Augenwinkel sah Djamal, wie Issam bereits auf ihn zusteuerte in Begleitung eines jungen, muskulösen Mannes, ähnlich gekleidet wie er selbst, der jedoch nicht die geheimnistuerische Art seines Cousins ausstrahlte, sondern offen lächelte, als er Djamals Blick begegnete.

»Djamal?«

Djamal nickte und ergriff die ihm entgegengestreckte Hand.

»*As-salāmu 'alaykum,* Friede sei mit dir«, sagte der Mann. »Ich bin Yusuf.«

»*Wa-'alaykum us-salām,* Friede sei mit dir«, erwiderte Djamal zurückhaltend.

»Ich freu mich, dich kennenzulernen«, fuhr Yusuf fort. »Issam hat mir viel von dir erzählt. Du hast ein Maschinenbaustudium begonnen, ist das richtig?«

Djamal, der bereits darauf gefasst gewesen war, auf seine Verhaftung vom Vortag angesprochen zu werden, war angenehm überrascht. »Ja, das stimmt«, entgegnete er daher bereitwillig. »Interessierst du dich für das Fach?«

»Ich hab auch Maschinenbau studiert«, erwiderte Yusuf. Wie Issam trug er einen dichten Bart, der die Hälfte seines Gesichts bedeckte und ihm bis auf die Brust reichte, er wirkte jedoch älter als Issam, und seine nächsten Worte bestätigten diese Annahme. »Ich habe das Studium schon abgeschlossen, aber wenn du mal Fragen hast …«

Djamal nickte lediglich. Er hatte sich noch immer nicht ganz von seiner Überraschung erholt.

»Ich arbeite inzwischen als Ingenieur und war eine Zeitlang im Irak tätig. Meine Firma hat dort ein größeres Projekt übernommen«, fuhr Yusuf im Plauderton fort. »Hast du nicht auch vor kurzem deine Familie dort besucht?«

»Mein Cousin scheint dich ja umfassend informiert zu haben«, bemerkte Djamal mit einem ärgerlichen Seitenblick auf Issam.

Yusuf lachte. Es war ein angenehmes Lachen. »Nimm es ihm nicht übel. Ich glaube, er ist einfach sehr stolz auf dich.«

»Auf mich?«

»Ja, auf dich. Er sagte mir, dass er seinen kleinen Cousin dafür bewundert, dass er so zielstrebig seinen Weg geht.«

Djamal zog verblüfft eine Augenbraue hoch. Er war sich nicht sicher, wie er die Situation bewerten sollte. Yusufs lockere und sympathische Art gefiel ihm, und die Aufmerksamkeit des Älteren schmeichelte ihm, aber etwas, das er nicht näher definieren konnte, mahnte ihn auch zur Vorsicht. Yusuf schien Issams Freund zu sein, und Djamals Vertrauen gegenüber seinem Cousin hatte in letzter Zeit gelitten.

»Warst du schon häufiger im Irak?«, wollte Yusuf wissen.

»Nein, es war mein erster Besuch.«

»Und wie war es für dich?«

Erneut zögerte Djamal. Was sollte er antworten? Natürlich hatte er mit seiner Familie über seine Reise gesprochen, aber seine Empfindungen und Erlebnisse, die ihm nahegegangen und ihn tief berührt hatten, waren ihm nicht über die Lippen gekommen. Er hatte nicht einmal mit Nina darüber gesprochen. Er würde sich auch hier in der Moschee nicht dazu äußern gegenüber einem Fremden, dem er zum ersten Mal gegenüberstand. Aber die Ernsthaftigkeit, mit der Yusuf seine Frage gestellt hatte, machte es unmöglich, nicht darauf zu antworten.

»Es ist beeindruckend, wie die Menschen im Irak ihr Leben meistern«, antwortete er schließlich. »Wenn man das einmal gesehen hat, schämt man sich fast der lächerlichen kleinen Probleme, mit denen wir uns in unserem Alltag herumschlagen.«

Yusuf sah ihn einen Moment schweigend an. »Ich glaube, wir sprechen dieselbe Sprache«, sagte er dann. »Die Mächte des Westens haben eine Menge zerstört in unserem Land, nicht nur an Bauwerken, sondern auch an gesellschaftlichen Strukturen«, fügte er mit einer Sachlichkeit hinzu, die Djamal Respekt abforderte. »Saddam war ein Mörder, aber seine Nachfolger sind letztlich nicht besser, und viele Iraker sind traumatisiert von den Kriegen und ihren Folgen. Die Jüngeren unter ihnen wissen längst nicht mehr, was Frieden bedeutet.«

Djamal betrachtete Yusuf interessiert. Er sprach akzentfrei Deutsch, als wäre er hier geboren und aufgewachsen. Trotzdem sprach er vom Irak als »unser Land«.

»Hast du mal von dem Begriff ›verlorene Generation‹ gehört?«, unterbrach Yusuf seine Gedanken.

»Ja, sicher.«

»Und im Irak hast du sie mit eigenen Augen gesehen.«

Djamal nickte.

»Es hat dich berührt, nicht wahr?«

Djamal schwieg. Natürlich hatte es ihn berührt, die Kinder zu sehen, die mit löchrigen Schuhen an den Füßen und mit selbstgebauten Waffen in den Händen den Krieg nachstellten, den sie noch immer täglich erlebten. Oder die Jugendlichen, die auf der Ladefläche von heruntergekommenen Lkws saßen auf dem Weg in ein Militärcamp. Die Mädchen, deren Hände von der harten Arbeit schon rauh waren wie die der Alten. Die Zerstörung, in der sie alle aufwuchsen. Aber das war nichts, worüber er reden wollte. Schon gar nicht hier.

Yusuf drängte ihn nicht.

»Du hast recht, hier ist nicht der richtige Ort, um über solche Themen zu sprechen«, sagte er stattdessen. »Aber ich würde gern mehr über deine Einschätzung zum Irak hören. Vielleicht, wenn wir uns das nächste Mal sehen?«

»Ja, vielleicht«, entgegnete Djamal zurückhaltend.

Yusuf lächelte. »Dann bis zum nächsten Mal.«

Djamal sah ihm mit gemischten Gefühlen nach.

Als er mit seinem Vater auf dem Heimweg war, erreichte ihn eine Nachricht von Issam.

Yusuf hat mich gebeten, dir seine Kontaktdaten zu schicken.

Djamal starrte nachdenklich auf die Wörter.

»Was beunruhigt dich?«, fragte sein Vater, der gegenüber von ihm im S-Bahn-Abteil saß.

»Wirke ich beunruhigt?«, fragte Djamal irritiert.

Sein Vater nickte.

Djamal stützte das Kinn in seine Hand und starrte aus dem Fenster auf die vorbeiziehenden Häuser und Straßen und konnte nicht verhindern, dass seine Erinnerungen an die vom Krieg verwüsteten Orte im Irak auftauchten.

»Wie ist es für dich, wenn du in den Irak zurückkehrst?«, wandte er sich unvermittelt an seinen Vater. »Ist es noch dein Land, quälen dich die Zerstörung und die Armut?«

Omar Khadim antwortete nicht gleich, aber das hatte Djamal von seinem Vater auch nicht erwartet. Zeit seines Lebens kannte er ihn als einen besonnenen und zurückhaltenden Mann, der sich Zeit ließ, um sich dann wohlüberlegt zu äußern.

»Ja, Djamal, es schmerzt mich, dass ein Land, das so voller Reichtum ist, ausgebeutet und zerstört wird«, sagte Omar schließlich. »Das Zweistromland zwischen Euphrat und Tigris gilt als Wiege der Kultur, und du hast gesehen, was heute davon übrig ist. Wie die Menschen nach mehr als zwanzig Jahren Krieg darben und welch eine Verrohung Einzug gehalten hat. Aber eine solche Entwicklung würde mich in jedem Land dieser Welt schmerzen.« Omar begegnete Djamals zweifelndem Blick. »Wir haben unsere Wurzeln im Irak, und es wird uns immer etwas mit diesem Land verbinden, aber ich glaube nicht, dass auch nur einer aus unserer Familie heute noch dort leben könnte. Nicht mit der Freiheit und den Erfahrungen, die wir hier im Westen gemacht haben«, erklärte er ernst.

»Bist du sicher?«

»O ja, Djamal, deine mehrwöchige Reise zeigt dir nicht den Alltag, nicht die Engstirnigkeit und die aufbrausende Mentalität der Menschen in dieser Region der Welt, wenn es darum geht, ihre Auslegung des Glaubens zu verteidigen.«

»Aber du bist doch auch Muslim!«

Omar lächelte milde. »Sagen wir es so: Der Glaube ist Teil meines Lebens. Allah ist mir eine Stütze in schweren Zeiten und Adressat für meine Dankbarkeit in guten. Aber ich würde weder für ihn noch für irgendeinen anderen Gott in den Krieg ziehen.«

Djamal dachte unwillkürlich an Issam und an sein Gerede über die Verpflichtung, die jeder wahrhaft Gläubige gegenüber seinen Brüdern und Schwestern im Nahen Osten besaß. Bislang waren ihm diese Gedanken fremd gewesen. Doch nach seiner Reise hatte er sich vermehrt gefragt, ob Issam nicht doch recht hatte, denn der Wohlstand der Menschen in Europa gründete sich letztlich auf dem Elend ihrer Brüder und Schwestern in Ländern wie dem Irak. Von diesem Elend zu wissen war das eine, es mit eigenen Augen zu sehen etwas ganz anderes.

»Vielleicht hast du recht, und man sollte für keinen Gott in den Krieg ziehen, aber für mehr Gerechtigkeit in dieser Welt?« Die Worte entwichen ihm hitziger, als er es beabsichtigt hatte.

»Kriege bringen keine Gerechtigkeit, sondern Elend und Zerstörung. So wie im Irak. Du hast es doch mit deinen eigenen Augen gesehen«, mahnte sein Vater ernst.

Djamal schnaubte, noch immer ungehalten, sagte aber nichts weiter, ebenso wenig wie sein Vater, da sie ihren Zielbahnhof erreicht hatten und aussteigen mussten. Sobald sie jedoch allein auf dem Gehweg unterwegs waren, ergriff sein Vater erneut das Wort, ein deutliches Zeichen, wie sehr ihm die Thematik am Herzen lag. »Djamal, mein Sohn«, beschwor er ihn. »Du bist in einem der reichsten und sichersten Länder dieser Welt geboren und genießt seinen Schutz. Setz dieses Privileg nicht aufs Spiel!«

Seine eindringliche Stimme löste in Djamal ein beklemmendes Gefühl aus. Im Gegensatz zu seiner Mutter besaß sein Vater keinen Hang zur Dramatik und äußerte sich auch nicht so häufig zu diesen Themen, weshalb Djamal seine Worte umso ernster nahm.

»Auch andere junge Menschen suchen ihren Platz in dieser Gesellschaft. Die Gründe sind vielfältig und längst nicht immer kulturell oder religiös bedingt«, fuhr sein Vater fort. »Und viele dieser jungen Menschen haben nicht einmal im Ansatz die Chancen, die dir aufgrund deiner Bildung und Erziehung offenstehen.« Sein Vater griff nach seinem Arm. »Du darfst das nicht leichtfertig wegwerfen!«

»Kein Sorge, Vater«, beeilte er sich zu versichern. »Hab keine Sorge deswegen.«

»Gut, mein Sohn.« Omar Khadim ließ seinen Arm wieder los, aber die Wachsamkeit in seinen Augen blieb. Und Djamal überfiel eine heftige Scham, der er sich nicht entziehen konnte.

KAPITEL 10

Dr. Gerd Ingenhausen öffnete Vivien persönlich seine Bürotür, als sie zu ihrem vereinbarten Termin erschien.

»Vivien«, begrüßte er sie. »Schön, dich zu sehen.«

Er sah müde aus an diesem Freitagnachmittag. Aus der Zeitung wusste sie, dass er eine anstrengende Woche hinter sich hatte. Die große Zahl der Flüchtlinge war auch im Justizministerium ein Dauerthema, und Gerd ging inzwischen auf die siebzig zu. Umso mehr schätzte sie es, dass er sich ihrer Anfrage persönlich annahm.

Mit ihrem ehemaligen Seniorpartner verband sie noch immer mehr als nur ihre damalige Geschäftsbeziehung. Gemeinsam hatten sie eine international tätige Anwaltskanzlei geführt, in der Vivien sich im Laufe der Jahre auf Menschenrechtsverletzungen in Krisengebieten und die Vertretung politisch Verfolgter spezialisiert hatte. Als Vertreterin der Opfer und damit der Nebenklage war sie gelegentlich auch am Strafgerichtshof in Den Haag tätig gewesen. Ingenhausen war ihr Mentor und väterlicher Freund, und der Entschluss, sich beruflich von ihm zu trennen, um nach Genf zu gehen, war ihr nicht leichtgefallen. Aber nach ihrer Verhaftung und den darauffolgenden Schrecknissen hatte sie nicht in ihr altes Leben zurückkehren können. Er hatte sich damals nach Berlin orientiert und dank seiner vielfältigen Kontakte in der Hauptstadt und der Regierung trotz seines Alters innerhalb weniger Jahre eine steile politische Karriere durchlaufen, die, so nahm Vivien an, den Abschluss seines Berufslebens krönen würde.

»Herr Minister«, erwiderte sie daher mit einem Augenzwinkern.

Ingenhausen schüttelte amüsiert den Kopf. »Das von dir, meine Liebe.« Er war ein wuchtiger Mann, der sie in seinen inzwischen erreichten körperlichen Ausmaßen an den Ex-Kanzler Kohl erinnerte. »Möchtest du einen Kaffee?«

»Gern«, erwiderte Vivien und nahm in einem der Sessel Platz, die vor seinem Schreibtisch standen.

Er reichte ihr eine Tasse. »Und? Was ist das schon wieder für ein Kreuzzug, für den du meine Hilfe brauchst?« Jede Spur der eben noch gezeigten Unbeschwertheit war mit einem Mal aus seiner Stimme gewichen. »Verfällst du wieder in alte Muster?«

Vivien versuchte, sich davon nicht beeindrucken zu lassen. Von jeher schon war er Meister solcher unvermittelten taktischen Stimmungsumschwünge gewesen.

»Es ist nichts dergleichen, Gerd«, entgegnete sie ruhig. »Der junge Mann, um den es geht, ist Ninas Freund. Sie hat mich um Hilfe gebeten. Da kann ich mich nicht verweigern.«

Ingenhausen rieb sich das breite Kinn. »Ich habe den Jungen überprüfen lassen. Bis auf die Tatsache, dass er vor kurzem für drei Wochen im Irak war, ist er ein unbeschriebenes Blatt.«

Vivien runzelte die Stirn. »Ganz ehrlich, Gerd, er hat dort seine Familie besucht. Sonst nichts. Das kann man ihm doch nicht zum Vorwurf machen.«

»Niemand macht ihm diesen Besuch zum Vorwurf. Aber du musst verstehen, dass wir in der momentanen Situation und angesichts der massiven Bedrohung durch islamistische Terrorgruppen sehr sensibel reagieren.«

Vivien räusperte sich. »Gerd, wir sind hier unter uns. Es besteht keine Veranlassung für diese politische Phrasendrescherei.« Sie warf ihm einen eindringlichen Blick zu. »Mal ehrlich, glaubst du wirklich an eine massive Bedrohung?«

Ingenhausen seufzte. »Um dich zu beeindrucken, muss man noch immer schweres Geschütz auffahren, oder?«

Vivien lächelte. »Du hast meine Frage nicht beantwortet.«

»Und du hast dich nicht verändert«, konterte er.

Sie sah ihn schweigend an.

Ingenhausen trank einen Schluck Kaffee, bevor er antwortete: »Unter uns und im Vertrauen, Vivien, die Bedrohung ist da. Wir wären Idioten, wenn wir es uns nicht eingestehen würden. Aber sie ist nicht so groß, wie es dargestellt wird. Nicht hier in Deutschland. Die Brennpunkte bleiben Frankreich und Belgien.«

»Das habe ich mir schon gedacht. Dann finden wir doch sicher einen Weg, Djamal Khadim aus dem Fokus der Behörden zu nehmen, oder?«

»Ich habe das bereits veranlasst. Das Verfahren gegen ihn wird eingestellt.«

»Und diese Rowdys, die ihn und seine Mutter angegriffen haben?«

Ingenhausen hob beschwichtigend die Hand. »Lassen wir es dabei, in Ordnung?«

Vivien war damit nicht zufrieden, und sie ahnte, dass Djamal es auch nicht sein würde, aber sie wusste, dass sie den Bogen nicht überspannen durfte.

»In Ordnung«, erwiderte sie daher lediglich. »Ich bin dir wirklich sehr dankbar für deine schnelle und unbürokratische Hilfe.«

»Es war mir eine Freude«, bemerkte er lächelnd und stand auf. Die Audienz war beendet.

»Wir sollten mal wieder zusammen essen«, fügte er hinzu, als sie schon an der Tür standen.

»Mach einen Terminvorschlag«, erwiderte sie. »Ich bin vermutlich flexibler als du.«

»Da magst du recht haben. Meine Assistentin wird sich bei dir melden, wenn es dir recht ist.«

Vivien stand auf. »Ich freue mich drauf, Gerd.«

»Ich mich auch.«

Sobald sie das Justizministerium verlassen hatte, rief sie ihre Tochter an, um ihr das Ergebnis ihres Gesprächs mitzuteilen.

Nina reagierte erleichtert. »Wirklich, o Mama, das ist großartig! Danke! Ich werde ihn gleich anrufen und es ihm erzählen.«

»Ist er nicht bei dir?«

»Nein, heute ist doch Freitag, da geht er immer mit seinem Vater in die Moschee. Wir wollen uns heute Abend treffen und zusammen mit Sarah und Djamals Schwester in die Warschauer Straße.«

»Das wird aber erst später sein, so dass wir uns zu Hause noch sehen, oder?«

»Ja, klar. Sarah ist auch noch beim Training.«

Nachdem die Verbindung getrennt war, hielt Vivien in Gedanken versunken ihr Telefon in ihrer Hand, bevor sie es zurück in ihre Tasche steckte. Es war erleichternd und erschreckend zugleich, wie wenig ihre Töchter sie tatsächlich noch brauchten.

Auf dem Weg zurück in ihr Büro betrachtete sie in der Friedrichstraße im Vorbeigehen die Auslagen der Schaufenster und ließ das Gespräch mit Ingenhausen noch einmal Revue passieren. Die Fragen, die sie ihm zur aktuellen Bedrohungslage gestellt hatte, hätte sie gern auch Marc Bauer gestellt. Auch wenn sie in ihrer jetzigen Tätigkeit für die Regierung in einem völlig anderen Bereich arbeitete, beschäftigten sie die brisanten Fragen zu Menschenrechten, Sicherheit und Terrorismus, die sie über viele Jahre in ihrem Arbeitsleben begleitet hatten, nach wie vor. Doch während ihres gemeinsamen Essens wollte sie ihr überraschendes Wiedersehen nicht mit diesen Themen belasten, zumal sie wusste, dass Marc weder über seine aktuelle Arbeit noch über sein Privatleben gern etwas preisgab.

Er war ein verschlossener Mann, und seine bereitwillige Erklärung, was für eine Stellung er in Berlin besetzte, hatte sie schon sehr erstaunt. Ebenso wie sein Wunsch, sie wiedersehen zu wollen. Sie hatte spontan zugestimmt, aber mit etwas Abstand fragte sie sich, welche Konsequenzen ein solches Treffen hätte. Ihn plötzlich zu sehen hatte sie nicht unberührt gelassen. Ganz im Gegenteil. Ihr heutiges Treffen hatte ihr sehr deutlich gezeigt, dass Marc Bauer immer noch einer der wenigen ungelösten Fälle in ihrem Leben war.

KAPITEL 11

Die ausgestrahlten Details des amerikanischen Nachrichtensenders über den nach wie vor flüchtigen Attentäter ließen Bauer keine Ruhe. Seit zwei Tagen stand die deutsche Regierung deswegen massiv unter Druck.

Ein schneller Fahndungserfolg war jetzt vonnöten, doch davon waren sie weit entfernt, zumal nicht einmal sicher war, ob der Gesuchte sich tatsächlich in Deutschland aufhielt.

Bei einer Festnahme in Nordbayern hatten die Fahnder sich zunächst erfolgreich geglaubt, doch letztlich hatte sich herausgestellt, dass der verhaftete Mann zwar im fraglichen Zeitraum aus Frankreich nach Deutschland eingereist und auch nordafrikanischer Herkunft war, ansonsten aber ein völlig unbescholtener Bürger war, der seit fast zwanzig Jahren einen Teppichhandel in Nürnberg führte.

Auf Drängen der Politik waren daraufhin, wie bereits befürchtet, pressewirksam einige kurzsichtige Aktionen durchgeführt worden: Einsatzkommandos der Polizei hatten in Bremen, Stuttgart und Köln die Räume einschlägiger muslimischer Kulturvereine durchsucht und insgesamt dreizehn Männer verhaftet. Lukas Weber war außer sich vor Wut gewesen, als er die Arbeit mehrerer Monate binnen weniger Stunden vernichtet sah.

Die Kanzlerin traf sich mit ihrem Stab unter höchsten Sicherheitsvorkehrungen zu einem Krisengespräch mit der politischen Führung Frankreichs, bei dem auch nicht mehr herauskam als die gegenseitige Versicherung zu engster Zusammenarbeit in der aktuellen Lage. Die Opposition nutzte dankbar die Situation, um die Regierung zu diskreditieren. Selbst innerhalb der Koalition gab es Streit über die weitere Vorgehensweise.

Es brodelte an allen Ecken und Enden, solange der meistgesuchte Mann Europas nicht gefunden war.

»Es ist nicht abwegig, ihn in Deutschland zu vermuten«, sagte Bauer nach der Lagebesprechung zu Lukas Weber, der ihn ins GTAZ begleitet hatte. »Die meisten europäischen Auslandskämpfer des IS kommen aus Frankreich, Großbritannien und Deutschland. Wenn unser Mann im Irak an der Eroberung von Mossul beteiligt war, wird er Kontakt zu Deutschen gehabt haben, die alle sehr gut in die Heimat vernetzt sind.«

»Wenn!«, entgegnete Weber nur. Er war noch immer gereizt wegen der Hausdurchsuchungen der Kulturvereine. »Wir wissen ja noch nicht einmal, ob er tatsächlich im Irak war, geschweige denn, ob er jetzt in Deutschland ist.«

»Wir müssen irgendwo anfangen, Lukas, das wissen Sie so gut wie ich«, gab Bauer ruhig, aber bestimmt zurück. »Wenn wir ständig nur mutmaßen, drehen wir uns im Kreis.«

Weber vergrub die Hände in den Taschen seiner zu weiten Anzughose und sah mit gerunzelter Stirn zum Fenster hinaus. »Wenn er in Deutschland ist, wird er nach Berlin kommen«, sagte er schließlich.

Bauer nickte nachdenklich. »Das sehe ich auch so. Die hiesige Szene pflegt nach unserem Kenntnisstand intensive Kontakte ins Ausland, und Berlin bietet allein wegen seiner Größe und der vielschichtigen Bevölkerung wesentlich mehr Möglichkeiten zum Untertauchen als jede andere Stadt in Deutschland.«

»Das ist richtig«, bestätigte Weber, »vielleicht vergrößert sich die Szene deshalb auch so rasant.« Er klappte seinen Laptop auf und öffnete eine Grafik. »Hier sehen Sie die Entwicklung der vergangenen Jahre. Wir haben in Berlin inzwischen rund siebenhundert Salafisten, mehr als die Hälfte von ihnen ist gewaltbereit. Von den einhundert Personen, die in den Irak oder Syrien ausgereist sind, um sich dem IS anzuschließen, ist die Hälfte nach Berlin zurückgekehrt.«

Bauer waren die Zahlen natürlich bekannt. Ebenso wie der Verfassungsschutz beobachtete auch der BND die Aktivitäten der Salafisten, wenn auch aus einem anderen Blickwinkel.

»Unter den Rückkehrern ist ein Mann, den meine Behörde als höchst gefährlich einstuft«, fuhr Weber fort und öffnete ein neues

Fenster auf seinem Laptop. Das Gesicht eines bärtigen Mannes nahöstlicher Herkunft erschien. »Yusuf Asmani, 29 Jahre alt, Westberliner Urgewächs, nach seinem Abitur hat er hier in der Hauptstadt an der Technischen Universität Maschinenbau studiert, in diesem Zeitraum muss auch seine Radikalisierung stattgefunden haben.«

Bauer betrachtete mit gerunzelter Stirn das Foto, dann zog er sein Mobiltelefon aus der Jackentasche und gab einige Daten ein. »Yusuf Asmani«, bestätigte er. »Er ist auch in unserer Datenbank, seit er vor einem Dreivierteljahr in den Irak ausgereist ist.«

Weber nickte. »Vor vier Wochen ist er mit zwei Männern zurückgekommen. Während seines Aufenthaltes im Irak hat er über Facebook und Skype unregelmäßig Kontakt zu Personen gehalten, die zum Kern der hiesigen salafistischen Szene zählen.«

»Was macht ihn so besonders?«, wollte Bauer wissen.

»Er ist international sehr gut vernetzt und besitzt außergewöhnliche Führungsqualitäten.«

»Ich nehme an, Sie haben einen Informanten in der Szene?«

»Es ist uns vor etwa einem Jahr gelungen, einen wirklich guten Mann einzuschleusen.«

»Haben Sie schon Kontakt zu ihm aufgenommen?«

Weber nickte. »Wann immer es die brisante Gesamtlage zulässt, sind wir im Austausch. Für heute Nacht haben wir ein Treffen vereinbart.«

»Rufen Sie mich gleich im Anschluss an.«

»Das kann spät werden – oder früh.«

»Was haben Sie vor?«

»Ich werde in der Warschauer Straße unterwegs sein.«

»Das heißt, Sie feiern die Nacht in der Partymeile durch?«

Weber grinste. Sein Ärger war zumindest für den Moment verflogen. »Wenn es nötig ist.«

»Melden Sie sich, egal, um welche Uhrzeit.« Bauer warf einen Blick auf seine Uhr. »Ich muss jetzt aufbrechen. Ich habe noch eine Verabredung im Bundeskanzleramt mit dem zuständigen Staatssekretär.«

»Was wollen Sie ihm berichten?«

Bauer zuckte mit den Schultern. »Das Übliche. Ein paar Zahlen, Daten und Fakten, die ihn befriedigen und mich nicht in Schwierigkeiten bringen.«

»Das macht keinen Spaß, oder?«

»Nein, natürlich nicht, weil es der Sache an sich nicht gerecht wird. Aber es ist müßig, darüber zu debattieren.«

Weber klappte seinen Laptop zu und stand auf. »Bis später dann, Chef.«

Bauer war versucht, ihn zu korrigieren. Er war nicht mehr sein Vorgesetzter, der junge Mann hatte es allen Schwierigkeiten zum Trotz geschafft, sich aus seinem Schatten herauszuarbeiten und Karriere zu machen, und er wünschte sich mit ihm eine Zusammenarbeit auf Augenhöhe. Aber alte Gewohnheiten waren bisweilen schwer zu durchbrechen. »Passen Sie auf sich auf, Lukas!«, sagte er daher nur.

Augenblicke später sah er durch das Fenster seinen jüngeren Kollegen dem gut gesicherten Ausgang des Geländes zustreben. Mit seinem verstrubbelten Haarschopf und seinem Jungengesicht wirkte er trotz der formellen Kleidung nach wie vor wie Mitte zwanzig, obwohl er zehn Jahre älter war, aber Bauer nahm an, dass Weber noch mit über vierzig aussehen würde, als wäre er gerade von zu Hause ausgezogen.

Er zog sein Sakko an. Auch für ihn war es an der Zeit, aufzubrechen. Entgegen seiner Gewohnheit hatte er einen Dienstwagen angefordert, und er wollte den Fahrer nicht warten lassen. Er nutzte dieses Privileg nur selten. Er zog es vor, U- oder S-Bahn zu fahren oder, wo es sich anbot, zu Fuß zu gehen. So war er deutlich näher am Puls der Bevölkerung, als wenn er sich hinter verdunkelten Scheiben durch die Straßen chauffieren ließ. Wenn er sich die Zeit nahm, zu beobachten, wie sich die Menschen, insbesondere Fremde, begegneten und miteinander umgingen, ließ sich die Stimmung in der Gesellschaft am ehesten erspüren. Doch für heute waren starke Gewitter angesagt, keine guten Voraussetzungen, um sich an einem Freitagmittag in überfüllte Bahnwaggons zu drängen, erst recht nicht, wenn ein Termin im Regierungsviertel ein makelloses Auftreten erforderte. Niemand dort hatte Verständnis für Exzentrik.

Er nutzte die Fahrt, um sich noch einmal abschließend auf das bevorstehende Gespräch vorzubereiten. Sein Verhältnis zu dem Staatssekretär, an den er wöchentlich berichtete, war nicht das beste. Der Mann besaß eine opportunistische Ader und gehörte einer Partei an, mit deren Zielen sich Bauer noch nie hatte identifizieren können. Er hatte bislang geglaubt, professionell genug zu sein, um über diese Dinge hinwegsehen zu können, aber die Zeit in Berlin hatte ihn dünnhäutig werden lassen.

Eine Viertelstunde vor der verabredeten Zeit erreichte er das Bundeskanzleramt. »Soll ich auf Sie warten?«, fragte der Chauffeur.

»Nein, danke«, erwiderte Bauer. »Ich nehme nachher die Bahn.«

Er stieg aus und ging an fotografierenden Touristen vorbei auf das Gebäude zu, das gleichzeitig so wuchtig und doch so filigran wirkte. Vor der Sicherheitskontrolle wartete eine Besuchergruppe, die er umging, indem er seinen Dienstausweis zeigte. Mit den ihm eigenen langen Schritten eilte er in den Seitenflügel, in dem sich das Büro des Staatssekretärs befand.

Er hätte sich Zeit lassen können, denn sein Gesprächspartner ließ ihn warten. Eine junge und eine Spur zu attraktive Assistentin brachte ihm einen Kaffee, der schmeckte, als würde er schon Stunden auf der Warmhalteplatte stehen. Er stellte die Tasse nach einem Schluck ab und begann, im Flur auf und ab zu gehen. Um sich von seinem Ärger abzulenken, zählte er seine Schritte und berechnete anhand der Schrittlänge, dass er während der knapp fünfundvierzig Minuten, die der Staatssekretär ihn warten ließ, knapp vier Kilometer in dem Gang zurückgelegt hatte.

Endlich öffnete sich die Tür.

»Herr Bauer, bitte entschuldigen Sie«, begrüßte ihn Dr. Max Grundheber in einem geschäftsmäßig jovialen Ton, den Bauer überhaupt nicht mochte. Aber er lächelte nur, nahm die ihm entgegengestreckte, leicht schweißige Hand und schüttelte sie.

Im Büro des Politikers roch es nach abgestandener Luft. Durch das Fenster konnte Bauer sehen, wie sich am Himmel die ersten grauen Gewitterwolken zusammenballten.

Grundheber folgte seinem Blick. »Das wird heute noch ein ziemliches Unwetter geben.« Er fuhr mit einem nervösen Grinsen fort. »Passend zu unserer Situation, fürchte ich.« Er ließ sich auf dem Stuhl hinter seinem Schreibtisch nieder und wies mit einladender Geste auf einen der Sessel davor, als Bauer von sich aus keine Anstalten machte, Platz zu nehmen. Grundheber war bereits über sechzig, schlank für sein Alter, das noch volle graue Haar sorgfältig gescheitelt und gekämmt. Er würde bald in Pension gehen, wenn ihn nicht eine glückliche Fügung aus der zweiten Reihe der Politik in die erste auf einen Ministerposten beförderte. Bauer wusste, dass er darauf spekulierte, seit er vor einigen Jahren aus der bayerischen Landespolitik nach Berlin gekommen war. Jetzt standen die Wahlen bevor, was zwangsläufig eine Kabinettsumbildung nach sich ziehen würde.

Bauer legte seinen Bericht auf den Schreibtisch und gab Grundheber mündlich eine Zusammenfassung über die wichtigsten Zahlen und Fakten.

Der Staatssekretär hörte schweigend zu, und Bauer konnte sehen, wie es in ihm arbeitete. »Wir brauchen jetzt sehr schnell sehr konkrete Ergebnisse«, erwiderte er schließlich.

»Das ist mir durchaus bewusst«, entgegnete Bauer. »Und wie Sie dem Bericht entnehmen können, arbeiten wir mit allen verfügbaren Kräften daran.«

»Ich habe heute Abend noch eine Besprechung mit dem Chef des Kanzleramtes und dem Stab des Innenministers. Ich finde es höchst bedauerlich, dort nicht mehr vorlegen zu können.«

»Ich habe Ihnen alle Informationen mitgebracht, die wir bis zum jetzigen Zeitpunkt haben.«

Grundheber legte die Hand auf den Bericht, den er noch nicht einmal aufgeblättert hatte. »Anfang nächster Woche erwarten wir die französische Führung zu einem Arbeitsbesuch.« Er machte eine bedeutungsvolle Pause.

»Ich habe davon gehört«, bemerkte Bauer trocken.

Der Staatsekretär beugte sich vor. »Es wäre für uns beide von Vorteil, wenn die Kanzlerin einen Attentäter auf dem Silbertablett servieren könnte. Meinen Sie nicht auch?«

Bauer knirschte mit den Zähnen.

Die Botschaft war deutlich.

Einen Attentäter. Nicht *den* Attentäter.

»Wir tun, was wir können«, entgegnete Bauer mit eisiger Miene.

Diese Antwort befriedigte Grundheber keineswegs, das machte das kurze Zucken seiner Mundwinkel nach unten deutlich.

»In der momentanen, brisanten Lage erreichen Sie mich selbstverständlich auch am Wochenende jederzeit über die Ihnen bekannte Nummer«, sagte er abschließend nur noch und stand auf. Die anfängliche Jovialität war aus seiner Stimme verschwunden. »Ich erwarte Ihren Anruf.« Er begleitete Bauer nicht zur Tür.

Im Vorzimmer saß die langbeinige Assistentin und lächelte ihm zu, als könne sie damit das rüde Verhalten ihres Vorgesetzten ausgleichen. Bauer blickte in ihr hübsches Gesicht und auf ihre perfekt manikürten und lackierten Fingernägel. Ahnte sie, was hinter der Tür im Büro ihres Chefs vor sich ging? Mit welchen Mitteln hier gespielt wurde? Oder war sie wirklich so unschuldig und unbefangen, wie sie sich gab, als sie ihm ein schönes Wochenende wünschte? Auf jeden Fall erschien sie ihm viel zu jung für die dunklen Machtspiele dieser Welt, denen er an diesen Tagen auf Schritt und Tritt zu begegnen schien.

»Das wünsche ich Ihnen auch«, entgegnete er daher freundlich.

Als er wenige Minuten später das Bundeskanzleramt verließ, hörte er das erste Donnergrollen. Es schien ihm wie ein Sinnbild für das bevorstehende Wochenende.

KAPITEL 12

Nina Mainhardt zog fröstelnd ihre leichte Jacke enger um die Schultern. Das Gewitter vom Nachmittag hatte die Luft merklich abgekühlt, und nun, da die Sonne untergegangen war, zog eine frische Brise von der Spree in die Strandbar und ließ die Wedel der aufgestellten Palmen und die dazwischen hängenden Lichterketten tanzen. Djamal legte prüfend seine Hand auf ihren Arm. »Du hast Gänsehaut. Soll ich dir eine Decke holen?«

Nicht nötig, so kalt ist es nicht, wollte sie sagen, aber bevor sie es aussprechen konnte, war er schon aufgestanden und schlängelte sich zwischen den bis auf den letzten Platz besetzten Tischen und Stühlen hindurch. Nina sah ihm nach und beobachtete, wie eine junge Kellnerin ihm mit kokettem Lächeln auswich. Unwillkürlich runzelte sie die Stirn.

Ihre Reaktion provozierte eine Bemerkung ihrer Schwester, die ihrem Blick gefolgt war. »Du bist ganz schön eifersüchtig«, stellte Sarah lächelnd fest. »Dabei hast du keinen Grund.«

Nina verzog das Gesicht. »Du wirst irgendwann selbst merken, dass man das nicht steuern kann. Ich erinnere dich zu gegebener Zeit dran.«

Djamal blieb länger weg, als erwartet, und als er endlich zurückkam, war er zu ihrer Überraschung in Begleitung eines hochgewachsenen, muskulösen Mannes syrischer oder irakischer Abstammung. Dunkle kurze Locken umrahmten sein markantes Gesicht, und in seinen Augen und um die Mundwinkel lag ein Lächeln, das ihn trotz des üppigen Bartes, den er trug, sehr attraktiv machte. Dennoch betrachtete Nina ihn skeptisch.

»Das, Yusuf«, stellte Djamal sie einander vor, »sind meine Freundin Nina und ihre Schwester Sarah.«

»Hallo«, begrüßte Yusuf sie, während sein Blick von Nina zu Sarah wanderte, an der er prompt hängenblieb wie die Blicke der meisten Männer, egal welchen Alters. Sarah rückte verunsichert ihre Brille zurecht und schlug die Augen nieder. Ihre Schwester war so entsetzlich schüchtern, dass Nina sich bisweilen fragte, ob überhaupt jemals ein Mann ihr Herz erobern würde. Aber ihre Mutter hatte sie erst letztens beruhigt: »Das ist jetzt ein alter Spruch, aber letztlich muss nur der Richtige kommen.«

Nun, bislang war der Richtige noch nicht aufgetaucht. Und so lange würde ihre schöne Schwester weiterhin die besseren Zensuren nach Hause bringen und die Schulmeisterschaften im Tennis gewinnen.

Doch auch wenn Nina gelegentlich der Neid quälte, liebte sie Sarah innig. Ihre Schwester war ihr Gewissen, ihr, wie sie sie bisweilen lachend neckte, »besseres Ich«.

Jetzt sah sie, wie Sarah unter dem anhaltenden Blick des Fremden errötete, und in dem Wunsch, ihr beizustehen, sagte sie: »Hi, Yusuf, woher kennst du Djamal?«

Entschuldigend wandte er sich ihr zu. »Wir haben uns heute in der Moschee kennengelernt.«

Djamal räusperte sich. »Yusuf ist ein Bekannter von Issam.«

»Ah, wie interessant«, bemerkte Nina lächelnd, obwohl allein schon die Erwähnung von Issams Namen sie ärgerte. »Erlaubt dir deine Religion denn ein solches Vergnügen?«, fügte sie provokativ hinzu und spürte Djamals plötzliche Anspannung.

Yusuf hingegen lächelte. »Tatsächlich ist mir meine Religion sehr wichtig«, entgegnete er ruhig, »aber Allah erlaubt es durchaus, dass wir uns amüsieren.«

»Na, das klingt doch aufgeklärt«, bemerkte Nina trocken. Sie konnte nicht verhehlen, dass dieser Mann ihr Interesse weckte. Gleichzeitig mahnte eine innere Stimme sie zur Vorsicht, ohne dass sie ergründen konnte, warum. Lag es an seinem Alter? Sie schätzte ihn auf Ende zwanzig. Damit war er nicht viel älter als manch anderer in ihrem Bekanntenkreis, aber er besaß eine Ausstrahlung, die Djamal neben ihm wie einen Schuljungen wirken ließ.

»Habt ihr etwas dagegen, wenn ich mich zu euch setze?«, fragte Yusuf. Obwohl er es vermeiden wollte, streifte sein Blick erneut Sarah.

Nina sah ihre Schwester fragend an. Statt einer Antwort nahm sie ihre Handtasche von dem einzigen noch freien Stuhl an ihrem Tisch.

Als die Bedienung das nächste Mal vorbeikam, bestellte Yusuf ein Wasser.

»Trinkst du generell keinen Alkohol?«, fragte Sarah zu Ninas Überraschung.

»Du weißt doch, Enthaltsamkeit schärft die Sinne«, warf Nina ein, bevor er antworten konnte.

Yusuf bedachte sie mit einem nachdenklichen Blick. »Du hast völlig recht. Und das ist auch genau der Grund, warum uns der Koran den Genuss von allem Berauschenden versagt.«

Nina nahm einen Schluck von ihrer Schorle. Sie trank ebenso wie ihre Schwester nur selten Alkohol. Aber das war ihre eigene, freiwillige Entscheidung. »Empfindest du es in unserer Zeit nicht als anachronistisch, nach den Regeln einer so alten Schrift zu leben?«, fragte sie daher.

»Hältst du die Regeln der westlichen Demokratien für moderner?«, konterte Yusuf herausfordernd. »Haben sie ihren Ursprung nicht auch in der Magna Carta, die inzwischen mehr als achthundert Jahre alt ist?«

Nina konterte: »Diese Regeln sind aber frei vom Diktat einer Religion.«

»Nicht ganz«, widersprach Yusuf erneut. »Oder willst du behaupten, dass die Politik des Westens und damit die Regierungen frei von christlichen Werten sind? Denk an die Zehn Gebote des Alten Testaments.«

Sie schürzte skeptisch die Lippen. »Du hast deine Argumente ja schnell parat. Führst du solche Diskussionen des Öfteren?«

»Bisweilen«, entgegnete Yusuf und lächelte entwaffnend. »Und wie ist es mit dir?«

»Ich wollte dich nur provozieren«, entgegnete Nina mit einem koketten Augenaufschlag, der seine Wirkung nur selten verfehlte. »Mit so viel Ernsthaftigkeit hab ich nicht gerechnet.« Sie reckte sich. »Lass uns aufhören und stattdessen überlegen, was wir heute Nacht noch unternehmen.«

»Da wir ausnahmsweise einmal zu viert sind, könnten wir Billard spielen, bevor wir in einen der Clubs gehen«, mischte Djamal sich ein.

Nina zog erstaunt die Augenbrauen hoch. »Hab ich etwas verpasst? Wann haben wir beschlossen, dass Yusuf mit von der Partie ist?«

Yusuf sah sie eindringlich an. »Hast du etwas gegen meine Begleitung?«

»Komm, Nina, hab dich nicht so«, warf Sarah ein. »Wir können doch gemeinsam gegen die Jungs spielen.«

Djamal schnaubte spaßhaft. »Dann haben wir kaum eine Chance, würde ich sagen.«

Yusuf sah ihn fragend an. »Spielst du so schlecht?«

Djamal lachte. »Nein, Sarah spielt so gut und Nina nur unwesentlich schlechter.«

»Dann würde ich vorschlagen, dass ich mit Sarah spiele«, sagte Yusuf. »Sie kann meine Patzer ausgleichen, und ihr habt eine gerechte Chance.«

»Du kannst also noch nicht einmal Billard spielen?«, stellte Nina sarkastisch fest.

Yusuf ließ sich nicht aus der Ruhe bringen. »Doch, aber ich hab einfach zu wenig Übung.«

»Yusuf ist wie ich gerade aus dem Irak zurückgekehrt«, warf Djamal erklärend ein. »Aber er war deutlich länger dort.«

»Ach, tatsächlich?« Sarah sah Yusuf plötzlich mit neuem Interesse an. »Wie lange warst du dort?«

»Fast drei Monate.«

»Und was hast du gemacht?«

»Ich bin Maschinenbauingenieur. Nach Abschluss des Studiums hatte ich mich bei einer Firma speziell für dieses Projekt im Irak beworben.«

»Respekt«, bemerkte Sarah. »Und was machst du jetzt, seit du zurück bist?«

»Das Projekt ist noch nicht beendet. Aber es gibt einiges, was von Deutschland aus koordiniert werden muss.«

»Klingt wirklich interessant«, bemerkte Nina in einem Tonfall, für den Sarah ihr einen mahnenden Blick zuwarf. Nina legte die Decke zur Seite. »Wollen wir aufbrechen?«

Als sie wenig später gemeinsam am Spreeufer entlanggingen, gesellte sich ihre Schwester zu ihr. »Warum bist du so?«

»Lass uns nicht mehr darüber sprechen«, antwortete Nina gereizt.

Aber Sarah ließ nicht locker. »Du hast Yusuf nicht geglaubt, als er von seiner Arbeit erzählt hat.«

Nina betrachtete Djamal und Yusuf, die ein Stück vor ihnen gingen und in eine intensive Diskussion vertieft schienen. »Nein, ich glaube nicht, dass er uns die Wahrheit erzählt hat.«

»Warum sollte er uns anlügen?«

»Sarah, manchmal bist du ganz schön naiv. Hast du nicht gemerkt, mit welcher Heftigkeit und Eloquenz er seinen Glauben verteidigt hat?«

»Findest du es heftig?«

Nina nickte. »Deswegen hab ich dem Gespräch eine andere Richtung gegeben.«

Sarah runzelte die Stirn. »Du bist voreingenommen, weil er ein Freund von Issam ist.«

»Bin ich nicht.«

»Doch, wenn du ehrlich bist, musst du es eingestehen.«

Nina seufzte. »Okay, mag sein, dass ich ihm nicht ohne Vorurteile begegnen kann, aber ich traue ihm trotzdem nicht.«

»Wirst du mit Djamal darüber reden?«

»Ich denke schon, dass ich das sollte. Es ist nur …« Sie wich dem Blick ihrer Zwillingsschwester aus.

Sarah legte ihr spontan einen Arm um die Schultern. »Was?«

»Es ist im Moment schwierig, mit Djamal über diese Themen zu sprechen. Er reagiert dann sehr schnell ungehalten.« Unsicher strich sie sich eine Haarsträhne hinters Ohr. »Wirklich, dieser Yusuf, er hätte in keinem schlechteren Moment auftauchen können. Djamal kommt mir so unberechenbar vor seit der gestrigen Schlägerei und der Behandlung, die er durch die Polizei erfahren hat, und dieser Yusuf ist ein …« Hilflos suchte sie nach Worten.

»Er ist ein Verführer«, konstatierte Sarah.

Nina sah ihre Schwester überrascht an.

Sarah lächelte verlegen. »Ich hab gesehen, wie du ihn angeschaut hast.« Sie räusperte sich. »Ganz ehrlich, er fasziniert mich auch, und …« Sie brach abrupt ab, aber Nina wusste, was ihre Schwester sagen wollte.

»Djamal kann sich ihm ebenso wenig entziehen«, vollendete sie Sarahs Gedanken. »Und wer weiß, was dieser Mann ihm ins Ohr flüstert.« Sie sah ihre Schwester unglücklich an. »Warum gerade jetzt, Sarah? Djamal ist so unsicher, und so viele Fragen bewegen ihn zu seiner Religion und seiner Herkunft. Er ist in den Irak gereist, um diese Fragen zu klären, aber stattdessen hat die Reise für ihn nur noch mehr Probleme aufgeworfen.«

»Findest du, dass ihn die drei Wochen verändert haben?«

Nina zögerte. »Sie haben ihn nachdenklicher gemacht«, erwiderte sie dann. »Und in mancher Hinsicht wütend. Er spricht seither viel über Ungerechtigkeit und darüber, dass unser Wohlstand nur auf Kosten anderer existiert.«

»Was ja auch stimmt.«

»Ja, aber, verdammt, Sarah, wird irgendjemand woanders auf diesem Planten satt, nur weil wir weniger essen?«

Der Druck von Sarahs Arm um ihre Schultern verstärkte sich. »So funktioniert das nicht, Nina. Das weißt du. Sei nicht kindisch.«

Nina hatte eine scharfe Replik auf der Zunge, doch in diesem Moment lachte Djamal über etwas, das Yusuf gerade gesagt hatte, und die beiden Mädchen beobachteten, wie dieser Djamal freundschaftlich auf die Schulter klopfte. Nina schluckte.

»Jetzt hast du den gleichen Gesichtsausdruck wie vorhin, als die Kellnerin Djamal angelächelt hat«, stellte Sarah fest. »Hast du dir schon einmal überlegt, ob du nicht vielleicht einfach nur eifersüchtig bist?«

Nina runzelte die Stirn. »Ich weiß es nicht, Sarah.«

KAPITEL 13

Vivien Mainhardt starrte in die Dunkelheit und tastete nach dem Lichtschalter. Erst als sich der weiche Schein ihrer Nachttischlampe im Raum ausbreitete, beruhigte sich ihre Atmung. Die Bettdecke klebte an ihrem Körper, und ihr Herz klopfte heftig. Sie versuchte, die Bilder des Traums zu verdrängen sowie die Angst und die Beklemmung, die sie auch jetzt noch im Wachen spürte. Würden diese Alpträume niemals aufhören?

Umständlich richtete sie sich im Bett auf, schob sich ihr Kissen in den Rücken und griff nach der Wasserflasche und dem Glas, das sie immer auf dem Nachttisch stehen hatte.

Diese alltäglichen Gesten hatten ebenso wie das vertraute Gefühl des kalten, ihre Kehle hinunterrinnenden Wassers eine beruhigende Wirkung auf sie. Aber der Traum war noch immer da, lauerte in den dunklen Ecken des Zimmers, in der Stille, die um diese Uhrzeit selbst in einer großen Stadt wie Berlin in der Nacht hing. Langsam erst, dann immer schneller schlug sie ihre Fingernägel gegen das Glas und lauschte dem nervösen Stakkato, das sie erzeugten.

Eine Zelle.

Steinboden.

Kälte.

Durst.

Es war kein Traum. Es war eine Erinnerung. Zehn Jahre alt und trotzdem noch immer so lebendig, als wäre sie dem Gefängnis eben erst entronnen, in das sie in der Hysterie der Terrorbekämpfung ohne jede rechtliche Grundlage verschleppt worden war. Dort hatte man sie erniedrigt und vergewaltigt, um Informationen aus ihr herauszupressen, die sie niemals besessen hatte, und versucht, ihr Beschuldigungen über Menschen zu entlocken, mit denen sie gearbeitet hatte und befreundet gewesen war. Seither ging sie nicht mehr schlafen, ohne ein Glas Wasser neben ihr Bett zu stellen. Behutsam setzte sie das Glas erneut an und trank in kleinen Schlucken. Das Herzklopfen blieb. Und aus den letzten dunklen Ecken ihres Schlafzimmers gesellte sich die Einsamkeit dazu. Plötzlich war alles zu groß. Das Bett. Das Zimmer. Die Wohnung. Die Zeit, die sich vor ihr erstreckte.

Sie kämpfte nur selten mit dem Alleinsein, aber es gab diese schwachen Momente, in denen sie sich wünschte, jemand würde neben ihr im Bett liegen. Jemand, dem sie vertraute, der ohne Worte spürte, wie sie sich nach diesen Alpträumen fühlte. Jemand, der Wärme spendete und Trost. Ihre Finger verkrampften sich um das Glas. Sie stellte es ab, als sie sich ihrer Reaktion bewusst wurde, griff nach der Fernbedienung und schaltete den Fernseher ein, der am Fußende ihres Bettes auf dem Sideboard stand. Suchte die Sender durch, bis sie bei CNN stoppte, es lief ein Filmbeitrag aus dem Irak. Kurdengebiet. Ruinen von Häusern und der Rauchpilz einer Explosion. Weinende Frauen. Männer, die schreiend Gewehre in die Luft reckten. Unendlich blauer Himmel. Sie ließ die Bilder vorbeiflimmern, hörte auf die Stimme des Sprechers, der die Vorfälle kommentierte, bis die Szenerie wechselte. Ein Flüchtlingscamp im Libanon, in dem die Menschen noch immer hungerten. Oder schon wieder. Sie sah die Verzweiflung in Gesichtern, die gezeichnet waren vom täglichen Kampf um die Grundbedürfnisse des Lebens. Und plötzlich überwältigte sie Scham.

Ihre Finger fuhren über den feinen Stoff ihrer Bettwäsche. Ihr Blick löste sich von den flackernden Bildern auf dem Fernsehschirm und strich über die liebevoll ausgesuchten Möbel ihres Schlafzimmers. Ja, ihr war Schreckliches widerfahren, aber sie hatte überlebt, war zurückgekehrt. Eine gut bezahlte Arbeit versorgte sie, und eine große Wohnung bot ihr Privatsphäre und Rückzugsmöglichkeit. Ihre Kinder waren gesund, erfolgreich und behütet, lebten *im Frieden*, während vor den Toren Europas jeden Tag in der Folge kriegerischer Handlungen oder aus Hunger so viele Menschen starben.

Entschlossen schaltete sie den Fernseher ab und schlug die Bettdecke zurück. Aus Erfahrung wusste sie, dass sie nicht mehr einschlafen würde, deshalb ging sie ins Bad und stellte sich unter die Dusche. Es war drei Uhr dreißig.

Das warme Wasser vertrieb die letzte Erinnerung an den Traum, der sie aufgeschreckt hatte. An die dunkle Zelle in jenem geheimen amerikanischen Gefängnis in Rumänien. An die Willkür, der sie ausgeliefert gewesen war, an das Elend, die Schmerzen und ihre Nacktheit und die alles überschattende Verzweiflung, gegen die sie jeden Tag aufs Neue gekämpft hatte, um nicht den Verstand zu verlieren.

Sie zog nur ihren Bademantel über und ging barfuß durch den langen Flur in die Küche, um sich Kaffee zu kochen. Die Zimmer der Mädchen waren dunkel und still. Vivien bildete sich ein, dass sie spürte, ob ihre Töchter zu Hause waren oder nicht. Die Wohnung wirkte anders, wenn sie da waren. Jetzt waren sie es nicht.

Es dauerte nicht lange, bis der frisch gebrühte Kaffee die Küche mit seinem Duft erfüllte. Vivien schenkte sich ein, öffnete die Tür zum Küchenbalkon und setzte sich hinaus, wo sie in der beginnenden Dämmerung beobachtete, wie die Sternbilder an dem heller werdenden Firmament langsam verblassten. Eine Amsel begann ihr Lied zu singen, und nach und nach fielen andere Vögel ein, bis sie von einer Gruppe Krähen verscheucht wurden, die sich laut krächzend auf den Firsten der gegenüberliegenden Häuserreihe niederließen.

Gegen fünf Uhr kamen Nina und Sarah zurück. Auf Zehenspitzen tappten sie durch den Flur, um ihre Mutter nicht zu wecken, flüsterten noch kurz, dann schlossen sich ihre Zimmertüren hinter ihnen. Vivien widerstand dem Drang, einen Blick in ihre schlafenden Gesichter zu werfen, wie sie es früher oft getan hatte. Stattdessen holte sie sich die Zeitung herein, brühte sich noch einen zweiten Kaffee und ging zurück auf den Balkon.

Um sechs Uhr dreißig meldete ihr Handy den Eingang einer SMS. Mit einer Mischung aus Neugierde und Irritation stand sie auf und ging hinein. Das Telefon lag auf dem Küchentisch.

Die Nachricht war von Marc Bauer. Zum zweiten Mal an diesem Morgen bekam sie ungewollt Herzklopfen.

Ich wollte dich am Wochenende besuchen, aber im Moment frisst mich die Arbeit auf. Kannst du dich auf ein »vielleicht heute Abend« einlassen?

Sie hatte ihm ihre Karte gegeben, aber nicht nach seiner Telefonnummer gefragt. Das war ihr nicht leichtgefallen, und als Belohnung für ihre Zurückhaltung schrieb sie ihm nicht zurück, sondern rief ihn spontan an.

»Du bist schon wach?«, fragte er überrascht.

Nach der emotionalen Achterbahnfahrt, die sie hinter sich hatte, tat es unerwartet gut, seine Stimme zu hören.

»Ich habe schlecht geträumt«, gestand sie daher. »Ich kann dann meistens nicht mehr schlafen.« Sie war selbst erstaunt über ihre Freimütigkeit. »Wo bist du?«, fragte sie, um vom Thema abzulenken.

»Auf dem Weg ins Büro.«

»Du bist früh dran.«

»Die aktuelle Lage erfordert momentan unsere ganze Aufmerksamkeit.«

»Noch immer der Anschlag in Frankreich?«, wagte sie zu fragen.

»Zumindest die Begleitumstände.«

»Es wäre schön, wenn du trotzdem Zeit fändest, vorbeizukommen.«

»Ich werde es versuchen.«

Als sie aufgelegt hatte, lauschte sie gedankenverloren dem Nachhall seiner Stimme.

Wohin führt das?, fragte sie sich erneut.

Nachdem sie aus Genf nach Hamburg zurückgekehrt war, hatten sie beide stillschweigend den Kontakt einschlafen lassen. Nur einmal hatten sie sich noch kurz gesehen. Und dieses Treffen hatte sie nicht in angenehmer Erinnerung. Marc war gehetzt und übernächtigt gewesen nach einem Transatlantikflug. Sie hatten sich nichts zu sagen gehabt.

Wie es schien, hatte er diese Begegnung in seinem Gedächtnis noch viel weiter verdrängt als sie.

In den folgenden Jahren hatte sie oft an ihn gedacht. Sich gefragt, wo er war, was er machte, wie es ihm wohl ging. Doch nach ihrer Scheidung von Christian und ihrem Umzug nach Berlin hatte sie nicht versucht, den Kontakt wiederherzustellen. Vielleicht aus Angst, dass sie nicht über das gemeinsame Abenteuer hinauskommen würden, und mit Marc Bauer verband sie zu viel, als dass er für sie jemals nur ein Abenteuer sein könnte. Hatte er vor zehn Jahren nicht seine gesamte Existenz aufs Spiel gesetzt, um sie zu retten, nachdem er begriffen hatte, welch ein Fehler es gewesen war, auf die Forderungen der Amerikaner einzugehen, die entfesselt von den Antiterrorgesetzen auch europäische Bürger ins Visier genommen hatten?

Nie in ihrem Leben hätte Vivien gedacht, dass ihr einmal die Unschuldsvermutung, eines der Grundprinzipien des rechtsstaatlichen Strafverfahrens, verwehrt werden könnte. Nicht in Europa. Dass sie überhaupt zurückgekehrt war, dass sie wieder ein Leben erhalten hatte, hatte sie wohl Marc allein zu verdanken. Er hatte sich über die Weisungen seiner Vorgesetzten hinweggesetzt, hatte die Zusammenarbeit der Nachrichtendienste und das gegenseitige Vertrauen in Frage gestellt und war auf eigene Faust nach Rumänien geflogen, um sie ausfindig zu machen und unter Einsatz seines Lebens nach Hause zu bringen. Dabei hatten sie sich damals kaum gekannt. Aber noch heute war er vermutlich der Einzige, der wirklich verstand, wie das Geschehene sie verändert, welche Spuren es hinterlassen hatte.

»Mama?«

Vivien schrak auf.

Nina stand, lediglich in T-Shirt und Unterhose bekleidet, in der Balkontür. Ihr langes Haar hing ihr ungekämmt ins Gesicht, ihre Augen waren gerötet und ihr Gesicht verquollen, als hätte sie geweint.

»Nina! Ist etwas passiert?« Die Zeitung fiel zu Boden, als Vivien aufsprang.

»Warum bist du schon wach, Mama?«, schniefte ihre Tochter.

»Ich konnte nicht mehr schlafen«, entgegnete Vivien. »Was ist mit dir? Geht es dir nicht gut?«

Nina schüttelte den Kopf und brach in Tränen aus. Vivien zog sie in ihre Arme und hielt sie, bis Nina sich beruhigte.

»Willst du reden?«, fragte Vivien leise.

Nina schüttelte den Kopf.

»In Ordnung«, beruhigte Vivien sie, auch wenn es ihr schwerfiel. Sie wusste, dass sie ihre Tochter in einer solchen Situation nicht drängen durfte. »Ich bringe dich jetzt in dein Zimmer, und dann versuchst du, ein wenig zu schlafen.«

»Hast du eine Kopfschmerztablette für mich?«, fragte Nina mit matter Stimme.

»Auch das«, versprach Vivien.

Sie blieb an Ninas Bett sitzen und hielt ihre Hand, bis ihre Tochter tief und gleichmäßig atmete. Dann schlich sie auf Zehenspitzen zur Tür. Dabei fiel ihr Blick auf Ninas Mobiltelefon, das neben der Tür auf dem Boden lag, als hätte sie es dort hingeworfen. Vivien hob es auf und legte es auf den Nachttisch neben die Fotografie von Djamal.

Nachdenklich blickte Vivien auf das Konterfei des jungen Mannes und erinnerte sich an ein Streitgespräch der beiden, das sie ungewollt mitgehört hatte. Zankapfel waren Djamals Cousin und seine plötzliche Frömmigkeit gewesen. Stellten Issams radikale Ansichten eine Bedrohung dar? Waren sie der Grund für Ninas Kummer? Vivien dachte an ihre letzte Begegnung mit Djamal nach dem Zwischenfall auf der Straße. An die Wut in seinen Augen. Und plötzlich war ihr Alptraum wieder präsent. Beklemmung umfing sie. Sie sah auf ihre Tochter, die im Schlaf so jung und verletzlich aussah. War ihr Kind wirklich so sicher und beschützt, wie sie glaubte?

Die aktuelle Lage erfordert momentan unsere ganze Aufmerksamkeit. Marcs Worte.

Auch in Deutschland wirkten unkontrollierbare Kräfte, und sie machte sich etwas vor, wenn sie meinte, dass sie nur Djamal gefährlich werden konnten.

KAPITEL 14

Djamal spürte, wie ihn der melodische Gebetsrhythmus beruhigte und die Ereignisse der letzten Stunden langsam verblassten, während er tiefer in die Meditation glitt. Der rauhe Teppich drückte sich durch den dünnen Stoff seiner Hose, und das Murmeln der vereinzelten Gläubigen, die an diesem frühen Samstagmorgen in die Moschee gekommen waren, vermischte sich mit dem Verkehrsrauschen, das durch die geöffneten Fenster hereindrang. Ganz allmählich löste sich die Spannung in ihm auf, und als das Gebet schließlich zu Ende war, tauchte er nur mühsam aus dem tranceähnlichen Zustand auf. Auch die durchgemachte Nacht forderte letztlich ihren Zoll. Mit einem unterdrückten Gähnen erhob er sich.

»Packt dich jetzt die Müdigkeit?«, fragte Yusuf neben ihm leise. »Wollen wir noch einen Kaffee trinken?«

Djamal zögerte, als die Realität ihn einholte. Er war Yusufs Vorschlag, die Moschee für das Morgengebet zu besuchen, zunächst nur widerwillig und mehr oder weniger aus der Not heraus gefolgt, da Nina ihn auf dem Bahnsteig einfach hatte stehenlassen. Ohne ein Wort des Abschieds war sie in die S-Bahn eingestiegen und hatte ihn durch das Fenster wütend angesehen, als der Zug angefahren war. Doch aller Trotz hatte nicht über die Tränen hinwegtäuschen können, die in ihren Augen gestanden hatten. Er konnte sich nicht erinnern, dass sie schon einmal so miteinander gestritten hatten. In seinem Zorn hatte er sein Mobiltelefon ausgeschaltet, was ihm jetzt leidtat. Wie er Nina kannte, hatte sie nach Abklingen ihres ersten Ärgers versucht, ihn zu erreichen, und als er es jetzt im Vorraum der Moschee wieder einschaltete, bestätigte sich seine Vermutung. Viermal hatte sie angerufen, jedoch keine Nachricht hinterlassen.

»Ich ruf erst einmal Nina zurück«, erwiderte er deshalb auf Yusufs Frage hin.

»Natürlich«, erwiderte dieser, der Zeuge ihres Streits geworden war, »aber meinst du nicht, dass sie längst schläft?«

Djamal zuckte mit den Schultern. »Das werde ich ja sehen.«

Als er nur ihre Mailbox erreichte, ließ er frustriert sein Telefon sinken.

»Komm!«, sagte Yusuf und klopfte ihm aufmunternd auf die Schulter. »Hier gleich um die Ecke gibt es den besten Kaffee der Stadt, das wird dich aufmuntern.«

»Es ist noch früh«, gab Djamal zu bedenken. »Welcher Laden außer McDonald's oder Burger King hat jetzt schon auf?«

Yusuf grinste. »Meine Wohnung. Sie befindet sich ganz in der Nähe.« Als er sah, dass Djamal noch immer zögerte, fügte er hinzu: »Meine Einladung kommt nicht ganz uneigennützig. Ich arbeite gerade an einer Internetpräsenz für den Kulturverein und hab da ein paar Probleme. Wie ich gehört habe, bist du in dieser Hinsicht ein ziemlicher Crack.«

Djamal begegnete Yusufs fragendem Blick noch immer zurückhaltend. Die Müdigkeit lauerte, aber er wusste auch, dass er nicht wirklich schlafen würde, solange er sich mit Nina nicht ausgesöhnt hatte. »Vielleicht keine schlechte Idee«, stimmte er daher zu.

Yusufs Wohnung lag in einer Seitenstraße, keine dreihundert Meter von der Moschee entfernt. Die Sonne schien in die Fenster und ließ die beiden Räume des heruntergekommenen Altbaus hell und groß erscheinen. Die Einrichtung war einfach und bestand im Schlafzimmer, in das Djamal durch die angelehnte Tür einen flüchtigen Blick werfen konnte, aus nicht mehr als einer Matratze auf dem nackten Boden, und im Wohnzimmer aus einem Teppich und einigen Sitzkissen. Djamal ließ sich seine Überraschung nicht anmerken. Er hatte gehört, dass Ingenieure für einen Auslandseinsatz, wie Yusuf ihn beschrieben hatte, sehr gut bezahlt wurden.

»Setz dich doch.« Yusuf wies auf die Kissen, dann ging er in die angrenzende winzige Küche.

Djamal hörte ihn dort hantieren, gleich darauf zog der Geruch von frisch gebrühtem Kaffee herüber. Yusufs Kopf erschien in der Tür. »Zucker oder Milch?«

Djamal schüttelte den Kopf. »Einfach schwarz, danke.«

Schließlich kam Yusuf mit zwei Bechern in der Hand zurück und reichte einen davon Djamal. »Dort neben dir auf dem Boden liegt mein Laptop. Gibst du ihn mal rüber?«

Djamal nahm das Gerät, das im Gegensatz zur Einrichtung der Wohnung verhältnismäßig neu und vor allem von hoher Qualität war.

Yusuf setzte sich mit überkreuzten Beinen neben ihn, stellte den Laptop vor sich auf dem Boden auf und fuhr ihn hoch. Das Hintergrundbild zeigte eine Landschaft im Irak.

»Heimat«, erklärte Yusuf, als er Djamals Blick bemerkte.

Djamal dachte an die Worte seines Vaters.

Ich glaube nicht, dass auch nur einer aus unserer Familie heute noch dort leben könnte. Nicht mit der Freiheit und den Erfahrungen, die wir hier im Westen gemacht haben.

»Meinst du nicht, dass deine Heimat hier in Deutschland ist?«, fragte er und nahm einen Schluck von seinem Kaffee. Er war heiß und stark und belebte ihn auf Anhieb.

Yusuf antwortete nicht gleich, sondern nippte ebenfalls erst an seinem Kaffee. »Ich bin wie du in Berlin geboren und aufgewachsen«, entgegnete er dann wohlüberlegt. »Aber tatsächlich fühle ich mich mit den Menschen im Irak tief verbunden. Es lohnt sich, sich auf das Wesentliche zu besinnen.«

»Was ist für dich denn das Wesentliche?«

»Der Islam.« Diesmal kam seine Antwort sofort.

»Und du denkst, im Irak besser nach den Regeln des Koran leben zu können?«

Yusuf nickte. »In Europa gibt es zu viel Ablenkung, zu viel Versuchung.«

Djamal runzelte die Stirn. »Aber du gehst diesen Versuchungen doch gar nicht aus dem Weg. Du besuchst Diskotheken, trinkst Kaffee …«

»Ich kann mich nicht ständig aus der Gesellschaft ausgrenzen, in der ich lebe. Deshalb passe ich mich an, Djamal, und dabei muss ich jeden Tag aufs Neue abwägen, wie weit das für mein Seelenheil möglich ist, ohne die Gesetze des Islam zu verletzen.« Yusuf sah ihn eindringlich an. »Ich würde mich sehr viel wohler in einem Umfeld fühlen, das die Regeln meiner Religion achtet. Ist es dir gleichgültig, in der Universität auf dem Flur beten zu müssen, weil die Gebetsräume geschlossen wurden? Oder nie sicher sein zu können, dass das, was du außerhalb deiner eigenen vier Wände zu essen bekommst, wirklich *halal* ist?«

Djamal senkte den Blick.

Yusuf wusste seine Reaktion wohl zu deuten. »Für dich hat der Islam nicht diese Bedeutung in deinem Leben«, stellte er nüchtern fest.

Djamal schüttelte verunsichert den Kopf, plötzlich unfähig, etwas zu sagen.

»Das ist selbstverständlich deine Entscheidung, Djamal«, bemerkte Yusuf ruhig. »Aber du solltest dir klarmachen, dass du damit einen entscheidenden Aspekt deiner Identität verleugnest.«

Djamal schluckte. Er wagte nicht aufzusehen, denn aus einem Grund, den er sich selbst nicht erklären konnte, erfüllten ihn Yusufs Worte mit einem Gefühl der Schuld. Sicher hatte er schon häufiger mit anderen, vor allem mit Issam, über ihren Glauben diskutiert, aber Yusuf weckte mit seinen wohlformulierten Worten und seinem ruhigen Tonfall Gefühle in ihm, die ihn selbst überraschten.

»Kein Grund, dich schuldig zu fühlen«, bemerkte Yusuf, der Djamals Unbehagen richtig zu deuten wusste. Er legte ihm eine Hand auf die Schulter. »Jeder ist Herr über sein eigenes Leben. Es ist nur so …«, er räusperte sich und zögerte, bevor er weitersprach. »Es ist nur so«, begann er dann aber doch von neuem, »dass wir gerade jetzt solche aufrechten Charaktere wie dich in unserer Glaubensgemeinschaft brauchen.«

Djamal verharrte angespannt in seiner Position. Yusufs Berührung war ihm angenehm und unangenehm zugleich. Es lag eine Vertrautheit darin, mit der er nicht gerechnet hatte nach seiner Offenbarung, gleichzeitig jedoch verlieh sie der Mahnung seines Gegenübers ein Gewicht, das ihn verwirrte, aber auch anzog. Was war das für eine Macht, die Yusuf auf ihn ausübte?

»Wir sind nicht sehr religiös erzogen worden«, rechtfertigte er sich kleinlaut. »Meine Eltern sind in der DDR aufgewachsen, wo Religion noch weniger gesellschaftlich anerkannt war als im Westen.«

Yusuf nickte. »Ich hab davon gehört. Aber Allah ist barmherzig und wird dir, nachdem auch du durch die Hölle gegangen bist, deine Sünden verzeihen. Er nimmt jeden auf, egal, wann er zu ihm kommt, solange er demütig dem Glauben ergeben ist.«

Yusufs Worte sackten tief.

Allah ist barmherzig.

Ein Dutzend Fragen lag Djamal plötzlich auf der Zunge, doch in diesem Moment klingelte Yusufs Handy, und der seltsame Zauber des Moments zerbrach.

Als Yusuf das Telefon aus seiner Hosentasche zog, sah Djamal zu seiner Überraschung, dass es sich um ein einfaches altes Tastenhandy handelte, abgegriffen und zerschrammt. Yusuf warf einen Blick auf die Nummer, stand dann mit einem entschuldigenden Blick auf und ging ins Nebenzimmer.

Bevor er die Tür hinter sich schloss, konnte Djamal noch hören, wie Yusuf mit einem knappen »*Na'am,* ja?« den Anruf annahm. Das folgende Gespräch verlief auf Arabisch. Obwohl Djamal die Sprache einigermaßen beherrschte, konnte er nicht verstehen, worum es ging, da Yusuf mit auffällig leiser Stimme sprach. Als er schließlich zurückkam, war die eben noch verspürte Verbundenheit verschwunden. Eilig klappte er den Laptop zu.

»Du musst mich entschuldigen, Djamal, aber ich muss sofort weg«, erklärte er dann, und Djamal entging nicht die Anspannung in seiner Stimme.

»Ist etwas passiert?«

Yusuf maß Djamal mit einem prüfenden Blick, als wägte er ab, ob er ihm vertrauen könne. »Ja und nein«, antwortete er schließlich zweideutig. »Kannst du mir einen Gefallen tun?«

»Kommt drauf an«, entgegnete Djamal vorsichtig.

»Wir sind etwa gleich groß«, sagte Yusuf, »würdest du meine Sachen anziehen?«

» Wie bitte?«, entfuhr es Djamal überrascht.

Yusuf zögerte. »Hör zu!«, sagte er dann, »ich werde seit meiner Rückkehr überwacht, aber ich muss jetzt zu einem Treffen, das ich gern ohne meine Freunde von der Polizei oder dem Verfassungsschutz besuchen würde.«

»Ich, äh ...« Djamal war völlig überrumpelt.

»Du musst nichts tun, außer dich in der nächsten Stunde in meiner Kleidung ab und an von hinten am Fenster zu zeigen. Dann kannst du dich wieder umziehen und gehen«, erklärte Yusuf. »Ja oder nein? Du musst dich entscheiden. Ich hab nicht viel Zeit.«

Djamals Hirn arbeitete fieberhaft. Was Yusuf von ihm verlangte, verstieß gegen kein Gesetz. Es konnte viele gute Gründe dafür geben, warum er seine Kleidung trug, der einfachste wäre, dass er Kaffee über seine eigene gekippt hatte.

»Okay«, sagte er, »ich mach es, aber sag mir, warum du überwacht wirst. Hat es mit deinem Aufenthalt im Irak zu tun?«

Yusuf nickte.

»Aber du warst dort, weil du dort gearbeitet hast, oder?«

Yusuf, der sich bereits auszog, hielt inne. »Und du hast nur deine Familie besucht und bist trotzdem ins Visier der Behörden geraten. So ist das in Europa dieser Tage.« Nur mit seiner Jeans bekleidet, trat Yusuf zu ihm. Zu seinem Entsetzen sah Djamal, dass die sonnengebräunte Haut seines Oberkörpers mit Narben übersät war.

»Was …?«

Erneut legte Yusuf ihm die Hände auf die Schultern. »Ich verspreche dir, alles zu erklären, wenn ich meinen Auftrag erledigt hab. Bleib hier, bis ich dich anrufe. Dann geh nach Hause.«

Keine zwei Minuten später war Yusuf verschwunden.

Djamal starrte auf das buntgemusterte Shirt, das am Boden lag. Als er es schließlich über sein eigenes zog, sich langsam und wie zufällig rückwärts dem Fenster näherte, kam er sich vor wie eine Zielscheibe.

Er dachte an das eben noch so intensiv geführte Gespräch. An das, was Yusuf über den Islam gesagt, und daran, wie er sich bei seinen Worten gefühlt hatte. Verleugnete er einen Teil seiner Identität? Die Ernsthaftigkeit, mit der Yusuf von seiner Einstellung zum Islam gesprochen hatte, imponierte ihm, das waren keine Lippenbekenntnisse gewesen, und dennoch hatte er Djamals säkularere Haltung akzeptiert, hatte ihn nicht verurteilt oder ausgegrenzt.

Allah ist barmherzig.

Was war Yusuf für ein Mann? Er sah wieder seinen vernarbten Oberkörper vor sich. Was hatten all diese Narben zu bedeuten? Was für einen Auftrag hatte Yusuf zu erledigen? Für wen? Und warum wurde er überwacht? Was hatte Issam damit zu tun?

Unwillkürlich musste Djamal an seine eigene Verhaftung denken und an den Beamten des Staatsschutzes, der ihn mit so viel Verachtung behandelt hatte. Die Worte seines Anwaltes kamen ihm wieder in den Sinn.

Machen Sie jetzt keine Dummheiten. Die Polizei wird Ihre nächsten Aktivitäten verfolgen, davon sollten Sie ausgehen.

Beging er gerade einen riesengroßen Fehler?

Er blickte sich um und fragte sich, ob die Wohnung vielleicht deshalb so spartanisch und unpersönlich eingerichtet war, dass niemand Rückschlüsse auf ihren Bewohner ziehen konnte.

Er inspizierte die beiden Räume und die Küche. Hier gab es nichts Persönliches, nichts, das in irgendeiner Form mit Yusuf in Verbindung gebracht werden konnte. Keine Fotos, keine Bücher, absolut nichts, außer ein paar Kleidungsstücken im Schlafzimmer und Nahrungsmitteln im Kühlschrank. Seinen Laptop hatte er bei Verlassen der Wohnung mitgenommen.

Djamals Magen zog sich zusammen.

War das überhaupt Yusufs Wohnung?

Unfreiwillig fühlte er sich plötzlich als Teil einer Verschwörung, und sein Herz schlug ihm bis zum Hals, als er sich nach einer Weile wieder vor das Wohnzimmerfenster stellte und auf Yusufs Anruf wartete. Als sein Handy endlich klingelte, erkannte er zu seiner Überraschung jedoch die Nummer seines Cousins Issams.

»Djamal?«, sagte dieser nur atemlos.

»Ja.«

»Hau ab! Sofort!«

Die Verbindung war beendet.

Djamal starrte auf sein Telefon.

Er hatte seinen Cousin noch nie so panisch gehört.

Mit zitternden Fingern schob er das Handy in seine Hosentasche, streifte das Shirt ab, ließ es achtlos zu Boden fallen und eilte Sekunden später in dem heruntergekommenen Treppenhaus die alten Holzstufen hinunter. Erst kurz vor der Haustür bremste er, öffnete vorsichtig mit schweißnassen Händen die Tür und trat auf die Straße. Er sah sich nicht um, rannte nicht los, obwohl ihn das all seine Beherrschung kostete.

Erneut hörte er Issams entsetzte Stimme.

Hau ab! Sofort!

Was ging hier vor?

In was war er hineingeraten?

KAPITEL 15

Marc Bauer saugte die Anspannung und unterschwellige Hektik in der Einsatzzentrale des BND auf wie eine Droge. Er müsste nicht hier sein.

Jede Information wurde ihm aufbereitet in sein Büro geschickt, wichtige und brisante Details erfuhr er unmittelbar, doch er war zu lange im operativen Geschäft tätig gewesen, als dass er darauf verzichten konnte, sich selbst jeden Morgen ein Bild von der aktuellen Lage zu machen.

Vor allem an einem solchen Tag.

Er ignorierte die versteckten Blicke der anwesenden Mitarbeiter, in deren Routine er einbrach, und wandte sich direkt an den diensthabenden Leiter: »Wie ist die Lage?«

»Die Hinweise verdichteten sich, dass der geflohene französische Attentäter auf dem Weg nach Berlin ist«, erwiderte dieser. Es war derselbe militärisch anmutende Mitdreißiger, mit dem Bauer bereits vor zwei Tagen zu tun gehabt hatte, ein erfahrener Mann, der seine Aufregung jedoch nicht ganz verbergen konnte.

»Ich habe soeben die Nachricht erhalten, dass der Gesuchte sich schon in Berlin befindet«, informierte Bauer ihn.

Der diensthabende Leiter blickte abrupt auf. »Wissen wir, wo er sich aufhält?«

»Ja«, erwiderte Bauer knapp.

»Zugriff?«

Bauer schüttelte den Kopf. »Das würde den Informanten enttarnen.«

»Ich verstehe. Nichtsdestotrotz lässt man sich eine solche Gelegenheit nur ungern entgehen.«

»Er wird uns nicht entkommen«, mischte sich Lukas Weber in äußerst bestimmtem Ton ein. Er war Bauer in die Zentrale gefolgt. »Wir haben die Situation unter Kontrolle.«

Der Diensthabende blickte ihn unfreundlich an. Dann wanderte sein Blick zu dem Besucherausweis, der um Webers Hals hing.

»Lukas Weber leitet eine Spezialeinheit beim Verfassungsschutz«, stellte Bauer seinen jüngeren Kollegen vor. »Die Information kommt aus seiner Abteilung.«

Der Blick des Diensthabenden blieb unfreundlich, und Bauer fragte sich, wie oft das Konkurrenzdenken zwischen den Diensten eine schnelle, erfolgreiche Zusammenarbeit schon verhindert hatte.

»Wie gehen wir vor?«, fragte der Leiter der Einsatzzentrale schmallippig.

»Wir observieren«, erwiderte Weber kurz angebunden. »Ich habe schon ein Team vor Ort.«

»Ist das BKA informiert?«

Bauer räusperte sich vernehmlich. »Ich habe gerade mit Jochen Metzner gesprochen, dem BKA-Verbindungsmann im GTAZ«, mischte er sich mit einem Unterton ein, der keinen Zweifel ließ, was er in der brisanten Lage von einem solchen Wortgefecht hielt. »Im dortigen Stab koordinieren wir in enger Absprache mit allen Beteiligten das weitere Vorgehen. Sie werden entsprechend gebrieft.« Damit ließ er die beiden Männer ohne ein weiteres Wort stehen.

Weber eilte ihm nach.

»Ich hätte ihm gern erzählt, dass ich früher selbst beim BND war«, machte er seinem noch nicht überwundenen Ärger auf dem Weg zum Parkplatz noch einmal Luft.

Bauer öffnete die hintere Autotür und sagte: »Wenn Sie älter werden, werden Sie sicher auch ruhiger.«

»Ja«, bemerkte Weber spöttisch, »da habe ich große Vorbilder.«

Bauer verzichtete auf eine Replik. Es gab jetzt Wichtigeres.

Sobald sie im bereitgestellten Dienstwagen saßen, klappte Weber seinen allgegenwärtigen Laptop auf. »Wollen Sie noch einen Blick auf die Fotos werfen, die mein Team aktuell zusammengestellt hat?«

Bauer nickte.

»Unser Freund Yusuf Asmani ist der Dreh- und Angelpunkt«, erklärte Weber, als der Wagen anfuhr. »An seiner Person orientiert sich die ganze Berliner Szene. Er ist ein wahrer Charismatiker. Sie verehren ihn wie den Propheten persönlich.«

Bauer rieb sich das Kinn. »Ich habe ihn auch überprüfen lassen. Wir wissen, dass er kürzlich im Irak war, aber wir können ihm nichts nachweisen. Das Material, das wir normalerweise über Rückkehrer haben: Fotos, Videos oder Chatnachrichten, Einträge auf Facebook, Telefondaten et cetera, existiert nicht von ihm.«

»Er ist verdammt intelligent«, bestätigte Weber. »Aber diese Intelligenz ist gleichzeitig auch seine Schwachstelle. Er fühlt sich überlegen. Seine Hybris wird ihn früher oder später unvorsichtig machen. Dass er es zulässt, dass der französische Attentäter hier in Berlin Zuflucht sucht, ist der erste Beweis dafür.«

»Das mag sein«, entgegnete Bauer und scrollte durch die Bilddateien, »aber nach allem, was ich hier über ihn sehe und was Sie mir berichtet haben, halte ich es für wahrscheinlicher, dass die beiden vor Ort etwas planen.«

Die Fotografien zeigten Yusuf Asmani in allen nur erdenklichen Lebenslagen. Auf dem Weg in die Moschee, beim Einkaufen, in der S-Bahn, in seiner Wohnung. Er war häufig in Gesellschaft derselben jungen bärtigen, nach orientalischem Vorbild mit *Qamiis* und *Takke* bekleideten Männer, die Webers Team alle als Angehörige der hiesigen islamistischen Szene identifiziert hatte.

»Warum sollte einer wie er unnötig ein Risiko eingehen?«, fügte Bauer hinzu. »Das passt nicht in sein Profil.«

»Das haben wir natürlich in Betracht gezogen«, gab Weber zu. »Aber bislang haben wir keinen Anhaltspunkt dafür gefunden. Auch unser Informant, der ganz dicht an ihm dran ist, konnte uns diesbezüglich nichts liefern.«

»Das spricht für Asmanis Vorsicht. Er scheint keiner zu sein, der viel redet. Das spiegelt sich in seinem ganzen Auftreten«, stellte Bauer fest. »Er verzichtet auf religiöse Insignien, mit denen andere sich schmücken, um ihre Zugehörigkeit zu ihrer Glaubensausrichtung zu demonstrieren. Er trägt westliche Kleidung, besucht Diskotheken, nur sein langer Vollbart deutet auf seine Gesinnung hin …«

»Er ist anders als die Islamisten, mit denen wir es sonst zu tun haben, das ist richtig«, stimmte Weber ihm zu. »Ihm gelingt der Spagat zwischen Orient und Okzident. Vielleicht ist er der Vorreiter einer neuen Generation. Vielleicht laufen ihm deshalb zuhauf die jungen Leute nach.«

Weber öffnete eine Statistik. »Seit seiner Rückkehr vor etwa einem Monat hat der Kulturverein einen Mitgliederzuwachs von fast dreißig Prozent.«

»Hm«, murmelte Bauer nur.

»Immerhin haben wir seither eine lückenlose Überwachung fahren können«, sagte Weber nicht ganz ohne Stolz in seiner Stimme.

Bauer nickte abwesend, als sein Blick an einer Fotoserie hängenblieb, die sich von den anderen schon allein dadurch unterschied, dass Frauen zu sehen waren. Mädchen fast noch. »Wer sind die Personen auf diesem Foto hier? Wo ist es aufgenommen? Die beiden jungen Frauen sehen europäisch aus.«

»Das ist die Serie von gestern Abend und heute Nacht. Diese Fotos sind in einer Strandbar an der Spree im Bereich der Warschauer Straße aufgenommen worden.« Weber vergrößerte eines der Fotos. »Hier haben wir Yusuf Asmani«, erklärte er und wies auf das vertraute Gesicht ihrer Zielperson. »Die blonde Schönheit daneben ist …« Weber warf einen Blick in die Metadaten der Bilddatei. »… Sarah Mainhardt, daneben ihre Schwester Nina …«

Bauer stutzte. »Was haben Sie gerade gesagt?«, fiel er Weber ins Wort. »Sarah und Nina *Mainhardt?*«

Es dauerte einen Moment, bis der Groschen bei Weber fiel, dann wurden auch seine Augen groß. »Seit wann ist die Familie in Berlin?«, wollte er wissen.

»Seit etwa anderthalb Jahren«, entgegnete Bauer angespannt.

Weber zoomte die Gesichter der Mädchen heran. »Sind sie das wirklich?«

»Ich kann es nicht mit Sicherheit sagen. So würde ich sie nicht erkennen«, gestand Bauer. »Bei unserer einzigen Begegnung damals waren sie neun Jahre. Aber Sie haben doch sicher noch mehr Daten als nur ihre Namen.«

»Wohnhaft in der Lettestraße, Prenzlauer Berg, geboren …«, las Weber vor.

»Kein Zweifel«, unterbrach Bauer ihn. »Die Adresse stimmt mit der von Vivien Mainhardt überein.«

Weber pfiff leise durch die Zähne. »Das ist krass.« Er sah Bauer fragend an. »Haben Sie Kontakt zu Frau Mainhardt?«

»Seit ein paar Tagen.« Erneut betrachtete dieser die Fotografie auf Webers Laptop. »Wer ist der andere junge Mann?«

»Djamal Khadim, irakischer Einwanderer in der dritten Generation. Hat ein Maschinenbaustudium an der TU begonnen. Lebt noch bei seinen Eltern in der Tschaikowskistraße. Die Mutter ist Ärztin an der Charité, der Vater Historiker. Zwei Geschwister. Nina Mainhardt ist seine Freundin.«

»Tschaikowskistraße«, wiederholte Bauer nachdenklich. »In welchem Bezirk?«

»Pankow. Schloss Schönhausen. Da waren Sie doch gestern erst zu Ihrem Vortrag an der Akademie. Warum fragen Sie?«

Bauer runzelte nachdenklich die Stirn. »Weil mir der junge Mann bekannt vorkommt, als hätte ich ihn schon einmal gesehen.«

»Er ist vor zehn Tagen aus dem Irak zurückgekehrt. Hat dort angeblich seine Familie besucht. Vor zwei Tagen ist er verhaftet worden, weil er in der Invalidenstraße vor dem Naturkundemuseum zwei deutsche Jugendliche niedergeschlagen hat, die seine Mutter angerempelt haben …« Weber stockte, » …hm, das ist ungewöhnlich.«

»Was?«

»Das Verfahren ist gestern auf Anweisung aus dem Justizministerium eingestellt worden.«

»Das ist mitnichten ungewöhnlich«, widersprach Bauer. »Sagten Sie nicht, er und Nina wären ein Paar?«

Weber nickte.

»Unser Justizminister und Vivien Mainhardt hatten in Hamburg eine gemeinsame Kanzlei«, erinnerte Bauer ihn.

»Ingenhausen, stimmt.« Weber sah ihn scharf an. »Das ärgert Sie ziemlich, Chef, hab ich recht?«

»In der Tat«, entgegnete Bauer knapp. »In welchem Verhältnis steht Khadim zu Asmani?«

»Wissen wir nicht. Es gab ein Zusammentreffen in der Moschee beim letzten Freitagsgebet. Da haben sie kurz miteinander gesprochen. Heute Morgen waren sie ebenfalls zusammen dort und haben dann gemeinsam die Wohnung aufgesucht, die Asmani derzeit nutzt.«

Weber gab etwas in seinen Laptop ein. »Bislang hat keiner der beiden die Wohnung wieder verlassen«, fügte er dann hinzu.

»Mehr nicht?«

Weber schüttelte den Kopf.

»Dann kann es sich also um einen gänzlich neuen Kontakt handeln?«

»Sieht ganz so aus, obwohl Djamal Khadim zusammen mit seinem Cousin Issam in der Vergangenheit auch hin und wieder den Kulturverein besucht hat. Aber sie sind sich dort bislang noch nicht begegnet.«

Bauer sah aus dem Fenster auf die vorbeigleitenden Häuserfronten und fragte sich, wie er mit der Situation umgehen sollte. Ob und wie er Vivien warnen konnte, ohne seine berufliche Schweigepflicht zu verletzen.

»Ziemlich komplizierte Konstellation«, unterbrach Weber seine Gedanken.

»Das kann man wohl sagen«, entgegnete Bauer, während er an sein Gespräch am frühen Morgen mit Vivien zurückdachte. An sein Versprechen, sie am Abend zu besuchen. Ziemlich komplizierte Konstellation war eine harmlose Untertreibung für eine Situation, für die es weder auf den ersten noch auf den zweiten Blick eine Lösung gab. Er hatte keine Ahnung, wie er damit umgehen sollte. Erleichtert stellte er fest, dass sie inzwischen das alte Kasernengelände in Treptow erreicht hatten.

Im Lagezentrum herrschte ähnlich wie in der Zentrale des BND angespannte Hektik. Jochen Metzner kam ihm sofort entgegen, als sie den Raum betraten. »Wir haben den Franzosen auf dem Schirm.«

Weber neben ihm sog scharf die Luft ein.

Metzners Worte waren wörtlich zu verstehen. Hinter ihm tauchte auf allen Bildschirmen gleichzeitig das Konterfei eines Nordafrikaners auf. Die Auflösung war so gut, dass Bauer glaubte, die grauen Spuren von Müdigkeit unter dem olivfarbenen Teint zu sehen. Über die rechte Gesichtshälfte zog sich eine kurze, hässliche Narbe.

»Wo ist er jetzt?«, wollte er wissen.

»In einer Wohnung in Friedrichshain in der Kinzigstraße. Die Wohnung ist über eines dieser Internetportale, die privaten Wohnraum anbieten, angemietet worden von einem Ahmed Al-Masri aus Bremen.«

»Wer ist das?«

»Ein Fake. Es gibt ihn nicht. Aber das Geld ist pünktlich überwiesen worden.« Metzner strich sich über seine eingefallenen Wangen. Er sah nicht so aus, als hätte er in den vergangenen Tagen viel geschlafen. »Wir haben drei Leute in einer Wohnung auf der gegenüberliegenden Straßenseite postiert und zwei in einem Zimmer, das den Hinterhof des Gebäudes überblickt. Die Wohnung hat nur ein Zimmer und eine Küche, beide Richtung Straße.« Metzner berührte den Bildschirm des Computers vor ihm. Das Konterfei des Franzosen wurde ersetzt von der Ansicht eines vierstöckigen Altbaus aus der Gründerzeit, wie sie typisch waren in Friedrichshain. Zwei Fenster waren eingekreist.

»Wer hat ihn hingebracht?«

»Ein Taxi.«

Bauer fragte nachdenklich: »Ist die Wohnung verwanzt?«

Metzner nickte.

»Haben wir bereits alle richterlichen Genehmigungen, die wir für eine Abhöraktion benötigen?«

»Auch das«, bestätigte Metzner. »Deshalb sollten wir den Zugriff nicht länger hinauszögern.«

»Ganz im Gegenteil«, widersprach ihm Bauer, »ich denke, wir sollten so lange wie möglich warten.«

Ungläubige Blicke trafen Bauer.

»Was bewegt Sie zu dieser Aussage?«, fragte Metzner stellvertretend für die übrigen Teilnehmer der Lagebesprechung.

»Wir sollten warten, bis die Berliner Zelle Kontakt aufnimmt.«

Metzner erkannte sofort, worauf er hinauswollte. »Sie denken an Yusuf Asmani?«

»Er ist derjenige, dem unser eigentliches Augenmerk gelten sollte. Nicht nur der Franzose. Der Verfassungsschutz beobachtet Asmani seit seiner Rückkehr aus dem Irak. Asmani hat seither nicht nur wie selbstverständlich die Führung hier in Berlin übernommen, er hat uns auch völlig ausgespielt. Er ist intelligent und gerissen, und es ist nicht anzunehmen, dass er den Franzosen aus reiner Nächstenliebe nach Berlin hat kommen lassen. Hier ist etwas geplant. Mit etwas Geduld und Fingerspitzengefühl können wir einen vernünftigen Fang machen.«

Stille breitete sich nach Bauers Worten in dem Tagungsraum aus.

»Das verkaufen Sie mal dem Innenministerium«, sagte Metzner schließlich.

Bauer straffte die Schultern. »Wenn es sein muss, werde ich das tun. Wir können unsere Ermittlungen aber auch vorerst geheim halten.«

»Das ist ein äußerst gewagter Vorstoß«, wandte ein hoher Beamter vom Verfassungsschutz warnend ein. »Dafür möchte ich meinen Kopf nicht hinhalten.« Die meisten der anderen Anwesenden teilten diese Meinung, wie Bauer nach einem kurzen Blick in die Runde feststellte.

In diesem Moment meldete sich der BKA-Mitarbeiter zu Wort, der die eingehenden Meldungen aufnahm. »Wir haben Yusuf Asmani verloren!«

Weber sprang auf. »Wie konnte das passieren? Er war doch in seiner Wohnung!«

»Das dachten wir auch, bis wir die Aufnahme einer Überwachungskamera vom Ostbahnhof bekommen haben. Aber wir wissen nicht, wohin er von dort aus weiterging.« Noch während der Mann sprach, erschien das Bild auf den Monitoren.

»Das ist er«, bestätigte Weber ernüchtert. »Verdammt, wie konnte er seine Wohnung verlassen, ohne dass wir es bemerkt haben?«

»Was ist mit Djamal Khadim?«, mischte Bauer sich ein. »Wo ist er?«

»Noch in der Wohnung.«

»Da scheinen Sie ja auf einen ganz alten Trick hereingefallen zu sein«, bemerkte Bauer trocken.

Die Sicherheitsdienste und Polizeibehörden der Länder und des Bundes verfügten über hervorragende technische Möglichkeiten, wie die hier genutzte Software zur Personenerkennung, die permanent Daten aus allen öffentlichen Überwachungskameras der Stadt abrief und ihnen so ein wertvolles Hilfsmittel bei der Verfolgung Verdächtiger war, aber wenn die Menschen dahinter versagten, nützten ihnen diese Technologien nichts.

Er blickte auf die Aufnahme des Mannes auf den Monitoren. Asmani bewegte sich selbstbewusst in der Menge. Da er sich auf diese Weise abgesetzt und das Observationsteam erfolgreich abgehängt hatte, war davon auszugehen, dass er sehr wohl wusste, dass er überwacht wurde.

Bauer spürte einen Reiz, dem er sich schon viel zu lange nicht mehr ausgesetzt hatte. Es galt Gedankengänge zu erkennen, Handlungen vorauszusehen und sich mit einem Geist zu messen, der dem seinen ebenbürtig zu sein schien.

Es war eitel gewesen, anzunehmen, dass Yusuf Asmani den Attentäter in der Wohnung in der Kinzigstraße aufsuchen würde. Um diesen

Mann zu überführen, brauchte es mehr. Asmani war potent und gefährlich. Auch wenn er keine Fehler beging, so ließen sich unter Umständen diejenigen, mit denen er zusammenarbeitete, dazu verführen.

»Lässt sich die laufende Observation ausweiten?«, fragte er Metzner.

»An wen denken Sie?«

»Djamal Khadim.«

KAPITEL 16

Djamal atmete gegen die Panik an, die ihm den Schweiß aus den Poren trieb. Angespannt und übernächtigt, wie er war, sah er überall Augen, die ihm zu folgen schienen, und Menschen, die sich tuschelnd zueinander beugten, sobald sie seiner ansichtig wurden. Das war natürlich Unsinn, aber er konnte sich seiner Angst nicht entziehen.

Seit er Yusufs Wohnung verlassen hatte, fühlte er sich beobachtet. Sein Vorhaben, völlig unbefangen zur S-Bahn zu gehen, war ihm sofort misslungen, weil er in seiner Aufregung die falsche Richtung eingeschlagen hatte. In seiner Paranoia war er dann an der nächsten Haltestelle in den erstbesten Bus gestiegen und hatte während der Fahrt auf seinem Platz gekauert und nicht gewagt, sich zu rühren. Jeden neuen Fahrgast hatte er misstrauisch beäugt. Doch dann hatten Wärme und Schlafmangel ihn übermannt, und ohne dass er sich dagegen wehren konnte, waren ihm die Augen zugefallen, und er erschrak maßlos, als ihn jemand an der Schulter rüttelte.

»Junger Mann, Endstation!«, informierte ihn der Busfahrer.

Orientierungslos blickte er sich um. »Wo sind wir?«

»Na, da hat aber einer zu tief ins Glas geguckt heute Nacht, was? Wo willste denn hin?«

Djamal schluckte nervös. Er hatte keine Ahnung, wo er hinsollte oder -wollte an diesem Morgen, deswegen sagte er das Erste, was ihm in den Kopf schoss. »Pankow.«

Der Fahrer lächelte verstehend. »Dann fährste am besten eine Station wieder zurück. Da kannste in die Bahn umsteigen.«

Djamal nickte dankbar.

Als er zwanzig Minuten später nach einem weiteren Bahnwechsel in Richtung Pankow fuhr, atmete er für einen Moment erleichtert auf, doch dann holten ihn die Ereignisse des Vormittags wieder ein, und die Fragen, die ihn schon in Yusufs Wohnung gequält hatten, drängten erneut in sein Bewusstsein. Er sah wieder Yusufs vernarbten Oberkörper vor sich und meinte Issams aufgeregte Stimme zu hören.

Hau ab! Sofort!

Er musste Antworten auf seine Fragen bekommen, sonst würde er keine Ruhe finden.

Mit einem unauffälligen Blick sondierte er seine Umgebung. Es war noch keine zehn Uhr, noch dazu Samstag, weshalb viele Sitzplätze in dem Waggon unbesetzt waren. Er saß allein in einer Ecke. Niemand würde seine Kommunikation verfolgen können. Er zog sein Telefon aus der Tasche und schickte Issam eine Nachricht.

Wir müssen reden.

Sein Cousin antwortete nahezu sofort.

Wo bist du?

In der Bahn nach Pankow.

Diesmal blieb Issams Reaktion aus. Das war ungewöhnlich. Djamal machte einen zweiten Vorstoß.

Wann hast du Zeit?

Erneut kam keine Antwort. Djamal tippte ungeduldig mit den Fingern auf sein Knie. Dann endlich vibrierte sein Handy.

Ich hol dich am Bahnhof ab. Wann kommst du an?

Djamal googelte die Ankunftszeit und schickte die Information an Issam. Wenn sein Cousin ihn vom Bahnhof abholen wollte, war er vermutlich gerade bei seinen Eltern zu Besuch, die nur ein paar Querstraßen von den Khadims entfernt wohnten. Ihre Mütter waren Schwestern. Issam hatte seine eigene Wohnung in Berlin-Mitte mit Beginn seines Studiums bezogen, obwohl seine Eltern es lieber gesehen hätten, wenn er weiter zu Hause gewohnt hätte. An sich waren sie vermögend genug, ihren Sohn zu unterstützen, aber da auch seine Brüder die Zeit während ihrer Ausbildung noch im elterlichen Haushalt gelebt hatten, wurde das auch von ihm erwartet. Er hatte sich über ihre Wünsche jedoch hinweggesetzt und sich, nachdem sein Vater sich daraufhin geweigert hatte, seinen Lebensunterhalt zu finanzieren, neben dem Studium mit Gelegenheitsjobs über Wasser gehalten. Vom Pizzalieferanten über den einen oder anderen kleinen Dealer-Job bis zur Arbeit als Security bei Großveranstaltungen hatte er nahezu alles gemacht, womit sich Geld verdienen ließ, bis er an der Uni schließlich eine Stelle als wissenschaftliche Hilfskraft angeboten bekam, die ihm regelmäßig etwas einbrachte und ihm mehr Zeit zum Studieren ließ. Issam und Djamal waren über ihre verwandtschaftlichen Bande hinaus zeitlebens gute Freunde gewesen. Erst die geradezu dogmatische Hinwendung seines Cousins zum Islam und sein Abgleiten in die salafistische Szene hatten diese Freundschaft in den vergangenen zwölf Monaten merklich abkühlen lassen.

Djamal bedauerte diese Entwicklung. Es gab nicht viele Menschen in seinem Umfeld, deren Erfahrungshorizont dem seinen so ähnlich war. Sich nicht mehr mit Issam in der gewohnten Intensität austauschen zu können, fehlte ihm schmerzlich.

Sein Cousin erwartete ihn bereits auf dem Bahnsteig. Sein Gewand flatterte im Luftzug der einfahrenden Bahn, und mit dem langen Bart und seiner Gebetskappe wirkte er wie eine Erscheinung aus *Tausendundeine Nacht*. Seine Aufmachung, die Djamal so sinnbildlich für ihre Distanz zueinander erschien, veranlasste ihn zu einem Seufzen. Plötzlich war er sich nicht mehr so sicher, ob es richtig gewesen war, sich mit Issam zu diesem Treffen zu verabreden. Aber er *musste* Antworten auf seine Fragen bekommen. Und einzig und allein Issam konnte sie ihm geben.

»Bruder«, begrüßte sein Cousin ihn, als Djamal aus der Bahn ausstieg. »Du siehst nicht gut aus.«

»Mir geht es auch nicht gut«, erwiderte Djamal wahrheitsgemäß und konnte nicht anders, als sich erneut prüfend umzusehen. »Ich bin müde und völlig paranoid. Was hatte dein Anruf heute Morgen zu bedeuten?«

Issam ging nicht auf seine Frage ein. »Lass uns einen Tee trinken, dann können wir reden«, sagte er lediglich.

In der Nähe des Bahnhofs war seit einiger Zeit ein Café, das von einem Syrer geführt wurde. Die meisten Tische draußen auf dem Gehweg waren besetzt. Unter der aufgespannten Markise saßen ausschließlich Männer, debattierten, lasen Zeitung und rauchten. Der Qualm, der in der reglosen Luft über ihnen wie eine Wolke hing, war so intensiv, dass Djamal sofort einen Hustenreiz verspürte.

»Lass uns reingehen«, bat er daher, als Issam sich nach einem freien Platz umsah.

Durch die heruntergelassenen Markisen war es im Inneren des Cafés schummrig, und ihre Augen mussten sich erst an das spärliche Licht gewöhnen. Der Geräuschpegel war hoch. In einer Ecke plärrte aus einem Radio orientalische Musik, und dementsprechend lautstark unterhielten sich die Gäste.

Issam wurde von dem Inhaber freundlich begrüßt, was Djamal darauf schließen ließ, dass er des Öfteren hier war. Sein Cousin bestellte Pfefferminztee für sie beide. Dann lehnte er sich auf seinem Stuhl zurück. »Du wolltest reden.«

Djamal schluckte. Plötzlich wusste er nicht, wie er anfangen sollte, daher wiederholte er einfach die Frage, die er Issam schon auf dem Bahnsteig gestellt hatte. »Was hatte dein Anruf heute Morgen zu bedeuten?« Seine Stimme klang spröde.

Issam sah ihn über seine vor der Brust verschränkten Arme an, einen Blick in seinen Augen, den Djamal nicht deuten konnte. Lag Überlegenheit darin? Etwas Gönnerhaftes? Er wusste es nicht.

»Ich hab dir nur gesagt, dass du aus der Wohnung verschwinden sollst«, sagte Issam. »Was ist dein Problem?«

»Deine Stimme klang total panisch.«

Issam schüttelte den Kopf. »Das hast du dir eingebildet.«

»Das glaube ich nicht«, widersprach Djamal bestimmt.

Der Syrer kam und stellte die Teegläser auf den Tisch.

»Yusuf hat mir gesagt, dass er überwacht wird«, sprudelte es aus Djamal heraus, sobald er wieder außer Hörweite war.

»Natürlich wird er überwacht, er ist im Irak gewesen. Du hast Glück, dass du nicht selbst überwacht wirst.«

»Er hat von einem Auftrag gesprochen, den er zu erledigen hat.«

Issam rollte mit den Augen. »Yusuf ist ein großartiger Führer, er bewirkt viel in unserem Kulturverein, aber er nimmt sich gern ein bisschen wichtig.« Issam beugte sich ein wenig vor. »Und genau das wollte er heute Morgen vermutlich auch sein.«

»Wichtig?«

Issam nickte. »Glaub mir, da war nichts los.«

Djamal war nicht überzeugt. »Sein Oberkörper ist völlig vernarbt.«

»Was willst du mir damit sagen?«, seufzte Issam und senkte theatralisch die Stimme. »Dass ich dich mit einem Gotteskrieger zusammengebracht habe?«

Djamal presste die Lippen aufeinander. Es hörte sich absurd an.

»Du weißt, dass das lächerlich ist«, sagte Issam, als hätte er seine Gedanken gelesen.

»Ich finde Yusuf ziemlich überzeugend, und er führt sich bei weitem nicht so wichtigtuerisch auf, wie du es manchmal tust.«

Ein kaum merkbares abfälliges Zucken in Issams Mundwinkeln zeigte Djamal, dass sein Cousin sich über diese Bemerkung ärgerte. Issam nahm das Teeglas mit zwei Fingern auf und blies vorsichtig über die heiße Flüssigkeit. »Worüber habt ihr gesprochen?«, fragte er schließlich.

Djamal zuckte mit den Schultern. »Über den Islam.«

»Seit wann findest du Gefallen an Gesprächen über den Islam?«

»Was ist daran verkehrt?«

Issam zog eine Augenbraue hoch. »Bislang ist es mir so vorgekommen, als ob er für dich eher eine theoretische Angelegenheit ist.«

»Wie meinst du das?«

»Du bist nur auf dem Papier Moslem.«

Djamal schluckte. »Ich finde, das ist eine ziemliche Anmaßung von dir«, entfuhr es ihm. Issams Worte verletzten ihn. So hatte sein Cousin noch nie mit ihm gesprochen. War er eifersüchtig auf Yusuf?

»Tatsächlich?«, bemerkte Issam nur.

»Ich …«, begann Djamal, unterbrach sich dann aber selbst. Er musste sich gegenüber Issam nicht rechtfertigen. »Denk, was du willst«, sagte er daher nur.

Warum trafen ihn die Worte seines Cousins so? Weil er sie in anderer Form vor wenigen Stunden schon einmal gehört hatte?

»Für dich hat der Islam nicht diese Bedeutung in deinem Leben«, hatte Yusuf zu ihm gesagt.

Bislang hatte Djamal sich nicht viele Gedanken über die Bedeutung von Religion in seinem Leben gemacht, zumindest nicht vor seiner Reise in den Irak. Die Art, wie seine Eltern ihren Glauben pflegten, war ihm schon vor seiner Rückkehr zu weltlich gewesen, aber mit Issam und seinen fundamentalistischen Ansichten hatte er sich ebenso wenig identifizieren können.

Yusufs Worte dagegen gingen Djamal nicht mehr aus dem Kopf. Noch nie hatte jemand zu ihm so ruhig und ohne Vorwurf von Identität und Zugehörigkeit, aber auch von Selbstbestimmung gesprochen, wenn es um Religionsfragen ging. Die Einladung, die zwischen den Zeilen gelegen hatte, ließ ihn nicht los. Ebenso wenig wie die Vergebung, die sie suggerierten.

Djamal runzelte die Stirn. Aber das war es nicht, worüber er mit Issam sprechen wollte. Geschickt hatte sein Cousin von ihrem eigentlichen Thema abgelenkt. Er warf ihm einen verstohlenen Blick zu. Etwas war geschehen an diesem Morgen. Das konnte Issam ihm nicht ausreden. Warum sperrte er sich, darüber zu reden?

»Warum willst du mir nicht erzählen, was heute Morgen passiert ist?«, unternahm er einen letzten Versuch.

»Weil nichts passiert ist!«, stieß Issam gereizt aus. »Bei Allah, soll ich mir eine Geschichte ausdenken, nur damit du endlich zufrieden bist?« Angriffslustig starrte er Djamal an.

Djamal presste die Lippen aufeinander. Er würde sich nicht die Blöße geben, bei seinem Cousin um die Wahrheit zu betteln. Er würde auch ohne Issams Hilfe herausfinden, was geschehen war. Und welche Rolle Yusuf dabei spielte.

Ohne seinen Tee angerührt zu haben, rückte Djamal seinen Stuhl zurück. »Tut mir leid, Issam. Ich glaub, ich steh neben mir. Ich muss erst einmal ein paar Stunden schlafen, um wieder klar denken zu können. Danke für den Tee und deine Zeit.«

Issam nahm die Entschuldigung zur Kenntnis.

Djamal stand auf.

»Yusuf wird dich enttäuschen«, sagte Issam plötzlich, und Djamal sah, wie seine Finger sich fester um das Teeglas in seiner Hand schlossen.

In Gedanken hörte er Yusufs Stimme. *Allah ist barmherzig und wird dir, nachdem auch du durch die Hölle gegangen bist, deine Sünden verzeihen. Er nimmt jeden auf, egal, wann er zu ihm kommt, solange er demütig dem Glauben ergeben ist.*

Warum sollte ihn jemand enttäuschen, der so sprach?

»Scheiße, Issam, was ist bloß mit dir los?«, fragte er.

»Du wolltest gehen«, entgegnete Issam nur.

KAPITEL 17

Es war bereits Nachmittag, als Nina aufwachte. Einen kostbaren Moment lang taumelte sie zwischen Wachen und Schlafen, frei von jeglichem Bewusstsein, doch dann holten sie die Erinnerungen an die Geschehnisse der letzten Nacht ein, an den Streit mit Djamal, ihre Verzweiflung und ihre Tränen, und sie wusste wieder, warum sie Kopfschmerzen hatte und ihre Augen brannten.

Unsicher tastete sie auf dem Nachttisch nach ihrem Telefon. Hatte sie nicht gehört, wie ihre Mutter es vom Boden aufgehoben und dorthin gelegt hatte? Tatsächlich berührten ihre Finger gleich darauf das flache rechteckige Gehäuse. Sie zog es zu sich unter die Decke, schaltete es ein und wartete mit nervösem Herzklopfen darauf, ob Nachrichten eingegangen waren.

Ja! Djamal hatte versucht, sie zurückzurufen!

Erleichtert ließ sie das Telefon auf ihre Brust sinken und schloss die Augen wieder. Er war nicht mehr wütend, das zeigte dieser Anruf. Alles würde wieder gut werden.

Doch schon im nächsten Moment zweifelte sie erneut. Würde es das wirklich? Sie erinnerte sich an Yusufs Blick, als er neben Djamal gestanden und beobachtet hatte, wie die Bahn abgefahren war. Er hatte ihr direkt in die Augen geschaut und gelächelt. Aber es war kein freundliches Lächeln gewesen. Es war so kalt gewesen, dass sie eine Gänsehaut bekommen hatte.

Sie hatte Sarah darauf aufmerksam gemacht, doch die hatte, wie es ihre Art war, abgewiegelt und nach Erklärungen gesucht. ›Ich glaube, du interpretierst da etwas hinein, das nicht da ist‹, hatte sie gesagt. ›Warum sollte Yusuf dich so ansehen?‹

›Weil er mich nicht mag.‹

Sarah hatte nur gegrinst. ›Du hast ihm auch allen Grund gegeben, dich nicht zu mögen. Dennoch meine ich, dass du dir seine Ablehnung einbildest.‹

Nina hatte daraufhin die restliche Fahrt nach Hause aus dem Fenster gestarrt und nicht weiter mit ihrer Schwester gesprochen. Und Sarah hatte nicht versucht, weiter in sie zu dringen, doch als sie an der Haltestelle Prenzlauer Allee ausgestiegen waren, hatte sie versöhnlich einen Arm um ihre Schwester gelegt und sie an sich gedrückt. ›Komm, Kleine, hak das Ganze ab. Wer ist schon dieser Yusuf? Es geht um dich und Djamal, und der hat ausgesehen wie ein begossener Pudel, nachdem du ihn hast stehenlassen. Heute Abend ist alles wieder vergessen.‹

Nina hatte den Kopf an die Schulter ihrer Schwester gelegt, ein bisschen geweint und sich dann besser gefühlt, allerdings nur so lange, bis sie zu Hause angekommen waren. Sobald sie allein in ihrem Zimmer gewesen war, hatte die Verzweiflung sie erneut überwältigt. Sie war sich plötzlich sicher gewesen, dass Yusuf Djamal so lange ins Gewissen reden würde, bis er sich von ihr abwenden würde. In ihrem Kummer hatte sie Djamal angerufen, doch sein Telefon war ausgeschaltet, und die Spannung der vergangenen Wochen, die Streitereien mit Issam, die ihr nun völlig lächerlich vorkamen, gepaart mit den Sorgen um ihre kurz bevorstehenden Abiturprüfungen hatten sich in einem hysterischen Heulkrampf Bahn gebrochen. Im Nachhinein schämte sie sich dafür. Sie hatte sich von ihrer Mutter ins Bett bringen lassen wie ein kleines Kind.

Ein leises Klopfen an der Wand riss sie aus ihrem Katzenjammer.

Sarah wollte wissen, ob sie wach war.

Sie klopfte zurück. Gleich darauf öffnete sich ihre Zimmertür einen Spalt, und ihre Schwester steckte den Kopf herein. So wie sie aussah, war sie auch gerade erst aufgewacht. Ihr normalerweise glattes blondes Haar war zerzaust, und ihr Gesicht zierten Knitterfalten vom Kopfkissen.

Nina hob einladend die Bettdecke an.

»Alles wieder gut?«, fragte Sarah, als sie sich neben ihr einkuschelte.

Nina nickte. »Er hat versucht, mich anzurufen.«

Sarah strich ihr mit einem Lächeln eine widerspenstige Locke aus dem Gesicht. »Siehst du, hab ich dir doch gesagt. Hast du ihn schon zurückgerufen?«

»Ich bin gerade erst aufgewacht!«

»Das ist keine Entschuldigung«, mahnte Sarah und warf einen Blick auf den Nachttisch. »Wo ist dein Telefon?«

Mit einem Grinsen zog Nina es unter der Bettdecke hervor.

»Also, worauf wartest du?«

Nina räusperte sich. »Willst du etwa mithören?«

»Ja, natürlich, was denkst du?«

Nina tippte auf Djamals Kontakt. »Aber du sagst nichts«, zischte sie ihrer Schwester zu, während sie auf das Freizeichen wartete.

Sarah hob die Hand zum Ehrenwort, dann schmiegte sie sich noch ein wenig dichter an ihre Schwester, um das Gespräch besser verfolgen zu können.

Djamal klang verschlafen.

»Hab ich dich geweckt?«, fragte Nina.

»Nicht wirklich, ich war schon wach, aber …«

»Hast du nicht gut geschlafen?«

»Nein, es war zu laut, zu hell und …«

»Ich war nicht da«, sagte Nina kokett.

Djamal lachte leise. »Das mag es vor allem gewesen sein.«

Kein Wort über ihren Streit.

Erneut atmete Nina auf vor Erleichterung. »Magst du später zu mir kommen?«, fragte sie.

»Später ist wann?«

»Wenn du aufgestanden bist und geduscht hast …«

»Frühstücken wir zusammen?«

Sie lachte. »Es ist gleich halb fünf.«

»Okay. Wir können ja auch mit Mittagessen anfangen. Soll ich Döner mitbringen?«

Sarah machte ein ersticktes Geräusch, was Nina mit einem kurzen Husten übertünchte, während sie ihrer Schwester gleichzeitig einen Stoß in die Rippen versetzte.

»Nein, keinen Döner«, wehrte sie ab. »Brötchen.«

»Okay, *habibti,* in einer Stunde bin ich bei dir«, versprach er.

»Das passt perfekt. Die Zeit brauche ich mindestens, um wieder einen Menschen aus mir zu machen.«

»Okay, *habibti*«, kopierte Sarah Djamals Tonfall, sobald ihre Schwester das Gespräch beendet hatte, »dann ab unter die Dusche.« Und mit einem Lachen zog sie ihr die Decke weg.

Nina stöhnte. »Nicht so hektisch. Ich hab immer noch Kopfschmerzen.«

»Die gehen weg, wenn du dir kaltes Wasser über deinen Kopf laufen lässt.«

Nina schauderte. »Ich hab mal gehört, dass Zwillinge sich sehr ähnlich sind. Du aber bist mir völlig fremd. Wo hat Mama dich nur aufgelesen?«

Sarah sah sie unter der Decke hervor ernst an. »Jetzt wo du es erwähnst, ist es vielleicht tatsächlich einmal an der Zeit, das Geheimnis zu lüften: Mama hat mich gekauft, damit sie jemanden hat, der auf dich aufpasst, weil …« Ein Kissen erstickte ihre nächsten Worte.

»Na, hier geht es ja lustig zu. Wie alt wart ihr noch gleich?«, unterbrach eine Stimme im Türrahmen ihre Toberei.

Nina und Sarah hielten kichernd inne.

»Hallo, Mama«, begrüßte Nina ihre Mutter.

»Ich sehe, es geht dir wieder besser, Kleines.«

»Ja, ich hatte Streit mit Djamal, aber es ist alles wieder gut. Er kommt gleich zum Frühstück.«

Vivien zog amüsiert die Augenbrauen hoch. »Frühstück? Es ist beinahe Zeit fürs Abendessen.«

Nina rollte mit den Augen. »Mama, nicht dein Ernst, oder? Es ist Wochenende.« Dann betrachtete sie ihre Mutter genauer. »Willst du noch ausgehen?«

»Nein, ich bekomme nachher vielleicht Besuch.«

»Nur vielleicht?«, fragte Sarah.

»Wer ist es denn?«, wollte Nina wissen.

»Ein … alter Freund«, erwiderte ihre Mutter vage.

Die beiden Mädchen sahen sich an. »Das klingt interessant«, bemerkte Nina dann. »Kennen wir ihn?«

Vivien schüttelte den Kopf. »Ich glaube nicht, dass ihr euch an ihn erinnern könnt.«

Sobald sie wieder allein waren, runzelte Nina die Stirn. »Wann hast du das letzte Mal gesehen, dass Mama sich für einen Besuch etwas Besonderes angezogen hat?«

»Eigentlich noch nie«, entgegnete Sarah nachdenklich. »Sie ist immer so korrekt angezogen, dass sogar die Queen unangemeldet kommen könnte, ohne dass sie deswegen Aufhebens machen müsste.«

»Na ja, ich hab sie auch schon einmal in Jogginghose gesehen, abends auf der Couch.«

»Unmöglich. Mama hat keine Jogginghose. Sie hasst die Dinger.«

»Ich hab ihr meine geliehen. Letzten Winter, als sie Grippe hatte.«

Sarah lachte. »Okay, das war ja auch der totale Ausnahmezustand.« Sie schubste ihre Schwester aus dem Bett. »Und jetzt ab unter die Dusche. Sonst geh ich.«

»Dann bin ich ja nie rechtzeitig fertig, wenn Djamal kommt!«, rief Nina und sprang aus dem Bett. Für den Moment war ihre Welt so rosig, wie sie für eine Achtzehnjährige nur sein konnte, und sie klammerte sich an dieser Unbeschwertheit und Geborgenheit fest, denn tief in ihrem Inneren traute sie dem Frieden nicht.

KAPITEL 18

Die bestätigte Information, dass sich der gesuchte französische Attentäter in Berlin aufhielt, war Anlass für eine Krisensitzung im Innenministerium, an der Marc Bauer zusammen mit Jochen Metzner als Vertreter des Expertenteams aus dem GTAZ teilnahm. Der Konferenzraum, in dem sie in überschaubarer Runde zusammenkamen, war kühl und sachlich im Gegensatz zur dort herrschenden Atmosphäre. Bauer spürte die gereizte Stimmung bereits, als er den Raum betrat. Das Thema »Innere Sicherheit« war hochpolitisch. Die steigende Kriminalitätsrate, die bestimmte politische Gruppierungen immer noch mit der hohen Flüchtlingszahl im Land in Verbindung brachten, obwohl ihre tatsächlichen Ursachen in dem seit zwei Jahrzehnten stetig wachsenden sozialen Gefälle innerhalb der Gesellschaft und dem gleichzeitigen Abbau der Sicherheitsorgane lagen, verunsicherte die Bevölkerung. Dazu kam die stetig wachsende Angst vor Terroranschlägen.

»Wir dürfen kein Risiko eingehen«, gab der Innenminister gleich zu Beginn ihrer Runde die Richtung vor. »Das oberste Gebot ist die Sicherheit der Bevölkerung.«

»Mit Verlaub«, meldete Bauer sich zu Wort, »gerade im Interesse der Sicherheit sollten wir jetzt nicht überstürzt handeln.«

Der Minister sah auf. »Bitte erläutern Sie uns das näher.«

»Der Verfassungsschutz beobachtet diesen Mann seit seiner Rückkehr aus dem Irak.« Bauer reichte Fotos über den Tisch. »Yusuf Asmani, geboren und aufgewachsen in Berlin.« Mit wenigen Worten umriss er die Biographie Asmanis und informierte über die Gefahr, die nach einhelliger Expertenmeinung von ihm ausging. »Wir rechnen damit, dass er in der Hauptstadt einen Anschlag plant und dabei auf die Erfahrungen des Franzosen zurückgreift oder ihn sogar beteiligt. Wenn wir den französischen Attentäter jetzt verhaften, tun wir damit unserem Nachbarland einen Gefallen, aber uns selbst nehmen wir die Chance, einen zu allem bereiten Gefährder aus dem Verkehr zu ziehen.«

»Woher wissen Sie, dass der Mann wirklich so gefährlich ist, wie Sie behaupten?«, mischte Max Grundheber sich ein, der als Beauftragter für die Geheimdienste mit am Tisch saß. »Was haben Sie gegen ihn in der Hand?«

Bauer, der genau wusste, warum Grundheber diese Frage stellte, spürte, wie Jochen Metzner sich innerlich bereits gegen diesen Angriff wappnete.

»Wir haben nichts in der Hand, und genau das ist unser Problem«, antwortete der BKA-Mann dann auch prompt an Bauers Stelle. »Wir haben es hier mit einem sehr geschickt agierenden, ich würde schon sagen, Profi zu tun.«

»Das heißt, Sie können nicht beweisen, dass er das Risiko wert ist, das wir auf uns nehmen sollen?«

»Nein, das können wir nicht«, gab Bauer offen zu, »aber wir sind einheitlich zu der Meinung gekommen, dass …«

»Dann weiß ich gar nicht, warum wir Ihren Vorschlag überhaupt diskutieren«, schnitt Grundheber ihm scharf das Wort ab. »Wir dürfen die Sicherheit der Bevölkerung nicht gefährden.«

»Das ist auch nicht in unserem Interesse«, parierte Bauer in bemüht sachlichem Ton. »Wir bitten Sie lediglich darum, bei der Planung der nächsten Schritte Rücksicht auf unsere Ermittlungsarbeit zu nehmen.«

»Ihr Anliegen ist völlig legitim«, entgegnete nun der Innenminister. »Wir müssen jedoch abwägen, ob es unter den gegebenen Umständen praktikabel ist. Wir haben schließlich nicht nur ermittlungstechnische Gründe, sondern auch politische Verpflichtungen zu berücksichtigen.«

»Es wäre sicher im Interesse des Kanzleramtes, wenn wir zum Arbeitsbesuch des französischen Präsidenten den Attentäter ausliefern könnten«, stimmte Grundheber zu.

Bauer räusperte sich. »Nicht, wenn wir zwei Wochen später im eigenen Land einen Anschlag zu verantworten haben, den wir mit ein wenig mehr Weitsicht hätten verhindern können.«

Alle Augen richteten sich auf ihn. Intuitiv straffte er die Schultern. »Entschuldigen Sie meine direkten Worte, aber in dieser brisanten Lage würde ich es mir nicht verzeihen, wenn ich den Standpunkt unserer Arbeitsgruppe nicht in aller Deutlichkeit darlegen würde.«

»Ich teile Doktor Grundhebers Ansicht, dass wir zuallererst die Politik im Auge behalten müssen«, meldete der parlamentarische Staatssekretär des Innenministeriums sich erstmalig zu Wort und wandte sich dann an Bauer und Metzner. »Mit der entsprechenden Manpower werden Sie Ihre Ermittlungen sicher dennoch zu einem erfolgreichen Abschluss bringen können.«

»Wie dürfen wir das verstehen?«, wollte Metzner wissen.

»Die große Zahl von Rückkehrern aus dem Nahen Osten hat uns dazu veranlasst, dass wir ressortübergreifend über die Bildung einer Sondereinheit mit einem entsprechenden Etat nachgedacht haben«, erklärte der Minister.

»Bei allem Respekt, Herr Minister«, entgegnete Metzner. »Wir haben bereits diverse Sonderermittler, und im GTAZ …«

»… laufen die Fäden zusammen. Mehr aber auch nicht«, unterbrach ihn der Staatssekretär des Inneren, der ähnlich wie sein Minister ein sachlicher Arbeiter war, weshalb er hohes Ansehen bei den Diensten genoss. »Die Auswertungen der Berichte der einzelnen Sicherheitsdienste des Landes vermitteln uns den Eindruck, und denselben haben Sie uns mit Ihrer Einschätzung zur Lage hier in Berlin soeben bestätigt, dass sich etwas zusammenbraut in der islamistischen Szene, dem wir mit den bisherigen Mitteln nicht gerecht werden. Wir haben bereits die Zusage für die entsprechenden Haushaltsmittel erhalten.«

Bauer knirschte mit den Zähnen. »Wir brauchen nicht mehr Leute, wir brauchen mehr Zeit«, bot er dem Politiker die Stirn. »Die übereilten Hausdurchsuchungen in Stuttgart, Bremen und Köln haben gezeigt, wie schnell monatelange Ermittlungsarbeit mit einem Schlag zunichtegemacht werden kann.«

»Es gab dreizehn Verhaftungen.«

»Zehn der Männer sind bereits wieder auf freiem Fuß«, konterte Bauer.

»Sie vertreten Ihr Anliegen äußerst vehement, Herr Bauer«, bemerkte der Innenminister sehr ruhig, doch der Blick, den er Bauer dabei zuwarf, sprach Bände. »Wir können es uns nicht leisten, den Zugriff auf den Attentäter hinauszuzögern. Wenn unsere französischen Nachbarn davon erfahren, führt das zu schweren diplomatischen Verwicklungen, darüber dürften besonders Sie sich im Klaren sein. Sie kennen das Geschäft.«

Die Rüge war unmissverständlich.

»Daher ordne ich an, dass Sie für einen sofortigen Zugriff alle entsprechenden Maßnahmen in die Wege leiten«, fuhr der Minister fort. »Alle Informationen gehen direkt an den Sprecher meines Hauses.«

Bauer atmete tief durch. »Herr Minister, wenn ich zu diesem Punkt noch einen Vorschlag äußern dürfte«, bat er.

Der Innenminister runzelte die Stirn, nickte dann aber.

»Wenn wir mit unseren Ermittlungen zugunsten der Politik zurücktreten, wäre es ein großes Entgegenkommen für uns, wenn wir die Aktion zunächst ohne Medienbeteiligung durchführen könnten.«

»Wie meinen Sie das?«, mischte sich der Sprecher des Ministers ein.

»Ein im Stillen durchgeführter Zugriff und eine ebenso stille Überstellung des Attentäters nach Frankreich.«

»Wozu soll das gut sein?«

»Es würde uns Zeit verschaffen«, entgegnete Bauer. »Zumindest einen Teil der Zeit, die wir durch den sofortigen Zugriff verlieren.«

»Diese Entscheidung können wir nicht ohne Absprache mit dem Kanzleramt treffen«, wandte Grundheber ein.

»Ich denke schon, dass wir das können, Doktor Grundheber«, gab der Staatssekretär des Inneren zurück. »Eine solche Entscheidung liegt voll und ganz in unserem Kompetenzbereich.«

Einen Moment erfüllte eisiges Schweigen den Raum.

Bauer ließ sich davon nicht beeindrucken. »Wir könnten uns auf einen Kompromiss einigen«, schlug er vor. »Wir verschweigen nicht, dass wir den Franzosen gefasst haben. Wir könnten jedoch ein paar Tage Stillschweigen darüber bewahren und dann bewusst eine Falschmeldung über den Zugriffsort herausgeben, um Verwirrung in der Szene zu schaffen.«

Seine Idee wurde sofort vom Sprecher des Innenministers unterstützt, wie Bauer feststellte, als ihre Blicke sich kreuzten und der Mann ihm anerkennend zunickte. Aber auch die anderen Anwesenden schienen sich mit diesem Gedanken anzufreunden.

»Ich denke, das ist ein Vorschlag, den wir mittragen können«, erklärte der Innenminister und stand auf. »Die Detailfragen klären Sie bitte in den zuständigen Gremien.« Mit seinen Unterlagen bereits unter dem Arm, nickte er in die Runde. »Meine Herren.« Dann verließ er den Raum, seinen Sprecher im Schlepptau.

»Bravo«, sagte Metzner zu Bauer gewandt. »Sie haben die Kuh vom Eis geholt.«

»Freuen wir uns nicht zu früh«, entgegnete Bauer und stand auf, als er Grundheber auf sich zukommen sah.

»Auf ein Wort, Herr Bauer«, sagte dieser. Er war kein Mann, der seine Emotionen gut verbergen konnte. Hinter der scheinbar gefassten Fassade zitterte Grundheber vor Wut. »Ich lasse mich von Ihnen nicht derartig vorführen!«, bemerkte er kalt, sobald Metzner außer Hörweite war. »Das wird für Sie nicht ohne Konsequenzen bleiben.«

»Ich mache lediglich meine Arbeit«, entgegnete Bauer knapp.

Grundheber ließ sich davon nicht bremsen. »Sie haben einen Ton und ein Auftreten, das in Kabul oder Damaskus akzeptiert werden mag. Auf dem politischen Parkett in Berlin ist es definitiv fehl am Platze.«

»In Kabul und Damaskus ist Höflichkeit ein ungeschriebenes Gesetz wie anderenorts auch«, erwiderte Bauer provokant. »Ich wünsche Ihnen noch einen schönen Tag.« Damit machte er auf dem Absatz kehrt und verließ den Raum.

Metzner folgte ihm, das Telefon noch in der Hand, über das er die Order des Ministers weitergegeben hatte. »Das war nicht unbedingt klug.«

»Das weiß ich«, gab Bauer gereizt zu. »Lassen Sie uns unseren Job machen.«

Der Zugriff erfolgte bereits eine Stunde später. Im Tagungsraum des GTAZ verfolgte Bauer die Aktion über die Aufnahmen, die Überwachungskameras der Observierungseinheit im gegenüberliegenden Haus sendeten. Der französische Attentäter war völlig überrascht und leistete keinen Widerstand. Er wurde im Schlaf überwältigt.

»Das gefällt mir nicht«, sagte Bauer zu Weber, der neben ihm stand. »Das läuft zu glatt. Etwas ist faul.«

Er hatte noch nicht ganz zu Ende gesprochen, als ein Aufschrei durch den Raum hallte. »Eine Explosion im Lustgarten vor dem Berliner Dom!«

»Was?«

Alle schraken auf und redeten durcheinander.

Dann endlich erste Informationen. Eine Sprengladung war in einem Kinderwagen explodiert.

»O mein Gott!«, entfuhr es Metzner, als die ersten Bilder auf den Monitoren erschienen.

KAPITEL 19

Vivien Mainhardt starrte fassungslos auf die verwackelten Aufnahmen einer Handykamera, die über den Fernsehschirm flimmerten. Schreiende, weinende Menschen, die orientierungslos durcheinanderliefen oder paralysiert auf dem Boden hockten. Dazwischen reglose, blutverschmierte Körper.

»Mama«, hörte sie Nina schluchzen, »warum tun Menschen so etwas?«

Vivien riss sich von den tragischen Bildern los und wandte sich ihren Töchtern zu, die zusammengekauert auf der Couch hockten, während ihnen die Tränen über die Wangen liefen.

»Wir wissen noch nicht, was genau geschehen ist«, versuchte sie die Mädchen zu beruhigen, doch das Wort Attentat ließ sich nicht mehr aus dem Raum verbannen, nachdem der Reporter, der am Spreeufer mit dem Dom im Hintergrund noch einmal die Geschehnisse zusammenfasste, darüber spekuliert hatte.

Und dann war es plötzlich Gewissheit.

Der Innenminister persönlich trat mit ernster Miene vor die Kameras. »Während wir nur wenige Kilometer entfernt den meistgesuchten Mann Europas festgenommen haben, ist auf der Museumsinsel im kulturellen Herzen von Berlin ein verabscheuungswürdiges Attentat begangen worden, das bislang dreißig unschuldige Menschenleben sowie beinahe einhundert Verletzte gefordert hat.« Der Minister machte eine Pause, und es schien, als müsse er sich erst sammeln, bevor er weitersprechen konnte. »Ersten Ermittlungen zufolge war der Sprengsatz in einem Kinderwagen plaziert.«

Bilder eines Amateurvideos wurden in die Übertragung hineingeschnitten. Sie zeigten das abgerissene Rad eines Kinderwagens auf der weiten Rasenfläche vor dem Dom.

»Über die Herkunft des jungen Paares, zu dem der Kinderwagen laut Zeugen gehörte, gibt es noch keine verlässlichen Angaben. Auch ist zum jetzigen Zeitpunkt noch nicht bekannt, ob sie zu den Opfern zählen.«

»Mama, warum?«, wimmerte Nina. »Stell dir vor, wir wären da gewesen. Ich mag gar nicht mehr rausgehen!«

Vivien schaltete den Fernseher aus. Das Entsetzen der Mädchen war so greifbar, dass es sie schmerzte. Wie damals, als sie noch Kinder waren, schmiegten sie sich in ihre Arme, suchten ihre Nähe und vor allem die Sicherheit, die sie noch immer für sie ausstrahlte, und wie jede Mutter hätte sie das Grauen am liebsten von ihnen ferngehalten. Warum mussten sie in einer Welt aufwachsen, in der solche entsetzlichen Dinge genau vor ihrer Haustür passierten? Warum diese Angst erleben? Sie hätte ihnen gern tröstende Worte gesagt, aber angesichts einer solchen Tat gab es keinen Trost.

»Ihr wisst beide, warum so etwas passiert«, sagte sie daher und versuchte, ruhig und sachlich zu klingen, »wir haben oft darüber gesprochen. Es ist der Preis, den wir für unser Leben im Wohlstand zahlen. Es war abzusehen, dass die Gewalt uns irgendwann erreicht.«

Doch ihre Nüchternheit verfehlte die gewünschte Wirkung.

»Warum musst du immer so schrecklich vernünftig sein?«, fuhr Nina unter Tränen auf. »Warum sind wir immer für alles selbst verantwortlich?« Vorwurfsvoll sah sie ihre Mutter an. »Da draußen sind gerade Menschen gestorben!«

Vivien strich ihr übers Haar. »Das ist ganz, ganz schrecklich, Kleines. Ich empfinde genauso wie du. Aber trotz aller Trauer dürfen wir nicht aufhören, uns zu fragen, warum solche Taten passieren. Wenn die Reichtümer in der Welt besser verteilt wären, würde dem Terrorismus jeder Nährboden fehlen.«

»Aber daran können wir doch nichts ändern!«

»Jeder kann etwas bewirken, indem er allein schon darüber redet.«

Nina rückte von ihrer Mutter ab. »Wärst du auch noch so rational, wenn du bei einem Attentat eine von uns verloren hättest?«

»Nina!«, rief Sarah aus. »Das ist nicht fair!«

Vivien seufzte. »Schon gut, Sarah. Ich kann den Zorn deiner Schwester verstehen. Und Nina, du weißt genau, dass mir das Herz brechen würde, wenn euch etwas zustoßen würde, aber deswegen ändern sich doch die Tatsachen nicht.«

Nina sprang auf. »Manchmal bist du entsetzlich kalt.«

»Himmel, Nina, was hat das mit Kälte zu tun? Was erwartest du von mir?«

Nina stand vor der Couch, die Hände in die Hüften gestemmt, wie früher, als sie noch ein kleines Mädchen gewesen war. Und dann begann sie erneut zu weinen. »Können wir denn gar nichts tun? Ich meine, kann nicht wenigstens die Polizei besser auf uns aufpassen?«

»Nina, damit bekämpfst du Symptome, keine Ursachen«, warf Sarah ein. »Mama hat schon recht.« Auch ihr stand der Schock über die Ereignisse ins Gesicht geschrieben, aber sie war bei weitem nicht so emotional und impulsiv wie ihre Schwester.

Vivien streckte Nina ihre Hände entgegen. »Komm her. Wir dürfen nicht streiten. Nicht jetzt.«

»Wir sollten an die Menschen denken, die betroffen sind«, pflichtete Sarah ihr bei.

»Ja, das sollten wir, ihr habt recht«, schniefte Nina und setzte sich wieder zu ihnen. »Manchmal fühlt es sich an, als ob es auf der ganzen Welt nur Krieg und Leid gibt. Und wenn dann noch hier bei uns etwas passiert, erscheint mir alles so hoffnungslos und ohne Zukunft.«

»Wir dürfen nicht aufgeben, uns nicht dem Terror beugen«, mahnte Vivien. »Wenn wir der Angst nachgeben, dann haben die gewonnen, die uns und unsere Art zu leben mit ihrer Gewalt zerstören wollen.«

Sarah drückte ihre Hand. »Du gibst sowieso nie auf, was Mama?«

Vivien lächelte flüchtig. »Nicht, wenn ich es verhindern kann.« Sie hätte noch mehr dazu zu sagen gehabt, doch in diesem Moment unterbrach die Türklingel ihr Gespräch.

»Das ist sicher Djamal«, stellte Sarah mit einem Blick auf ihre Armbanduhr fest. »Soll ich aufmachen?«

»Nein, ich geh schon.« Nina war bereits wieder aufgestanden.

Gleich darauf hörten sie, wie sie den Summer betätigte und die Tür öffnete.

»Willst du mit den beiden essen?«, fragte Vivien Sarah. »Du hast doch auch noch nichts gegessen, oder?«

»Nein, hab ich nicht, aber wenn Nina so angespannt ist, lasse ich sie lieber mit Djamal allein.«

»Was ist los mit ihr in letzter Zeit? Jede Kleinigkeit lässt sie entweder in Tränen ausbrechen oder macht sie wütend.«

»Ich weiß nicht«, entgegnete Sarah zurückhaltend. »Sie war doch schon immer so.«

Vivien schüttelte den Kopf. »Nicht so extrem. Und das weißt du auch. Was bedrückt sie? Ich mache mir Sorgen.«

Sarah betrachtete ihre langen, schlanken Finger. »Ich glaube, sie ist gestresst wegen des Abis.«

»Ist es wegen Djamal?«

»Mama, ich hab doch gesagt, ich weiß es nicht. Ich glaub wirklich, dass es nur die Angst vor den Prüfungen ist. Das setzt uns alle ziemlich unter Druck.« Sie griff nach der Fernbedienung. »Stört es dich, wenn ich den Fernseher noch einmal einschalte? Ich wüsste gern, ob es schon neue Erkenntnisse gibt.«

»Nein, mach ruhig«, entgegnete Vivien und fragte sich, was hinter Sarahs ungewohnter Zurückhaltung stecken mochte. Sie beobachtete ihre Tochter verstohlen, während diese durch die Programme zappte. »Ich hatte nur wegen Nina ausgeschaltet.«

Wie immer nach solchen Vorfällen gab es auf jedem Programm Sondersendungen. Die Bilder glichen sich ebenso wie die Kommentare der Journalisten und die Einschätzungen der eilig vor die Kameras zitierten Experten.

»Halt mal«, bat Vivien, als anstatt der Aufnahmen von der Museumsinsel das Porträt eines Nordafrikaners gezeigt wurde, das gleich darauf von Bildern seiner Festnahme abgelöst wurde. »Das ist der französische Attentäter, den sie hier in Berlin verhaftet haben. Die Festnahme ist wegen des Attentats völlig untergegangen.«

»Kein Wunder«, bemerkte Sarah. »Warum interessiert dich das überhaupt?«

»Weil ich die Zeitgleichheit der Ereignisse bemerkenswert finde«, antwortete Vivien und dachte an ihr Gespräch mit Marc Bauer an diesem Morgen zurück. Obwohl Samstag war, war er schon vor sieben Uhr auf dem Weg ins Büro gewesen. *Die aktuelle Lage erfordert momentan unsere ganze Aufmerksamkeit.* Vage hatte er auf ihre Nachfrage von Begleitumständen des Anschlags in Frankreich gesprochen.

Inwieweit war er für die Verhaftung des Mannes verantwortlich?

Wieder einmal wurde ihr bewusst, dass sie nie sicher sein konnte, dass er ihr wirklich die Wahrheit über seine Arbeit erzählte, und sofort tauchten unschöne Erinnerungen auf.

»Mama, was ist?«, fragte Sarah plötzlich besorgt.

Vivien schluckte. »Nichts«, antwortete sie, bemüht, ihrer Stimme einen normalen Klang zu geben. Die Umstände, unter denen sie Marc kennengelernt hatte, würden ihre Freundschaft immer überschatten, damit musste sie sich abfinden.

Aber viel mehr schmerzte sie, dass weder Sarah noch Nina wusste, was ihr damals tatsächlich widerfahren war, und dass sie es vielleicht nie über sich bringen würde, ihnen die ganze bittere Wahrheit zu erzählen.

KAPITEL 20

Als Marc Bauer und Lukas Weber auf der Museumsinsel aus dem Dienstwagen des BND stiegen, bot sich ihnen ein Bild des Grauens, das noch intensiviert wurde von den Gerüchen nach Blut, Staub und Innereien, die ihnen in der warmen Frühlingsluft entgegenschlugen. Der Lustgarten vor dem Dom war weiträumig abgesperrt. Polizisten in Splitterschutzwesten sicherten die Zufahrten, auf der Spree fuhren Polizeiboote, und über dem nahen Regierungsviertel kreisten Hubschrauber. Der Reichstag war ebenso wie das Bundeskanzleramt und weitere sensible Gebäude sofort nach Bekanntwerden der Tat für den Publikumsverkehr geschlossen worden. Darüber hinaus waren die Sicherheitsbehörden in der gesamten Stadt in Alarmbereitschaft.

Für die Betroffenen, die vor Ort behandelt werden konnten, war unter freiem Himmel eine Ambulanz eingerichtet worden. Ärzte, Krankenschwestern, Psychologen und Seelsorger waren im Dauereinsatz. Bauers Blick blieb an einem Mädchen und einem Jungen hängen, beide nicht älter als sechs oder sieben Jahre, die zusammengekauert auf einem Feldbett saßen. Sie hatten Pflaster und Verbände an Armen und Beinen, der Blick ihrer Augen war leer, entrückt beinahe.

Innerhalb einer extra gesicherten Absperrung bewegten sich Männer und Frauen der Spurensicherung in ihren weißen Overalls wie Aliens, stellten Marker auf und fotografierten Leichenteile und Kleidungsfetzen auf dem blutgetränkten Boden. Schwarze Leichensäcke lagen am Rand des Geländes bereit, in dessen Zentrum die Wasserfontäne versiegt war.

»Oh, verdammt!«, entfuhr es Weber, und Bauer sah, wie die Farbe aus seinem Gesicht wich. Sein jüngerer Kollege war noch nie in Krisengebieten gewesen, hatte nie miterleben müssen, wie Splitterbomben inmitten von Menschenansammlungen explodierten oder Passanten von Scharfschützen aus dem Hinterhalt getötet wurden. Er hatte nie Kinder auf offener Straße sterben sehen oder die Schreie von Frauen gehört, die in Hinterhöfen vergewaltigt wurden. Noch kannte er die Angst als ständigen Begleiter. Bauer wusste es aus eigener Erfahrung, und doch war es auch für ihn mehr als verstörend, mitten in Berlin mit einem solchen Ausmaß an Zerstörung und Gewalt konfrontiert zu werden. Die eigene Welt, das eigene Leben waren betroffen. Kein anderer Kulturkreis. Kein anderes Volk. Es geschah im Herzen des eigenen Landes. Und weil dieses Land solche Gewaltattacken in seinem nunmehr siebzig Jahre andauernden Frieden nicht gewohnt war, waren seine Bewohner völlig hilflos, schockstarr, so wie Weber, der trotz zehnjähriger Berufserfahrung bei BND und Verfassungsschutz nicht vorbereitet war auf diesen Ort der Zerstörung und sich nun ohne ein weiteres Wort wegdrehte und erbrach.

Bauer reichte ihm eine Packung Taschentücher. »Die ersten Male habe ich mich genauso gefühlt wie Sie.«

»Heißt das, dass es irgendwann leichter wird?«

»Nein«, erwiderte Bauer ernst, »aber Sie lernen, damit umzugehen.« Er hielt einen Beamten zurück, der an ihnen vorbeieilte. »Wer leitet hier die Ermittlungen?«

»Dort drüben ist die Zentrale«, erwiderte der Beamte und wies auf eine Gruppe Polizeifahrzeuge.

Bauer sah Weber fragend an. »Sind Sie bereit?«

Weber nickte. Er war noch immer blass, aber bemüht, sich nichts anmerken zu lassen.

Vor dem Einsatzwagen wollte ihnen ein uniformierter Polizist den Zugang verwehren, doch als Bauer seinen Dienstausweis zückte, zog er sich mit einer Entschuldigung zurück.

»Wer hat die Leitung?«, fragte Bauer und wurde an einen Mann seines Alters in Zivil verwiesen, der mit ernster Miene und knappen Gesten das Geschehen dirigierte. Er sah irritiert auf, als Bauer ihn ansprach, die Falten in seinem schmalen Gesicht glätteten sich jedoch, als er erkannte, wen er vor sich hatte.

»Wie sieht es aus?«, wollte Bauer wissen.

»Nicht gut.« Der Leiter räusperte sich. »Bislang gehen wir von dreißig Toten aus und circa einhundert Verletzten.«

»Die Täter?«

Der Einsatzleiter schüttelte resigniert den Kopf. »Dazu können wir im Moment nur sagen, dass es sich vermutlich um einen Selbstmordattentäter aus dem islamistischen Umfeld handelt.«

»Ein Einzeltäter?«

»Ersten Zeugenaussagen nach war er nicht allein. Aber von dem zweiten Mann fehlt jede Spur.«

Bauer nickte nachdenklich und sah an der mobilen Einsatzzentrale der Polizei vorbei auf die weite Fläche vor dem Dom. Diese Vorgehensweise entsprach der gängigen Praxis. Der Selbstmordattentäter wurde bis zum Schluss begleitet. »Hat sich schon eine Organisation zu dem Anschlag bekannt?«, wandte er sich an Weber.

»Ein Bekennervideo ist gerade auf YouTube online gestellt worden«, erwiderte dieser. Er zog seinen Laptop aus seiner Tasche und rief den Clip ab. Auf dem Display erschien das Gesicht eines arabisch aussehenden Mannes, der in akzentfreiem Deutsch zu sprechen begann. »Das ist einer der beiden Männer, die zusammen mit Asmani aus dem Nahen Osten zurückgekehrt sind«, sagte Weber sofort. »So wie es aussieht, wurde das Video vor dem Anschlag aufgenommen.«

»Vielleicht ist er der Täter?«

»Gut möglich.«

»Es war ursprünglich von einem jungen Paar die Rede, das mit dem Kinderwagen unterwegs war«, wandte sich Bauer noch einmal an den Einsatzleiter. »Hat sich das nicht bestätigt?«

»Dazu gibt es widersprüchliche Zeugenaussagen. Wir sind dabei, alles, was wir von den Touristen an Foto- und Videomaterial bekommen konnten, an das GTAZ zu senden, in der Hoffnung, darüber Aufschluss zu bekommen.«

»Sind die Opfer schon identifiziert?«

»Nicht alle. Bei denen, deren Identität wir schon feststellen konnten, handelt es sich um Touristen aus China, Spanien und Deutschland.« Er strich sich durch das kurze Haar. »Wir können von Glück reden, dass wir nicht noch mehr Tote zu beklagen haben. Manchmal drängen sich ganze Reisegruppen vor dem Springbrunnen für ein Foto.«

Bauer nickte sichtlich betroffen. Er wollte noch mehr fragen, über die Machart der Bombe, die Art des verwendeten Sprengstoffs, aber er ahnte, dass es darüber noch keine aussagekräftigen Informationen geben würde. Letztlich konnte er das auch nicht erwarten, keine zwei Stunden waren seit dem Anschlag vergangen. Bis zu seiner Rückkehr ins GTAZ würde mehr vorliegen.

»Sie leisten hier großartige Arbeit«, lobte er daher nur abschließend den Einsatzleiter. »Danke für die Zeit, die Sie sich für uns genommen haben.«

»Der Informationsgehalt des Videos?«, fragte er Weber auf dem Weg zum Wagen.

»Nicht viel, das übliche salafistische Gewalt- und Heilsgeschrei. Auf den ersten Blick keine verwertbaren Hinweise. Wir werden gleich eine detaillierte Auswertung meines Dienstes dazu erhalten.«

Jenseits der Spree konnten sie vor dem Zeughaus die Übertragungswagen der nationalen und internationalen Fernsehanstalten erkennen sowie eine Mauer aus Menschen hinter den Absperrungen. Völlig unvermittelt dachte Bauer an Vivien, die vermutlich wie alle anderen erschüttert das Geschehen im Fernsehen verfolgte. Und an ihre Töchter und deren Kontakt zur salafistischen Szene Berlins. Was wusste Vivien darüber? Konnte er verhindern, dass sie und ihre Familie in den schmutzigen Strudel mit hineingezogen wurden? Schon jetzt rüsteten sich die Sondereinheiten für erneute Hausdurchsuchungen. Es würde Verhaftungen geben. Verhöre. Bei dreißig Toten und mehr als einhundert Verletzten und der immanenten Gefahr von weiteren Anschlägen würden die Sicherheitsbehörden keine Gnade kennen.

Das Klingeln seines Mobiltelefons befreite Bauer aus seiner Gedankenschleife. Ein kurzer Blick auf das Display zeigte ihm eine Durchwahl aus dem Innenministerium.

»Der Staatssekretär möchte Sie sprechen«, meldete sich eine geschäftsmäßig klingende Frauenstimme. »Ich stelle durch.«

Bauer gab Weber ein Zeichen und stieg in den Wagen ein. Kaum dass er saß, hörte er die Stimme des Staatssekretärs. »Herr Bauer, um es kurz zu machen. Wir, insbesondere der Minister, möchten, dass Sie die Leitung der Sonderkommission, von der wir gesprochen haben, übernehmen.«

Bauer war zu perplex, um gleich zu antworten. Das letzte Treffen mit dem Minister schoss ihm durch den Kopf und die unmissverständliche Rüge, die er erhalten hatte. Und jetzt sollte er die Kommission leiten, die er so scharf kritisiert hatte? Es war eine Aufgabe, die ihn gleichermaßen in den Himmel oder die Hölle befördern konnte. Durch das geschlossene Wagenfenster starrte er auf einen mit Blaulicht abfahrenden Krankenwagen, auf die mit Splitterschutzwesten gesicherten Polizisten, die das Gelände abriegelten, und für einen Moment sah er wieder die beiden Kinder auf dem Feldbett vor sich, die mit leerem Blick vor sich hin gestiert hatten.

In einer solchen Sonderkommission würde er auf Situationen in einem völlig anderen Maße reagieren können. Er hätte Zugriff auf einen Sonderetat. Der Traum eines jeden Ermittlers. Und es wäre eine Rückkehr ins operative Geschäft.

»Kann ich mir mein Team selbst zusammenstellen?«, fragte er mit plötzlich trockener Kehle.

»Wir gehen davon aus, dass Sie aufgrund Ihrer Erfahrung wissen, mit wem Sie am effektivsten zusammenarbeiten können. Sie haben freie Hand mit der einzigen Einschränkung, dass die Kommission paritätisch zu besetzen ist.«

Bauers Hirn arbeitete fieberhaft.

Aufgrund Ihrer Erfahrung wissen, mit wem Sie ….

Man hatte sich über ihn informiert.

Und *paritätisch zu besetzen* hieß nichts anderes, als dass er in der Wahl seiner Mitarbeiter die wichtigsten Sicherheitsbehörden zu gleichen Teilen berücksichtigen musste. Namen schwirrten durch seinen Kopf, Gesichter.

»Die Details lässt meine Assistentin Ihnen per Mail zukommen«, drängte sich die Stimme des Staatssekretärs in seine Gedanken. »Ich erwarte Ihren Rückruf und eine Liste der Kollegen, die Sie für die Zusammenarbeit ausgewählt haben, sobald Sie sich mit allem vertraut gemacht haben. Wie lange werden Sie dafür brauchen?«

»Ich melde mich innerhalb der nächsten zwei Stunden«, versprach Bauer, während sein Blick auf Weber fiel, der neben dem Wagen telefonierend auf und ab ging.

Vielleicht würde er diesen Moment irgendwann verfluchen. Die Gunst eines Ministers war schnell wieder verloren, wenn sich der erwünschte Erfolg nicht einstellte, und Bauer machte sich keine Illusionen über etwaige Fürsprecher, sollte er in seiner Mission scheitern. Er besaß im politischen Berlin keine Freunde. Sein Netzwerk war ein anderes, funktionierte global auf der operativen Ebene. Aber es war nicht das erste Mal, dass er in seinem Beruf von der Hand in den Mund lebte. Im Grunde war es genau das, was er in den Jahren vor seiner Beförderung immer getan hatte.

KAPITEL 21

Djamal, ist es nicht entsetzlich, was passiert ist?« Nina war außer sich, tränenüberströmt, und beschützend nahm er sie in den Arm und hörte ihr zu, als sie mit ihm schließlich am Tisch saß, ihr Brötchen zerkrümelte, ohne zu essen, und in ihrer Aufregung Vorwürfe in alle erdenklichen Richtungen ausstieß.

Ja, es war entsetzlich, was geschehen war. Immer und überall war es entsetzlich, wenn Menschen gewaltsam zu Tode kamen. Aber etwas in ihm konnte, nein, wollte ihr nicht folgen.

Dreißig Tote, etwa einhundert Verletzte hatten die Nachrichtenagenturen gemeldet, und Menschen, die sich sonst stumm in der U-Bahn und auf den Bahnhöfen begegneten, hatten ihre Fassungslosigkeit miteinander geteilt, ihre plötzliche Angst. Der Terror war in ihrer Stadt angekommen, und auf der Fahrt von Pankow zum Prenzlauer Berg hatte er ihre Blicke gespürt, ihr Misstrauen. Sie konnten es nicht verhehlen, sogar dann nicht, wenn sie hastig wegsahen, er fühlte, wie sie ihn anstarrten, als könnte in der Brötchentüte in seiner Hand Sprengstoff verborgen sein. Es verletzte ihn, dass sein Äußeres ihn plötzlich unter Generalverdacht stellte. Er war genauso wie sie ein Bürger dieses Staates, und dennoch betrachteten ihn *die Deutschen* wie einen Eindringling. Einen Mittäter.

Der Begriff dehnte sich in seinem Kopf aus.

Mittäter.

Ich verspreche dir, alles zu erklären, wenn ich meinen Auftrag erledigt habe.

Es waren keine zwölf Stunden vergangen, seit Yusuf diesen Satz zu ihm gesagt hatte, der sich in sein Gedächtnis eingebrannt hatte. Zusammen mit dem Bild seines vernarbten nackten Oberkörpers. Was, wenn Yusuf etwas mit dem Attentat zu tun hatte? Bei dem Gedanken lief es Djamal wohl zum hundertsten Mal heiß und kalt den Rücken herunter. Hastig verdrängte er ihn. Dreißig Tote und einhundert Verletzte gab es nahezu jeden Tag im Irak, in Syrien, im Libanon, in Afghanistan, in Somalia und in Mali. Aber wer erwähnte diese Menschen, die für nichts und wieder nichts ihr Leben lassen mussten? Selbst in den Medien fanden solche Nachrichten nur Platz in der Spalte der Kurzmeldungen. Im Irak hatte er mit eigenen Augen gesehen, wie die Menschen tagtäglich mit der Gefahr und der Bedrohung durch den Tod umgehen mussten, wie sie ihr Leben und ihren Alltag danach ausrichteten. Und mit welchem Gottvertrauen sie dennoch immer wieder aufstanden. Was für ein Vergleich zu der Berliner Hysterie und zu Ninas Tränen und ihrer Fassungslosigkeit, die ihn, je länger er sie ertragen musste, umso mehr irritierten. Nina hatte niemanden aus ihrer Familie verloren. Sie kannte die Menschen nicht, die im Herzen der Stadt gestorben waren. Es waren Fremde, und sosehr sie auch meinte, mit ihnen und ihren Angehörigen zu fühlen, konnte sie überhaupt nicht ermessen, welchen Verlust sie erlitten. Es war ihre eigene Angst, die diese Betroffenheit auslöste, die drohende Beeinträchtigung ihres Komforts und ihres sicheren kleinen Lebens. Würde sie ihn in der U-Bahn nicht genauso anstarren wie die anderen, wenn sie ihn nicht kennen würde? Wäre er für sie nicht auch ein potenzieller Attentäter?

»Djamal?« In ihrer Stimme lag ein nervöser Unterton.

Er begegnete ihrem ängstlichen Blick. Und plötzlich stieg Mitleid in ihm auf. Sie war so unschuldig, so behütet aufgewachsen in all dem Luxus, mit dem ihre Eltern sie und ihre Schwester umgeben hatten. Sie hatte nie barfuß über Schutt laufen müssen, nie mit bloßen Händen Verschüttete aus Trümmern befreit. Nie um gefolterte Brüder geweint. Nie Ausgrenzung erfahren.

»Djamal, was ist mit dir?«

Behutsam löste er seine Finger, die sich um den Kaffeebecher vor ihm auf dem Tisch verkrampft hatten, und griff nach ihrer schmalen Hand, als Schuldgefühle für einen Moment seinen Zorn überlagerten.

Was konnte sie für die Umstände, in die sie geboren war? Was konnte sie für ihre daraus gewachsene Weltsicht?

Er suchte nach Worten.

»Es ist schlimm, was passiert ist«, sagte er schließlich. »Aber ich kann dein Entsetzen nicht im gleichen Maß teilen.«

Fassungslos starrte sie ihn an.

»In anderen Ländern geschieht so etwas tagtäglich«, fügte er vorsichtig hinzu. »Wenn die Menschen nun auch hier erfahren, was es heißt, in Angst zu leben, verstehen sie vielleicht, welche Verbrechen andernorts geschehen.«

Nina wurde blass. »Das meinst du nicht wirklich«, stieß sie tonlos hervor. »Das … das kannst du nicht meinen!«

Ihr Unverständnis weckte erneut seinen Trotz. »Warum nicht?«

»Weil das völlig herzlos und zynisch ist!«

»Diese Welt ist zynisch, Nina!«, entfuhr es ihm. »Du merkst es nur nicht in der behüteten Glocke, unter der du lebst.«

Rote Flecken erschienen auf ihren Wangen, wie immer, wenn Wut sie übermannte. »Ach, sind wir jetzt selbst schuld, wenn uns diese verdammten Terroristen in die Luft sprengen?« Zornig funkelte sie ihn an.

»Ja, das seid ihr!«, entgegnete er hart. »Wenn diese Menschen die gleichen Chancen hätten, wenn sie über ebenso viel Reichtum verfügen würden, hätten sie keinen Grund für solche Taten.«

Nina starrte ihn an. »*Ihr*, ja? Ist es jetzt so weit? Stehst du auf der anderen Seite? Dann geh doch zu deinen Freunden und feiere mit ihnen das Massaker vor dem Dom!« Mit einer heftigen Bewegung stieß sie ihren Stuhl zurück, sprang auf und lief aus der Küche. Gleich darauf hörte er, wie ihre Zimmertür ins Schloss knallte.

Die Stille nach ihrem Ausbruch war erdrückend. Djamal starrte auf die Reste ihres späten Frühstücks vor sich auf dem Tisch. Was hatte er gerade gesagt? Ihr seid selbst schuld. Ihr, nicht wir. Er schluckte nervös. Was ging mit ihm vor? Hatte er sich wahrhaftig auf die andere Seite begeben, wie Nina ihm vorwarf?

Ihre in der Wut gesagten Worte schmerzten ihn. War das tatsächlich ihr Bild von ihm? Und würde sie sich auch gegenüber der Polizei so äußern, wenn sie zu ihm befragt wurde?

Er rief sich zur Räson.

Warum sollte man Nina befragen? Es war nichts geschehen. Nichts, was er sich vorzuwerfen hätte. Er betete den einen Satz wie ein Mantra herunter, um sich selbst zu beruhigen, und versuchte, nicht an die dreißig Toten und über einhundert Verletzten zu denken. Aber die Zweifel blieben. Die Fragen.

Die Polizei überwacht mich, seit ich zurück bin.

Warum wurde Yusuf überwacht? War er wirklich nur beruflich im Irak gewesen, wie er ihm hatte weismachen wollen? Djamals Herz schlug plötzlich schneller, als er sich an Issams seltsames Verhalten erinnerte. An diesen einen Satz, der wie eine Warnung geklungen hatte.

Yusuf wird dich enttäuschen.

Warum?

Nur Yusuf konnte ihm diese Frage beantworten.

»Was ist passiert?«, riss ihn eine weibliche Stimme aus seinen Gedanken. »Habt ihr Streit gehabt?«

Erschrocken sah er auf. Sarah stand in der Tür und lächelte ihn an. Und nicht zum ersten Mal fragte er sich, warum sich sein Herz, als er den Zwillingen das erste Mal auf einer Klassenfeier seiner Schwester begegnet war, nicht für sie entschieden hatte.

»Denk dir nichts dabei«, fuhr Sarah fort, als er nicht antwortete, und kam zu ihm in die Küche. »Sie ist schon den ganzen Tag so reizbar.« Ihr Lächeln vertiefte sich. »Vermutlich kriegt sie ihre Tage.«

Djamal blickte peinlich berührt zu Boden. Die Offenheit der Schwestern in diesen intimen Dingen irritierte ihn noch immer.

»Willst du etwas essen?«, fragte er, als er sich wieder gefangen hatte.

»Nein, danke, ich hab keinen Hunger, ich trink nur einen Kaffee.« Sie trat an die Maschine, die in einer Ecke auf der Anrichte stand. »Geh ruhig zu Nina, ich habe sie in ihrem Zimmer weinen hören. Sie wartet vermutlich nur darauf, dass du zu ihr kommst.«

»Und was ist hiermit?«, fragte Djamal und wies auf den unaufgeräumten Frühstückstisch.

»Das mach ich schon.«

Djamal begann trotz Sarahs Angebot abzuräumen, bis sie ihm die Teller aus der Hand nahm und ihn wortlos Richtung Tür schob. Als er in den Flur trat, hörte er aus dem Wohnzimmer Viviens Stimme. Sie schien zu telefonieren. Aus Ninas Zimmer kam tatsächlich leises Schluchzen. Behutsam öffnete er ihre Zimmertür. Sie lag mit dem Rücken zu ihm auf ihrem Bett und weinte, was er an dem leichten Zucken ihrer Schultern erkennen konnte. Der Drang, zu ihr zu gehen und sie in seine Arme zu nehmen, war immens, und er hatte schon einen Schritt in ihr Zimmer gemacht, als er es sich spontan doch anders überlegte. Wie lange würde es gutgehen, wenn er ihrem Dickkopf und ihren Allüren wieder nachgab. Sie war beleidigend und keinem seiner Argumente gegenüber aufgeschlossen gewesen. Vielleicht war es besser, wenn sie sich eine Weile nicht sahen. Leise zog er sich zurück und schloss die Tür wieder. Sarah werkelte noch in der Küche, als er den Flur entlangging. Er verabschiedete sich auch nicht wie üblich von Vivien, sondern verschwand wie ein Dieb in der Nacht, und seltsamerweise fühlte er sich auch genauso, als er in dem feudalen Treppenhaus die Stufen hinunterstieg.

KAPITEL 22

»Wir haben den fatalen Fehler begangen, unseren Gegner zu unterschätzen«, konstatierte Marc Bauer, »und dafür haben wir einen hohen Preis bezahlt.« Mit ernster Miene blickte er in die Runde, die noch nicht vollständig war, da sein neues Team aus ganz Deutschland und einige sogar aus dem Ausland anreisen mussten. Es hatte Bauer jedoch keine Anstrengung gekostet, die Gruppe aus Spezialisten für die Sonderkommission zusammenzustellen. Angesichts der brisanten Lage kam es für alle Angesprochenen einer Auszeichnung gleich, dabei zu sein. Jeder von ihnen war seit Jahren vertraut mit der Terrorbekämpfung, und mit den meisten hatte Bauer bereits zusammengearbeitet. Lukas Weber war natürlich ebenso unter ihnen wie Jochen Metzner, als sie sich jetzt zu einer ersten Analyse zusammenfanden.

»Was ist eigentlich mit Ihrem Informanten?«, wollte Metzner von Weber wissen.

»Von dem Attentat war er genauso überrascht wie wir«, gestand dieser, »und im Moment können wir keinen Kontakt aufnehmen, ohne ihn massiv zu gefährden.« Dann wandte er sich an Bauer.

»Ist es richtig, dass die Franzosen bereits ein Auslieferungsersuchen für ihren geflohenen Attentäter gestellt haben?«

»Die Sache läuft auf höchster Regierungsebene«, bestätigte Bauer knapp und kam sofort wieder auf den aktuellen Anschlag in Berlin zurück: »Wissen wir inzwischen, ob der zweite Täter unter den Opfern ist? Was für Sprengstoff verwendet wurde? Und wie viel?«

Metzner schüttelte frustriert den Kopf. »Die Ermittlungen laufen schleppend.

Die Zahl der Toten hat sich auf zweiunddreißig erhöht. Zwei Schwerverletzte sind im Krankenhaus gestorben. Drei weitere schweben weiterhin in Lebensgefahr.«

Schweigen breitete sich nach seinen Worten im Raum aus.

»Die Amerikaner haben uns kontaktiert«, ergriff Bauer wieder das Wort. »Die CIA warnt vor weiteren Anschlägen.«

»Hier in Deutschland?«

»Europaweit.«

Metzner räusperte sich unangenehm berührt. »Das würde bedeuten, dass wir es mit einer Serie zu tun haben …«

»… und es schon morgen in Amsterdam, Stockholm oder Warschau brennen kann«, ergänzte eine sonore Stimme mit schwerem amerikanischem Akzent.

Alle wandten sich dem Neuankömmling zu, und Weber und Metzner schnappten hörbar nach Luft, als sie den Mann erkannten, der mit einer Selbstverständlichkeit zur Tür hereinkam, als hätte er sich gerade nur einen Kaffee geholt. Wie alle anderen trug er einen Anzug, das Sakko baumelte jedoch in seiner Hand, und die Ärmel seines weißen Oberhemdes waren leger hochgekrempelt. Bauers Blick glitt über die tätowierten Unterarme hinauf zu der Ray-Ban-Sonnenbrille auf dem kantigen, kahlrasierten Schädel.

»Hast du endlich Deutsch gelernt?«, begrüßte er seinen alten Weggefährten, mit dem ihn seit ihrer gemeinsamen Dienstzeit in den militärischen Spezialeinheiten ihrer Länder eine enge Freundschaft verband.

»Gut, dich zu sehen, Bauer«, entgegnete Joe DiSanto, und obwohl ein Lächeln um seine Mundwinkel spielte, lauerte in seinen dunklen Augen jene eisige und verstörende Kälte, die ahnen ließ, warum er einer der besten Verhörspezialisten der CIA war.

Nachdem Bauer zu seiner Überraschung erfahren hatte, dass sein amerikanischer Kollege seit einer knappen Woche schon in Berlin war, hatte er sofort dessen Unterstützung angefragt. Welche diplomatischen Absprachen dafür vonnöten gewesen waren, konnte er nur erahnen. Letztlich war es ihm auch egal, was zählte, war der glückliche Zufall und das positive Ergebnis der Verhandlungen, denn DiSanto brachte neben seinen außerordentlichen Verhörtechniken auch langjährige Nahost-Kenntnisse mit sich.

Weber jedoch betrachtete DiSanto skeptisch. »Woher nehmen Sie die Gewissheit, von einer Anschlagsserie zu sprechen? Warum haben wir das Muster nicht selbst erkannt?«

»Weil euch die nötigen Informationen fehlen«, bemerkte DiSanto trocken. Nahtlos ging er dabei wieder ins Amerikanische über.

»Die Sie aber haben?«, entgegnete Weber mit gereiztem Unterton.

DiSanto betrachtete ihn mit ausdrucksloser Miene. »Natürlich haben wir sie«, entgegnete er. »Auch wenn wir in Nahost aktuell nicht so präsent sind, verfügen wir noch immer über mehr Einblick als ihr Europäer. Ihr braucht dringend eine bessere internationale Zusammenarbeit und einen intensiveren europäischen Datenaustausch, sonst werdet ihr der Sache nie Herr.«

»Joe hat recht, Lukas, und das wissen Sie«, bemerkte Bauer. »Die Amerikaner haben ganz andere Mittel zur Verfügung als wir und dementsprechend Einsichten, an die wir nicht herankommen.«

»Klar«, bestätigte Weber. »Bin ich ganz bei Ihnen. Sie sind aber auch bekannt dafür, dass sie diese Erkenntnisse nicht teilen, solange sie keinen Profit daraus schlagen können.«

DiSantos Augen wurden schmal.

Bauer hob beschwichtigend eine Hand. Natürlich hatte auch Weber recht, für die Amerikaner waren Informationen eine Handelsware, die sie sich gern in derselben Währung bezahlen ließen. Das war schon immer so gewesen und würde sich auch nicht ändern. Aber darauf hatten sie keinen Einfluss. Nicht einmal in ihrer gegenwärtigen Situation.

»Die Entscheidungen über mehr internationale Zusammenarbeit und einen intensiveren Datenaustausch müssen auf politischer Ebene fallen«, mischte sich Metzner ein. »Solange sich unsere Regierungsvertreter nicht einig werden, sind uns die Hände gebunden.«

»Das ist in der Tat bedauerlich, denn ihr seid im Krieg, wie man hört.«

»Wir sind nicht im Krieg«, widersprach Bauer DiSantos sarkastischer Bemerkung scharf. »Diese rhetorische Scharfmacherei bringt uns nicht weiter, auch wenn sich der eine oder andere Politiker im ersten Schock so geäußert haben mag. Keine militärische Aktion hilft uns gegen diese Art der Bedrohung. Wir müssen ihr auf kriminalistische Weise begegnen. Nur so können wir ihrer Herr werden.«

DiSanto kommentierte Bauers Zurechtweisung nicht, sondern bedachte ihn nur mit einem langen Blick, der zeigte, wie heikel die Thematik selbst für erfahrene Profis wie ihn war. Der ständige Spagat zwischen der Notwendigkeit einer grenzübergreifenden Zusammenarbeit, die DiSanto zu Recht forderte, und ihren, durch die Souveränität der einzelnen europäischen Staaten, auferlegten Einschränkungen belastete sie alle enorm, so dass nicht nur der Humor auf der Strecke blieb. Natürlich nutzten die Mitarbeiter der Sicherheitsbehörden soweit möglich eigene Kontakte und informelle Wege für einen solchen Datenaustausch, so wie auch Bauer, wenn er seinen französischen Kollegen Hermier kontaktierte. Da diese Vorgehensweise jedoch nicht offiziell abgesegnet war, schwebte über jedem, der zu solchen Maßnahmen griff, die Bedrohung des Amtsmissbrauchs und generierte in der ohnehin schon angespannten Situation einen zusätzlichen Stressfaktor.

»Konzentrieren wir uns zunächst auf das, was wir haben«, fuhr Bauer fort und wies auf eine Fotografie auf dem Whiteboard. »Eine zentrale Figur in der Berliner Szene ist Yusuf Asmani. Allen bisherigen Erkenntnissen nach ist er der Drahtzieher des Anschlags. Ihn zu finden ist unsere oberste Priorität.«

Bei der Nennung von Asmanis Namen sah DiSanto interessiert auf, sagte aber nichts.

»Asmani ist abgetaucht«, erklärte Weber. »Seit wir ihn nach Verlassen der Wohnung verloren haben, haben wir keine Spur mehr von ihm.«

»Dann greifen wir uns die Personen aus seinem Umfeld. Mit wem hatte er seit seiner Rückkehr Kontakt? Soweit ich weiß, hat der Verfassungsschutz Asmani streng überwacht.«

»Wir haben bereits eine Liste der betreffenden Personen zusammengestellt«, meldete Metzner sich zu Wort. Er rief eine Karte von Berlin auf, auf der die Wohnungen der Zielpersonen markiert waren. »Die Sonderkommandos für die Hausdurchsuchungen und Festnahmen stehen bereit.«

»Dann sollte der Zugriff sofort erfolgen«, forderte DiSanto.

Bauer nickte. »Das sehe ich genauso.«

»Was ist mit Djamal Khadim?«, wollte Metzner wissen. »Er war zuletzt mit Asmani zusammen, ist aber auf der Liste der in Frage kommenden Personen in Klammern gesetzt.«

»Mein Fehler«, sagte Weber mit einem Seitenblick auf Bauer. »Wir waren bislang nicht sicher, ob der Kontakt zu Asmani nicht rein zufällig zustande gekommen ist.«

»Können wir darauf in der aktuellen Situation Rücksicht nehmen?«

»Nein«, entgegnete Bauer nach kurzem Zögern anstelle von Weber. »Das können wir nicht. Wir müssen ihn genauso festsetzen und vernehmen wie alle anderen.«

»In Ordnung«, erwiderte Metzner. »Dann gebe ich jetzt das Go. Jeder weiß, was er zu tun hat.«

Der Raum leerte sich. Zurück blieben nur Bauer und DiSanto, denen die Aufgabe zukam, die Vernehmungen zu koordinieren.

»Du bist gestresst, Bauer, so kenne ich dich nicht«, sagte DiSanto, sobald sie allein waren. »Was ist los?«

Bauer runzelte die Stirn. »Dir kann ich nichts vormachen, was?«

»Dann hätte ich meinen Job verfehlt.« DiSanto sah ihn durchdringend an. »Also?«

»Vivien ist hier in Berlin. Eine ihrer Töchter ist mit Djamal Khadim zusammen.«

DiSanto pfiff leise durch seine Zähne. »Habt ihr noch Kontakt?«

»Gerade wieder. Wir sind uns vor ein paar Tagen zufällig bei einem Vortrag begegnet.«

»Du willst das Mädchen raushalten, nehme ich an?«

»Ich darf genau genommen keine Rücksicht nehmen. Auch sie hat Kontakt zu Asmani gehabt, vielleicht nur zufällig, aber wenn wir bei Djamal Khadim auf etwas stoßen, müssen wir sein ganzes Umfeld beleuchten.«

DiSanto strich sich nachdenklich über seinen kahlrasierten Schädel. »Sprich mit Vivien. Hol sie ins Boot.«

»Ich bin nicht sicher, ob das klug ist, Joe. Es geht schließlich um ihre Kinder. Wir wissen nicht, ob sie rational auf eine solche Bedrohung reagieren kann und was das alles wieder in ihr aufwühlt.«

»Du ziehst sie nicht rein, Bauer, wenn es das ist, was du denkst. Sie steckt ohne dein Zutun schon mittendrin.«

KAPITEL 23

Djamal öffnete die Haustür und trat auf die Straße, die an diesem frühen Samstagabend bevölkert war mit Menschen, die vor den Cafés saßen, Kinderwagen vor sich herschoben oder auf einen freien Platz in einem der Restaurants warteten. Die Aufregung und das Entsetzen, das der Anschlag auf der Museumsinsel ausgelöst hatten, war auf den ersten Blick nicht zu spüren, auf den zweiten jedoch war zu erkennen, dass die Gespräche intensiver und die Bewegungen der Passanten angespannter waren. Auch hier streifte ihn Aufmerksamkeit, als er im Hauseingang stehen blieb, doch in dieser Gegend schauten die meisten bei einem zufälligen Augenkontakt nicht verstört zur Seite, sondern reagierten mit einem flüchtigen, beinahe entschuldigenden Lächeln.

Zwei Männer kamen von der gegenüberliegenden Straßenseite auf ihn zu. Sie unterschieden sich zunächst nicht von den übrigen Fußgängern, weder in ihrer Kleidung noch im Äußeren, aber sie näherten sich ihm wie Raubtiere, die ihr Opfer einkreisten. Und wie bei jedem Opfer, das die Gefahr wittert, schnellte sein Adrenalinpegel nach oben, und er nahm alles um sich herum mit doppelter Schärfe wahr.

Intuitiv scannte er seine Umgebung, ignorierte sein heftig klopfendes Herz und schob sich rechter Hand zwischen die Passanten. Aus dem Augenwinkel bemerkte er, wie die beiden Männer ihren Schritt beschleunigten.

Fuck, sie waren tatsächlich hinter ihm her.

Er bog nach rechts in die nächste Querstraße und rannte los. Hier waren nur wenige Fußgänger unterwegs, die erschrocken zur Seite sprangen, als er und seine Verfolger an ihnen vorbeiliefen.

Djamal war trainiert, er lief mehrmals pro Woche, und seine Angst verlieh ihm Flügel. Er hatte keine Ahnung, wohin er sich wenden sollte, nur fort, weg von den Männern, deren Schritte hinter ihm zwischen den Häuserwänden hallten. Er wagte nicht, sich umzusehen, aber er hatte das Gefühl, dass er Abstand gewann. Seine Gedanken rasten. Er musste einen Platz finden, wo er sich verstecken konnte, um nach einem Ausweg zu suchen. Aber er kannte die Umgebung zu wenig, wusste nichts über die Hinterhöfe und ihre Verbindungen, über Kellereingänge und Fluchten, die sich dort vielleicht boten. Es gab nur einen Weg, zu entkommen. Er musste die S-Bahn erreichen. Er rannte mitten auf der Straße, schneller und immer schneller, so schien es ihm. Und er bewegte sich dabei wie in einem Alptraum. Schließlich konnte er die Station sehen, hörte eine Bahn, doch in diesem Moment schoss aus einer Querstraße ein Streifenwagen heraus, direkt auf ihn zu.

Djamal war so überrascht, dass er aus vollem Lauf abbremste, dann einen Haken auf den Gehsteig schlug und versuchte, den Wagen zu umgehen, doch die beiden Beamten sprangen bereits aus dem stehenden Fahrzeug heraus und brüllten ihn an, ihre gezogenen Waffen auf ihn gerichtet. Djamal gab auf und hob die Arme. Schwer keuchend erreichten ihn die beiden Männer, die ihn verfolgt hatten, drückten ihn mit Gesicht und Oberkörper an die nächste Hauswand und drehten ihm die Arme auf den Rücken. Handschellen schnappten um seine Handgelenke. Eine Polizeimarke wurde ihm vor die Augen gehalten, vor denen Sterne tanzten vor lauter Aufregung und Anstrengung.

»Djamal Khadim, Sie sind vorläufig festgenommen«, stieß einer der beiden Männer in Zivil hervor, während die beiden uniformierten Beamten noch immer aus sicherer Entfernung ihre Waffen auf ihn gerichtet hielten.

Tausend Fragen stoben durch sein Hirn. Und das Entsetzen, das ihn den ganzen Tag unterschwellig begleitet hatte, übermannte ihn jetzt. Es gab nur einen plausiblen Grund für all das: Yusuf war in den Anschlag auf der Museumsinsel verwickelt. Und er, Djamal, hatte ihm geholfen, die Tat auszuführen, indem er Yusufs Flucht aus der überwachten Wohnung möglich gemacht hatte.

Ich verspreche dir, alles zu erklären, wenn ich meinen Auftrag erledigt habe.

Djamal schloss die Augen, um die Tränen zu verbergen, die plötzlich in ihm aufstiegen, als er sich an seine letzte Verhaftung erinnerte, an den Beamten aus der Staatsschutz-Abteilung, der ihn wie ein Stück Dreck behandelt hatte wegen zweier zusammengeschlagener Jugendlicher, die ihn bewusst provoziert hatten.

Wie würde man ihn jetzt behandeln?

Die Beamten in Zivil führten ihn zu dem wartenden Streifenwagen, schoben ihn auf die Rückbank und setzten sich rechts und links von ihm. Die beiden uniformierten Polizisten nahmen die Vordersitze ein. Ohne ein Wort zu wechseln, fuhren sie los. Sie schienen genau zu wissen, was nun geschehen musste. Es war alles geplant. Alles, ebenso wie der Anschlag geplant gewesen war.

Yusuf wird dich enttäuschen.

Hatten sie Issam auch verhaftet? Issam war der Einzige, der für ihn sprechen konnte, der wusste, dass er mit allem – was auch immer das war – nichts zu tun hatte. Djamal schloss die Augen und betete das erste Mal in seinem Leben inständig zu seinem Gott: *Allah, beschütze mich!*

Sie fuhren durch die halbe Stadt Richtung Osten. Djamal erkannte die Puschkinallee, die S-Bahn-Station Treptower Park. Kurz darauf bogen sie in ein mehrfach durch Zäune und eine Einfahrtsschleuse gesichertes Gelände, das aussah wie eine ehemalige Kaserne. Auf zwei Schildern im Eingangsbereich las er unter dem Abbild des Bundesadlers im Vorbeifahren »Bundeskriminalamt« und »Verfassungsschutz«.

Der Wagen hielt vor einem alten roten Backsteingebäude mit weißen Verzierungen, vor dem sich eine weite Rasenfläche erstreckte. Djamal nahm all diese kleinen Einzelheiten mit solcher Klarheit und Schärfe auf, dass er meinte, sie nie wieder vergessen zu können. Ebenso wie die Gesichter der vier Männer im Wagen. Doch schon Augenblicke später hätte er nicht mehr sagen können, wie sie aussahen. Als er in das Gebäude gebracht, durch Flure und über Treppen geführt wurde und schließlich in einem Verhörraum saß, konnte er sich an nichts mehr erinnern, so als hätte jemand seinen Kopf leergeblasen, nur um ihn gleich darauf mit Fragen zu füllen, mit Anschuldigungen, mit Geschichten, die nicht die seinen waren, aber zu ihnen werden würden, das spürte er, je länger er hier saß, und die Angst, die in seinem Inneren immer mehr Raum einnahm.

Er dachte an seine Eltern und seine Großeltern, seine Schwester und Brüder, an Nina und an sein Studium, das er gerade begonnen hatte. Alles glitt durch seine Finger, rann hindurch wie Wasser, als er in das Gesicht des Mannes blickte, der nun den Raum betrat und auf der anderen Seite des Tisches Platz nahm. Seine olivbraune Haut schimmerte in der kalten Deckenbeleuchtung, und die Tätowierungen auf seinen muskulösen Armen tanzten, als er sich auf dem Tisch aufstützte. Dunkle Augen fixierten Djamal, während der Mann die schmale Aktenmappe aufschlug, die er mitgebracht hatte, ein Foto herauszog und es vor Djamal auf den Tisch legte.

Djamals Herz klopfte wild, als er Yusuf darauf erkannte.

»Du kennst ihn«, sagte der Mann mit schwerem amerikanischem Akzent.

Djamal spürte Übelkeit in sich aufsteigen. Kurz schüttelte er den Kopf, aber der Amerikaner reagierte nicht darauf. Er sah ihn nur an, und je länger er ihn fixierte, desto durchdringender wurde sein Blick.

Er *wusste,* dass Djamal Yusuf kannte. Es war sinnlos, diese Tatsache zu leugnen. Djamal räusperte sich und nahm all seinen Mut zusammen.

»Warum bin ich hier?«

Der Mann zog eine Augenbraue hoch.

Djamal schluckte und senkte sofort wieder seinen Kopf.

»Es gibt hier Regeln«, erklärte der Amerikaner dann sehr ruhig, aber in dieser Ruhe lag eine Kälte, die Djamal einen Schauer über den Rücken jagte. »Und es gibt nur einen, der Fragen stellt.«

Er schob die Fotografie auf dem Tisch näher zu Djamal. »Du kennst ihn«, wiederholte er.

Was würde mit ihm passieren, wenn er es zugab? Was, wenn er es erneut leugnete? Wie lange durfte er hier überhaupt festgehalten werden? Galten die Gesetze auch im Falle eines Terrorverdachtes?

Allah, beschütze mich!

KAPITEL 24

Vivien öffnete die Tür und fragte sich, woher ihre Nervosität rührte. Es war nicht das erste Mal, dass Marc ihr einen Besuch abstattete. Während ihres zweijährigen Aufenthaltes in Genf hatten sie sich mehr oder minder regelmäßig gesehen.

In der Erinnerung an diese Zeit strichen ihre Finger sanft über das mattweiße, lackierte Holz des alten Türrahmens. Es waren Tage, die wie gestohlen gewesen waren. Sie hatten ihnen allein gehört, losgelöst von der Welt, die sie normalerweise trennte. Marc hatte darauf bestanden, sogar die Telefone abzuschalten, damit sie nicht gestört werden konnten. Himmel, ja, es waren wunderbare, intensive Tage gewesen, bis er dann wieder gegangen war, sich über Monate nicht gemeldet und sie sich in Arbeit versenkt hatte, um nicht an ihn denken zu müssen.

Und nun kam er die Treppen hoch, erfüllt von der gleichen Anspannung wie sie. Sie erkannte es daran, dass er zwei Stufen auf einmal nahm, an dem flüchtigen Blick, den er nach oben warf, und dem Lächeln, das tiefer blicken ließ, als er vielleicht ahnte.

»Hallo Vivien.« Er umfasste ihre Taille, berührte mit seinen Lippen ihre Wange.

»Marc, schön, dass du da bist.«

Er war der einzige Mann, den sie kannte, der Souveränität und Lässigkeit so miteinander in Einklang zu bringen wusste. Er hatte eine Flasche Wein mitgebracht. Grauburgunder von einem kleinen Weingut in Rheinhessen. Zeichen seiner jüngsten Sesshaftigkeit. Sie konnte es immer noch nicht begreifen, wie sie über ein Jahr in Berlin nebeneinanderher gelebt und an denselben Orten gearbeitet hatten, ohne sich zu begegnen.

Er sah sich um, während sie ihn durch den langen Flur ins Wohnzimmer geleitete. Betrachtete die Bilder an den Wänden der Altbauwohnung, die Petersburger Hängung, und die in warmen Farben gehaltenen Orientteppiche, die die Sachlichkeit der übrigen Einrichtung aufbrachen.

»Hier lebst du also«, sagte er schließlich, als er sich ihr zuwandte, und es schien ihr, als hätte er diese Eindrücke gesucht, um zu verstehen, zu welcher Frau sie nach ihrer Scheidung geworden war. Was ihr Leben inzwischen ausmachte.

»Ja, hier lebe ich und fühle mich wohl«, entgegnete sie ruhig, obwohl ihr das Herz bis zum Hals schlug. Was war der Grund seines Besuchs, nach allem, was an diesem Tag geschehen war? Ihre Blicke hielten einander länger, als es vielleicht angebracht gewesen wäre.

»Möchtest du nicht das Sakko ablegen?«, fragte sie schließlich und hoffte, dass ihm ihre plötzliche Atemlosigkeit entging.

»Wenn es dich nicht stört.«

»Nein, keineswegs.«

Die Steifheit ihrer Konversation, die sie unter anderen Umständen zu einem Lächeln veranlasst hätte, vergrößerte jetzt nur ihre Unruhe. Es war, als wären sie nicht allein im Raum, als schwebte etwas zwischen ihnen, über ihnen, ein Damoklesschwert, jederzeit bereit, zuzuschlagen.

Sie räusperte sich. »Ich hole uns was zu trinken. Du nimmst doch Wein?«

»Ja, gern. Stört es dich, wenn ich mitkomme?«

»Nein, ganz und gar nicht. Die Frage ist nur, wie die Küche aussieht. Wenn meine Töchter zu Hause sind …«

»Sie sind da?«, fiel er ihr ins Wort.

Vivien merkte auf. Warum interessierte er sich für Nina und Sarah? War er deswegen hier?

»Sie sind in ihren Zimmern«, entgegnete sie vorsichtig. »Willst du sie kennenlernen?« Sie hatte die Frage kaum ausgesprochen, als sie, irritiert über ihre eigenen Worte, den Kopf schüttelte. »Meine Güte, was rede ich, du kennst sie ja, aber …«

Und dann passierte es.

Ausgerechnet jetzt!

In seiner Gegenwart!

Ihre Stimme versagte, und der Boden schien ihr unter den Füßen wegzubrechen.

Marc war sofort bei ihr.

»Vivien, ist dir nicht gut?«

Sie schüttelte den Kopf. »Es ist … nichts …«

Sie atmete gegen die Dunkelheit an, die auf sie einströmte. Sie durfte der Vergangenheit keinen Raum geben. Nicht mehr. Es war vorbei. Schon so lange vorbei.

Aber nicht vergessen, raunte diese eine Stimme in ihr, die immer wieder ans Licht zerrte, was sie so verzweifelt im Verborgenen zu halten suchte.

»Vivien?« Sanft strich Marc eine Locke aus ihrem Gesicht.

»Ja?«

»Was sind das für Träume, die dich nicht schlafen lassen?«

Sie schloss die Augen und versuchte, das Gefühl der Geborgenheit zu ignorieren, das seine Frage in ihr auslöste. Er hatte nicht vergessen, was sie am Morgen am Telefon gesagt hatte.

Sie wehrte sich nicht, als er sie in seinen Arm zog, und für einen Moment glitt sie zurück in jene Silvesternacht in Hamburg vor nunmehr zehn Jahren, in jene ersten Stunden nach ihrer Rückkehr aus Rumänien, und fast meinte sie, wieder das Krachen der Raketen zu hören, die über der Alster in einem bunten Feuerregen explodierten. Er war der Einzige gewesen, mit dem sie noch sprechen konnte, der Einzige, der verstanden hatte, was in ihr vorging. Der sie aufgefangen hatte, gehalten, wortlos, ohne jede Forderung. »Das Leben ist noch immer gut und lebenswert«, hatte er sie damals erinnert. »Unbeeindruckt von all den Schrecken um uns herum fließt es weiter und zwingt uns, ihm zu folgen. Und allein das heilt die Wunden.«

Er hatte sein Versprechen gehalten und sie nicht alleingelassen. Und auch jetzt, wo die Wunden erneut aufbrachen, war er wieder an ihrer Seite. Aufgetaucht wie aus dem Nichts.

»Es ist nichts, Marc«, wehrte sie dennoch ab.

Er legte ihr einen Finger unters Kinn und zwang sie, ihn anzusehen. »Nichts?«

Sie schüttelte den Kopf. »Es ist ...«, sie schluckte, suchte nach Worten. »Es sind die aktuellen Ereignisse, die die Erinnerung triggern. Nichts, womit andere nicht auch hin und wieder kämpfen.« Sie spielte es bewusst herunter und löste sich aus seinem Griff, aber er ließ nicht locker.

»Erzähl mir, wovon du träumst.« In seiner Stimme lag so viel lang vermisste Vertrautheit, so viel Nähe, dass sie nicht anders konnte, als nachzugeben.

»Ich bin wieder in der Zelle. Nackt und hilflos. Spüre die Dunkelheit, die Kälte, den Durst«, brach es aus ihr heraus. »Ich lausche auf die Schritte der Männer, das metallische Klicken des Schlüssels im Schloss.« Erneut schluckte sie. »Das Geräusch eines sich öffnenden Reißverschlusses, die plötzliche Erregung im Raum, Hände, die mich berühren. Ich weiß, was passieren wird. Ich kann mich nicht wehren. Der Moment dehnt sich. Die Angst wird übermächtig. Ich bekomme keine Luft mehr. Dann höre ich DiSantos Stimme, seine Fragen, immer wieder dieselben Fragen ...« Sie presste die Lippen aufeinander. »In manchen Träumen ist sogar er es, der zur Tür hereinkommt, aber nicht, um mir zur Flucht zu verhelfen wie damals, nachdem er erfahren hat, dass er genauso benutzt wurde wie ich, dass alles nur Lüge war, nein, er kommt, um vor meinen Augen zu sterben. Und mit ihm all meine Hoffnung.« Sie atmete schwer, sah ihn hilfesuchend an. »Ist das nicht abstrus nach allem, was er mir angetan hat?«

Ihr war plötzlich kalt, so kalt wie in ihren Alpträumen. Marc bemerkte ihr Frösteln und nahm sie wieder in seine Arme. Hielt sie schweigend, bis ihr Zittern verging und ihr Herz aufhörte zu rasen. Es tat gut, seine Nähe zu spüren, reden zu können mit jemandem, der verstand.

Schließlich verebbte das Entsetzen, die Realität kehrte zurück.

Unsicher räusperte sie sich, als sie sich ihrer abgehackten Erzählung bewusst wurde, des Grauens, das aus ihren Worten gesprochen hatte. »Entschuldige«, flüsterte sie.

»Es gibt nichts, absolut nichts, wofür du dich entschuldigen müsstest«, erwiderte er ruhig.

»Okay.« Sie atmete tief durch und versuchte, ihre Erregung zu verbergen. »Gehen wir. Ich habe dir ein Glass Wein versprochen.«

Aber sie konnte ihn nicht täuschen, das erkannte sie an seinem Blick, er ließ es jedoch auf sich beruhen und folgte ihr in die Küche, wo er sein Sakko über einen Stuhl hängte. Dann trat er auf den Balkon hinaus und blickte über den Hinterhof, während sie den Wein aus dem Kühlschrank nahm.

Doch bevor sie ihm sein Glas geben konnte, tauchten ihre Töchter in der Küchentür auf. Nina wirkte noch immer verstört. Ihr Streit mit Djamal war wieder aufgeflammt, kurz nachdem er gekommen war, und er war gegangen, ohne sich zu verabschieden. Seither konnte Nina ihn nicht erreichen. Zusammen mit Sarah hatte Vivien versucht, ihre ungestüme Tochter zu beruhigen, allerdings mit nur mäßigem Erfolg.

Marcs Ankunft ließ jedoch selbst das für einen Augenblick in den Hintergrund treten, wie Vivien dem Mienenspiel ihrer Töchter entnehmen konnte. Er war ihr erster männlicher Besucher, seit sie nach Berlin gezogen waren, der nicht aus geschäftlichen Gründen gekommen war.

»Marc, das sind Nina und Sarah«, stellte sie ihm die beiden vor, die für ihre Verhältnisse ungewohnt zurückhaltend die Küche betraten und ihm höflich die dargebotene Hand schüttelten. Vivien entging nicht, wie die Mädchen dabei sie und Marc beobachteten, wie sie grübelten und nachdachten, aber keine Zusammenhänge herstellen konnten.

Ausgerechnet Sarah war schließlich diejenige, die den Mut fasste, zu fragen. »Ihr kennt euch schon länger, oder?«

Vivien und Marc tauschten intuitiv einen schnellen Blick, der ihren Töchtern ohne Worte mehr offenbarte, als Vivien lieb war. Während sie noch nach einer Antwort suchte, packte Marc den Stier direkt bei den Hörnern.

»Tatsächlich kennen wir uns auch«, wandte er sich an die Mädchen. »Ich fürchte nur, dass ihr euch nicht mehr daran erinnert. Es war damals eine schwierige Zeit für eure Mutter.«

Nina runzelte die Stirn. »Damals?«

»Vor zehn Jahren«, fügte Vivien knapp hinzu.

Nina presste die Lippen zusammen, während Sarahs Augen groß wurden.

Vivien sah unangenehm berührt zu Boden.

Sarah verstand sofort und gab ihrer Schwester einen unauffälligen Wink.

Nina sagte nichts, maß Marc nur mit einem schwer zu deutenden Blick und folgte ihrer Schwester aus der Küche.

»Ich fürchte, sie mögen mich nicht«, bemerkte er, als sie wieder allein waren.

Vivien räusperte sich. »Sie mögen lediglich nicht, was deine Gegenwart implizieren könnte.«

Marc zog erstaunt eine Augenbraue hoch. »Impliziert es etwas?«

Ihr Herz klopfte heftig. Sie hatte gesehen, mit welchem Blick er ihre Töchter bedacht hatte. »Ich weiß nicht«, erwiderte sie und sah ihn von unten herauf an. »Tut es das?«

Weshalb war er hier?

Er lächelte. »Du flirtest mit mir.«

Es war ein Spiel, ein Tanz um die Wahrheit, die keiner von ihnen aussprechen wollte.

Als er sein Weinglas von ihr entgegennahm, perlte Wasser an der Außenseite herunter, und ein Tropfen fiel auf ihre Hand. Er strich ihn mit dem Finger weg, so behutsam, als ob er tatsächlich nur zu ihr gekommen war, um einer Liebe nachzuspüren, die sie beide nie ganz verlassen hatte. Vielleicht nie verlassen würde. Aber deswegen war er nicht hier. An einem Tag, an dem es mitten in Berlin einen Anschlag mit so vielen Toten und Verletzten gegeben hatte, besuchte er sie nicht für ein Schäferstündchen. Und dass er das Thema seit seiner Ankunft vor fünfzehn Minuten noch nicht einmal angeschnitten hatte, war der beste Beweis dafür.

»Warum bist du wirklich gekommen, Marc?«, fragte sie leise, ihren Mund ganz dicht an seinem.

KAPITEL 25

Bauer spürte ihren Atem auf seiner Haut, den betörenden Geruch ihres Parfüms, und bedauerte insgeheim, dass ihr Spiel zu Ende war. Natürlich ließ Vivien sich nichts vormachen. Sie hatte die Ereignisse des Tages verfolgt und wusste genau, dass er für seinen Besuch einen guten Grund haben musste.

Dabei sorgte es ihn, zu erkennen, wie sehr die aktuellen Ereignisse sie belasteten. Er hatte gehofft, dass sie zur Ruhe gekommen war, aber diese Hoffnung war eitel gewesen.

»Vivien, ich …«, begann er und suchte nach Worten, wohlwissend dass das, was er nun vorbringen würde, ihre Situation nicht verbesserte.

»Es geht um Djamal. Den Freund deiner Tochter«, fuhr er deshalb ohne Umschweife fort und sah, wie die Farbe aus ihrem Gesicht wich.

»Hat er …«, sie schluckte, »hat er etwas mit dem Anschlag zu tun?« In ihrer Stimme schwang trotz ihres Bemühens, ruhig zu bleiben, plötzlich so viel Entsetzen mit, dass Bauer erneut zögerte, weiterzusprechen, doch dann erinnerte er sich an DiSantos Worte.

Sprich mit Vivien. Hol sie ins Boot.

Er wusste, dass er sich auf DiSantos Urteil verlassen konnte, der CIA-Agent kannte sie vermutlich besser als jeder andere. Auch wenn Bauer es sich nicht eingestehen wollte.

»Wir wissen noch nicht, ob Djamal etwas damit zu tun hat«, gestand Bauer. »Er hat auf jeden Fall Kontakt gehabt zu Personen, bei denen wir nicht ausschließen können, dass sie in den Anschlag involviert sind.«

Viviens Finger schlossen sich fester um das Weinglas in ihrer Hand. »Ist ein solcher Kontakt nicht fast unvermeidbar, wenn sich jemand innerhalb seiner islamischen Gemeinde bewegt?«, fragte sie mit erzwungener Ruhe.

Bauer war ihr dankbar für ihre Beherrschung. »Das mag sein, aber ich fürchte, es ging darüber hinaus.«

Vivien schloss kurz die Augen und fuhr sich mit der Hand über die Stirn, als suche sie nach einer Lösung, doch Bauer kannte diese Geste bei ihr. Sie rang nach wie vor um ihre Fassung.

»Djamal ist manchmal aufbrausend und voller Zorn«, sagte sie schließlich mit brüchiger Stimme, »aber er ist kein Mörder, Marc.« Sie hatte sich noch immer unter Kontrolle, aber das Entsetzen lauerte so dicht unter der Oberfläche, dass es fast greifbar für ihn schien, und es schmerzte ihn, ihr widersprechen zu müssen. »Ich will dein Urteil nicht in Zweifel ziehen«, entgegnete er daher behutsam. »Aber diese jungen Männer sind nicht berechenbar.«

Seine Worte verklangen in der Stille zwischen ihnen.

»Wo ist er jetzt?«, fragte sie schließlich.

»Wir haben ihn vorläufig festgenommen.«

Vivien stellte ihr Weinglas auf dem Tisch ab und floh hinaus auf den Balkon, wo sie sich mit beiden Händen am Geländer abstützte. Für einen Moment fürchtete er, sie würde sich übergeben, doch sie fasste sich wieder. Als sie sich jedoch wieder zu ihm wandte, war ihr Gesicht furchtbar blass. Unter dem enganliegenden Stoff ihres ärmellosen schwarzen Etuikleids hob und senkte sich ihr Busen im schnellen Rhythmus ihres Atmens. »Ist Nina betroffen?«, stieß sie hervor. »Bist du deshalb hier?«

»Ich bin vor allem wegen Djamal hier«, entgegnete er, »aber wir werden auch mit Nina reden müssen.«

Vivien presste die Lippen aufeinander. Sie zog die Stirn in Falten. »Warum?«

»Weil uns Bildmaterial vorliegt, das deine Töchter zusammen mit Djamal und einem Mann aus dem verdächtigen Personenkreis zeigt.«

»Wann ist dieses Material aufgenommen worden?«

»Gestern Abend.«

Vivien schnappte nach Luft und starrte ihn an, nein, durch ihn hindurch. Woran auch immer sie dachte, bekam mit diesen brisanten Informationen eine neue oder tiefere Bedeutung.

»Was ist passiert, Vivien?«

Sie schüttelte abwesend den Kopf. Auch wenn es ihm schwerfiel, ließ er ihr Zeit. Ihm wurde bewusst, dass sie, wie schon so oft, erneut in gegnerische Lager gerückt waren. Wenn Vivien sich dort erst eingrub, würde es sehr schwer werden, ihr Zugeständnisse zu entlocken. Geschweige denn auf ein soziales Miteinander zu bauen. Diese Erfahrung hatte er in der Vergangenheit zur Genüge gemacht, und der Gedanke beflügelte ihn nicht unbedingt, denn die laufenden Ermittlungen boten ihm nicht viel Spielraum. Er war auf Viviens Kooperation angewiesen.

»Ich brauche mehr Informationen über den Jungen«, hatte DiSanto erklärt, »Details, mit denen er nicht rechnet, wenn ich sie ihm präsentiere.« Djamal sollte den Boden unter den Füßen verlieren, erkennen, dass es nichts gab, das sie nicht über ihn in Erfahrung bringen konnten, so dass es für ihn sinnlos erschiene, etwas zu verschweigen. Es war eine gängige Praxis, dennoch kam Bauer nicht umhin, sich zu fragen, was das bei dem jungen Mann auslösen würde. Er hatte ihn gesehen, als er in die Dienststelle des BKA gebracht worden war, ihn im Verhörraum beobachtet, wo er allein und verstört wartete. Es war offensichtlich gewesen, dass sich Djamal Khadim schuldig fühlte, aber dieses Gefühl der Schuld war noch lange kein Gradmesser für seine tatsächlichen Verstrickungen in das Attentat.

»Es gibt Methoden, die ich hier nicht anwenden darf«, hatte DiSanto bedauernd geäußert, als er bemerkt hatte, dass Bauer nicht wirklich Willens war, mit Vivien und ihren Töchtern zu sprechen. »Deswegen brauche ich deine Hilfe.«

»Marc?«, drang Viviens Stimme in seine Gedanken.

Entschuldigend sah er sie an.

»Könntest du hier mit den Mädchen reden, oder müssen sie …« Sie ließ den Rest ihrer Frage unausgesprochen verklingen.

»Wir können hier ein erstes Gespräch führen, um zu sehen, ob eine Befragung überhaupt nötig ist«, schlug er vor. »Mehr kann ich nicht zugestehen.«

Sie nickte nachdenklich. Sie war noch immer sichtlich angespannt, aber als Juristin zog sie die Schadensbegrenzung dem Kampf gegen das Unvermeidliche vor. »Danke, dass du hergekommen bist«, sagte sie. »Du hättest uns auch vorladen können.«

Bauer lächelte flüchtig. »Ich glaube, keiner meiner Kollegen hätte anders gehandelt in einer solchen Situation.«

»Ich weiß es nicht«, widersprach sie.

Er wagte einen weiteren Vorstoß. »Was ist dir gerade eben durch den Kopf gegangen, als ich die Fotos erwähnt habe? Den Zeitpunkt ihrer Aufnahme?«

Erneut wich sie seinem Blick aus, und er spürte ihr Zögern. War er zu forsch gewesen?

»Die Fotos«, erwiderte sie nachdenklich, »haben mir gezeigt, was der Grund für die Differenzen zwischen Nina und Djamal sein könnte.« Mit wenigen Worten erzählte sie ihm von Ninas und Djamals heftigen Streitereien an diesem Tag und von den wortkargen Antworten ihrer Töchter, als sie versucht hatte, Genaueres zu erfahren.

Bauer unterbrach sie nicht, die Informationen, die er erhielt, stimmten mit seinen überein, aber er benötigte mehr Details. »Es wäre wichtig für mich, mit deinen Töchtern darüber zu sprechen«, sagte er, nachdem sie ihm alles berichtet hatte.

»Sicher«, entgegnete Vivien betroffen.

»Was ist?«, fragte er behutsam. »Ist da noch mehr?«

Sie nickte kaum merklich.

»Ich habe Angst«, gestand sie dann. »Ich habe Angst um meine Kinder.«

Ihr Bekenntnis berührte ihn. So viel hatten sie gemeinsam erlebt, so viel hatte sie durchgestanden, aber nicht ein Mal hatte sie es ihm gegenüber zugegeben, dass sie sich hilflos fühlte oder Angst hatte. Vivien war keine Frau, die Schutz suchte oder forderte. Nicht für sich. Genau das machte den Umgang mit ihr oft so kompliziert.

Er wusste nicht, was er sagen sollte, darum floh er in eine neutrale Sachlichkeit: »Das Beste wäre, wenn wir erst einmal mit den Mädchen sprechen.«

Sichtlich erleichtert, kam Vivien seiner Bitte nach. Als sie mit gestrafften Schultern durch den Flur eilte, bemerkte er, dass ihr Moment der Schwäche vorbei war, weil sich ihr eine Möglichkeit zum Handeln bot.

Nina und Sarah wirkten verstört und betrachteten ihn deutlich distanzierter als bei ihrer Begrüßung, so dass Bauer sich fragte, was Vivien ihren Töchtern über ihn oder den Grund seines Besuchs gesagt hatte.

Er zog eine Fotografie von Yusuf Asmani aus der Tasche seines Jacketts, das noch immer über dem Küchenstuhl hing, und legte sie auf den Tisch. »Kennt ihr diesen Mann?«

Die Schwestern tauschten einen nervösen Blick, und er konnte sehen, wie Nina sich auf die Lippe biss. Schließlich war es Sarah, die sich äußerte.

»Wir haben ihn gestern Abend kennengelernt. In einer Strandbar an der Spree.« Unsicherheit verdunkelte ihre schönen Züge. »Was hat er getan?«

KAPITEL 26

Nina starrte auf das Foto. Wie aus weiter Ferne hörte sie die Frage ihrer Schwester.

Was hat er getan?

Marc Bauer, den ihre Mutter als einen Bundesbeamten im Dienst des Kanzleramtes vorgestellt hatte, warf ihrer Schwester einen freundlichen, aber wachsamen Blick zu. »Darüber darf ich euch keine Auskunft geben. Unter welchen Umständen seid ihr ihm begegnet?«

Sarah sah zu ihr, und Nina verstand die wortlose Frage, die im Blick ihrer Schwester lag, durchaus, aber sie zog es vor, nicht darauf zu reagieren. Sie wollte nicht mit Marc Bauer reden. Jetzt nicht. Später nicht. Am liebsten überhaupt nicht.

Sarah begriff und zog das Gespräch an sich: »Djamal hat ihn mitgebracht. Er wollte Decken holen für Nina und mich. Als er zurückkam, war Yusuf dabei.«

»Waren die beiden verabredet?«

Sarah schüttelte den Kopf. »Soweit ich weiß, nicht.«

Nina spürte, wie Bauers Blick kurz auf ihr ruhte, aber sie sah nicht auf.

»Wie ging der Abend dann weiter?«

»Wir haben eine Weile zusammengesessen und etwas getrunken«, antwortete Sarah und erzählte, wie sie im Anschluss gemeinsam Billard gespielt und später noch einen Club besucht hatten.

»Und Yusuf war die ganze Zeit dabei?«

»Ja«, bestätigte Sarah mit einem weiteren Seitenblick auf Nina.

»Warum siehst du deine Schwester ständig an?«, wollte Bauer wissen.

Die Röte, die seine Frage in Sarahs Wangen schießen ließ, machte sie noch attraktiver, als sie sowieso schon war. Doch Bauer ließ sich davon nicht ablenken, sondern wartete ungerührt auf eine Antwort.

Die Anspannung ihrer Mutter dagegen war greifbar. Es wäre Nina lieber gewesen, wenn sie bei dem Gespräch nicht dabei gewesen wäre, aber andererseits war ihr kein guter Grund eingefallen, sie darum zu bitten, ohne sich selbst eine Blöße zu geben.

»Ich hab mich den ganzen Abend gegen Yusufs Gesellschaft gewehrt«, kam sie ihrer Schwester nun endlich zu Hilfe. »Das Ganze hat in einem Streit mit Djamal geendet.«

Bauer lehnte sich nachdenklich in seinem Stuhl zurück. »Was hat dich gestört?«

»Dass er sich uns einfach angeschlossen hat. Ohne zu fragen, ob das für mich und Sarah in Ordnung ist.«

»Das war alles?«

Nina biss sich erneut auf die Lippe. »Sarah meinte, ich wäre eifersüchtig gewesen«, gestand sie.

»Auf Yusuf?«

Sie fingerte nervös an dem schmalen Armreif, den sie trug. »Er hat Djamal völlig für sich vereinnahmt, manchmal hatte ich das Gefühl, er hat unsere Gegenwart ganz vergessen.«

»Und deswegen kam es später auch zu dem Streit zwischen Djamal und dir.«

Sie nickte. »Sarah und ich sind dann nach Hause gefahren.«

»Und Djamal und Yusuf?«

»Djamal hat darauf bestanden, uns zur Bahn zu bringen. Was sie danach gemacht haben, weiß ich nicht.« Bei ihren letzten Worten sah sie Bauer trotzig an. Mehr wollte sie dazu nicht sagen, nicht, bevor sie erfuhr, warum er hier war und ihnen diese Fragen stellte. »Was ist passiert?«

Bauer ließ sich Zeit mit seiner Antwort.

»Ich denke, du weißt es selbst, oder?«, erwiderte er schließlich.

»Sie … Sie wollen mir nicht erzählen, dass Djamal etwas mit dem heutigen Anschlag zu tun hat!« stieß sie hervor, während sie gegen eine plötzliche Übelkeit ankämpfte. »Das ist absolut unmöglich!«

Bauer ließ sich von ihrem Ausbruch nicht aus der Ruhe bringen. »Warum ist das unmöglich?«

»Weil …«, begann sie und stockte irritiert. Wie konnte er das fragen? »Weil er so etwas nie tun würde!« Sie schrie es heraus, lauter, als sie eigentlich wollte, aber ihr eigenes Entsetzen entzog ihr die Kontrolle.

Wie konnte sie sicher sein, dass Djamal nicht doch beteiligt war? Hatte er den Anschlag nicht sogar verteidigt?

Wenn die Menschen nun auch hier erfahren, was es heißt, in Angst zu leben, verstehen sie vielleicht, welche Verbrechen andernorts geschehen.

Aber wie?

Hätte sie es nicht merken müssen, wenn er so etwas geplant hätte?

Sie brach in Tränen aus.

Ihre Mutter war sofort an ihrer Seite, aber Nina schüttelte den Arm, den sie um sie legte, ab. Sie wollte nicht beruhigt werden. Vor allem nicht von ihrer Mutter, die diesen Mann in ihre Wohnung gelassen hatte. Die zuließ, dass er ihr solche Fragen stellte. Fragen, die die Bilder aus der Berichterstattung im Fernsehen wieder lebendig werden ließen. Die abgedeckten Körper und das Entsetzen in den Gesichtern der Überlebenden. Die Hilflosigkeit der Helfer.

Ach, sind wir jetzt selbst schuld, wenn uns diese verdammten Terroristen in die Luft sprengen?

Ja, das seid ihr!

Ihr!

Die Worte hallten erneut in ihr nach, als der gesamte Streit, den sie mit Djamal vor noch nicht einmal zwei Stunden gehabt hatte, noch einmal vor ihrem inneren Auge aufflammte. Warum sprach er so? Was war geschehen?

Ihr wurde heiß und kalt, als ihr klarwurde, dass *sie* ihn mit Yusuf allein gelassen und diesem Seelenfänger damit kampflos überlassen hatte. Wozu hatte er ihn getrieben?

Sie musste mit Djamal sprechen. Ihm in die Augen sehen.

Mit einer ungehaltenen Bewegung wischte sie sich die Tränen aus dem Gesicht und starrte Bauer an. »Wo ist Djamal?«

»Wir haben ihn vorläufig festgenommen.«

Alles in Nina zog sich zusammen, und sie tastete nach einem der Küchenstühle und setzte sich, aus Angst ihre Beine könnten gleich unter ihr nachgeben. Vorläufig festgenommen. War der Verdacht so schwerwiegend?

»Du kannst Djamal helfen«, drängte die Stimme des Bundesbeamten in ihre Gedanken.

Djamal helfen. Wollte sie das?

Sie sah ihn vor sich. Das kurze lockige Haar, seine dunklen Augen und seinen breiten Mund, dessen Umrisse sie so gern mit ihrem Finger nachzeichnete. Er besaß wunderschöne Hände und den sehnigen Körper eines Ausdauersportlers. Sie liebte all das an ihm. Alles, von dem Tag an, an dem sie sich kurz nach ihrem Umzug nach Berlin kennengelernt hatten, und seither aufeinander reagierten wie zwei Magneten mit unterschiedlicher Ladung. Sie konnte sich Berlin ohne Djamal nicht vorstellen. Was sie in dieser Stadt erlebt hatte, hatte sie mit ihm erlebt. Die drei Wochen, die er im Irak verbracht hatte, waren ihre erste längere Trennung gewesen, und sie hatte jeden einzelnen Tag bis zu seiner Rückkehr gezählt.

Aber wenn Djamal wahrhaftig an dieser entsetzlichen Tat beteiligt war, wie konnte sie ihm dann noch gegenübertreten? Wie ihm in die Augen sehen?

»Nina, willst du ihm helfen?«, erreichte sie die Stimme ihrer Mutter.

Nina sah hilflos auf.

»Hältst du es für möglich, dass er sich anstiften lässt, eine solche Tat zu unterstützen?«

»Ich … ich weiß es nicht.«

Ihre Mutter legte ihr kurz die Hände auf die Schultern. »Denk nach, fühl in dich hinein.«

»Ich kann es mir nicht vorstellen, aber … vielleicht will ich es auch einfach nur nicht. Der Gedanke ist so fürchterlich!« Erneut brach sie in Tränen aus.

»Denk nicht an dich, denk an Djamal!«, rief ihre Mutter sie zur Räson. »Stell dir vor, du wärst in seiner Situation. Würdest du dir nicht auch wünschen, dass die Menschen, die dir nahestehen, zu dir halten? Zumindest solange sie nicht wissen, was wirklich geschehen ist und welche Anschuldigungen im Raum stehen?« Die Stimme ihrer Mutter gewann an Schärfe, je länger sie sprach, und Nina schämte sich plötzlich.

Sie riss sich zusammen. Natürlich würde sie sich Hilfe wünschen, und ihre Mutter hatte recht, solange sie nicht wusste, ob Djamal tatsächlich in die Geschehnisse verwickelt war, durfte sie ihn nicht einfach fallenlassen.

»Was kann ich denn überhaupt tun?«, fragte sie Bauer mit unsicherer Stimme.

»Du musst mich begleiten. Wir müssen dich offiziell befragen.«

»Kann ich dann Djamal sehen? Mit ihm sprechen?«

Bauer verneinte.

»Aber …«, begehrte sie auf, doch ein Blick ihrer Mutter brachte sie zum Schweigen.

»Vielleicht ziehst du dir etwas anderes an«, forderte Vivien sie in einem Ton auf, der Nina sofort aufstehen ließ. Ihre Mutter wollte mit ihr allein sprechen.

Sie war kaum in ihrem Zimmer, als die Tür aufging und ihre Mutter hereinkam. »Hör mir zu, Nina! Die Behörden dürfen Djamal nicht länger als achtundvierzig Stunden festhalten, wenn sie nichts gegen ihn in der Hand haben. Und sie haben nichts. Sonst wäre Marc nicht hier.«

Nina sah ihre Mutter verwirrt an. »Was willst du mir damit sagen?«

»Ich will damit sagen, dass du nichts falsch machen kannst. Vermutlich wird man nur ein paar Einzelheiten über Djamal von dir wissen wollen, mit denen man ihn unter Druck setzen kann.«

»Wieso unter Druck?«

»Damit er kooperiert. Wenn er nichts zu verbergen hat, ist das in seiner Situation vermutlich das Klügste, was er tun kann. Und wenn du dazu beitragen kannst, hilfst du ihm.«

Nina nickte, als sie die Zusammenhänge erkannte, und plötzlich war sie erleichtert, dass sie eine Mutter hatte, die sich in solchen Dingen auskannte.

»Kannst du mitkommen?«, fragte sie beinahe schüchtern.

Vivien sah sie überrascht an.

Nina schluckte. »Ich hab keine Angst, aber du bist schließlich Anwältin.«

Ein Lächeln huschte über Viviens Gesicht. »Du bist zwar schon volljährig, aber ich denke, niemand wird mir verwehren, dich zu begleiten, wenn du das möchtest.«

Nina umarmte sie erleichtert.

»Aber sei dir im Klaren darüber, dass ich dich während der Vernehmung nicht unterstützen kann. Ich darf mich nicht einmischen. Das ist nicht erlaubt.«

»Das ist schon okay«, entgegnete Nina. »Ich glaube, es reicht, wenn du dabei bist, dann wird sich niemand trauen, mir Fragen zu stellen, die nicht in Ordnung sind.«

Ihre Mutter legte ihr einen Arm um die Schultern. »Gemeinsam holen wir Djamal da schon wieder raus.«

Marc Bauer war nicht überrascht, als er von Ninas Bitte hörte. Aber auch nicht begeistert. Sie sah es ihm an, obwohl er versuchte, es hinter seiner glatten Fassade zu verbergen.

Er nahm in der großen, dunklen Limousine mit Behördenkennzeichen neben dem Fahrer Platz und überließ den beiden Frauen die Rückbank.

»Wohin fahren wir eigentlich?«, wollte Nina wissen.

»Zu einer Dienststelle des Bundeskriminalamtes hier in Berlin«, erklärte Bauer.

Erneut rauschte eine Welle des Unbehagens durch Nina hindurch. Ihre Mutter griff nach ihrer Hand und drückte sie leicht.

Als sie das Gelände in Treptow nach knapp zwanzigminütiger Fahrt erreichten, war Nina fast enttäuscht, wie unspektakulär die Gebäude auf dem ehemaligen Kasernengelände aussahen. Spannend waren allein die Einfahrt durch das mehrfach gesicherte Tor und die Ausstellung der Ausweise, die sie auf dem Gelände tragen mussten.

Ihre Mutter bewegte sich sicher an ihrer Seite, beinahe so, als ginge sie hier täglich ein und aus. Nina erinnerte sich, dass sie in Hamburg als Strafverteidigerin gearbeitet hatte, und fragte sich, wie oft sie sich in solchen Behörden aufhalten musste. Dann aber richtete sich ihre Aufmerksamkeit auf einen besonders gesicherten Bereich im Inneren des Gebäudes. Wachpersonal stand vor den Eingangsschleusen, die nur passieren durfte, wer einen besonderen Ausweis vorzeigte, wie Nina im Vorbeigehen beobachten konnte.

Ihr Herz schlug plötzlich schneller.

War dort Djamal?

Sie klammerte sich an die Versicherung ihrer Mutter, dass seine Haft nicht länger als achtundvierzig Stunden dauern durfte, weil niemand hier – wie hatte sie es formuliert? – etwas gegen ihn in der Hand hatte. Dann würde er wieder frei sein, und Nina konnte mit ihm sprechen und herausfinden, was wirklich geschehen war.

Erneut drückte sie die Last der Verantwortung. Hatte sie dazu beigetragen, dass er hier war, indem sie ihn Yusuf überlassen hatte? Sie durfte jetzt nicht nervös werden.

Sie stiegen Treppen hinauf und gingen einen langen Flur entlang. Vor einer halb geöffneten Tür blieben sie stehen. Männerstimmen drangen aus dem Raum zu ihnen heraus. Bauer bat sie zu warten.

Nina trat an das Fenster am Ende des Flurs und blickte hinaus in den Park, der die Gebäude auf dem Gelände trennte. Auf die gepflegte Rasenfläche und die alten, knorrigen Bäume, in deren Schatten zwei Kaninchen mümmelten.

Sich nähernde Schritte veranlassten sie, sich umzudrehen. Djamals Eltern kamen in Begleitung eines Behördenmitarbeiters den Flur herunter, ihre Gesichter starre, undurchdringliche Masken. Nina wollte zu ihnen, doch ihre Mutter hielt sie zurück, und dann waren sie auch schon in einem der Räume verschwunden, und die Tür schloss sich hinter ihnen.

»Du kannst später mit ihnen sprechen«, erklärte ihre Mutter bestimmt. »Wenn das hier alles vorbei ist.«

Nina fror plötzlich. Es war ernst. Bitterernst. Was zu Hause innerhalb der eigenen vier Wände Entsetzen hervorgerufen hatte, wurde hier zur grausamen Realität. Es war wirklich geschehen! Jemand hatte mitten in Berlin eine Bombe gezündet und Menschen getötet. Ein Fernseher ließ sich ausschalten, aber hier gab es keine Flucht, kein Verstecken, kein Vergessen.

KAPITEL 27

Yusuf Asmani stand auf dem Flachdach des Hochhauses und blickte im Licht der untergehenden Sonne über Berlin. In der Ferne sah er noch immer die Hubschrauber kreisen, und er bildete sich ein, das Entsetzen spüren zu können, das aus den Straßen der Stadt zu ihm hinaufwehte.

Er zog ein letztes Mal an seiner Zigarette, inhalierte den Rauch tief, dann schnippte er den Stummel vom Dach und trat zurück in den Schatten des Aufzugsschachts. Allah würde ihm die Sünde des Rauchens verzeihen, er war ein gnädiger Gott. Daran glaubte Yusuf aus tiefstem Herzen. Wäre Allah nicht gnädig, wäre er längst tot.

Vielfach gestorben im Kugelhagel der Kurden, unter dem Beschuss von Assads Truppen und der Folter der Türken. In den Armen der Huren. Sie alle hatten ihn gehasst und Grund genug gehabt, ihn zu töten. Aber er lebte, und das war der Beweis, dass Allah ihn liebte, auch wenn er die Gesetze des Koran auf seine Weise auslegte.

Er hatte sich nie an Regeln halten können. Vielleicht war das das Geheimnis seines Erfolges. Sein Charisma, wie die anderen es nannten. Regeln langweilten ihn. Raubten ihm die Kreativität. Und den Mut, den einen entscheidenden Schritt weiter zu gehen. Ein Leben hinter sich zu lassen.

Wie von selbst glitt sein Blick bei diesen Gedanken über die Dächer hinweg in den Süden der Stadt. Und wie immer, wenn er an das Viertel seiner Kindheit erinnert wurde, meinte er den Urin in den kalten, verwahrlosten Treppenhäusern zu riechen, der sich mit den Ausdünstungen von ungewaschenen Menschen vermischte zu jenem unverkennbaren Geruch der Hoffnungslosigkeit und des Versagens. Wer aus diesem Ghetto kam, studierte nicht. Er schüttelte die Erinnerung und die plötzliche Kälte ab. Es war vorbei. Lange vorbei. Und der Preis bezahlt.

Es zählte das Jetzt.

Heute hatte er Berlin zum Brennen gebracht. Er hatte Zerstörung und Tod in das Herz der Stadt getragen, Angst und Wut, und erreicht, was keiner für möglich gehalten hatte. Sie waren seinen Plänen gefolgt. Seinen allein. Es war erschreckend einfach gewesen. Und das war erst der Anfang.

Der Erfolg ließ ihn schwindeln, beinahe als tanze er am Rand des Daches über dem Abgrund. Aber er würde nicht stürzen. Sich nicht hinunterziehen lassen in ihre Welt.

Er strich sich über sein glattrasiertes Kinn, den fast kahlgeschorenen Kopf. Er war entkommen. Wieder einmal. Und der Tanz ging weiter. Ein Lächeln huschte über sein Gesicht. Die Planungen liefen bereits. Seine Mitstreiter arbeiteten. Sie waren so leicht zu manipulieren. So leicht vom heilbringenden Tod zu überzeugen.

Er zog eine weitere Zigarette aus dem Päckchen in seiner Hemdtasche und beobachtete, wie die Sonne hinter dem Horizont verschwand. Die Zeit lief.

Endlich vibrierte das Mobiltelefon in seiner Hosentasche.

»Wir haben gesehen, was geschehen ist. Könnt ihr euren weiteren Plan einhalten?«, fragte eine Stimme, die ihm wohlvertraut war, auf Arabisch.

»*Na'am,* ja«, erwiderte er knapp.

Das Gespräch war beendet.

Er wusste, dass er nicht der Einzige war, der einen solchen Anruf erhielt. Sie waren alle Teile eines großen Entwurfs. Jeder in seinem Land, auf seine eigene Verantwortung. Ganz einfache, klar strukturierte Regeln, hatte es geheißen, und er hatte gelacht. Er hielt sich nicht an Regeln.

Deshalb hatte er den Franzosen geopfert.

Und war erfolgreich damit gewesen.

Heute, hier in *seiner* Hauptstadt am Ende eines langen Weges.

Den Deutschen hatten sie ihn in Mossul genannt. Nicht wegen seiner Herkunft, sondern wegen seiner Gründlichkeit und seines Ehrgeizes. Er hatte gekämpft für den Platz, den er jetzt einnahm. Und überlebt. Hatte bewiesen, dass er es wert war. Nicht einmal die Türken hatten ihn gebrochen. Er hatte ihnen nichts erzählt. Nichts, was sie nicht schon längst wussten. Aber er hatte von ihnen gelernt. Es gab keine Gnade. Nicht unter den Menschen. Gnade war Schwäche. Wer versagte, starb. Nur Allah konnte es sich leisten, barmherzig zu sein.

Könnt ihr euren weiteren Plan einhalten?

Er steckte bereits mittendrin.

Yusuf öffnete die Tür neben dem Aufzugsschacht, stieg die Treppen bis zum obersten Geschoss hinunter und holte den Fahrstuhl nach oben. Wie immer nach einem Sieg hatte er Verlangen nach einer Frau. Im Irak war es einfach gewesen. Für die Kämpfer hatte es immer genug Frauen gegeben.

Der Fahrstuhl kam, und die Tür öffnete sich. Yusuf zog die Kapuze seines Shirts über seinen Kopf und stieg ein. Augenblicke später trat er aus dem Gebäude auf die Straße und verschmolz mit dem Strom aus Menschen, der in diesem Teil der Stadt nie abzureißen schien. Niemand beachtete ihn, als er sich mit ihnen treiben ließ, vorbei an bewaffneten Polizisten und hinein in das Viertel, von dem er wusste, dass er hier bekam, wonach er suchte. Die Frau, für die er sich entschied, war jung, blond und erinnerte ihn an die Schwester von Djamals vorlauter Freundin.

Sarah.

Das war ihr Name gewesen. Schöne, kluge Sarah. An sie dachte er, als er in dem schäbigen Hinterzimmer der jungen Frau zusah, wie sie sich für ihn auszog. Sie suchte seinen Blick, versuchte ein Lächeln. Er kannte das. Er war attraktiver als die Kunden, die sie sonst hatte. Jünger. Er ging nicht darauf ein. Arbeitete sich schweigend an ihr ab, bis endlich die Erlösung kam.

Später erst, viel später fragte er sich, ob es klug gewesen war, dieses Risiko einzugehen. Aber dann beruhigte er sich. Die Hure gehörte nicht zu denen, die Nachrichten schauten, und wenn doch, hätte sie ihn kaum erkannt. Er hatte sich selbst im Spiegel kaum wiedererkannt. Trotzdem verstand er den Gedanken als Warnung. Er durfte im Moment des Triumphs nicht schwach werden. Allah liebte ihn für seine Stärke. Nicht für seinen Leichtsinn.

KAPITEL 28

Mit gemischten Gefühlen sah Marc Bauer Vivien und Nina Mainhardt nach, die einem BKA-Mitarbeiter in ein Vernehmungszimmer folgten. Es war von vornherein klar gewesen, dass er die Befragung nicht selbst vornehmen würde, dennoch war ihm Viviens kurzes Zögern nicht entgangen, als er ihr den jungen Mann vorgestellt hatte.

Der BKA-Mitarbeiter würde einen Fragenkatalog, der unter Mitarbeit eines Psychologen erstellt war, mit ihnen durchgehen, und Bauer hoffte, dass Ninas Antworten und auch die der Eltern Khadim ihnen die nötigen Hintergrundinformationen für Djamals weitere Vernehmung liefern würden.

Diese Aufgabe hatte er DiSanto überlassen und sich dafür die Zustimmung aus dem Innenministerium geholt. DiSanto hatte sich angeboten, und aufgrund der Zeitknappheit und der Brisanz der Situation hatte Bauer die Offerte angenommen, ohne sie zu hinterfragen, wie er es sonst vielleicht getan hätte. Erst rückblickend waren ihm Zweifel gekommen. DiSanto war bei Djamal Khadims erster Vernehmung so auf Informationen über Yusuf Asmani fixiert gewesen, dass Bauer sofort das kurze Aufblicken des Amerikaners während der ersten Lagebesprechung in Erinnerung gekommen war, als dort der Name des Irakers gefallen war.

Mittlerweile war er sich sicher, dass DiSanto keineswegs zufällig in Berlin war, und auch die spontane Bereitschaft der Amerikaner, den Agenten für Bauers Team bereitzustellen, kam nicht von ungefähr. Bauer nahm das weder DiSanto noch dessen Vorgesetzten übel. So war nun einmal das Geschäft. Er hätte im Umkehrfall genauso gehandelt. Was blieb, war nur der Ärger darüber, dass er es nicht sofort erkannt hatte. Nun ermöglichte seine Freundschaft zu dem CIA-Agenten es ihm immerhin, ein offenes Gespräch mit ihm zu führen.

Er fand den Amerikaner in einem der Büros auf der Etage des Konferenzraums, wo er an einem Computerterminal arbeitete. Als er Bauer in der Tür bemerkte, sah DiSanto auf. »Schon zurück?«

Bauer nickte.

»Und?«

»Vivien ist mit ihrer Tochter hier. Sie wird gerade befragt. Die Eltern von Djamal Khadim sind ebenfalls eingetroffen.«

DiSanto hob einen Daumen. »Dann kann es ja gleich weitergehen.«

Bauer sagte dazu nichts, betrat das Büro, zog sich einen Stuhl heran und setzte sich.

DiSanto beobachtete ihn aufmerksam. »Was gibt es, Bauer? Du siehst nicht aus, als wolltest du Smalltalk machen.«

»In der Tat, Joe«, entgegnete Bauer und kam ohne Umschweife zur Sache. »Ich will wissen, warum du in Berlin bist.«

»Ich hab schon damit gerechnet, dass du früher oder später kommen würdest.« DiSanto gab dem Bildschirm einen sanften Stoß, so dass er sich zu Bauer drehte. Auf dem Display war Yusuf Asmani mit geschulterter Kalaschnikow auf dem Weg zu einem Geländewagen zu sehen. Die mit einem Teleobjektiv gemachte Aufnahme stammte vermutlich aus dem Archiv der CIA und bestätigte Bauers Vermutung.

»Yusuf Asmani also«, bemerkte er.

»Keine Überraschung für dich, wie ich sehe.«

»Nicht wirklich.«

»Im Irak nennen sie ihn wegen seiner Effektivität und seines Ehrgeizes *den Deutschen*«, erklärte DiSanto. »Wir beobachten ihn schon eine ganze Weile.«

»Habt es aber nicht für nötig gehalten, uns zu informieren«, stellte Bauer fest.

»Ihr habt eure eigene *Intelligence*.«

»Was hat euch auf ihn aufmerksam gemacht?«

»Er scheißt auf die Scharia. Wenn er überhaupt etwas befolgt, dann nur seine eigenen Regeln. Und er ist erfolgreich damit.«

Bauer studierte die Fotografie nachdenklich. »Dadurch dürfte es nahezu unmöglich sein, ihn einzuschätzen.«

»Genau«, bestätigte DiSanto, »und das macht ihn auch so gefährlich. Das Einzige, das wir mit Sicherheit über ihn sagen können, ist, dass er nicht zufällig gerade jetzt aus dem Irak zurückgekommen ist.«

»Wusstet ihr von den Anschlagsplänen für Berlin?«

»*Fuck,* Bauer, das traust du uns zu?«, fuhr DiSanto empört hoch.

Bauer zuckte mit den Schultern. »Je nachdem, wie es euch zupasskommt, würde ich sagen.«

Der Amerikaner schüttelte ungläubig den Kopf. »Du bist wirklich nicht gut drauf.«

»Nein, das bin ich nicht«, gab Bauer zu. Er lehnte sich vor und fixierte DiSanto grimmig. »Ich habe da draußen einen Haufen Tote, noch mehr Verletzte und eine Gruppe vogelwilder Regierungsmitglieder, von denen der eine hüh und der andere hott sagt.«

DiSanto schnaubte. »Wenn ihr Yusuf Asmani bei seiner Rückkehr schon an der Grenze dingfest gemacht hättet, hättet ihr euch eine Menge Ärger erspart«, bemerkte er kaltschnäuzig.

»Nach unseren Informationen wäre es auch ohne ihn zu dem Anschlag gekommen.«

»Sicher. Aber ohne ihn wärt ihr vielleicht schon im Vorfeld draufgekommen und hättet den Anschlag verhindern können oder …« Er unterbrach sich selbst, als er Bauers Blick auffing. »Verdammt, ist dir eigentlich klar, was wir hier machen?«

»Wir streiten wie ein altes Ehepaar«, erwiderte Bauer trocken. Die Vorstellung entlockte ihm gegen seinen Willen ein Schmunzeln. »Wir sollten damit aufhören und stattdessen unsere Kräfte bündeln. Dieser Anschlag hier in Berlin …«

»… war, wie wir schon vermutet haben, nur einer in einer Serie, die sich alsbald fortsetzen wird.«

Bauer und DiSanto sahen auf.

Im Türrahmen stand Jochen Metzner.

»Wir haben vor wenigen Minuten eine weitere ernstzunehmende Terrorwarnung erhalten.«

»Aber nicht für die Hauptstadt«, sagte DiSanto.

Metzner schüttelte den Kopf. »Hamburg.«

Bauer schloss für einen Moment die Augen, als er realisierte, was das bedeutete. In fünf Tagen begann in Hamburg das größte Hafenfest der Welt mit rund anderthalb Millionen Besuchern. Ein weiches, kaum zu schützendes Ziel, dem im Falle eines Anschlags eine weltweite Medienpräsenz sicher war. »Woher stammt die Information?«

Metzners Blick streifte DiSanto. »Wir haben sie von zwei voneinander unabhängigen Quellen erhalten, die wir als absolut zuverlässig einschätzen«, antwortete er dann ausweichend, und Bauer schalt sich einen Ignoranten. Mehr würde Metzner dazu nicht sagen, nicht, solange DiSanto im Raum war.

»Stellen Sie alles zusammen, was Sie dazu kriegen können, und beraumen Sie ein Meeting ein«, ordnete er an und warf einen Blick auf seine Uhr. »Reichen Ihnen fünfzehn Minuten?«

Metzner nickte. »Wir arbeiten bereits dran.« Er wollte noch etwas hinzufügen, doch sie wurden von dem Klingeln von Bauers Mobiltelefon unterbrochen.

Es war Weber. »Ich habe mit meinem Informanten gesprochen.«

»Okay, wo sind Sie gerade?«

»Noch unten in den Vernehmungsräumen.«

»Kommen Sie rauf in das Büro neben dem Konferenzraum.« Bauer sah DiSanto fragend an. »Willst du dabei sein?« Es war ein Friedensangebot. DiSanto zögerte nicht, die ihm entgegengestreckte Hand zu ergreifen.

Sie brauchten nicht lange zu warten.

»Laut meinem Informanten hat Asmani das Attentat hier in Berlin im Alleingang geplant. Er hat zwar Kontakt zu allen Mitgliedern der Zelle gehalten, aber mit niemandem über seine Pläne gesprochen«, berichtete Weber, der ähnlich wie Metzner zunächst zurückhaltend auf die Gegenwart von DiSanto reagierte.

»Außer mit dem Mann, der die Tat letztlich ausgeführt hat«, korrigierte Bauer.

»Das ist richtig«, bestätigte Weber. »Dieser Mann wiederum hat aber keinen Kontakt zu den Berliner Islamisten gehabt. Asmani hat ihn anscheinend völlig isoliert.«

»Haben Sie Informationen darüber, wo er sich aufgehalten hat?«, wollte Bauer wissen.

Weber verneinte.

»Asmani ist mit zwei Männern aus dem Irak zurückgekehrt«, warf DiSanto ein.

»Der andere ist aber nicht in Berlin, sondern in Hamburg. Sofort nach Eingang der Terrorwarnung sind die Kollegen vor Ort informiert worden. Der Mann ist bereits in Gewahrsam und wird heute Nacht noch nach Berlin überstellt«, berichtete Weber.

»Gute Arbeit, Lukas«, lobte Bauer seinen jungen Teamkollegen.

Ein flüchtiges Lächeln huschte über Webers Gesicht. »Danke, aber das ist noch nicht alles. Der Grund meines Anrufes ist Djamal Khadim.«

Bauer horchte auf. »Konnte Ihr Informant etwas zu ihm sagen? Zu seiner Beziehung zu Asmani?«

Weber nickte. »Asmani wollte ihn unbedingt kennenlernen.«

»Warum?«

»Mein Informant nimmt an, dass Khadims Herkunft, seine Familie und seine soziale Stellung etwas damit zu tun haben.«

»Das passt in das Profil, das die CIA von Asmani erstellt hat«, mischte DiSanto sich ein. »Er hat bereits in der Vergangenheit gezielt vor allem Personen rekrutiert, die aus scheinbar gefestigten Verhältnissen stammen. Wenn es nicht so ernst wäre, würde ich sagen, es ist ein Spiel für ihn.«

»Ein besonderer Kick«, sagte Weber. »Vermutlich bedingt durch seine eigene Herkunft aus sozial instabilen Verhältnissen.«

»Eine zusätzliche Revanche an der Gesellschaft?«

»Das trifft es wohl am besten.«

Bauer ließ die Informationen einen Moment sacken.

»Was ist mit dem französischen Terroristen?«, hakte er dann nach. »War bekannt, dass er nach Berlin kommen würde?«

Weber nickte wieder. »Ja, das war bekannt, und es gab viel Aufregung deswegen. Dass Asmani mit der doch recht offensichtlichen Unterbringung in der Wohnung in Friedrichshain den Franzosen den Behörden mehr oder weniger ausgeliefert hat, um von dem Anschlag abzulenken, war für alle ein Schlag ins Gesicht.«

»Es weiß also auch niemand, wo Yusuf Asmani sich jetzt aufhält?«

Weber schüttelte betreten den Kopf.

Bauer runzelte die Stirn. Sie mussten davon ausgehen, dass Asmani mit hoher Wahrscheinlichkeit an der Vorbereitung des möglichen Anschlages in Hamburg beteiligt war. Ihn zu finden, besaß daher höchste Priorität. Aber die Suche nach ihm in einer Metropole wie Berlin würde sich wie die Suche nach der Nadel im Heuhaufen gestalten. Sie hatten keinen Anhaltspunkt, wo sie beginnen sollten. Seine Überlegungen wurden durch DiSantos Vorschlag unterbrochen: »Wir müssen einen Köder auslegen. Einen, dem Asmani nicht widerstehen kann.«

Bauer kannte den Mann von der CIA lange genug, um zu wissen, dass er eine solche Äußerung nicht ohne Hintergedanken machte. Er warf seinem amerikanischen Kollegen einen fragenden Blick zu. »Hast du einen Plan?«

DiSanto bedachte ihn mit einem Lächeln, das nichts Gutes versprach.

KAPITEL 29

Zwei Männer holten ihn ab. Sie sprachen nicht mit ihm, stülpten ihm aber zu seinem Entsetzen eine Kapuze über den Kopf, und Djamal atmete gegen das Grauen an, das ihn erfüllte, und die Dunkelheit, die ihn mit einem Mal umgab.

Was geschah? Wohin wurde er gebracht?

Er stolperte Treppen hinunter, spürte einen Luftzug und registrierte, dass er sich außerhalb des Gebäudes befand. Sein Herz schlug schnell, sein Atem kam stoßweise, und für einen Moment war ihm, als würde er ohnmächtig.

Ein Fahrzeug näherte sich, hielt mit laufendem Motor. Mehrere Personen unterhielten sich leise. Dann wurde eine Wagentür geöffnet. In plötzlicher Panik wehrte er sich, trat um sich und stemmte sich gegen den Druck, mit dem er in den Wagen geschoben wurde. Aber es war hoffnungslos. Er landete auf einer Rückbank, und seine Entführer nahmen rechts und links von ihm Platz. Nicht, dass er sie gesehen hätte, aber er spürte ihre Nähe, die Wärme, die ihre Körper ausstrahlten.

Er hatte kein Gespür dafür, wie lange die Fahrt dauerte.

Niemand sprach.

Fernsehbilder tanzten durch seinen Kopf von den jüngsten Verhaftungen in Frankreich: Maskierte Beamte in Körperschutzwesten und mit Maschinenpistolen bewaffnet, taumelnde halbnackte Männer, die in Polizeifahrzeuge gezerrt wurden. Wenn auch nur der Hauch eines Verdachts bestand, gab es keine Rücksicht. War eine solche Behandlung gerechtfertigt? Djamal hatte die Frage mehr als einmal mit Issam diskutiert. Und ausnahmsweise waren sie sich einig gewesen.

Und jetzt war er selbst in den Fängen der Behörden. Erfuhr am eigenen Leib, wie es sich anfühlte, *verdächtig* zu sein. Eine Bedrohung für die Sicherheit des Landes zu sein.

Aber er war kein Terrorist!

Er hatte sich nichts zuschulden kommen lassen!

Erneut ging sein Atem schneller. Ungewissheit und Angst begannen sein Denken zu zersetzen, ließen ihn schwitzen und frieren zugleich und sein Herz so schnell schlagen, dass er meinte, jeder müsste es hören wie einen Presslufthammer. Plötzlich hielt der Wagen, und die Türen wurden geöffnet.

Er wurde in ein Gebäude geführt und Treppen hinuntergestoßen, er strauchelte hilflos die Stufen hinunter, und es war, als bliebe dabei die Welt zurück. Er konnte nichts mehr hören, nur noch seinen eigenen Atem, konnte nichts mehr spüren außer seiner Angst.

Eine Tür schlug zu.

Er war allein.

Die Hände auf dem Rücken gefesselt.

Einen Sack über dem Kopf.

Er sank auf seine Knie.

Und begann zu beten.

Allah, hilf mir!

Er hatte jegliches Zeitgefühl verloren und wusste nicht, wie lange er in dem Raum auf dem Boden gehockt hatte, als endlich die Tür aufging und er Schritte hörte, die sich näherten.

Der Sack wurde ihm vom Kopf gerissen. Grelles Licht blendete ihn, so dass er seine Augen sofort wieder schloss. Als er sie schließlich erneut öffnete, beugte sich der Amerikaner über ihn.

Er griff nach ihm und zog ihn hoch, um ihn dann auf einen Stuhl vor einem Tisch zu setzen. Djamal blinzelte. Der Raum war fensterlos, leer bis auf diesen Tisch und einen weiteren Stuhl. Unverputzter Beton an den Wänden. Und es war kalt. Warum fiel ihm das erst jetzt auf?

Der Amerikaner nahm auf der anderen Seite des Tisches Platz.

»Yusuf Asmani«, sagte er. »Was weißt du über ihn?«

Djamal begriff, auch wenn der Ort ein vermeintlich anderer war, die Fragen blieben dieselben. Er starrte auf die Fotografie, die auf dem Tisch lag. Sie zeigte Yusuf im Halbprofil, ein Schnappschuss in der Menge aufgenommen.

»Ich weiß nichts«, antwortete er halblaut.

Er spürte, wie der Amerikaner sich vorbeugte: »Sieh mich an!«

Unwillig sah Djamal auf.

Dunkle Augen durchbohrten ihn förmlich. »Was hast du gesagt?«

Djamal schluckte. Und plötzlich ging es mit ihm durch, die Angst und die Wut und das namenlose Entsetzen manifestierten sich in ihm zu einem einzigen Schrei.

»Ich weiß nichts!!!«, brüllte er den Amerikaner an. Seine Stimme wurde von den nackten Wänden zurückgeworfen, auf ihn hinunter, und ihr Klang vibrierte in seinen Ohren.

Die Augen des Amerikaners wurden schmal, und Djamal lief ein Schauer über den Rücken. Er hatte diesen Ausdruck des Ärgers schon oft bei Menschen gesehen, aber noch nie so unberechenbar wie bei seinem Gegenüber.

»Das soll ich dir glauben?«, fragte DiSanto eisig. »Ihr wart von gestern Abend zweiundzwanzig Uhr fünfzehn bis heute Morgen acht Uhr dreißig mehr als zehn Stunden ununterbrochen zusammen, und du willst mir erzählen, *du wüsstest nichts über ihn?*«

In der Stimme des Amerikaners lag so viel Geringschätzung, dass alles in Djamal aufbegehrte. Er fühlte sich unmündig und gemaßregelt wie ein Kind. Er versuchte, sich keine Blöße zu geben, konnte aber nicht verhindern, dass er am ganzen Körper zitterte.

Was wollte dieser Mann von ihm hören? Warum stellte er ihm Fragen, die er nicht beantworten konnte, weil er überhaupt nicht wusste, worum es ging? Warum, *bei Allah,* glaubte ihm niemand?

Alles zog sich in ihm zusammen. Ihm war kalt, und er war müde.

DiSanto fixierte ihn. »Warum hast du Streit gehabt mit deiner Freundin? War nicht Yusuf der Grund?«

Djamal versuchte diesem Blick standzuhalten, während er sich gleichzeitig fragte, woher der Amerikaner diese Information hatte, aber es gelang ihm nicht.

DiSanto stand auf, trat zu ihm und beugte sich zu ihm herunter. »Natürlich weißt du etwas über Yusuf Asmani«, sagte er sanft, aber mit einer nicht zu überhörenden Drohung in der Stimme ganz dicht an Djamals Ohr. »Und früher oder später wirst du es mir erzählen.«

Djamal presste die Lippen aufeinander. Was wollte der Amerikaner von ihm hören? Was konnte er ihm sagen, damit er ihn endlich in Ruhe ließ? Das Gefühl der Hoffnungslosigkeit war mit einem Mal so stark, dass er meinte, daran ersticken zu müssen.

»Wir haben über Religion gesprochen«, stieß er verzweifelt hervor. »Mehr nicht, wir haben über den Islam gesprochen und über Allahs Barmherzigkeit.« Die Worte stolperten, fielen aus seinem Mund. *Allah, bitte beschütze mich!*

DiSanto trat einen Schritt zurück. »Du hoffst auf die Barmherzigkeit eines Gottes?« Es war keine Frage, sondern eine Anklage. »Dann glaubst du vielleicht auch, dass dein Gott dich beschützen kann vor dem, was wir mit dir tun werden?«

Djamal kämpfte gegen seine Tränen.

»Wir haben dort draußen mehr als dreißig Leichen. Über einhundert Verletzte«, fuhr der Amerikaner sehr leise, aber in einem Ton fort, der Djamal das Blut in den Adern gefrieren ließ. »Dafür wird jemand bezahlen. Das ist so sicher wie das Amen in der Kirche.«

Djamal biss die Zähne zusammen, damit sie nicht klapperten. Konzentrierte sich auf den Schmerz, um seine Angst zu vergessen. Vergeblich.

»Ich hab mit diesem verdammten Attentat nichts zu tun!«, brach es zusammen mit einem Schluchzen aus ihm heraus.

Sein Peiniger packte ihn am Kragen und zog ihn zu sich herum, das Gesicht so dicht vor seinem, dass Djamal seinen Atem auf seiner Haut spürte. »*Du* hast Yusuf Asmani ermöglicht, aus seiner Wohnung zu verschwinden. Du steckst bis zum Hals in der Scheiße, mein Freund.«

Der Amerikaner fasste ihn hart am Kinn und zwang ihn, ihm direkt in die Augen zu sehen. »Du willst, dass wir dich gehen lassen? Du bist so gut wie tot, wenn wir es tun! Deine Freunde werden dich umbringen, weil sie dir genauso wenig glauben wie ich, dass du nichts weißt. Und genauso wenig glauben sie dir, dass du uns nichts erzählt hast!« Er stieß ihn von sich und blickte mit Verachtung auf ihn herab. Die Hände auf dem Rücken gefesselt, konnte Djamal sich nicht schützen vor diesem Blick, er konnte sein Gesicht nicht verbergen und seine Scham, als er spürte, dass er sich vor lauter Angst und Aufregung gleich übergeben würde.

»Du weißt, was deine Leute mit Verrätern machen«, fuhr der Amerikaner ungerührt fort. »Und wenn du es nicht wissen solltest, dann sieh es dir an.« Aus einer Mappe nahm er Fotos und legte sie auf den Tisch rund um das Bild von Yusuf. »Hier und hier und hier! Sieh genau hin!«

Djamal starrte auf nackte, blutverschmierte und verstümmelte Körper, einer schlimmer als der andere. Er wollte diese Beweise grausamer Folter nicht sehen, aber er konnte seinen Blick auch nicht abwenden von all dem Schmerz und dem Tod, den der Amerikaner gnadenlos vor ihm ausbreitete. Und dann gab es kein Halten mehr, sein Magen krampfte, und er erbrach sich, spuckte bittere Galle neben seinen Stuhl auf den kahlen, grauen Fußboden.

Keuchend kam er wieder hoch.

Er war allein.

Nur Yusufs Fotografie lag noch auf dem Tisch. Die helle Neonbeleuchtung spiegelte sich darin und ließ das Gesicht verschwimmen, so dass Djamal es nicht mehr erkennen konnte, obwohl er genau darauf starrte. Dann aber realisierte er, dass nicht das Licht ihn blendete, sondern seine Tränen, die über seine Wangen liefen.

Du glaubst noch immer, dass du hier rauskommst.

Wie hätte er wissen können, was passieren würde, wenn er Yusufs Bitte entsprach? Wie hätte er ahnen können, dass er in die Planung eines Attentats verwickelt war?

Du weißt, was deine Leute mit Verrätern machen.

Kalter Schweiß rann an den Seiten seines Körpers herunter. Er war kein Verräter, er war nur ein naiver, ahnungsloser Idiot, der zwischen die Fronten geraten war. Aber wie sollte er das beweisen?

Seine Kehle brannte vor Durst.

Sein Kopf schmerzte.

Yusuf wird dich enttäuschen.

Issams Worte.

Warum?

Die Ereignisse der vergangenen vierundzwanzig Stunden wirkten wie losgelöst, verloren sich im Nebel, tauchten wieder auf. Was war geschehen?

Die Zeit verging – oder auch nicht?

Und dann stand wie aus dem Nichts der Amerikaner wieder vor ihm.

»Wir sind noch nicht miteinander fertig, mein Freund«, sagte DiSanto leise.

Djamal sank erneut in einen Alptraum.

KAPITEL 30

Nina blickte in das tränenüberströmte Gesicht von Djamals Mutter. Verzweifelt versuchte Yara Khadim ihre Fassung zurückzugewinnen, aber es wollte ihr nicht gelingen. Nina erschien es, als wäre die zierliche Frau, die sich sonst immer so aufrecht hielt, unter der Last des Schmerzes und der Angst geschrumpft. Ihr Mann, vor Sorge grau im Gesicht, hatte den Arm stützend um sie gelegt, während sie gemeinsam mit Nina und ihrer Mutter das Gebäude des BKA verließen. Nach der schattigen Kühle innerhalb der alten Mauern empfand Nina den Sonnenschein und das leise Vogelgezwitscher wie eine wärmende Umarmung. Aber sie konnte sich nicht daran erfreuen, denn Djamal blieb hinter diesen Mauern zurück. Niemand hatte ihnen Hoffnungen gemacht, dass er bald freigelassen würde.

»Du hast alles getan, was du konntest«, sagte ihre Mutter versichernd, als sie ihren verzweifelten Blick auffing. »Und du hast es gut gemacht.«

Nina presste die Lippen zusammen.

Hatte sie das? Sie wusste es nicht. Sie hatte sich eingeschüchtert gefühlt von dem Beamten, der die Befragung durchgeführt hatte, von dem Fragenkatalog, der weitaus umfangreicher gewesen war, als sie erwartet hatte. Von dem kurzen Streit, der zwischen Marc Bauer und ihrer Mutter entflammt war. Sie war froh, dass es vorbei war.

»Was wird jetzt passieren? Können wir denn gar nichts für ihn tun?«, fragte sie ihre Mutter.

»Ich weiß es nicht, Nina. Und mir sind die Hände gebunden. Da ich für Berlin keine anwaltliche Zulassung habe, kann ich Djamal nicht vertreten.«

»Ich habe mich bereits mit unserem Anwalt in Verbindung gesetzt«, mischte Omar Khadim sich ein. »Wir treffen ihn gleich bei uns zu Hause. Wenn es euch keine Umstände macht, wäre es schön, wenn ihr dabei sein könntet.«

»Selbstverständlich«, erwiderte Vivien. »Oder ist das ein Problem für dich, Nina?«

Nina schüttelte den Kopf. Jedwedes Problem, das sie hätte haben können, verlor seit Djamals Verhaftung an Bedeutung. Sie hatte nur kurz mit seinen Eltern sprechen können, keiner von ihnen hatte im Gebäude des BKA mehr als nötig reden wollen, aber natürlich waren sie genauso entsetzt und ratlos wie sie selbst.

»Die Reise in den Irak hat Djamal beeinflusst«, hatte sein Vater zugegeben, »aber wir wissen, dass er durchaus kritisch auf den Islam und auf die anderen Religionen blickt und wie unangenehm ihm Issams zur Schau gestellte Religiosität ist.«

Bei der Nennung von Issams Namen zog sich alles in Nina zusammen. Hatte er Djamal nicht in die Katastrophe hineingezogen? Hatte er nicht ständig versucht, seine Gedanken mit seinem religiösen Geschwafel zu vergiften? Und war nicht er es gewesen, der ihn letztlich in der Moschee mit Yusuf bekannt gemacht hatte?

»Ist Djamals Cousin auch verhaftet worden?«, wagte sie zu fragen.

»Ja, aber er ist schon wieder auf freiem Fuß. Man konnte ihm weiter nichts nachweisen«, erwiderte Yara.

Natürlich nicht, dachte Nina zornig.

Während der Taxifahrt nach Pankow saß sie mit ihrer Mutter und Yara Khadim im Fond. Die beiden Frauen unterhielten sich leise, und Nina beobachtete, wie ihre Mutter Yara dabei tröstend über die Hand strich, eine Geste, die sie überraschte.

In der Tschaikowskistraße wurden sie bereits erwartet. Djamals Großeltern, die im oberen Stockwerk des Hauses wohnten, öffneten ihnen mit Tränen in den Augen die Tür, Djamals älterer Bruder und seine Frau folgten mit blassen, angespannten Gesichtern und Ayasha, seine jüngere Schwester, fiel Nina weinend in die Arme.

»Hast du ihn gesehen? Wie geht es ihm?«, sprudelte es aus ihr heraus, und als wäre damit ein Bann gebrochen, begannen alle gleichzeitig zu reden und zu klagen.

Nina befreite sich aus Ayashas Umklammerung. »Ich … ich weiß nicht, wie es Djamal geht«, antwortete sie völlig überfordert von den Emotionen, den Fragen und dem Entsetzen, die auf sie einprasselten. »Wir durften nicht mit ihm sprechen. Und ihn auch nicht sehen.«

Für einen Moment wünschte sie sich, Sarah wäre an ihrer Seite. Sie vermisste die Ruhe und den klaren Verstand ihrer Schwester, die Führung, die sie in schwierigen Situationen oft für sie beide übernahm, wenn sie selbst kopflos den Überblick verlor. So wie jetzt. Während sie im Wohnzimmer der Khadims stand, überwältigten sie erneut die Eindrücke der letzten Stunden und manifestierten sich schließlich in dem abweisenden Bild der besonderen Sicherheitszone und den davor postierten Polizisten im Gebäude des BKA. Und schließlich gab es nur noch einen immer wiederkehrenden Gedanken, der sie quälte: Sie hatte Djamal in der Gewalt dieser Menschen zurücklassen müssen. Ihr Einsatz und die Bereitschaft, die sie gezeigt hatte, hatten ihm nicht geholfen.

Als wäre das alles noch nicht schlimm genug, begann ausgerechnet in diesem Moment Djamals Großmutter laut auf Arabisch zu lamentieren, ein Singsang, der Nina den letzten Nerv raubte. Sie floh durch die offen stehende Terrassentür hinaus in den Garten, wo eine leichte Brise die jungen grünen Blätter der alten Kastanie zum Rascheln brachte. Aber auch hier fand Nina keine Ruhe. Jeder Winkel barg Erinnerungen. Beim Anblick des mächtigen Baums musste sie daran denken, wie oft sie mit Djamal in seinem Schatten gesessen und Backgammon gespielt hatte. Fast meinte sie das Klappern der Würfel zu hören. Er war ein guter Spieler, viel besser als sie, und die wenigen Male, die sie gegen ihn gewonnen hatte, waren Glücksmomente gewesen, obwohl sie sich hinterher bisweilen gefragt hatte, ob er sie nicht einfach hatte gewinnen lassen, um sie bei Laune zu halten.

Im Vorbeigehen strich sie mit der Hand über die alten hölzernen Gartenstühle. Wann würde sie hier wieder mit ihm sitzen, trinken, lachen, debattieren? Der Kloß in ihrem Hals trieb ihr die Tränen in die Augen, und die ganze Anspannung der vergangenen Stunden löste sich in einem Weinkrampf, der ihren gesamten Körper schüttelte. Schluchzend brach sie am Fuß der Kastanie zusammen.

Djamals älterer Bruder fand sie dort.

»Warum bist du allein hier draußen?«, fragte er.

»Ich hab es drin nicht mehr ausgehalten«, gestand sie und wischte sich die Tränen aus dem Gesicht.

Djamals Bruder hatte nur wenig Ähnlichkeit mit ihm. Er war ein sehr ruhiger, zurückhaltender Mann, nicht besonders groß und ein wenig untersetzt mit bereits zurückweichendem Haaransatz. Mit Mitte zwanzig hatte er sein Studium beendet und war bereits beruflich erfolgreich. Vor einem halben Jahr hatte er geheiratet. Dieses frühe Festlegen auf familiäre Werte war nicht untypisch für den Kulturkreis, aus dem die Khadims stammten, und Nina wusste, dass Djamal seinen Bruder für diese Bodenständigkeit bewunderte, dass sie ihn aber auch in gleichem Maße abschreckte.

»Stell dir vor, jetzt schon eine Familie zu gründen«, hatte er vor nicht allzu langer Zeit gesagt.

»Willst du mich etwa nicht heiraten?«, hatte Nina gekontert.

»Ich heirate niemand anderen als dich, *habibti*«, hatte er versprochen, »aber nicht bevor wir beide dreißig sind.«

»Dann sind wir tot«, hatte Nina lachend erwidert. Sie war neunzehn und konnte sich nicht vorstellen, jemals so alt zu werden. Jetzt erschienen ihr ihre eigenen Worte plötzlich wie düstere Vorboten.

»Komm mit rein«, sagte Djamals Bruder. »Es ist nicht gut, wenn du hier allein bist.«

Nina zögerte.

»Der Anwalt ist gekommen«, fuhr er fort. »Du möchtest doch sicher hören, was er zu berichten hat.«

Die Familie war im Wohnzimmer versammelt, es roch nach Essen, und alle redeten durcheinander. Und erneut fühlte Nina sich geborgen und überfordert zugleich.

Ihre Mutter war etwas abseits in ein Gespräch mit einem übergewichtigen Mann vertieft, der nur der Anwalt sein konnte. Wie Nina Vivien kannte, informierte sie ihn in ihrer sachlichen Art knapp über den Ablauf der Vernehmungen.

Wie sie gleich darauf erfuhr, hatte er sich bereits mit den Ermittlungsbehörden in Verbindung gesetzt und war vor Ort gewesen, aber er brachte keine guten Nachrichten mit. »Ich hatte keine Gelegenheit, mit Djamal zu sprechen. Ich kann nicht einmal sagen, wo genau er im Moment festgehalten wird.«

Yara schlug die Hände vors Gesicht, um ihre Tränen zu verbergen.

Nina bemerkte, wie der Mund ihrer Mutter bei den Worten des Anwalts schmal wurde. Und nicht zum ersten Mal in den vergangenen Tagen fragte sie sich, was damals vor zehn Jahren genau vorgefallen war. Ihre Mutter hatte nie im Detail mit ihnen darüber gesprochen, selbst dann nicht, als Nina und Sarah schließlich in einem Alter gewesen waren, in dem Gespräche dieser Art möglich waren.

»Können wir denn gar nichts tun?«, fragte Yara verzweifelt. »Er hat sich doch nie etwas zuschulden kommen lassen!«

Ihr Mann sah sie mit ernster Miene an.

»Weißt du das?«, fragte er dann. »Kannst du dafür wirklich deine Hand ins Feuer legen?«

Yara senkte den Blick, und eine unangenehme Stille breitete sich im Raum aus, als Omar die Zweifel, die in jedem Einzelnen von ihnen insgeheim nagten und für die sich jeder Einzelne von ihnen schämte, offen aussprach. Keiner von ihnen *wusste,* was geschehen war. Auch wenn sie meinten, Djamal zu kennen, auch wenn sie ihm vertrauten, war doch alles möglich. Und nichts.

KAPITEL 31

Hatte er richtig gehandelt?

Bauer stand am Fenster des Büros, starrte in die Dunkelheit und arbeitete die Ereignisse des Tages für sich auf, wobei er sich nicht von Djamal Khadims Bild lösen konnte, der sich so verzweifelt gewehrt hatte, in einem Wagen zu einem unbekannten Ziel abtransportiert zu werden. Bauer hatte sich gezwungen, mitzugehen, anzusehen, was er letztlich verantwortete.

›Wenn dieser junge Mann bisher kein Terrorist war, dann wird er es spätestens nach dieser Kur sein‹, hatte Weber schonungslos offen bemerkt. Weber hatte ihn begleitet und keinen Hehl daraus gemacht, was er von DiSantos Vorschlag und seiner Zustimmung dazu hielt. ›Der Verfassungsschutz hat Yusuf Asmani die ganze Zeit im Visier gehabt und nicht aus den Augen verloren. Hätten Sie uns ein bisschen Zeit gegeben, hätten wir ihn wieder ausfindig gemacht.‹

›Zeit ist genau das, was wir nicht haben, Lukas‹, war Bauer ihm ins Wort gefallen. ›Das wissen Sie so gut wie ich.‹

Weber hatte daraufhin geschwiegen, aber Bauer wusste, dass er seinen jüngeren Kollegen nicht überzeugt hatte.

Seit die Terrorwarnung das BKA erreicht hatte, waren zeitgleich in mehreren Städten Hausdurchsuchungen durchgeführt und potenzielle Gefährder in Gewahrsam genommen worden. Und jeder Verantwortliche betete im Stillen, dass nichts zu den Medien durchsickerte. Längst war bei solchen brisanten Themen kein Verlass mehr auf Geheimhaltung, und allein die Vielzahl der Möglichkeiten, die soziale Netzwerke und elektronische Kommunikation boten, machten es unmöglich, ein Leck sofort zu orten. Bauer wollte nicht daran denken, was für einen medialen Aufschrei es geben würde, wenn bekannt wurde, dass es eine Terrorwarnung für den Hamburger Hafengeburtstag gab.

»Wir müssen den Kreis derer, die Bescheid wissen, so klein wie möglich halten«, hatte auch der Staatssekretär des Inneren gewarnt. »Selbst die Einheiten, die die Hausdurchsuchungen und Verhaftungen vornehmen, sollten nicht wissen, worum es tatsächlich geht.«

Unter solchen Bedingungen nahm die Rechtsstaatlichkeit immer Schaden, es gab unschuldige Opfer. Die Verantwortung dafür lastete schwer auf Bauer, und in letzter Zeit fiel es ihm ungleich schwerer. Er war nie kritiklos gewesen gegenüber dem Staat und der Regierung, und es war Teil seiner Reputation, die er sich über die Jahre erworben hatte, dass er Weisungen nicht blind ausführte, sondern hinterfragte und bisweilen auch ignorierte, wenn er es für richtig und nötig erachtete. Aber dieser Widerwille, der jetzt in ihm keimte, war neu.

›Irgendwann ist es vorbei, dann bist du verbraucht‹, hatte sein französischer Kollege Hermier ihn vor Jahren schon gewarnt. Bauer erinnerte sich noch gut an den Abend in Damaskus, diese Stadt, die es heute nicht mehr gab, genauso wenig wie es den François Hermier von damals noch gab. Im Nachhinein betrachtet, schien es, als hätte Hermier unbewusst bereits geahnt, was ihn erwartete, und Bauer fragte sich, ob auch Djamal Khadim nach seiner Rückkehr aus dem Irak gespürt hatte, dass ihm sein Leben entglitt. Wenn er die jüngste Biographie des jungen Mannes betrachtete und sie mit den Aussagen seiner Eltern und Freunde abglich, kristallisierte sich seine Suche nach Identität so deutlich heraus, dass der Weg in die islamistische Szene vorgezeichnet schien.

Aber es gelang Bauer nicht, sich mit diesen Gedanken zu beruhigen, denn genau jetzt befand sich Djamal Khadim in der amerikanischen Botschaft in der Gewalt eines der gefürchtetsten Verhörspezialisten der westlichen Welt. Und es ging nicht vordergründig darum, ihm Informationen abzupressen, sondern ihn zu brechen, ihm Angst einzuflößen und das Vertrauen in diesen Staat zu nehmen, um ihn dann im unwahrscheinlichsten aller Momente, wenn vermeintlich alle

Hoffnung verloren war, zurückzustoßen in eine Welt, die nicht mehr seine sein würde.

Bauer wusste um das eingegangene Risiko, als er diesem gewagten Plan zugestimmt hatte. Sie trieben Djamal Khadim bewusst in die Arme eines gefährlichen Terroristen, der vor nichts zurückschreckte. Ihr Plan stützte sich auf das Profil, das die CIA ihnen von Yusuf Asmani geliefert hatte. Auf DiSantos Einschätzung des Terroristen. Auf Webers Analyse seiner Herkunft. Sie würden Asmanis einzige greifbare Schwachstelle ausnutzen: Sein Rachebedürfnis an dem Establishment, für das die Religion ein wohlfeiles Vehikel darstellte.

Aber was, wenn sie Djamal Khadim dabei verloren, wenn er abtauchte und tatsächlich benutzt wurde? Sie spielten mit dem Schicksal eines Menschen und riskierten damit sein Leben. Für Bauer war es nicht das erste Mal, dass er eine solche Entscheidung treffen musste, doch auch zuvor war er nie leichtfertig damit umgegangen. Was wurde aus diesem jungen Geist voller Hoffnung, voller Chancen, die nun splitterten, brachen wie Glas. Nichts ließ sich wieder zusammenfügen, wie es einmal war. Es blieben Spuren und Narben. Verletzungen, die nie heilten.

Aber besaß er eine andere Möglichkeit?

›Wir haben keine Wahl‹, hatte selbst Jochen Metzner zugegeben, der DiSantos Vorschlag äußerst skeptisch aufgenommen hatte, aber letztlich war er pragmatisch und erfahren genug, um zu wissen, wann es unvermeidbar war, eine Grenze bewusst zu überschreiten. ›Wir sollten uns nur im Klaren darüber sein, dass es einige von uns den Kopf kosten kann, wenn etwas schiefgeht.‹

War das nicht das Mindeste, fragte sich Bauer nun in der Erinnerung an diese Äußerung, während er langsam den Kaffee trank, den er sich eben geholt hatte, aber er verwarf den Gedanken sogleich wieder. Sie machten ihre Arbeit unter schwierigsten Bedingungen, eingezwängt zwischen notwendigen, schnellen Entscheidungen und einer Politik, die völlig überrollt wurde von den aktuellen Ereignissen und lediglich in der Lage war, zu reagieren statt aktiv zu agieren.

So hatten die deutschen Sicherheitsbehörden kaum Gelegenheit bekommen, den französischen Attentäter zu vernehmen. Auf Wunsch der Franzosen, herangetragen auf höchster Regierungsebene, war der Mann bereits wenige Stunden nach seiner Festnahme nach Frankreich überstellt worden. Vergeblich hatte Bauer im Kanzleramt interveniert, um die Auslieferung wenigstens vierundzwanzig Stunden hinauszuzögern.

Er spürte, wie der Kaffee sich in seinem Magen ausbreitete, ihn belebte nach diesem langen Tag, der noch lange nicht zu Ende war. Das Geräusch eines sich nähernden Hubschraubers riss ihn aus seinen Gedanken. Beinahe erleichtert griff er nach seinem Sakko und eilte die Treppen hinunter dem Ausgang zu. Er kam gerade rechtzeitig, um den Hubschrauber landen zu sehen. Lichter erhellten den Platz. Der Wind der Rotoren wirbelte Bauers Jackett nach hinten und Blätter von den nahen Bäumen. Die Helikoptertür schwang auf, und zwei uniformierte Beamte mit schwarzen Körperschutzwesten sprangen heraus. Ihnen folgte ein Mann arabischer Abstammung in Jeans und T-Shirt, die Hände auf dem Rücken gefesselt, sein Gesichtsausdruck so voller ungläubigen Entsetzens, dass Bauer sich spontan fragte, ob sich der Aufwand, diesen Mann von Hamburg nach Berlin zu holen, gelohnt hatte. Schon beim Anblick von Mahmoud Ramis sank Bauers Hoffnung, dass er über wertvolle Informationen verfügte, die zu einer schnellen Ergreifung Yusuf Asmanis führten.

Als er Ramis, der als Kind von Flüchtlingen des ersten Golfkrieges in Hamburg geboren wurde und dort aufgewachsen war, in Begleitung der uniformierten Beamten ins Gebäude brachte, rief Bauer sich die Kurzbiographie in Erinnerung, die er von Weber erhalten hatte. Sie war das Abbild einer gescheiterten Existenz, wie sie vielfach in den entsprechenden Milieus zu finden war: einfacher Schulabschluss, abgebrochene Tischlerlehre, ein durch schlecht bezahlte Aushilfsjobs finanziertes Leben. Dann Anschluss an eine islamistische Zelle, nachdem Ramis von seiner Freundin verlassen wurde, bereits wenige Monate später der Aufbruch in den Dschihad. Rückkehr nach Deutschland zusammen mit Yusuf Asmani.

»Wann genau sind Sie in den Irak ausgereist?«, fragte Bauer Mahmoud Ramis, als sie sich schließlich nach Erledigung der nötigsten Formalien in dem hell erleuchteten Verhörzimmer gegenübersaßen.

Ramis räusperte sich. »Vor einem Dreivierteljahr.« Unsicher begegnete er Bauers Blick.

»Und warum?«

Ramis rutschte unruhig auf seinem Stuhl hin und her. Er war noch immer verstört, sein Entsetzen spürbar. Was konnte er erzählen, was nicht? Seine Unsicherheit stand ihm deutlich ins Gesicht geschrieben.

»Es gab viele Geschichten über unsere Brüder und Schwestern im Irak und in Syrien«, antwortete er schließlich vorsichtig in seinem breiten Norddeutsch, das so gar nicht zu seinem orientalischen Äußeren passen wollte. »Darüber, wie schlecht es ihnen geht. Ich hab gedacht, wir könnten helfen.«

»Wie?«

Ramis zuckte mit den Schultern. »Keine Ahnung. Darüber hab ich vorher gar nicht nachgedacht. Als wir dann vor Ort waren, haben die in den Lagern uns gefragt, was wir können.«

»Und, was können Sie?«

»Ich bin ganz gut im Schrauben von Autos.«

»Nicht in Ihrem Beruf, der Tischlerei?«

Ramis zuckte erneut mit den Schultern. »Nicht wirklich, deshalb hab ich ja damit aufgehört.«

Ramis' Angaben korrespondierten mit den Inhalten der vom Verfassungsschutz zusammengestellten Unterlagen über ihn. Mahmoud Ramis wurde dort als ein Mensch skizziert, der unreflektiert durch sein Leben stolperte, sich treiben ließ und gern anderen die Entscheidung überließ. Im Irak war er mit der Wartung von Fahrzeugen betraut gewesen. Er war nicht an der Front gewesen, hatte nicht gekämpft, kein Gewehr gehalten. Nur Kabel und Schraubendreher.

»Warum sind Sie zurückgekommen?«

Ramis schluckte nervös und rieb seine Finger aneinander. »Es war nicht gut dort.«

Bauer zog flüchtig eine Augenbraue hoch, aber Mahmoud Ramis war nicht der Mann, der Gesten zu interpretieren wusste. »Was war nicht gut?«, fragte Bauer daher.

Ramis benetzte sich die Lippen. Es fiel ihm nicht leicht, seine Gefühle zu artikulieren, vom Tod und den Grausamkeiten zu sprechen, die er in Städten wie Mossul erlebt hatte. Er schien generell nicht viel zu sprechen, und jede Form von Aufmerksamkeit war ihm unangenehm. Hilflos verstummte er immer wieder, suchte nach Worten, ängstlich darauf bedacht, nicht als Teil dessen wahrgenommen zu werden, was er beschrieb.

Bauer wusste, dass es Mahmoud Ramis letztlich gelungen war, über die türkische Grenze zu fliehen und in einem Flüchtlingslager unterzutauchen. Dort war er nach Ermittlungen des BND und des Verfassungsschutzes erstmals auf Yusuf Asmani getroffen. Als Bauer den Namen fallenließ, reagierte Ramis, der bislang zwar unbeholfen, aber letztlich doch breitwillig Rede und Antwort gestanden hatte, plötzlich mit abweisendem Schweigen.

»Sie sind mit Asmani nach Deutschland gereist. Sie waren zwei Wochen gemeinsam unterwegs«, hakte Bauer nach. »Da gibt es doch sicher etwas, das Sie uns über ihn sagen können.«

»Wir waren in einer größeren Gruppe unterwegs«, entgegnete Ramis ausweichend. »Wir haben nicht viel miteinander zu tun gehabt.«

»Aber hat er ihnen nicht überhaupt erst die Reise ermöglicht?«

Ramis nickte zurückhaltend.

»Wie ist es dazu gekommen?«

Wieder einmal zuckte Ramis mit den Schultern. »Wir haben geredet, und er hat erfahren, dass ich nach Deutschland will, und da hat er vorgeschlagen, mich mitzunehmen.«

»Einfach so.«

»Ja.«

»Er hat keine Gegenleistung gefordert?«

Ramis verneinte.

»Und hier in Deutschland haben Sie keinen Kontakt mehr zueinander gehabt?«

Erneutes Kopfschütteln. Eine Spur zu hastig. Ramis war seit seiner Rückkehr nicht mehr in der islamistischen Szene aktiv. Er hatte sich gänzlich zurückgezogen, aber über die Berichterstattung in den Medien hinaus musste er dennoch Schlüsse gezogen haben, die dazu führten, dass er in Bezug auf Asmani jetzt so reagierte.

Bauer wartete und beobachtete, wie Mahmoud Ramis von Minute zu Minute unruhiger wurde. Das grelle Neonlicht fiel auf seine nervös ineinander verschlungenen Hände, die vor ihm auf dem Tisch lagen, seit Bauer veranlasst hatte, die Handschellen zu lösen. Über seiner Oberlippe und auf seiner Stirn erschienen Schweißperlen.

»Okay«, gab Ramis schließlich zu. »Ich hab in den letzten Wochen die eine oder andere Nachricht für ihn überbracht.«

Also doch.

»Was waren das für Nachrichten?«, fragte Bauer ruhig.

»Ich hab keine Ahnung. Ich hab sie nicht gelesen. Er hat sie mir per Post geschickt, und ich hab sie in einem libanesischen Restaurant in Ottensen hinterlegt, wo sie dann abgeholt wurden.«

»Und das ist Ihnen nicht seltsam vorgekommen?«

»Yusuf war ziemlich eigen, was Telefon, Internet und so anging. Hat alles nur handschriftlich oder mündlich gemacht.«

»Wie oft haben Sie den Kurier gespielt?«

Ramis schluckte. »Dreimal.«

»Und wann haben Sie die letzte Nachricht für ihn überbracht?«

»Vor zwei Wochen.«

»Hat Asmani Ihnen nichts mehr geschickt oder …«

»Ich wollte es nicht mehr«, stieß Ramis hervor. »Ich wollte es von Anfang an nicht, aber Yusuf hat von Ehre geredet und Schuld, die ich zu begleichen habe, weil er mir geholfen hat …« Er ließ den Kopf in seine Hände sinken. »Ich will mit alledem nichts mehr zu tun haben.«

Bauer stand auf und ging hinaus in den Nebenraum, wo Lukas Weber die Vernehmung über Video verfolgte.

»Halten Sie ihn für glaubwürdig?«, fragte er ihn.

»An sich schon«, sagte Weber. »Als Rückkehrer wird er natürlich beobachtet. Seine Angaben stimmen, er hat sich tatsächlich von seinen ehemaligen Kontakten distanziert.« Er tippte mit einem Stift auf die Notizen, die vor ihm lagen. »Die Adresse des Restaurants hab ich schon weitergegeben. Lassen Sie uns sehen, was wir aus dem Besitzer rauskriegen. Der wird gleich ein paar ziemlich schlechte Momente haben, wenn die Hamburger Kollegen bei ihm aufkreuzen.«

Mahmoud Ramis schenkte Bauer einen nervösen Blick, als dieser in das Vernehmungszimmer zurückkehrte. »Was … was geschieht jetzt mit mir?«

»Wir müssen Ihre Aussage überprüfen. So lange werden Sie in Gewahrsam bleiben.«

Ramis wurde blass.

KAPITEL 32

»Mama, ich hab solche Angst um Djamal. Wir konnten ihm nicht helfen! Alles, was wir getan haben, war völlig nutzlos!«

»Das wissen wir noch nicht, Nina«, versuchte Vivien ihre Tochter zu beruhigen.

»Aber sie haben ihn nicht gehen lassen!« Nina warf sich in ihrem Bett herum und weinte in ihr Kissen.

Es schmerzte Vivien, ihre Tochter so verzweifelt zu sehen. Sie hatte auf dem Nachhauseweg im Taxi die ganze Zeit geweint. Nicht laut und hysterisch, nein, die Tränen waren ihr still über die Wangen gelaufen, während sie aus dem Fenster geschaut hatte, in Gedanken weit fort, so dass sie nicht einmal gespürt hatte, dass Vivien ihre Hand gehalten hatte.

Jetzt lag sie in ihrem Bett, und Vivien saß neben ihr, so wie früher, als Nina noch ein kleines Mädchen gewesen war und aus Angst vor schlechten Träumen nicht einschlafen konnte, dabei wäre der Schlaf nun eine Erlösung gewesen von dem Alptraum, den sie alle im Wachen durchlebten.

Vivien starrte auf die kleine Nachttischlampe neben dem Bett. Draußen war es längst dunkel, es ging schon auf Mitternacht zu. Sie hatte kein gutes Gefühl, was Djamal anbetraf. Wenn Marc wirklich vorgehabt hätte, den Jungen gehen zu lassen, wäre er längst wieder auf freiem Fuß. Aber das konnte sie Nina nicht sagen. Während der Vernehmung ihrer Tochter, die so viel detaillierter war, als sie erwartet hatte, war ihr das erste Mal der Verdacht gekommen, dass es Marc primär um etwas anderes gehen musste. Sie hatte ihn darauf angesprochen, aber er hatte sich entzogen, glatt und unverbindlich, wie es seine Art war, wenn er zu etwas keine Stellung nehmen wollte. Und natürlich hatte sie das wütend gemacht. Noch mehr: Es hatte sie herausgefordert.

Sie hatte versucht, die wenigen Informationen, die sie von ihm während ihres Gesprächs in ihrer Wohnung erhalten hatte, in Einklang zu bringen mit der Atmosphäre in der Berliner Dependance des BKA, der unterschwelligen Spannung und Hektik, die dort zu spüren gewesen waren, und dem, was der von den Khadims engagierte Anwalt erzählt hatte. Und all das hatte schließlich ihre eigenen Erinnerungen und Erlebnisse berührt. Auch damals waren die beteiligten Beamten hochgradig nervös gewesen. Aber damals war es die Angst vor einem Anschlag gewesen, nicht die Ermittlung nach vollbrachter Tat.

Vivien richtete sich auf.

War es das?

Drohte ein weiterer Anschlag?

Aber was hatte Djamal damit zu tun?

Durch ihre Bewegung schreckte Nina hoch, die in einen Halbschlaf gefallen war. Vivien hatte ihr ein leichtes Beruhigungsmittel gegeben, und allmählich schien es zu wirken.

»Du bist immer noch hier«, flüsterte Nina.

»Ja, Liebling. Natürlich bin ich noch hier.«

Nina sah sie lange schweigend an.

»Du hast uns nie erzählt, was dir damals wirklich zugestoßen ist«, sagte sie dann mit schwerer Stimme. »Alles, was heute geschehen ist, lässt dich aber immer wieder daran denken.«

»Wie kommst du darauf?«, fragte Vivien, obwohl sie die Antwort bereits kannte.

»Ich kann es an deinem Gesichtsausdruck sehen.«

Vivien atmete tief durch. »Du und deine Schwester, ihr habt ein Recht darauf zu erfahren, was damals war, aber dafür ist jetzt nicht der richtige Zeitpunkt.«

»Warum? Meinst du, wir könnten es nicht ertragen?«

Vivien strich Nina eine Strähne ihres langen dunklen Haars aus dem Gesicht. »Ich denke, es liegt eher an mir. Ich kann es nicht ertragen, darüber zu reden.«

Nina senkte den Blick. »Tut mir leid«, murmelte sie.

»Schon gut.« Vivien sah, wie Ninas Augen langsam wieder zufielen. »Jetzt schlaf erst einmal. Morgen ist ein neuer Tag, und dann sieht die Welt vielleicht schon ganz anders aus.«

Als Nina ruhig und gleichmäßig atmete, stand Vivien leise auf und verließ das Zimmer. Auch sie war völlig erschöpft. Als sie jedoch wenig später im Bett lag, hinderte das unablässige Kreisen ihrer Gedanken sie noch eine ganze Weile am Einschlafen.

Sie wachte auf, weil ihr Telefon klingelte. Ein Blick auf den Wecker sagte ihr, dass es gerade erst halb sieben Uhr morgens war, Sonntag noch dazu. Sie griff dennoch zum Hörer und erkannte überrascht Gerd Ingenhausens Privatnummer.

»Hallo Gerd«, meldete sie sich und setzte sich im Bett auf. »Ist etwas passiert?«

»Das kann man wohl sagen«, entgegnete er. »Guten Morgen, Vivien.« Sie schluckte bei dem Ton, den er anschlug, und ärgerte sich gleichzeitig darüber, dass er noch immer diese Macht über sie besaß.

»Dein Besuch am Freitag hat meinem Büro einen Anruf aus dem Innenministerium beschert«, fuhr er fort.

»Wie darf ich das verstehen?«

»So, wie ich es sage«, raunzte er ungehalten. »Meine Intervention im Fall Djamal Khadim hatte ein Nachspiel.«

Das BKA hatte eine richterliche Genehmigung zur Überwachung Djamal Khadims angefragt, die zunächst abschlägig beschieden und an Ingenhausens Büro weitergeleitet worden war, da die zuständige Richterin der Akte entnommen hatte, dass erst am Tag zuvor auf Vermittlung aus dem Justizministerium eine Anklage gegen den jungen Mann fallengelassen worden war.

»Das hat ein paar unangenehme Fragen aufgeworfen«, schloss Ingenhausen.

»Das tut mir wirklich leid«, erwiderte Vivien.

»Das sollte es.« Er räusperte sich. »Ich brauche dir sicher nicht zu erklären, dass Minister bereits wegen weniger zurücktreten mussten.«

Vivien schloss entsetzt die Augen. »Ist es tatsächlich so schlimm?«

»Es könnte schlimm werden, wenn jemand an meinem Stuhl sägen wollte, was erfreulicherweise momentan nicht der Fall ist. Aber es ist mehr als unerfreulich.«

»Mein Gott, Gerd, der Junge hat nichts getan, auch jetzt nicht, davon bin ich fest überzeugt. Ich weiß nicht, was da gerade vor sich geht.«

»Terrorfahndung, meine Liebe. Gerade du solltest dich doch damit auskennen und wissen, dass in diesen Fällen keinerlei Rücksicht genommen wird. Da sind wir alle Freiwild.«

Terrorfahndung. Also doch.

Viviens Gedanken rasten. Was wusste Gerd, und inwieweit war er bereit, sein Wissen zu teilen?

»Wieso soll Djamal überwacht werden?«, wagte sie einen direkten Vorstoß. »Er befindet sich doch in Gewahrsam.«

»Ich habe keine Ahnung, Vivien.«

»Gerd, bitte, du bist der Justizminister. Ich weiß, wie dein Büro arbeitet.«

»Ich kann dir nichts weiter dazu sagen«, entgegnete er knapp.

»Wird er freigelassen werden?«

»Vivien, bitte!«

»Gerd, ich fühle mich für ihn verantwortlich.«

»Du hast dich schon immer für aussichtslose Fälle verantwortlich gefühlt, und das hat dich immer wieder in Schwierigkeiten gebracht.«

Viviens Herz klopfte schneller. »Warum aussichtslos, Gerd?«

Eine Weile war Schweigen am anderen Ende der Leitung.

»Du und deine Tochter, ihr solltet euch diesen jungen Mann aus dem Kopf schlagen«, sagte Ingenhausen schließlich. »Es gibt in diesem Fall keine Hoffnung. Und das sage ich dir nicht als Justizminister, sondern als Freund. Haltet euch fern, sonst verbrennt ihr euch mehr als nur die Finger.«

»Gerd …«

»Denk an deine Tochter, Vivien!«

Die Verbindung war beendet.

Vivien starrte auf das Telefon in ihrer Hand.

Es gibt in diesem Fall keine Hoffnung.

Mit einem Schwung schlug sie ihre Bettdecke zurück und stand auf. Auf dem Weg in die Küche zog sie sich ihren Morgenmantel über. Es gab immer Hoffnung. Immer. Wenn sie daran nicht glauben würde, wäre sie heute nicht hier. Und Ingenhausen hatte ihr, ob nun gewollt oder ungewollt, einige Informationen gegeben, mit denen sie arbeiten konnte.

Das BKA hatte einen Antrag auf Überwachung gestellt. Das bedeutete, dass sie Djamal freilassen wollten. Aber was sollte mit dieser Überwachung erreicht werden? Und warum handelte es sich nach Gerds Meinung bei Djamal um einen aussichtslosen Fall?

Viviens Hirn arbeitete fieberhaft.

Terrorfahndung.

Der Begriff geisterte durch ihre Gedanken.

War ein weiterer Anschlag geplant? Steckte dieser Yusuf dahinter? Unruhig tippte Vivien mit ihren Fingern auf die Anrichte, während sie darauf wartete, dass der Kaffee durch die Maschine lief.

Die Behörden nehmen keinerlei Rücksicht. Da sind wir alle Freiwild.

Das waren Gerds Worte gewesen.

Keine Rücksicht. Keine Hoffnung.

Was wäre in diesem Fall der *worst case?*

Wenn Djamal zum Lockvogel gemacht würde, beantwortete sie sich ihre Frage. Denn dann würde er zwischen die Fronten geraten, und er war zu jung und unerfahren, um mit einer solchen Situation fertig zu werden. Aber vielleicht wollten die Behörden gerade das ausnutzen. Nein. Das war nicht Marcs Handschrift, so rücksichtslos war er nicht. Und letztlich leitete er die Einheit, die den Anschlag in Berlin aufklärte.

Sie musste weiter denken, großräumiger. Wer konnte noch ein Interesse an jenem Yusuf haben, hinter dem die deutschen Sicherheitsbehörden so verzweifelt her waren, dass sie bereit waren, einen unschuldigen jungen Mann zu opfern?

KAPITEL 33

Yusuf Asmani blieb vor dem Zeitungskiosk stehen und spürte dem Gefühl der Macht und des Triumphes nach, das der Anblick der Titelseiten der Sonntagsausgaben in ihm auslöste. Das Echo auf den Anschlag war groß, weitaus größer, als er es sich vorgestellt hatte. Glaubte man dem Aufschrei der Boulevardpresse, hatte er die Republik ins Herz getroffen, ins Zentrum ihrer Macht. Die Parteien am rechten Rand sahen sich bestätigt, forderten Vergeltung. Strenge. Entschiedenheit. Alle anderen waren wie paralysiert und konnten lediglich ihr Entsetzen formulieren. Die ersten Flüchtlingsunterkünfte brannten.

Und das war erst der Anfang.

Er zog eine Zeitung aus dem Ständer und reichte dem Kioskbesitzer lächelnd eine Münze, bevor er an einem Café vorbeiging, vor dem die Menschen am Spreeufer in der Sonne saßen und frühstückten, beinahe wie an jedem Sonntagmorgen. Aber eben nur beinahe. *Wir lassen uns keine Angst diktieren,* stand auf einem Banner, das jemand zwischen zwei Bäumen aufgehängt hatte.

Der Dom war nicht weit. Er konnte die Kuppel sehen. Er wusste um die Mahnwache, die sich spontan gebildet hatte, um die vielen Kerzen und Briefe und Blumen, die dort, wie an jeder Unglücksstelle, niedergelegt worden waren. Er hatte mit dem Gedanken gespielt, sich unter die Trauernden zu mischen, noch einmal ganz nah zu sein und damit den Sicherheitsbehörden ins Gesicht zu lachen, aber er konnte es sich nicht leisten, das Schicksal herauszufordern. Seine Pläne waren noch nicht abgeschlossen, und selbst Allahs Großmut kannte Grenzen.

Er blickte zurück Richtung Café. Zwei junge Frauen saßen an einem Tisch ein wenig abseits von den anderen. Beide hatten ihre Mobiltelefone in der Hand und unterhielten sich.

Während er auf sie zuging, zog er sein eigenes Telefon aus der Tasche. »Hi, sagt mal, könnte ich kurz von einem eurer Handys einen Freund anrufen? Wir sind verabredet und wollten uns noch absprechen, wo wir uns treffen, aber mein Akku ist leer.«

»Ja, das passiert wohl jedem ab und an«, entgegnete die eine der beiden. Sie besaß ein attraktives Lächeln und strich sich, als sich ihre Blicke begegneten, mit einer koketten Geste das Haar aus dem Gesicht. »Hier, nimm mein Telefon.«

Als sie es ihm reichte, berührten sich ihre Finger einen Moment lang. »Danke«, sagte er, erwiderte ihr Lächeln und entfernte sich ein paar Schritte, während er aus dem Gedächtnis Issams Nummer eintippte.

»Ja?«, meldete sich Issam zurückhaltend.

»*As-salāmu 'alaykum,* Issam, ich bin es, Yusuf.«

»Yusuf!«, entfuhr es Issam. »*Wa-'alaykum us-salām*. Sag, wo bist du? Geht es dir gut?«

»Alles gut«, antwortete Yusuf. »Ich wollte nur hören, wie es euch geht.«

»Sie haben uns alle verhaftet.« Issam klang aufgeregt. »Uns tausend Fragen gestellt. Mann, das war kein Spaß. Sie wollen dich, Yusuf!«

»Das kann ich mir vorstellen«, gab Yusuf trocken zurück. »Aber sie werden mich nicht kriegen. Wie geht es Djamal? Ist er aus der Wohnung rausgekommen?«

Issam antwortete nicht gleich. »Das hat alles geklappt, aber …«

»Was aber? Was ist passiert?«

»Er ist als Einziger noch im Gewahrsam der Polizei.«

»Warum?«

»Ich weiß es nicht.«

»Aber du bist doch sein Cousin. Hast du nicht mit seiner Familie gesprochen?«

Warum ließ sich Issam plötzlich jeden Satz aus der Nase ziehen?

»Seine Familie hat einen Anwalt eingeschaltet.«

»Und?«

»Sie hoffen, dass er noch heute freigelassen wird.« Issam räusperte sich. »Ich kann dich zurückrufen, wenn ich mehr weiß. Wie kann ich dich erreichen? Unter dieser Nummer?«

In Yusufs Hinterkopf begann eine Alarmglocke zu schrillen.

»Das ist nicht mein Telefon«, schnitt er Issam kurzerhand das Wort ab. »Ich melde mich wieder.«

Er legte auf und ging wieder zurück an den Tisch der beiden Frauen.

»Tut mir leid, hat etwas länger gedauert«, wandte er sich an die junge Frau. »Danke.«

»Gern«, entgegnete sie und ließ ihren Blick auf ihm ruhen. Unter anderen Umständen hätte er die Situation vielleicht ausgenutzt, hätte sich die Zeit genommen, in Erfahrung zu bringen, ob der erste Eindruck hielt, was er versprach.

Aber diese Zeit hatte er nicht.

Sie wollen dich, Yusuf!

Die Behörden waren ihm auf den Fersen. Sie kannten seine Vorgeschichte, wussten um seine Aktivitäten im Irak. Für einen kurzen Moment fühlte er die fiebrige Spannung, die dieses Bewusstsein in ihm auslöste. Doch dann gewann sein ausgeprägtes Misstrauen, das ihm schon so oft das Leben gerettet hatte, wieder die Oberhand. Irgendetwas hatte in Issams Tonfall gelegen. Was bedeuteten die unverfänglich plazierten Fragen? Er schob seine Hände tiefer in die Taschen seines Kapuzenshirts, während er sich nachdenklich entfernte.

War Issam womöglich ein Verräter?

Er rief sich ihre Begegnungen und Gespräche ins Gedächtnis, aber außer Issams bisweilen lächerlichem Eifer, alles richtig zu machen und Allah gerecht zu werden, gab es nichts, was darauf hindeutete, dass er nicht das war, was er zu sein vorgab.

Yusuf rief sich zur Räson, zwang sich, einen ruhigeren Schritt zu gehen. War er vielleicht einfach nur paranoid? Schon manch einer vor ihm war es geworden. Er konnte sich keine Zweifel leisten. Nicht jetzt, wo er in die entscheidende Phase eintrat. Alle Augen waren auf ihn gerichtet. Darauf, ob er leisten konnte, wovon er gesprochen hatte.

Die Welt ist unterteilt in die, die handeln, und die, die reden, hatte man ihn gewarnt.

Yusuf lächelte in sich hinein. Er würde niemanden enttäuschen.

Und er würde herausfinden, auf welcher Seite Issam stand. Spätestens, wenn er sich seinen Cousin Djamal gefügig machte. Die Familienbande waren heilig. Nichts ging darüber.

Wie zur Bestätigung seiner Überlegungen kam ihm eine muslimische Großfamilie entgegen. Mehrere Elternpaare, Kinder und die Großeltern. Zwei der Männer trugen einen Picknickkorb. Die Frauen hatten Taschen und Decken dabei und waren in ein Gespräch vertieft. Die noch kleinen Kinder jagten sich gegenseitig über das zur Spree hin abfallende Gelände.

»Umm!«, rief einer der Jungen, der nicht älter war als vier. »Mama, schau!« Er hatte einen Käfer gefangen.

Die Eltern blieben stehen. Sahen zu ihrem Kind und dann einander an. Dann erblickten sie Yusuf. Die Frau senkte den Blick, und die Falten ihres Kopftuchs fielen vor ihr Gesicht.

Wenn er sich an die Regeln gehalten hätte, wäre er heute einer von ihnen, gefangen in Konventionen und Strukturen, denen er nicht entkommen konnte, getrieben von Wünschen, die sich nicht erfüllen ließen.

Seine Finger schlossen sich fester um die Zeitung in seiner Hand. Nein, er hatte keine Familie, gehörte keinem Clan an. Er suchte sich seine Kinder selbst, wenn nicht Allah sie ihm vor die Füße spülte. In ihnen und mit ihnen brachte er seine Saat aus, eine gefährliche Saat, die bereits begonnen hatte zu sprießen und erste tödliche Früchte trug.

Schon heute würde er erneut ernten, und er hatte seine Wahl bereits getroffen. Wie immer hatte es nur eine Begegnung, einen Blick, ein kurzes Aufglimmen in den Augen gebraucht. Ein wenig Nacharbeit. So war es bislang immer gewesen, und so war es auch diesmal. Die Saat war gut aufgegangen in Djamal Khadim.

Yusuf hatte keinen Zweifel, an wen sich Djamal wenden würde, sobald die Behörden ihn freiließen. Es gab nur einen Ort, an dem sein aufgebrachtes Gemüt zur Ruhe kommen würde. Er sah ihn vor sich, diesen schönen jungen Mann, dessen Hände so weich, dessen Kleidung so ausgesucht und dessen Geist so rebellisch war. Er würde genauso für ihn sterben wie die anderen. Dankbar und im Glauben an Allah.

KAPITEL 34

Mahmoud Ramis' Aussage führte in eine Sackgasse. Ja, Ramis hatte dreimal eine Nachricht in dem von ihm genannten libanesischen Restaurant im Hamburger Stadtteil Ottensen abgeliefert. Sie war jedes Mal am nächsten Tag abgeholt worden. Und immer von einem anderen halbwüchsigen Jungen. Es sprach für Webers Team, dass es ihm in kürzester Zeit gelungen war, diese Jungen ausfindig zu machen, aber da verlor sich die Ermittlung dann auch. Die Jungen waren auf der Straße angesprochen worden, ob sie sich ein paar Euro verdienen wollten. Jeder an einer anderen Stelle, von unterschiedlichen Personen. Die Nachricht, die sie in dem libanesischen Restaurant abgeholt hatten, hatten sie in einen Briefkasten an einem Haus in der Friedensallee gesteckt, das seit einiger Zeit leer stand. Der Briefkasten und die nähere Umgebung waren von der Spurensicherung ohne Erfolg überprüft worden.

»Das nenne ich gute und durchdachte Arbeit«, bemerkte Weber.

»In der Tat«, bestätigte Bauer. »Einen solchen Aufwand betreibt niemand, um lediglich in Kontakt zu bleiben.«

Bevor die nächsten Schritte eingeleitet wurden, hatten sich die Leiter der einzelnen Bereiche zu einer kurzen Lagebesprechung zusammengefunden. Natürlich gab jeder seine Fortschritte und Aktionen umgehend in das gemeinsame Datensystem ein, mit dem sie alle verbunden waren, aber Bauer war das nicht genug. Aus Erfahrung wusste er, dass der regelmäßige persönliche Austausch durch nichts zu ersetzen war.

»Wie gehen wir weiter vor?«, wollte er jetzt wissen.

Die Observierung von Djamal Khadim teilten sich Verfassungsschutz und BKA unter Webers Führung. Es hatte noch einige Irritationen bezüglich der richterlichen Genehmigung gegeben, die inzwischen aber ausgeräumt waren. Ein Missverständnis, hieß es, zwischen den Ministerien. Bauer hatte eine Ahnung, was dahintersteckte, bislang jedoch keinen zeitlichen Spielraum, diese Vermutung zu verifizieren.

»Yusuf Asmani ist zu vorsichtig, als dass wir Djamal Khadim eng beschatten könnten«, begann Weber nun auf seine Frage hin, die geplante Vorgehensweise zu erläutern. »Wir müssen ihn an der langen Leine lassen und auf elektronische Überwachung setzen.«

»Das heißt im Einzelnen?«

»Wir haben sein Mobiltelefon so weit modifiziert, dass wir selbst bei ausgeschalteter GPS-Funktion und ausgeschaltetem Telefon ein ständiges Standort-Signal erhalten.«

»Das funktioniert aber nur, solange der Akku nicht leer ist«, gab Bauer zu bedenken. »Außerdem müssen wir damit rechnen, dass Asmani ihn zwingt, das Telefon wegzuwerfen.«

»Das ist richtig«, bestätigte Weber. »Deshalb setzen wir auf einen schnellen Zugriff. Sofort beim ersten Kontakt.«

Bauer war nicht überzeugt. »Gibt es keine anderen Möglichkeiten?«

»Wir haben überlegt, einen Sender in seine Kleidung einzunähen, aber wenn Asmani so gefährlich ist, wie ihn die CIA beschreibt, wird er einen solchen Sender finden. Wir wissen nicht, über welche elektronische Ausrüstung er verfügt, müssen aber davon ausgehen, dass er hervorragend ausgestattet ist.«

»Er wird definitiv misstrauisch sein«, mischte Jochen Metzner sich ein. »Richtig. Er wird inzwischen wissen, dass Djamal Khadim wie alle anderen in Gewahrsam genommen wurde«, fuhr Weber fort.

Bauer sah ihn fragend an.

»Er hat unseren Informanten kontaktiert.«

»Und dabei war es nicht möglich, ihn zu orten?«

»Das Gespräch war zu kurz. Und noch dazu von einem fremden Telefon geführt.«

»Haben Sie den Anschlussinhaber?«

»Darum hat sich meine Abteilung gekümmert«, erklärte Metzner. »Eine junge Frau aus Wedding. Sie ist zwischen Hackeschen Höfen und Museumsinsel von Asmani angesprochen worden.«

»Das liegt in unmittelbarer Nachbarschaft zum Dom«, stellte Bauer fest. »Er tanzt uns auf der Nase herum. Konnte die Frau ihn beschreiben?«

Metzner nickte. »Er hat sich Haare und Bart abrasiert, trägt Jeans und T-Shirt. Dem Protokoll nach fand das Telefonat in Sicht-, aber außer Hörweite statt. Vermutlich hat sie daher erst auf Nachfrage eingeräumt, dass er ausländischer Abstammung sein könnte.«

»Das bestätigt unsere Vermutungen. Noch irgendetwas Besonderes?«

»Er hatte die aktuelle Ausgabe einer Sonntagszeitung dabei.«

»Klar«, schnaubte Weber. »Beim Kaffee in der Sonne liest es sich gut, was die Presse über einen schreibt.« In seiner Stimme lag so viel Abscheu, dass Bauer irritiert aufsah. Weber war zu lange im Beruf, um sich so gehen zu lassen.

»Diese Selbstverliebtheit ist unerträglich, da stimme ich Ihnen zu«, erwiderte Bauer ruhig, »aber genau hier liegen auch unsere Chancen. Und die sollten wir sachlich bewerten. Emotionalität bringt uns nicht weiter.«

Weber strich sich verlegen durch sein wirres Haar und murmelte eine Entschuldigung.

»Ich nehme an, die neue Beschreibung Asmanis ist bereits an die Polizei raus?«, fragte Bauer, ohne weiter darauf einzugehen. Müde fuhr er sich dann durchs Gesicht und über sein unrasiertes Kinn. Mehr als zwei Stunden Schlaf hatte keiner der SOKO-Mitarbeiter in der letzten Nacht bekommen. Und erst jetzt fiel ihm auf, dass die Anspannung und der fehlende Schlaf auch Weber und Metzner deutlich anzumerken waren. Er warf einen Blick auf seine Uhr. Es war kurz vor Mittag. Sie konnten sich jetzt keine Fehler erlauben. Niemand würde ihre unorthodoxe Vorgehensweise im Fall Djamal Khadim kritisieren, wenn sie erfolgreich waren. Sollte ihr Plan jedoch scheitern, meinte

Bauer den Ruf nach dem obligatorischen parlamentarischen Untersuchungsausschuss bereits zu hören. Und damit verbunden die Forderung zur besseren Kontrolle der Nachrichtendienste und der Trennung ihrer Arbeit von den polizeilichen Ermittlungen. Es gab genug Stimmen in allen politischen Lagern, denen das GTAZ hinsichtlich dessen ein Dorn im Auge war und die es lieber gestern als morgen abschaffen würden.

Aufgrund dieses Erfolgszwangs war die Versuchung groß, die Freilassung von Djamal Khadim einfach um zwei Stunden zu verschieben, ihnen allen eine Atempause zu gönnen, aber das war natürlich ausgeschlossen, zumal die einsatzbereiten Überwachungsteams im Gegensatz zu ihnen im Schichtdienst arbeiteten und ausgeruht waren.

Bauer blickte in die angespannten Gesichter von Weber, Metzner und den anderen Anwesenden. Die Erfahrung, achtundvierzig Stunden am Stück unter Strom zu stehen, machte keiner von ihnen das erste Mal. Und jeder Einzelne wusste, was auf dem Spiel stand. Der Countdown für den Hamburger Hafengeburtstag lief. Sie hatten noch vier Tage.

Bauer griff zum Telefon. »Dann wollen wir die Katze mal aus dem Sack lassen.«

KAPITEL 35

Djamal fühlte sich leer, erschöpft, orientierungslos. Er wusste nicht mehr, was wahr, was richtig oder was falsch war. Er wusste überhaupt nichts mehr. Unerträglicher Durst quälte ihn. Müdigkeit blockierte sein Denken. Er hatte versucht zu schlafen, den Kopf auf seinen Armen auf dem Tisch vor ihm, aber nach ein paar unruhigen Atemzügen und verstörenden Traumsequenzen war er jedes Mal wieder hochgeschreckt, noch panischer als zuvor.

Er wusste nicht, wo er war, und hatte das Gefühl, dass er bald auch nicht mehr wissen würde, wer er war. War das die Absicht derer, die ihn hier festhielten? Wollten sie ihm nicht nur seinen Verstand, sondern auch seine Identität rauben? Wenn er wenigstens begriffen hätte, was sie von ihm wollten. Immer und immer wieder, einem Mantra gleich hatte er die wenigen Sätze wiederholt, die er gefühlte tausendmal gesagt hatte.

Er hatte geschrien, geweint, sogar gekotzt, und irgendwann war er in eine lethargische Apathie gefallen, die ihn in eine seltsame Zwischenwelt gleiten ließ, in der es nur diesen Raum mit seinen grauen, abweisenden Wänden gab und den Boden, aus dem die Kälte durch seine Füße in seinen gesamten Körper zu ziehen schien. Es gab nur das Licht, das grell auf ihn herabschien, ohne auch nur einmal zu flackern. Und es gab die Stille. Diese unfassbare bedrückende Stille, die nur unterbrochen wurde von seinen eigenen Geräuschen. Seinem Atmen und Schniefen und dem Kratzen des Stuhls über den rauhen Beton, wenn er sich bewegte.

Er wusste nicht, wie lange er nun schon wartete. Seit wann seine Augen brannten. Hatte man ihn vergessen? Sollte er hier verrotten? Ein hysterisches Lachen schob sich in ihm empor, doch er konnte es unterdrücken.

Und dann wurde die Tür aufgerissen.

Die Bewegung und das mit ihr verbundene Geräusch waren so unerwartet, das Djamal vor Schreck aufschrie und sich fragte, ob das wirklich seine Stimme war, die er gehört hatte.

Die Männer, die hereinkamen, bewegten sich schnell, wie Schatten, zogen ihn von seinem Platz hoch, stülpten ihm etwas über den Kopf, schubsten ihn hinaus.

Er stürzte, wurde taumelnd wieder hochgezogen, die längst tauben Hände noch immer auf dem Rücken gefesselt, weitergestoßen, vorangetrieben und landete auf einem harten Untergrund. Metallisch. Türen schlugen zu, ein Motor sprang an. Er war in einem Fahrzeug, wurde hin und her geschleudert, gefühlt endlos lang, bis der Wagen abrupt stoppte. Djamals Herz schlug schneller, als er hörte, wie die Tür wieder geöffnet wurde.

Jemand griff nach ihm, zog ihn unsanft heraus, er fiel auf harten Untergrund, atmete Wärme, Staub und Sonnenlicht, ja, Sonnenlicht, obwohl er es nicht sehen konnte, konnte er es spüren …

Der Wagen fuhr ab. Als das Motorengeräusch verklang, hörte Djamal einen Vogel singen. Langsam ließ er den Kopf zu Boden sinken und begann zu weinen.

Ein schmerzvolles Kribbeln in seinen Händen brachte ihn nach einer Weile wieder zu sich. Die Fesseln waren verschwunden, seine Arme frei!

Schwer und wie nicht zu seinem Körper gehörend lagen sie neben ihm. Er versuchte, eine Hand anzuheben, sich den Sack vom Kopf zu ziehen, doch seine Muskeln und Sehnen wollten nicht gehorchen. Behutsam bewegte er seine Finger, spürte, wie das Blut zurückströmte, und zwang sich, weiterzumachen, auch als der Schmerz unerträglich wurde. Als er allmählich wieder Kontrolle über seine Gliedmaßen gewann, tastete er erneut unbeholfen nach dem Sack über seinem Kopf, zog daran und blinzelte gleich darauf in helles Sonnenlicht. Langsam setzte er sich auf und kämpfte gegen den Schwindel in seinem Kopf. Seine Finger gruben sich in Sand und Steine. Unsicher blickte er auf ein verlassenes Industriegebäude. Aus Unkraut und Gestrüpp wuchsen mit Graffiti besprühte Gebäude aus verwittertem rotem Stein. Ein verrosteter Schienenstrang teilte das Gelände. Daneben türmte sich ein Haufen Sperrmüll.

Djamal stemmte sich mühsam auf seine Füße, stand einen Moment zitternd im Licht der Sonne, die hoch am Himmel stand. Aus Gewohnheit tastete er nach seinem Telefon. Es war wie immer in seiner Hosentasche. In der anderen fand er sein Portemonnaie. Er zog es heraus und öffnete es. Nichts fehlte. Der dunkle Sack, den man ihm über den Kopf gezogen hatte und der nun vor seinen Füßen im Staub lag, war der einzige Hinweis darauf, dass das, was geschehen war, nicht seiner überreizten Phantasie entsprungen war.

Mit der Zunge fuhr er über seine aufgesprungenen Lippen, während er sich langsam um sich selbst drehte. Seine Kehle brannte vor Durst. Am anderen Ende des Geländes entdeckte er ein Tor. Schwerfällig setzte er sich in Bewegung. Jeder Schritt war anstrengend. Vögel flogen vor seinen Füßen aus dem Gestrüpp auf, und als er den Sperrmüllhaufen passierte, entdeckte er einen Obdachlosen, der einwickelt in eine Jacke auf einer verdreckten Matratze lag und schlief. Kurz streifte Djamal der Gedanke, den Mann zu wecken und ihn zu fragen, ob er ein Fahrzeug gesehen hatte, aber er verwarf ihn sofort wieder. Was konnte er mit der Information anfangen? Zu wem gehen?

Hinter dem Tor verlief eine Straße. Als er sie erreichte, blieb er kurz stehen und starrte auf die vorbeirauschenden Fahrzeuge. Er entdeckte ein Verkehrsschild und begriff, dass er irgendwo weit im Südosten Berlins war. Noch immer völlig fassungslos, ging er weiter, immer entlang des Zauns, der das alte Industriegelände von der Straße trennte. Endlich erreichte er eine Kreuzung und entdeckte etwa einhundert Meter weiter einen Kiosk.

Nun schien er den unbändigen Durst selbst die wenigen Schritte nicht mehr auszuhalten. Es war das Einzige, woran er denken konnte.

Unsicher begann er zu rennen, während Phantasien von sprudelndem, glasklarem Wasser seinen Blick vernebelten.

Er kaufte eine große Flasche Wasser und hatte sie bereits geöffnet, als der Verkäufer ihm noch nicht einmal sein Wechselgeld zurückgegeben hatte, und der erste Schluck erschien ihm als das Beste, was er je in seinem Leben zu sich genommen hatte.

Er ließ sich neben dem Kiosk an einer Hauswand zu Boden sinken, seine Energie fürs Erste erschöpft. Stumpf starrte er vor sich hin, bis sein vibrierendes Handy in seiner Hosentasche ihn aus seiner Apathie riss.

Er nahm es heraus, ohne nachzusehen, wer ihn erreichen wollte, und hätte es am liebsten fortgeworfen, weit von sich, denn er konnte mit niemandem sprechen, wollte nicht hören, was seine Eltern oder Geschwister oder Nina zu sagen hatten, wollte ihre Fragen nicht beantworten, ihr Mitgefühl nicht ertragen. Einsamkeit füllte ihn aus und ließ keinen Platz für etwas anderes, denn in dieser Leere hallten noch immer die Fragen wider, die der Amerikaner ihm gestellt hatte, und die Angst, die er dabei empfunden hatte. Er ließ das Telefon zurück in seine Tasche gleiten und verschränkte seine Arme ineinander, als er merkte, dass er zitterte.

Menschen passierten ihn, ohne ihn zu beachten, nur ein Hund schnupperte an seinen Beinen, bis er schließlich an seiner Leine weitergezogen wurde.

»Was willst du hier? Hast du kein Zuhause?«, fuhr ihn der Kioskverkäufer irgendwann an, als er aus seiner Bude trat, um die Zeitungen zu ordnen, auf deren Titelseiten das gestrige Attentat einziges Thema war. Djamal starrte auf das Datum. War es wirklich erst gestern passiert? War er lediglich sechzehn Stunden in Staatsgewalt gewesen?

»Was ist? Verschwinde endlich!«

Djamal rappelte sich wortlos auf. Kämpfte erneut gegen den Schwindel an. Der Verkäufer ging zurück in seinen Kiosk. Djamal sah dem gebeugten kleinen Mann nach, dann schlurfte er die Straße hinunter, ziellos, verloren, noch immer leer im Kopf und im Herzen. Als das Schild einer S-Bahn-Station vor ihm auftauchte, stieg er die Treppen hinauf und nahm die erste Bahn, die einfuhr. Sie war fast menschenleer und die Stille im Abteil, die nur unterbrochen wurde von dem Rattern der Zugräder, tat gut und erinnerte ihn an die Stille in der Moschee und an die monotonen Litaneien der Gebete. Wie aus dem Nichts tauchte das vertraute Bild des Gotteshauses vor ihm auf, der Gebetsraum mit seinen Teppichen, und plötzlich wusste er, wo er Zuflucht finden würde.

Es war keine Gebetszeit und die Moschee verlassen, als er sie erreichte. Erschöpft betrat er das Gebäude, schlich wie ein Dieb durch den Vorraum und zog seine Schuhe aus. Gleich darauf sank er im Gebetsraum auf seine Knie. Und diesmal betete er nicht nur, um Ruhe zu finden. Als der Rhythmus der Worte ihn gefangen nahm, flogen seine Gedanken und sein Herz zu Allah.

Was soll ich tun?

Wohin gehen?

Natürlich musste er die Antworten selbst finden. Aber in seiner Einsamkeit gab er sich der Illusion hin, Allah würde ihm Führung geben, ihm einen Weg zeigen, der ihn aus der Dunkelheit zurück ins Licht leitete. Aber Allah schwieg. Schien ferner zu sein als jemals zuvor, und die Leere in seinem Inneren füllte sich mit Schmerz und Scham.

Hast du mich verlassen?

Bin ich zu schwach in meiner Angst, um vor deinen Augen Gnade zu finden?

Doch so verzweifelt er auch flehte, er blieb allein, verloren. Erst als die Zeit des Mittagsgebets nahte, zwang Djamal sich, aufzustehen und zu gehen, wenn er auch immer noch nicht wusste, wohin. Er verließ den Gebetsraum und zog seine Turnschuhe an, doch in einem Schuh stießen seine Zehen gegen einen Widerstand. Irritiert tastete er danach und fand einen Zettel. Mit klopfendem Herzen faltete Djamal ihn auseinander.

Steig um 14.02 Uhr in die S 42 Richtung Westkreuz.
Allah ist mit dir.

Verwundert starrte Djamal auf die Worte und strich mit den Fingern über das Papier. Allah hatte ihn nicht verlassen! Er hatte seine Gebete erhört, hatte Erbarmen mit ihm. Mit Tränen in den Augen knüllte Djamal den Zettel in seiner Hand und streifte seinen Schuh über. Er stellte die Nachricht nicht in Frage.

KAPITEL 36

Ninas Herz schlug schneller, als die Türglocke läutete. Hastig rannte sie in den Flur und drückte auf den Summer. Sie hoffte nur, dass keiner der Nachbarn gerade jetzt aus seiner Wohnung trat und dem mit einem Kaftan bekleideten Mann begegnete, der eilig die Treppen heraufkam. Als er sie in der Tür bemerkte, sah er zu ihr auf, und sie schluckte unwillkürlich. Nie hätte sie gedacht, dass sie sich einmal über Issams Anblick freuen würde.

»Weißt du etwas über Djamal?« Sobald die Tür hinter ihm ins Schloss gefallen war, überfiel sie ihn mit ihren Fragen.

Issam strich mit seinen Fingern durch seinen langen, dunklen Bart, wie immer, wenn er nervös war.

»Bist du allein zu Hause?«, fragte er anstatt einer Antwort.

Nina nickte knapp.

Sarah war bei einer Freundin zum Lernen. Sie schrieb am nächsten Tag eine Abiturklausur. Und ihre Mutter war in die Kanzlei gefahren, um ein paar Unterlagen zu holen. Sie würden beide nicht so schnell wiederkommen.

»Was ist?«, drängte sie. »Warum wolltest du mich treffen?«

»Wir müssen reden«, sagte Issam nur.

Seine Anspannung war so greifbar, dass Nina ihm trotz ihrer eigenen Ängste und Sorgen beinahe eine Hand auf den Arm gelegt hätte, um ihn zu beruhigen. Erst im letzten Moment erinnerte sie sich, dass seine Religion ihm Berührungen von Frauen verbot, und so wich sie stattdessen einen Schritt zurück und führte ihn in ihr Zimmer.

»Worüber müssen wir reden?«, fragte sie drängend. »Hast du Neuigkeiten von Djamal?«

»Er ist wieder auf freiem Fuß.«

»Was?!« Nina blieb abrupt stehen und starrte ihn an. »Djamal ist frei? Seit wann?«

»Ich weiß es nicht genau. Seit ein paar Stunden.«

»Woher hast du die Information? Hast du ihn gesehen?«

Issam schüttelte den Kopf. »Ich hab ihn nicht getroffen. Ich weiß es einfach. Okay?«

Etwas in seiner Stimme ließ sie aufhorchen. Sie unterdrückte einen Anflug von Panik. Was war geschehen?

»Es … es ist ihm doch nichts zugestoßen?«, stieß sie hervor. »Issam, jetzt sag mir endlich, was los ist!«

Wenn es stimmte, was er behauptete, wenn Djamal wieder auf freiem Fuß war, warum hatte er sich dann nicht längst bei ihr gemeldet? Er musste doch wissen, wie verzweifelt sie auf eine Nachricht von ihm wartete.

»Issam, wo ist er?«

»Ich fürchte, er steckt in verdammt großen Schwierigkeiten«, erwiderte Issam endlich.

Seine Worte trafen sie wie ein Schlag.

»Was … was heißt das?«, fragte sie mit belegter Stimme.

»Er ist heute vor dem Mittagsgebet in der Moschee gesehen worden, aber er hat sich bei niemandem gemeldet. Bei seiner Familie nicht, bei dir nicht …«

»Du glaubst doch nicht etwa …« Nina konnte die Worte nicht aussprechen.

»Dass er sich umgebracht hat?« Issam hob beschwichtigend die Hände. »Nein, das ist es nicht. Aber ich glaube, dass er in die Fänge von Yusuf geraten ist.«

Nina begriff, worauf er hinauswollte, und wurde blass.

»Die Polizei ist hinter Yusuf her«, sagte sie mit zittriger Stimme. »Ist es wegen des Attentats hier in Berlin?« Sie schauderte plötzlich. »Hat er wirklich etwas damit zu tun?«

Issam nickte. »Und er hat mehr geplant.«

Ninas Augen weiteten sich vor Entsetzen. »Scheiße, Issam, woher weißt du das alles?«

Er ging nicht auf ihre Frage ein.

»Ich kann Djamal in dieser Situation nicht helfen«, antwortete er stattdessen, »aber du kannst es vielleicht. Und deshalb bin ich hier.«

Nina schluckte. Sie sah Yusuf vor sich und den Blick, den er ihr zugeworfen hatte, als sie morgens mit der S-Bahn fortgefahren und er mit Djamal auf dem Bahnsteig zurückgeblieben war. Und dann erinnerte sie sich an die Dringlichkeit, mit der Marc Bauer sich nach ihm erkundigt hatte. Sie hatte noch nie vor einem Menschen wirklich Angst gehabt, aber Yusuf flößte ihr genau das ein.

»Ich kann das nicht«, flüsterte sie, obwohl sie noch nicht einmal wusste, was Issam von ihr forderte.

»Du kannst ihm Djamal nicht überlassen.«

»Du weißt doch gar nicht, ob er bei ihm ist!«

Sie wollte mit dieser ganzen Sache nichts zu tun haben. Sie wollte alles vergessen, aus diesem Alptraum aufwachen. Sie wollte nichts mit Menschen zu tun haben, die Bomben zündeten und Terror verbreiteten. Warum ließ Issam sie nicht einfach in Ruhe und ging?

»Ich kann das nicht«, wiederholte sie. »Das muss jemand anderes machen.«

»Es ist niemand anderes da«, entgegnete Issam. »Du bist seine Freundin. Für dich hat Djamal Dinge getan, die er für niemand anderen tun würde. Er liebt dich! Du kannst ihn nicht im Stich lassen, wenn du ihn ebenso liebst.«

Tränen liefen über Ninas Gesicht. Natürlich liebte sie Djamal, aber sie konnte ihm nicht helfen, sich nicht mit Männern messen, die derart gewaltbereit waren. Sie schüttelte verzweifelt den Kopf.

Issam betrachtete sie schweigend, und ihr war, als veränderte sich dabei etwas an ihm, aber sie konnte es nicht greifen. War es sein Blick, seine Haltung?

»Ganz ehrlich, ich hätte dir mehr zugetraut«, sagte er schließlich, und ihr entging nicht die Enttäuschung und Frustration in seiner Stimme. »Ich hätte gedacht, dass du für Djamal kämpfst.«

»Warum tust du es nicht selbst?«, fuhr sie ihn unter Tränen an. »Du bist sein Cousin, seine Familie! Ist das nicht das Allerwichtigste bei euch?«

»Ich kann ihm nicht helfen.«

»Warum?«

»Yusuf misstraut mir.«

Nina schnaubte. »Als ob er mir trauen würde.«

»Du bist eine Frau und somit keine Gefahr für ihn.«

Plötzlich packte Issam sie bei den Schultern und sah ihr fest in die Augen. Nina war so überrascht, dass sie erschrocken nach Luft schnappte.

»Djamal würde dich im umgekehrten Fall nie einfach so deinem Schicksal überlassen!«, fuhr er sie an, dann ließ er sie genauso abrupt los, wie er sie gepackt hatte. Sie stolperte zurück und konnte sich erst im letzten Moment wieder fangen.

Ohne ein weiteres Wort wandte Issam sich ab.

Verdammt, er konnte sie genauso wenig leiden wie sie ihn, das begriff sie nun. Er hatte den Weg zu ihr nur auf sich genommen, weil er keinen anderen Ausweg wusste, weil er seinem Cousin unbedingt helfen wollte. Noch nie hatte sie ihn so erlebt. Plötzliches Schamgefühl trieb ihr die Röte in die Wangen. Woran hatte ihre Mutter sie erst gestern vor der Vernehmung erinnert? Es ginge nicht um ihre Befindlichkeiten, es ginge um Djamal.

»Issam, warte!«, bat sie. »Geh nicht!« Zu ihrer eigenen Überraschung gelang es ihr, mit fester Stimme zu sprechen: »Sag mir, was ich tun kann.«

Issam verharrte in seiner Bewegung, zögerte, doch schließlich ließ er die Türklinke los und drehte sich um. »Dir ist klar, dass du mit niemandem über das sprechen darfst, was wir jetzt planen.«

Nina nickte und versuchte, das beklemmende Gefühl zu ignorieren, das sie erneut überfiel.

»Ich hab Angst«, gestand sie leise.

Issam sah sie ernst an. »Die hab ich auch. Yusuf ist ein Killer, aber wir dürfen nicht zulassen, dass er Djamal etwas antut.«

»Was hat er vor?«

»Er wird alles daransetzen, Djamal für ein Selbstmordattentat zu gewinnen.«

»Nein«, flüsterte Nina entsetzt, »das darf er nicht!«

Alles in ihr zog sich zusammen bei diesem Gedanken, bei dem ihr sofort die Bilder des gestrigen Anschlags durch den Kopf spukten. Die Bilder, die sie im Fernsehen gesehen hatte.

»Nein«, wiederholte sie fassungslos. »Das darf nicht passieren!«

»Es wird passieren, wenn wir nichts tun«, warnte Issam. »Wenn *du* nichts tust. Yusuf ist ein Meister der Manipulation.«

Und dann erläuterte er ihr seinen Plan. In der folgenden halben Stunde waren sie so ins Gespräch vertieft, dass Nina nicht mitbekam, dass die Wohnungstür aufgeschlossen wurde. Erst als es an ihrer Zimmertür klopfte, schreckte sie hoch. Entsetzt sah sie Issam an. Wie sollte sie ihrer Mutter seine Gegenwart erklären?

KAPITEL 37

Als Vivien die Tür zum Zimmer ihrer Tochter öffnete, registrierte sie überrascht die Gegenwart des jungen, traditionell gekleideten Moslems, der auf Ninas Schreibtischstuhl saß und mit den Fingern sichtlich nervös durch seinen langen dunklen Bart strich. Dabei war es weniger seine Anwesenheit, die sie alarmierte, als Ninas erschrockener Gesichtsausdruck bei ihrem Anblick. Die hektisch geröteten Wangen ihrer Tochter verhießen nichts Gutes. Das unsichere Flackern in ihren Augen. Darüber konnte auch ihr betont lockeres »Hallo Mama« nicht hinwegtäuschen.

»Hallo Nina«, erwiderte Vivien knapp und hörte selbst den schneidenden Unterton in ihrer Stimme.

Nina entging die Verärgerung ihre Mutter keineswegs. »Mama, das ist Issam, Djamals Cousin«, stellte sie ihr den jungen Mann vor, wobei sie um einen neutralen Tonfall bemüht war.

Bei Ninas Worten stand Issam höflich auf und begrüßte Vivien.

Vivien war sich ihrer Rolle in seinen Augen sehr wohl bewusst. Im Islam wurde der Mutter mehr Respekt gezollt als dem Vater, auch wenn dieser die Familie nach außen repräsentierte.

»Issam«, sprach sie ihn daher direkt an. »Was führt dich zu uns?«

Er würde es nicht wagen, ihr ins Gesicht zu lügen. Im Gegensatz zu ihrer Tochter.

»Ich bin gekommen, um Nina persönlich zu erzählen, dass Djamal aus dem Gewahrsam der Polizei entlassen wurde«, antwortete Issam nach einem Moment des Zögerns.

Diese Nachricht überraschte Vivien nicht. Sie bestätigte ihre Vermutungen vom frühen Morgen im Anschluss an ihr Telefonat mit Gerd. Ein Antrag auf Observierung ergab nur Sinn, wenn der zu

Überwachende auf freiem Fuß war. Aber warum trieb es Issam mit dieser Nachricht zu Nina? Vivien wusste sehr gut, dass ihre Tochter Djamals Cousin überhaupt nicht schätzte und es fast so etwas wie eine Konkurrenzsituation zwischen den beiden gab. Dass sie nun hier zusammensaßen, noch dazu vor dem Hintergrund der aktuellen Geschehnisse, empfand Vivien als höchst beunruhigend. Wusste Nina denn nicht, in welche Gefahr sie sich begab?

»Warum meldet sich Djamal nicht selbst bei Nina?«, fragte sie misstrauisch.

Issam räusperte sich. »Es geht ihm nicht wirklich gut, was ja verständlich ist, nach der Verhaftung und …«

»Eine kurze Nachricht hätte genügt.«

»Ich wollte ihr nicht zumuten, mit einer Nachricht abgespeist zu werden, nach allem, was auch sie durchgemacht hat.«

Vivien zog eine Augenbraue hoch, sagte aber nichts. Er war geschickt. Er sagte die Wahrheit und redete sich gleichzeitig heraus. Genauso hatte Nina ihn beschrieben. Aber sie würde sich nicht von ihm vorführen lassen. »Ihr seid sicher gleich fertig«, wandte sie sich an ihre Tochter. Was sie nicht sagte, war: Wir reden, sobald er weg ist. Nina senkte den Blick, und es irritierte Vivien, dass sie nicht sagen konnte, ob aus Unbehagen oder aus Trotz.

Als sie die Zimmertür hinter sich schloss, merkte sie, dass ihre Hände zitterten. Natürlich war sie wütend auf ihre Tochter. Aber viel größer noch war ihre Angst. Nina war mit ihren neunzehn Jahren zumindest vor dem Gesetz erwachsen, und Vivien fürchtete nichts mehr, als sie in dieser Situation zu verlieren, sie nicht mehr zu erreichen. In ihrem ersten Entsetzen hatte Nina sich unter die Fittiche ihrer Mutter geflüchtet und ihre Hilfe dankbar angenommen. Aber vertraute ihre Tochter ihr so sehr, dass sie auch dann ihren Rat annahm, wenn er nicht ihren eigenen Vorstellungen entsprach? Wenn es richtig war, Abstand zu nehmen von jemandem, den sie liebte?

Vivien nahm Gerds Warnung sehr ernst. ›Du und deine Tochter, ihr solltet euch den jungen Mann aus dem Kopf schlagen‹, hatte er ihr zu verstehen gegeben, ›sonst verbrennt ihr euch mehr als nur die Finger‹. Sie wusste nur zu gut, was eine solche Mahnung bedeutete, wenn ein Mann in seiner Position sie im selben Atemzug mit dem Begriff *Terrorfahndung* aussprach. Aber konnte sie das auch Nina verständlich machen?

Unruhig ging Vivien im Wohnzimmer auf und ab, bis sie schließlich hörte, wie Nina Issam verabschiedete. Sie hoffte nur, sie würde den richtigen Ton finden, aber als Nina in der Wohnzimmertür auftauchte, erkannte sie schon am Gesichtsausdruck ihrer Tochter, dass es schwierig werden würde.

»Ich freue mich sehr, dass Djamal entlassen wurde. Sicher hat auch deine Aussage dazu beigetragen«, versuchte sie bewusst mit versöhnlichen Worten das Eis zu brechen.

»Vielleicht«, entgegnete Nina wortkarg.

Schweigend sahen sie sich an. Ninas unterschwellige Ablehnung war greifbar, und ihre nächsten Worte bestätigten Viviens Gefühl.

»Ich fand es unangemessen, wie wütend du gerade auf Issam reagiert hast«, sagte Nina.

Der anklagende Ton ihrer Tochter verärgerte Vivien. »Ich war eher erschrocken als wütend«, erwiderte sie dennoch ruhig.

»Ich hab dich immer für aufgeschlossen gegenüber anderen Kulturen gehalten.«

»Das bin ich auch«, verteidigte Vivien sich, »aber es beunruhigt mich, wenn er dich gerade jetzt aufsucht, wo doch euer Verhältnis nach meinem Kenntnisstand nicht das beste ist.«

»Ich weiß nicht, worauf du hinauswillst.«

»Doch, das weißt du genau«, entfuhr es Vivien ungewollt.

Ninas Unterlippe schob sich abweisend vor, und Vivien hätte sich für ihre spontane Bemerkung auf die Zunge beißen können. Sie kannte dieses Mienenspiel bei ihrer Tochter nur zu gut. Wenn es ihr nicht gelang, sie möglichst schnell davon zu überzeugen, wie wichtig es war, dass sie miteinander sprachen, würde Nina in ihr Zimmer stürmen und die Tür hinter sich zuschmeißen.

»Nina, bitte, lass uns nicht streiten«, bat Vivien deshalb. »Lass uns reden. Die Situation ist zu brisant, um sie allein zu bewältigen.«

Für einen Moment zitterte Ninas Unterlippe, schien der Wall, hinter dem sie sich verschanzt hatte, Risse zu bekommen, aber im nächsten Augenblick schon hatte sie sich wieder gefangen.

»Es gibt nichts zu reden«, wehrte sie das Angebot ihrer Mutter ab.

»Djamal …«, begann Vivien.

»Djamal geht es gut«, fiel Nina ihr ins Wort.

»Das glaube ich nicht.«

Nina schwieg.

»Bitte, Nina, das ist jetzt nicht der richtige Zeitpunkt für solche Spielchen.«

»Wer spielt denn Spielchen?«, gab Nina ungehalten zurück. »Du sagst mir doch auch nicht, was du weißt.«

»Ich weiß nichts, ich vermute nur.«

»Mama, schenk dir deine juristischen Spitzfindigkeiten.«

Vivien atmete tief durch. »Nina, ich hab Angst um dich.«

Nina blickte ihr trotzig in die Augen, und Vivien sah, wie sie mit sich kämpfte.

»Ich hab das im Griff«, sagte Nina schließlich, und Vivien spürte, wie sie die Nerven verlor.

»Du kannst das nicht im Griff haben, verdammt, das ist zu groß für dich. Du kannst überhaupt nicht überblicken, was da passiert!«, schrie sie Nina an.

»Aber du, ja?!?«, gab Nina in derselben Lautstärke zurück. »Du beherrschst immer alles! Du bist doch völlig paranoid! Du machst mich ganz krank mit deiner ewigen Kontrollsucht!« Sie machte auf dem Absatz kehrt, rannte in ihr Zimmer und warf die Tür mit lautem Krachen zu.

Vivien blieb wie paralysiert im Wohnzimmer zurück und schlug die Hände vors Gesicht. Warum war es ihr nicht gelungen, sich zu beherrschen? Was hatte sie verleitet, ihre Tochter so anzuschreien? Sie fühlte sich plötzlich leer und ausgepumpt. Und unsagbar müde. Langsam ließ sie sich in einen Sessel sinken, und ohne dass sie etwas dagegen tun konnte, kamen ihr die Tränen.

Eine Hand auf ihrer Schulter schreckte sie auf.

»Mama?«

Es war Sarah. Sie hatte sie nicht kommen hören.

»Mama, was ist passiert? Du sitzt hier und weinst, und Nina ist mir völlig verheult auf der Treppe entgegengekommen.«

Vivien schoss aus dem Sessel hoch. »Nina ist fortgegangen?«

Die heftige Reaktion ihrer Mutter ließ Sarah zusammenzucken.

»Wohin? Weißt du das?«

Sarah schüttelte den Kopf. Ihr schönes Gesicht war voller Sorge. »Mama, was ist denn passiert?«

Vivien versuchte sich zu beherrschen und legte ihrer Tochter eine Hand auf die Wange. »Ich kann darüber jetzt nicht sprechen, Sarah. Gib mir ein wenig Zeit, mich zu sammeln. Ich komm gleich zu dir.«

»Soll ich Nina eine Nachricht schicken?«, fragte Sarah und rückte umständlich ihre Brille zurecht.

Vivien zögerte, bevor sie antwortete. Die Versuchung war groß, Sarah einzuspannen, um an ihre Schwester heranzukommen, aber das war nicht der richtige Weg. Sie durfte Sarah nicht auch noch gefährden. »Nein, ich kümmere mich selbst darum.«

Sarah war nicht überzeugt, fügte sich aber dem Wunsch ihrer Mutter. »Wenn du mich brauchst, findest du mich in meinem Zimmer«, sagte sie nach kurzem Zögern und drückte ihr einen Kuss auf die Wange.

Wehmütig sah Vivien dem langbeinigen, grazilen Mädchen nach, als es den Raum verließ. Wenn Nina nur ein wenig von Sarahs Sanftmut und Beherrschung besitzen würde, dann würden sie jetzt nicht vor diesen ungelösten Problemen stehen.

Rastlos stand Vivien auf. Wenn sie nur herausfinden könnte, was wirklich geschah! War ihre Tochter in Gefahr? Oder war sie, Vivien, wie Nina ihr an den Kopf geworfen hatte, lediglich kontrollbesessen und paranoid? Hinter ihrer Stirn begann sich Schmerz auszubreiten wie so häufig in letzter Zeit, wenn ihr alles zu viel wurde. Auf dem Weg zum Bad kam sie an ihrem Arbeitszimmer vorbei und sah auf dem Schreibtisch die Visitenkarte von Marc Bauer liegen.

»Ruf an, wenn du Hilfe brauchst oder dir etwas auffällt, das hilfreich für unsere Ermittlungen sein könnte«, waren die schon fast klassischen Worte gewesen, mit denen er ihr die Karte am Vorabend überreicht hatte.

Und wenn sie ihn nun anrufen und ihm von Issams Besuch und Ninas seltsamem Verhalten erzählen würde. Wäre er bereit, ihr zu helfen, oder würde er lediglich die Informationen einsammeln, wie er es schon so oft getan hatte, und sie vertrösten?

Unschlüssig blieb sie im Flur stehen. Sie würde es erst erfahren, wenn sie zum Hörer griff. Aber verriet sie damit nicht ihre Tochter? Brachte sie Nina dadurch nicht noch mehr in Gefahr? Vielleicht gelang es ihr aber auch ihrerseits, Informationen von Marc zu bekommen. Sie musste nur, was sie von Gerd erfahren hatte, geschickt ausspielen …

Sie nahm ihr Telefon von der Ablage neben der Garderobe und ging in ihr Arbeitszimmer. Ungeduldig blickte sie aus dem Fenster über die Dächer des Hinterhofs, während sie dem Freizeichen lauschte. Er ging nicht ran, und sie wartete, bis seine Mailbox anging. Einen Moment zögerte Vivien. Dann legte sie auf.

KAPITEL 38

Die große Uhr auf dem Bahnsteig zeigte 13.58 Uhr, als Djamal die letzten Stufen emporstieg und sich an einer Gruppe Kinder vorbeidrängte. Wie hypnotisiert war er den Weg von der Moschee hierhergegangen, während so viele widerstreitende Gefühle in ihm getobt hatten, dass ihm beinahe schlecht davon geworden war. Oder war es der Hunger, der in ihm nagte, seitdem er das Gotteshaus verlassen hatte? Er hatte zwei Kioske und einen Backshop passiert, aber es nicht gewagt zu stoppen, aus Angst, nicht rechtzeitig am Bahnhof anzukommen, denn die Zeit war knapp bemessen gewesen. Sie ließ keinen Raum zum Denken oder Zögern. Und jetzt hätte er, selbst wenn er gewollt hätte, nichts mehr essen können, denn die Aufregung schnürte ihm den Magen zu.

Wer hatte ihm die Nachricht geschrieben? Wer wusste von seiner Not? War derjenige womöglich hier auf dem Bahnsteig? Es schien unmöglich, das herauszufinden. Die S 42 war eine der Berliner Ringbahnen, die auch am Wochenende immer ausgelastet war. Vergeblich versuchte Djamal, ein bekanntes Gesicht zu entdecken.

In diesem Augenblick vibrierte sein Handy in seiner Hosentasche. Aufgeregt zog er es heraus. Überrascht stellte er fest, dass es Nina war, die versuchte, ihn zu erreichen. Wie konnte sie wissen, dass er frei war? Während er noch unschlüssig auf ihr Foto starrte, überkam ihn unvermittelt die Sehnsucht, zumindest ihre Stimme zu hören, so dass er den Anruf in letzter Sekunde beinahe überstürzt annahm.

»Djamal!«, rief sie aufschluchzend in den Hörer. »Wo bist du?«

Eine Welle der Zärtlichkeit und Besorgnis überkam ihn und ließ ihren gestrigen Streit verblassen. Warum bloß hatte er nicht mit ihr sprechen wollen?

»Nina, *habibti*«, sagte er leise.

»Djamal, ich bin so froh, deine Stimme zu hören. Wie geht es dir?«

Er fühlte eine unerwartete Leichtigkeit, während er ihr lauschte. Überschwengliche, ungestüme Nina. Was hatte sie gefragt? Wie es ihm ging? Er lauschte in sich hinein. Da war noch immer Leere. Unsicherheit. Entsetzen.

»Ich weiß nicht«, gestand er.

»Bitte«, flehte sie, »lass mich zu dir kommen. Wo bist du?«

Bei Allah, er sehnte sich danach, sie zu sehen, sie zu berühren, ihr langes dunkles Haar durch seine Finger gleiten zu lassen. Ihren Körper zu spüren und dabei alles zu vergessen, was seit seinem überstürzten Weggang am Vortag geschehen war. Die Ereignisse auszulöschen aus seinem Gedächtnis, ebenso wie die Angst und die Verzweiflung und die kalten dunklen Augen des Amerikaners. Die Erniedrigung, die er verspürt hatte. War es möglich? Würde er all das jemals vergessen können?

»Djamal? Bist du noch da?«

»Ja, *habibti.*«

»Können wir uns sehen?«

Die Bahn fuhr ein. Er starrte auf die Waggons, die an ihm vorbeirauschten, langsamer wurden, stehen blieben. Die Türen öffneten sich, Menschen strömten heraus und um ihn herum wie ein Fluss.

»Djamal?«

Plötzlich war Djamal zurück in der Moschee und erfuhr erneut die Erleichterung, die ihn durchströmt hatte, während er erkannte, auf welche Weise Allah seine verzweifelten Gebete erhört hatte. Konnte, durfte er die Hilfe seines Gottes ausschlagen, die dieser ihm so großmütig gewährt hatte?

»Wir können uns sehen, Nina, aber nicht jetzt. Ich ruf dich zurück.«

»Warum nicht jetzt?«

»Ich muss noch etwas erledigen.«

»Djamal, nein, leg nicht auf! Egal, was du tun willst, lass mich zu dir kommen und es mit dir zusammen machen.«

»*Habibti,* ich ruf dich zurück. Versprochen.« Ihren Prostest ignorierend, legte er auf. Er würde zu Nina zurückkehren und in ihren Armen alles vergessen, was geschehen war, aber zunächst musste er Allahs Willen erfüllen.

Das Telefon noch immer in der Hand, stieg er in die Bahn. Sein Herz schlug schnell, als die Türen sich schlossen und der Zug langsam anfuhr. Unsicher sah er sich um. Was würde nun geschehen? Was wurde von ihm erwartet?

Er fand einen Platz am Fenster gegenüber einer älteren Frau, die ihn misstrauisch musterte, als er sich setzte. Er erwiderte ihren Blick herausfordernd. Ja, er sah abgerissen aus, unrasiert, und seine Kleidung war zerknittert, als hätte er darin geschlafen. Vermutlich roch er auch nicht besonders gut, aber mehr noch als das, und das meinte er ihn ihren Augen zu sehen, störte sie sich an seinem orientalischen Äußeren, hielt ihn vermutlich für einen Bruder des Mannes, der sich vor dem Berliner Dom in die Luft gesprengt hatte.

Djamal schluckte hart. Die Enge und Wärme innerhalb des Waggons war mit einem Mal erdrückend, während er gegen den Zorn und den Schmerz ankämpfte, geschürt durch ihre offensichtliche Ablehnung. Ja, vielleicht war der Mann, der vor dem Dom so viele Menschen mit in den Tod gerissen hatte, tatsächlich mehr sein Bruder, als diese Frau jemals seine Schwester sein würde. Vielleicht war es so. Unter seinem herausfordernden Blick rutschte sie nervös auf ihrem Sitz hin und her, und als er spürte, dass sie am liebsten aufgestanden wäre und sich einen anderen Platz gesucht hätte, es aber nicht wagte, überkam ihn ein seltsames Gefühl der Macht.

»Sie hat Angst vor dir, und dafür hasst sie dich«, sagte eine männliche Stimme leise auf Arabisch neben ihm. »Es wird sich nie ändern. Aber Allah ist mit dir.«

Djamal hielt den Atem an. Er war so auf die Frau ihm gegenüber fokussiert gewesen, dass er nicht registriert hatte, dass sich jemand neben ihn gesetzt hatte. Er wagte nicht zur Seite zu schauen, wartete nur mit klopfendem Herzen, was als Nächstes geschah.

»Steig an der nächsten Station aus. Lass dein Telefon zurück.«

Djamal zögerte, spürte, wie ihm der Schweiß ausbrach. Endlich riskierte er einen vorsichtigen Blick.

Der Mann neben ihm trug ein dunkles Sweatshirt, dessen Kapuze er über seinen Kopf gezogen hatte. Djamal konnte nur den Umriss der Nase, des Wangenknochens und eines glattrasierten Kinns erkennen. Dann drehte der Mann den Kopf in seine Richtung. Ihre Augen begegneten sich.

Yusuf!, entfuhr es Djamal lautlos, und er spürte, wie etwas in ihm aufbrach. Wie sich die Bitterkeit und die Scham der vergangenen Stunden verloren.

Allah ist barmherzig. Er nimmt jeden auf, egal, wann er zu ihm kommt, solange er demütig dem Glauben ergeben ist.

Yusufs Worte waren plötzlich wieder präsent, genauso wie der Geruch des Kaffees und das helle Sonnenlicht in der Wohnung in der Nähe der Moschee. Und das unerwartete Gefühl der Zugehörigkeit, das er dort während ihres Gesprächs empfunden hatte.

Yusuf stand auf und ging durch den Waggon zum übernächsten Ausgang. Freundlich lächelte er eine junge Frau mit einem Kind auf dem Arm an, als er sich vorsichtig an ihr vorbeischob.

Djamal starrte derweil auf sein Telefon. Etwas in ihm wehrte sich gegen den Gedanken, es zurückzulassen. Freiwillig die Verbindung an alles aufzugeben, das ihm etwas bedeutete, ja, genau das war es, so fühlte es sich an. Wollte er das wirklich?

Die Bahn fuhr in die nächste Station ein.

Nervös sah Djamal auf. Über die ganze Länge des Waggons hinweg traf ihn Yusufs Blick, der unmissverständlich sagte: Du musst dich entscheiden! Jetzt! Djamal schluckte, dann schaltete er sein Telefon aus und ließ es unauffällig in den Spalt zwischen Sitz und Wand des Waggons gleiten. Die Frau ihm gegenüber umklammerte die Tasche auf ihrem Schoß, als er sich an ihr vorbeidrängte. Es war eine kleine, alltägliche Reaktion, vielleicht wäre sie ihm in einer anderen Situation nicht einmal aufgefallen, aber jetzt genügte sie, um ihm zu bestätigen, dass sein Entschluss der richtige war.

KAPITEL 39

Die sichere Leitung nach Hamburg steht«, meldete der Techniker. Marc Bauer rückte seine Krawatte zurecht und versuchte, seine Erschöpfung zu ignorieren. Dann erschien auch schon Hamburgs Erster Bürgermeister auf dem großen, dreifach geteilten Screen an der Wand des Konferenzraums. Links und rechts von ihm waren der Innensenator, der Polizeipräsident und rund ein Dutzend führende Beamte des Landeskriminalamtes zu sehen. Auch Bauer hatte ein Team von zehn Landes- und Bundesbeamten versammelt, jeder von ihnen ein Spezialist in seinem Sachgebiet und befähigt, zu den Fragestellungen seitens der Hamburger Politiker sofort Stellung zu nehmen. Als internationaler Vertreter war Joe DiSanto anwesend.

Das Ersuchen für die Videokonferenz war erst vor einer knappen Stunde hereingekommen. Seit die Terrorwarnung für den Hamburger Hafengeburtstag am Abend zuvor mitgeteilt geworden war, hatte Bauer sich jedoch darauf vorbereitet und frühzeitig Mitarbeiter für die Aufbereitung aller nötigen Informationen abgestellt. So kam die Konferenz zwar immer noch ungelegen, brachte sie arbeitsmäßig aber nicht aus dem Takt.

Dem inoffiziellen Rahmen gemäß hielt sich niemand mit großem Vorgeplänkel auf. Nach einer kurzen Begrüßung ging der Erste Bürgermeister der Hansestadt sofort in medias res.

»Was wir von Ihnen vor allem anderen benötigen, ist eine klare Analyse der Situation«, sagte er. »In vier Tagen beginnt der Hafengeburtstag, wir erwarten rund anderthalb Millionen Besucher und haben mehr als vier Kilometer Hafen- und Kai-Linie direkt an der Elbe, von den Landungsbrücken bis raus nach Övelgönne, die wir unmöglich komplett absichern können.«

Diese Fakten waren Bauer natürlich bekannt, ebenso wie allen anderen im Raum. Der Hafengeburtstag war eines jener gefürchteten weichen Ziele, das kaum zu schützen war und zudem einer riesigen Medienaufmerksamkeit gewiss. Alles, was mit der Terrorwarnung zusammenhing, wurde aus diesem Grund strengstens unter Verschluss gehalten, und die Gruppe derer, die darüber informiert war, war entsprechend klein und exklusiv, was für jeden Einzelnen eine nicht zu unterschätzende Verantwortung bedeutete.

»Wir arbeiten mit allen uns zur Verfügung stehenden Mitteln daran, die Gefahr für die Hansestadt schon im Vorfeld zu eliminieren«, übernahm Bauer zunächst die Wortführung und wartete, bis Lukas Weber die Ergebnisse einer jüngsten bundesweiten Verhaftungswelle einspielte.

»Aufgrund der akuten Bedrohungslage haben wir reagiert und in Zusammenarbeit mit den Landeskriminalämtern potenzielle Gefährder vorübergehend in Haft genommen, ohne Rücksicht darauf, dass wir damit unter Umständen verdeckte Operationen und laufende Ermittlungen aufs Spiel setzen.«

»Wie ist die Auswahl zustande gekommen?«, wollte der Hamburger Innensenator wissen.

»Wir sind konkreten Hinweisen von befreundeten Nachrichtendiensten nachgegangen«, antwortete Bauer knapp. »Daraus resultierend steht ein Mann auf unserer Liste ganz oben.«

Auf dem Screen erschien das Fahndungsfoto von Yusuf Asmani.

»Mit großer Wahrscheinlichkeit ist er der Drahtzieher hinter dem gestrigen Anschlag in Berlin und unseren Ermittlungen nach federführend für mögliche Planungen in Hamburg.«

»Wir haben auf Ihre Anfrage seine Kontakte in der Hansestadt überprüft. Die Ergebnisse müssten Ihnen bereits vorliegen«, meldete sich ein Mitarbeiter des Hamburger LKA zu Wort. »Asmani ist in Hamburg kein Unbekannter. Vor etwa anderthalb Jahren war er über einen Zeitraum von etwa zwei Monaten des Öfteren hier und hatte Kontakt zur hiesigen islamistischen Zelle. Zu diesem Zeitpunkt ist er jedoch nicht durch Aktivitäten aufgefallen, die eine Einstufung als Gefährder gerechtfertigt hätten.«

»Zu diesem Zeitpunkt vielleicht noch nicht«, mischte sich DiSanto erstmals ein. Sein schwerer amerikanischer Akzent ließ die Hamburger aufhorchen.

»Joe DiSanto ist uns von der amerikanischen Botschaft als Experte für Terrorabwehr zur Verfügung gestellt worden«, stellte Bauer DiSanto vor. »Seine Behörde hat uns ein sehr aufschlussreiches Dossier über Yusuf Asmani geliefert.«

Es war dem LKA-Mann anzusehen, dass ihm diese Nachricht missfiel. »Wir haben natürlich auch Asmanis Aktivitäten in Hamburg nach seiner Rückkehr aus dem Irak beleuchtet und konnten ihn als unbedenklich einstufen«, fuhr er mit leicht gereiztem Unterton fort.

»Er hatte Kontakt zu Mahmoud Ramis«, warf DiSanto ein.

»Das wissen wir, aber es handelte sich um einen einmaligen Kontakt. Wir mussten davon ausgehen, dass er auf ihre gemeinsame Rückreise nach Deutschland zurückzuführen war. Mahmoud Ramis hat sich aus der islamistischen Szene völlig zurückgezogen.«

DiSanto ließ nicht locker. »Inzwischen wissen wir, dass Ramis dreimal für Asmani als Briefbote fungiert hat. Vermutlich als Gegenleistung für Asmanis Unterstützung bei seiner nicht ganz unproblematischen Rückkehr nach Deutschland. Wenn Sie den Mann konsequent überwacht hätten …«

»Unsere dünne Personaldecke verlangt von uns, dass wir sehr genau auswählen, wie wir unsere Ressourcen einsetzen.«

»Das ist ein Problem, mit dem heutzutage fast jede Behörde in jedem Staat zu kämpfen hat«, konterte DiSanto mit der ihm eigenen Arroganz. »Da ist es dann die Kunst, die richtigen Prioritäten zu setzen.«

»Meine Herren«, mischte sich der Bürgermeister ein. »Das Ganze verliert sich in Details, die uns im Moment nicht weiterbringen. Ich würde gern verstehen, warum Ihr Fokus auf diesem Asmani liegt.«

»Natürlich.« DiSanto lächelte unverbindlich. »Wir haben die wichtigsten Stationen seit seiner Reise in den Irak für Sie zusammengefasst.«

Anhand einer Übersicht erläuterte DiSanto mit wenigen Worten Yusuf Asmanis jüngste Biographie, seinen überraschend schnellen Aufstieg in die Führungsriege der Terrororganisation, der er sich angeschlossen hatte, und seine ebenso überraschende Rückkehr nach Deutschland vor wenigen Wochen.

»Wir gehen davon aus, dass den Anschlägen hier in Europa ein größerer Plan zugrunde liegt. Die Terroristen haben sogenannte Führungsoffiziere in die einzelnen Länder abkommandiert, um die Organisation von Attentaten zu übernehmen.«

Hamburgs Erster Bürgermeister nickte. »Das Gerücht hält sich hartnäckig. Davon habe ich auch schon gehört.«

Es klang wie ein gezielter Affront, der sich gegen die Einmischung der Amerikaner in die inneren Angelegenheiten der Europäer im Allgemeinen und der Deutschen im Besonderen richtete, und Bauer sah, wie DiSantos Mund kurz schmal wurde. Aber sein amerikanischer Kollege war zu lange im Geschäft, um sich von einem Politiker provozieren zu lassen.

»Es bleibt natürlich jedem Staat überlassen, die erhaltenen Informationen nach eigenem Gusto zu bewerten. Mit allen daraus resultierenden Folgen«, erwiderte DiSanto kühl.

Unangenehmes Schweigen breitete sich aus.

Schließlich räusperte sich der Erste Bürgermeister: »Wie dem auch sei. Selbst wenn wir davon ausgehen, dass es einen solchen übergeordneten Plan gibt, braucht Asmani Strukturen, Organisationen und Menschen, mit denen er arbeiten kann, um ein Attentat zu planen und auszuführen. Wo sind die in Hamburg? Laut den Ermittlungen unserer Polizeibehörde und auch nach Ihren jüngsten Berichten stehen ihm diese Strukturen nicht zur Verfügung.«

»Asmani arbeitet anders. Autark. Und genau das ist es, was ihn so gefährlich macht«, bemerkte DiSanto abschließend und gab das Wort an Lukas Weber, der sich nervös durchs Haar fuhr und an seinem Sakko zupfte, bevor er begann.

»Yusuf Asmani hat einen sehr unkonventionellen Führungsstil«, erklärte Weber, und zu seiner Erleichterung merkte Bauer, dass er an Ruhe und Souveränität gewann, je länger er sprach. »Asmani hält zwar Kontakt zu den islamistischen Zellen, so wie hier in Berlin, aber die Ausführung eines Attentats plant er völlig losgelöst und mit nicht mehr als ein oder zwei Personen, die er persönlich an der kurzen Leine führt. Er folgt seinem eigenen Plan und stellt sich auch gegen die Gruppe, wie im Falle des französischen Attentäters, den er bereitwillig den Behörden überlassen hat, um von dem Anschlag vor dem Berliner Dom abzulenken.«

»Sie wissen, wo Asmani sich aufhält?«

»Wir haben ihn die letzten Wochen observiert.«

»Warum wurde er noch nicht verhaftet?«

»Asmani ist nur ein Rad im Getriebe«, mischte DiSanto sich erneut ein. »Wir haben es hier mit einem Muster zu tun, das vergleichbar ist mit der internationalen organisierten Kriminalität.«

Mehr sagte er dazu nicht, und das war auch nicht nötig. Jeder der Anwesenden verstand, was er meinte. Es gab Hintermänner, für die Asmani nur ein ausführendes Werkzeug war. Allerdings war nur Bauer bekannt, dass DiSantos eigentlicher Auftrag darin bestand, an sie heranzukommen. Eine Verhaftung Asmanis war für ihn daher im Augenblick die denkbar schlechteste Lösung, und er sah sich entsprechendem Druck ausgesetzt. Die Bedrohung des islamistischen Terrors machte auch vor den Vereinigten Staaten nicht halt, die Furcht davor war dort genauso präsent. DiSanto hatte angedeutet, dass er bereits ein unangenehmes Gespräch mit einem seiner Vorgesetzten deswegen geführt hatte.

»Wir rechnen kurzfristig mit Asmanis Festnahme«, sprang Bauer ihm deshalb jetzt zu Hilfe.

Der Hamburger Bürgermeister ließ sich jedoch nicht mit Floskeln abspeisen. »Was verstehen Sie unter kurzfristig?«, wollte er wissen.

»Wir rechnen noch heute im Laufe des Tages damit.«

»Wie denkbar bleibt ein Attentat nach der Verhaftung dieses Mannes?«

»Wenn es uns gelingt, Asmani rechtzeitig auszuschalten, können wir mit an Sicherheit grenzender Wahrscheinlichkeit sagen, dass dieser Anschlag nicht ausgeführt wird.«

»Dieser Anschlag?«

»Über weitere können wir zum jetzigen Zeitpunkt nichts sagen.«

»Warum können Sie so sicher sein, dass im Falle einer Verhaftung Asmanis nichts geschehen wird?«

»Die Terroristen folgen einer sogenannten Befehlstaktik. Der Attentäter entscheidet und plant nicht selbständig. Bis kurz vor der Tat wird er eng geführt. Passiert etwas Unvorhergesehenes kann er darauf nicht reagieren und stellt seine Aktivität ein. Unser Ziel ist es, mit Asmanis Verhaftung diese Leine zu kappen und damit die Ausführung zu stoppen.«

»Der Zeitfaktor ist also das kritische Moment.«

»Das ist richtig, zumal wir nicht wissen, gegen wen oder was sich der Anschlag richtet.«

»Ihnen ist bekannt, dass wir zur Einlaufparade am Donnerstag die Kanzlerin und den Bundespräsidenten sowie einige hochrangige europäische Politiker erwarten?« Wie jeder der Anwesenden war der Bürgermeister, während er sprach, hochauflösend herangezoomt, und Bauer bemerkte das hektische Zucken seines rechten Augenlids bei diesen Worten. »Wir können das alles nicht von jetzt auf nachher absagen.«

»Geben Sie uns noch vierundzwanzig Stunden«, erwiderte Bauer in einem Tonfall, von dem er hoffte, dass er beruhigend klang.

In diesem Moment schob ihm einer seiner Mitarbeiter verdeckt einen Zettel zu. Bauer las die fünf Worte, die auf ihm standen. Er wusste, er war für alle ebenso hochauflösend zu sehen wie der Bürgermeister, und das Einzige, woran er denken konnte, war, dass niemand, aber auch niemand sehen durfte, was diese Worte in ihm auslösten.

KAPITEL 40

Djamal beobachtete, wie Yusuf aus der S-Bahn ausstieg. Menschenmassen schoben sich durch den großen Umsteigebahnhof. Er wusste instinktiv, dass er Yusuf folgen sollte, und so stieg er wie er in den Zug ein, der auf dem gegenüberliegenden Gleis bereits wartete. Als er sich setzte, konnte er beobachten, wie die Bahn, mit der sie gekommen waren, anfuhr. Die Frau, die ihm gegenübergesessen hatte, blickte zum Fenster hinaus und obwohl es ihm unmöglich schien, begegneten sich ihre Blicke, als hätte sie nach ihm gesucht. Dann verschwand sie aus seinem Gesichtsfeld, und die Türen seines Zuges schlossen sich.

Er hatte keine Ahnung, wohin sie fuhren, fühlte sich noch immer wie in einem Traum, gefangen in einer unwirklichen Realität. Seit der Begegnung mit Yusuf und seinem Entschluss, ihm zu folgen, trug ihn eine seltsame Leichtigkeit. Er hatte die Kontrolle abgegeben, ließ sich treiben, und es fühlte sich gut an und schien genau das zu sein, was er brauchte.

Yusuf hatte sich am anderen Ende des Waggons einen Platz gesucht, hielt aber Blickkontakt, und in seinen Augen lag etwas Verschwörerisches, beinahe wie bei den Spielen, die Djamal mit seinen Freunden zu Kinderzeiten gespielt hatte, wenn sie sich, ohne zu sprechen, nur mit einer Kopfbewegung oder mit einem unauffälligen Handzeichen darüber verständigten, wohin es ging oder was geschehen sollte. Das entscheidende Gefühl, das Yusuf ihm dabei vermittelte: Du bist nicht allein. Nach allem, was geschehen war, war hier jemand, der sich seiner annahm, der sich kümmerte und dem er sich vollständig anvertrauen konnte.

Sie fuhren bis zur Endstation in der Nähe des Flughafens Tegel. Inzwischen war ihr Abteil fast leer, und Djamal blickte durch die vielen kleinen Aufdrucke des Brandenburger Tors, die das Glas der S-Bahn-Fenster bedeckten, hinaus in das Frühlingsgrün von Schrebergärten und den schon fast greifbaren Stadtrand. Das Licht schien hier anders, ebenso die Luft. Ein Schwindel, ausgelöst durch seine Aufregung und seinen seit Stunden knurrenden Magen, packte ihn, als sie ausstiegen, und er torkelte zwei, drei Schritte, bis er sich wieder gefangen hatte.

Zielgerichtet strebte Yusuf dem Parkplatz eines Gebrauchtwagenhändlers zu. Auf dem eingezäunten Gelände standen vorwiegend Vans und Kleinlaster. Djamal folgte ihm in einigem Abstand und verharrte zögernd an dem geöffneten Tor, als Yusuf zwischen den Fahrzeugen hindurchging, schließlich neben einem stehen blieb, die Seitentür aufschob und darin verschwand. Unschlüssig wartete Djamal noch einen Augenblick, dann folgte er Yusuf zu dem geschlossenen weißen Kastenwagen, der die Aufschrift eines orientalischen Gemüseimporteurs trug. Als er die Tür aufschob, stellte er zu seiner Überraschung fest, dass Yusuf nicht allein war. In dem Laderaum war eine provisorische Bank an der Innenwand des Fahrzeugs befestigt, darauf saßen ein Mann und eine Frau, während Yusuf im Schneidersitz auf dem Boden Platz genommen hatte.

»*As-salāmu 'alaykum,* Friede sei mit dir«, begrüßte ihn der Mann, der etwa in Yusufs Alter war. Er hatte schwarzes, kurzes, lockiges Haar und einen sorgfältig gestutzten Bart. Die Frau war traditionell in Abaya und Hidschab gekleidet und hielt die Augen gesenkt. Sie war hochschwanger.

»*Wa-'alaykum us-salām,* Friede sei mit dir«, erwiderte Djamal höflich und merkte dabei zu seinem Entsetzen, wie kratzig seine Stimme klang.

Yusuf stellte sie einander nicht namentlich vor. Es wurde nach der Begrüßung überhaupt nicht weiter gesprochen. Die Frau packte lediglich aus einer Tasche zwei eingewickelte Päckchen aus, die sie Yusuf reichte, dann folgte sie ihrem Mann grußlos hinaus aus dem Wagen. Gleich darauf hörte Djamal, wie die Fahrer- und Beifahrertür geöffnet und wieder geschlossen wurden. Und dann fuhr der Wagen auch schon an. Djamal fühlte sich überrumpelt.

»Wohin fahren wir?«, wollte er wissen.

Doch Yusuf antwortete nicht. Breitbeinig nahm er neben Djamal auf der Bank Platz und federte das Ruckeln ab, als der Kleinlaster auf die Straße rollte. Dann begann er, das Päckchen auszuwickeln. Der Geruch, der dabei aufstieg, machte Djamal den Mund wässrig.

»Yasmina ist eine ausgezeichnete Köchin«, bemerkte Yusuf und biss in den mit Fleisch und Gemüse gefüllten Fladen hinein. »Iss! Wer weiß, ob du jemals wieder etwas so Gutes bekommst.«

Djamal wagte nicht zu widersprechen. Während er behutsam die Alufolie entfernte, sah Djamal wieder das Gesicht der jungen Muslimin vor sich. Die typischen Züge der Frauen aus dem Nahen Osten mit großen Mandelaugen und hohen Wangenknochen, leicht aufgedunsen von der Schwangerschaft. Ein schönes Gesicht, wäre da nicht der verkniffene Zug um ihren Mund gewesen, den Djamal zunächst auf den Umstand zurückgeführt hatte, sich mit zwei fremden Männern auf so engem Raum aufhalten zu müssen. Aber trotz ihrer nur kurzen Begegnung hatte er erkannt, dass es das nicht war. Yasmina verspürte Angst. Ihr Mann tat etwas, das sie und ihr ungeborenes Kind gefährdete, und sie konnte sich nicht dagegen wehren.

»Yasmina und ihr Mann, was sind das für Leute?«, wollte er von Yusuf wissen.

»Bekannte«, erwiderte dieser lediglich. »Sie waren mir noch einen Gefallen schuldig.«

»Und wohin bringen sie uns?«

»Djamal, es gibt die Zeit zu beten, die Zeit zu essen und die Zeit zu reden«, antwortete Yusuf, ohne auf seine Frage einzugehen. »Jetzt ist die Zeit zu essen.«

Der Wagen nahm gleichmäßig Fahrt auf. Es war ein unangenehmes Gefühl, in dem geschlossenen Kasten zu sitzen, in dem er den Stößen jeder Bodenwelle ausgeliefert war. Es erinnerte Djamal an die Fahrt nach dem Verhör, und ohne dass er es verhindern konnte, brach ihm der Schweiß aus. Er musste sich zwingen, einen Bissen von dem gerollten Fladenbrot zu nehmen. Erst als er kaute, kam der Hunger zurück und ließ ihn für eine Weile alles vergessen. Schweigend aß er und nahm danach dankbar die Flasche Wasser an, die Yusuf ihm reichte. Er trank in großen Schlucken.

Yusuf lächelte ihn an, als er sie schließlich absetzte. »Jetzt ist die Zeit zum Reden.«

Djamal nickte.

Reden. Ja. Aber worüber?

Sein Kopf war plötzlich leer. So leer, dass er sich nicht einmal mehr erinnern konnte, wie er in diesen Wagen gekommen war. Oder warum. Müdigkeit überfiel ihn. Er kämpfte dagegen an, versuchte, seine Sinne beisammenzuhalten, vergeblich.

KAPITEL 41

Meine Herren«, sagte Bauer in die Runde. »Wenn wir Ihre Fragen soweit klären konnten, würde ich gern zum Abschluss kommen. Wir haben noch eine volle Agenda für den heutigen Tag.«

»Von unserer Seite ist momentan nichts offen, was noch zu besprechen wäre«, entgegnete Hamburgs Erster Bürgermeister. »Sie bleiben mit unserem LKA in engem Kontakt. Und in spätestens vierundzwanzig Stunden erhalten wir von Ihnen Ergebnisse.«

Die Leitung wurde getrennt, und Bauer starrte auf den leeren Bildschirm vor sich an der Wand, um sich zu fassen. Dann wandte er sich den übrigen Mitarbeitern im Raum zu, den Zettel mit der Nachricht noch immer in der Hand.

»Wie konnte das passieren?«, fragte er eisig.

Weber und DiSanto hingen bereits an ihren Telefonen. Auf Bauers Frage hin ließ Weber mit betretener Miene den Hörer sinken. »Die Observierung lief unter meiner Verantwortung.«

»Durch den Verlust von Djamal Khadim«, fuhr Bauer mühsam beherrscht fort, während er die Nachricht zu einem harten Papierball knüllte, »haben wir unsere wichtigste Chance verspielt, Yusuf Asmani noch hier in Berlin festzunehmen. Was, zum Teufel, ist schiefgelaufen? Wer hat an welcher Stelle versagt?«

»Wir haben ihn in der S-Bahn verloren«, erwiderte Weber angespannt.

»Verdammt, Ihre Leute wussten doch, wie imminent wichtig die Sache ist!«, herrschte Bauer ihn an.

»Von dem Moment an, wo die Amerikaner ihn auf dem alten Industriegelände freigelassen haben, konnten wir eine lückenlose Überwachung fahren«, beeilte sich Weber zu erklären. »Nach seinem Moscheebesuch mussten wir die Leine jedoch länger lassen.«

»Warum?«

»Wir konnten verifizieren, dass es dort eine Kontaktaufnahme über eine dritte Person gegeben hat. Asmani ist nach demselben Muster vorgegangen wie bei der Briefübergabe mit Mahmoud Ramis. Er hat einen ihm unbekannten Halbwüchsigen bezahlt, Djamal Khadim eine Nachricht zuzuspielen.« Weber räusperte sich nervös. »Dem Observierungsteam war damit bekannt, dass Djamal Khadim zu einem bestimmten Zeitpunkt eine bestimmte S-Bahn nehmen würde.«

»Haben Sie den Jungen festgenommen?«

»Haben wir, aber wir mussten ihn wieder laufen lassen. Er konnte uns überhaupt nichts sagen, er hat lediglich die Personenbeschreibung bestätigt, die uns die junge Frau aus dem Café gegeben hatte.«

»Wenn ich für diese Überwachung verantwortlich gewesen wäre, hätte keine Maus unerkannt diesen verdammten Zug betreten oder verlassen«, bemerkte DiSanto in einem Ton, der vermutlich so manch einem im Raum eine Gänsehaut über den Rücken jagte.

Auch Webers Gesicht verlor kurzfristig an Farbe. »Nachdem bekannt war, welche Bahn er nehmen würde, haben wir in einer Blitzaktion die gesamte Strecke überwacht«, verteidigte er dann jedoch die Vorgehensweise seines Teams. »Wir haben auf jedem Bahnsteig Beamte positioniert und dabei besonderes Augenmerk auf die Drehkreuze gelegt. Asmani ist zu gerissen und zu vorsichtig, als dass er sich einfach überrumpeln lässt. Wir wissen nicht, ob er bewaffnet ist. Deswegen haben wir den Zug nicht gestoppt und auch von einer personellen Verfolgung im Zug abgesehen und stattdessen auf unsere GPS-Überwachung gesetzt.«

»Und wie haben Sie ihn verloren?«, fragte DiSanto ungläubig. »Welcher verdammte Anfängerfehler ist Ihnen unterlaufen?«

Weber schob beinahe trotzig das Kinn vor. »Das wissen wir noch nicht. Wir sind derzeit an der Auswertung der Überwachungskameras auf den Stationen und Bahnhöfen. Wir werden Djamal Khadim wiederfinden.«

Bauer atmete tief durch. Sicher würden sie ihn über kurz oder lang wiederfinden und mit ihm vielleicht sogar Yusuf Asmani. Aber die Zeit war gegen sie.

»Sie haben alle gehört, dass wir nicht mehr als vierundzwanzig Stunden haben, um zum Erfolg zu kommen«, sagte er daher in die Runde. »Wo liegen die Gründe für unser Versagen? Auf der taktischen oder der technischen Ebene? Was hat Asmani gemacht, von dem wir nichts wussten? Kann das von Relevanz sein, um ihn wiederzufinden? Diese Fragen müssen wir klären. Ich erwarte die Vorschläge aus Ihren Abteilungen in einer halben Stunde.«

Bauer wusste, dass er nach diesem herben Rückschlag zunächst vor allem anderen wieder Ruhe in die Ermittlungen bringen musste. Es war notwendig, wenigstens kurz den Druck herauszunehmen, indem er jeden in sein Team zurückschickte, wo eine Vielzahl von Fachkräften in Reachback-Zellen arbeiteten, die eben benannten Fragestellungen zu klären.

Er atmete auf, als der Letzte den Raum verlassen hatte, setzte sich auf einen freien Stuhl und ließ für einen Moment den Kopf in die Hände sinken. Wenn es ihnen innerhalb der nächsten vierundzwanzig Stunden nicht gelang, die Spur von Djamal Khadim und Yusuf Asmani wieder aufzunehmen, würde er nicht nur den Ersten Bürgermeister der Hansestadt Hamburg darüber informieren müssen. Er würde sein Scheitern auch vor dem Innenministerium und dem Kanzleramt eingestehen müssen, und er konnte sich schon lebhaft die Reaktion von Max Grundheber, dem Beauftragten im Kanzleramt für die Nachrichtendienste, vorstellen. Nach ihrem letzten Eklat konnte Grundheber es nicht erwarten, Bauer von seinem Stuhl zu stoßen und damit gleichzeitig dem Innenminister und dessen Staatssekretär in die Parade zu fahren, die sich gegen seinen Willen für Bauer starkgemacht und ihm die Leitung der Task Force übertragen hatten.

Aber viel schlimmer noch waren die Folgen, die diese Ermittlungspanne für die Öffentlichkeit bedeuten würde. Ein Terroranschlag während des Hafengeburtstags kam einem GAU gleich. So kurzfristig ließ sich eine Veranstaltung dieser Größe nicht mehr absagen, der wirtschaftliche Schaden für die Stadt wäre immens. Natürlich würde niemand öffentlich zugeben, dass die Politik die Gefahr für Menschenleben gegen den wirtschaftlichen Ertrag aufrechnete, aber natürlich fand es genauso statt. Immer und überall wieder. Davor konnte niemand die Augen verschließen. Bauer wusste genau, wie es in wenigen Tagen am Elbufer der Hansestadt aussehen würde. Über Kilometer zogen sich Buden und Stände, Bühnen und Spielplätze am Fluss entlang. Zahllose Schiffe wurden erwartet, historische Segler ebenso wie Kreuzfahrer und Einheiten der Deutschen Marine sowie viele Sportbootfahrer, die das Ereignis nutzten, um die Stadt zu besuchen. Das Segelschulschiff Gorch Fock würde in diesem Jahr die Einlaufparade anführen. Gestern hatte er die Bestätigung erhalten, dass die Kanzlerin und der Bundespräsident an Bord sein würden, und mit ihnen der Ratspräsident der EU und weitere Politgrößen Europas, um in der aktuellen Krise auf dem Kontinent Geschlossenheit zu demonstrieren. Sie boten ein perfektes Ziel für einen Anschlag, konnten aber auch besser geschützt werden als jeder Besucher des Hafenfestes, der an Land entlang der Flaniermeile unterwegs war.

Mit einem Seufzen richtete Bauer sich auf und sah Joe DiSanto zur Tür hereinkommen. Der Amerikaner hielt einen Kaffeebecher in der Hand.

»Du siehst nicht gut aus, Bauer«, bemerkte er und hielt ihm den Becher hin. »Willst du einen Schluck?«

Bauer schüttelte den Kopf. »Ich habe die letzten achtundvierzig Stunden so viel Kaffee getrunken, dass mein Magen schon protestiert.«

DiSanto ließ sich neben ihm auf einen Stuhl fallen und strich sich mit der freien Hand über den kahlgeschorenen Kopf. »Ich denke nicht, dass Asmani noch in Berlin ist. Er wird längst auf dem Weg nach Hamburg sein.«

»Daran habe ich auch schon gedacht und Jochen Metzner gebeten, die Kollegen vom LKA in Hamburg ins Bild zu setzen«, sagte Bauer, stand auf und reckte sich müde. »Die Polizei dort führt entsprechende Kontrollen auf allen Einfallstraßen und Autobahnen durch, aber ich bezweifle, dass Asmani ihnen ins Netz geht.«

»Weber hat mir gesagt, dass es noch einen telefonischen Kontakt zwischen Nina Mainhardt und Djamal Khadim gab.«

Bauer fuhr herum. »Warum weiß ich davon nichts?«

»Ich hab ihn eben am Kaffeeautomaten getroffen. Er wird gleich darüber berichten, wenn wir hier alle wieder zusammenkommen.«

»Asmani hat Kontakte in Hamburg«, resümierte Bauer. »Aber wie kommen wir an die ran?«

»Vielleicht habt ihr euch diesen Mahmoud Ramis nicht gründlich genug vorgenommen.«

Bauer schüttelte den Kopf. »Der Mann weiß nichts.«

»Vielleicht ist ihm gar nicht bewusst, dass er etwas weiß oder gesehen hat, das für uns von Bedeutung sein könnte«, gab DiSanto zu bedenken. »Ich denke, wir sollten noch einmal mit ihm sprechen. Und wir sollten die SOKO nach Hamburg verlegen.«

»Es wird uns gar nichts anderes übrigbleiben«, stimmte Bauer ihm zu. »Ich hab noch nie gern eine Operation geführt, bei der ich nicht selbst vor Ort war. Und die Polizeibehörde in Hamburg ist modern und kann uns nahezu alles bieten, was wir auch hier haben.«

Nach und nach füllte sich der Raum wieder. Die dreißig Minuten waren vorbei. Als alle ihre Plätze eingenommen hatten, erteilte Bauer zunächst Weber das Wort.

»Ich hab gehört, Sie haben ein Telefonat zwischen Nina Mainhardt und Djamal Khadim aufgezeichnet?«

»Das ist richtig«, bestätigte Weber. »Wenn wir einen Weg finden, einen erneuten Kontakt zwischen den beiden herzustellen, könnte sich uns eine neue Chance eröffnen.«

»Wie wollen Sie das machen? Über sein Handy?«

»Das haben wir in der S-Bahn gefunden, in die er zuerst eingestiegen ist. Wir mussten davon ausgehen, dass er es zurücklassen wird, sobald er auf Asmani trifft, und so war es auch.«

»Aber wie soll dann ein Kontakt zustande kommen?«

»Er wird sich bei ihr melden.«

»Wie kommen Sie darauf?«

»Er hat es ihr versprochen.«

Bauer schüttelte resigniert den Kopf, und DiSanto machte eine wegwerfende Handbewegung, aber Weber beharrte auf seiner Meinung. »Wir haben den Dialog der beiden von unseren Psychologen auswerten lassen: Tonfall, Stimmlage, Diktion, alles. Ich hab Ihnen die Aufnahme mitgebracht«, sagte er. »Hören Sie selbst.«

Alle lauschten konzentriert, während Weber das kurze Gespräch abspielte.

»Wir brauchen das Mädchen«, sagte er abschließend. »Er wird sie wieder anrufen.«

KAPITEL 42

Yusuf blickte auf seinen schlafenden Begleiter. Die Behörden hatten ganze Arbeit geleistet. Sie hatten ihm das ideale Opfer geliefert. Verstört und gefügig. Es war beinahe zu einfach gewesen, und für einen Moment irritierte ihn diese Erkenntnis. Erfolge wollten erkämpft werden, das hatte ihn seine eigene Vergangenheit gelehrt. Gab es etwas, das er übersehen hatte? Hatte er sich zu sicher gefühlt? Während der Kleinlaster sie über die Autobahn Richtung Hamburg fuhr, ging er die vergangenen vierundzwanzig Stunden seit dem Anschlag noch einmal akribisch durch, rief sich jede noch so kleine Aktion ins Gedächtnis, jeden Weg, den er gegangen war, die Menschen, mit denen er zu tun gehabt hatte. Alles war flüchtig gewesen, überlagert vom ständig präsenten Hochgefühl des Triumphes, das ihn auch jetzt noch rauschhaft erfüllte, ihn gleichzeitig jedoch wach und aufmerksam machte. So wach, wie er sich in seinem Leben noch nie gefühlt hatte. Selbst im Irak nicht, wo man ihm die Arbeit mit den Gefangenen übertragen hatte, um zu testen, was er aushielt. Wozu er wirklich bereit war. Er hatte die Führungsriege nicht enttäuscht. Im Gegenteil. Es war ihm gelungen, selbst ihnen Respekt abzuringen. Und Vertrauen. Er fragte sich, wann *er* das letzte Mal in seinem Leben jemandem vertraut hatte. Er konnte sich nicht erinnern.

Erneut fiel sein Blick auf Djamal. Diesen schönen, privilegierten jungen Mann, der nicht unbedingt mit einem goldenen Löffel im Mund geboren war, aber doch mit einer Vielzahl von Privilegien, die er, Yusuf, sich hart hatte erkämpfen müssen. Nun würde Djamal für ihn sterben. Und er würde genügend Menschen mit in den Tod nehmen, dass es diesen Staat und sein Gemeinwesen bitter schmerzen würde. Deutschland würde für seine Hybris zahlen und in Streit zerfallen, so wie auch die Europäer stritten, seit sie sich in der Krise befanden, und nicht zu begreifen schienen, dass jeder Einzelne von ihnen viel zu schwach war, den Herausforderungen zu begegnen. Sicherheitsmaßnahmen und Grenzkontrollen kosteten jeden EU-Staat täglich Millionen, und der Zulauf zu den radikalen Parteien zersetzte den Frieden des Kontinents. So wie 9/11 langfristig die amerikanische Wirtschaftsmacht zerstört hatte, weil die Amerikaner wie erwartet ihrer Angst und ihren Rachegelüsten nachgegeben hatten, würde der islamistische Terror auch Europa zerstören, weil die Europäer nichts, aber auch wirklich nichts aus dem Schicksal der USA gelernt hatten. Und er, Yusuf, würde ein maßgeblicher Teil davon sein.

Nach dem gestrigen Anschlag stand er auf der Fahndungsliste der Polizeibehörden und Nachrichtendienste dieses Landes ganz oben, das hatte ihm das kurze Gespräch mit Issam bestätigt. Aber darauf war er vorbereitet gewesen. Es war ein Wettlauf mit der Zeit, und bislang war er den Ermittlungsbehörden immer einen Schritt voraus gewesen. Seine Planungen waren aufgegangen. Sonst wäre er nicht aus Berlin entkommen.

Er spürte, wie der Wagen seine Fahrt verlangsamte und schließlich stehen blieb. Gleich darauf öffnete Hassan, Yasminas Mann, die Schiebetür. Yusuf blinzelte in das helle Licht, das von draußen hereinfiel. »Was gibt es, warum halten wir an?«

»Wir haben gerade die Information bekommen, dass die Polizei die Einfallstraßen nach Hamburg kontrolliert.«

Yusuf stieg vorsichtig aus dem Kleinlaster und reckte seine verspannten Glieder. Sie befanden sich auf einem mehr oder weniger verlassenen Autobahnparkplatz. Nur zwei Lkws parkten hinter den Toilettenhäuschen, von den Fahrern war nichts zu sehen.

»Wie weit ist es noch nach Hamburg?«, wollte Yusuf wissen.

»Etwa fünfzig Kilometer.«

»Und warum fährst du nicht einfach weiter?«

»Yasmina hält es für zu gefährlich.«

Yusuf packte ihn am Kragen seines Hemdes. »Seit wann hat eine Frau dir etwas zu sagen, Hassan? Bist du ein Schlappschwanz?«

»Sie sagt, es geht ihr nicht gut, und das Kind …«

»Genau deswegen fahrt ihr mich. Eine hochschwangere Muslimin auf dem Weg ins Krankenhaus. Die hält keine Polizeikontrolle auf.«

»Sie …«

»Soll ich mit ihr sprechen?«, fiel Yusuf ihm drohend ins Wort. »Muss ich deine Frau überzeugen, wer hier das Sagen hat?«

Hassan schüttelte nervös den Kopf, und Yusuf ließ ihn mit einem Ruck los. Hastig trat Hassan einen Schritt zurück und zog sein Hemd glatt. Dann warf er einen Blick in den Wagen. »Der Junge schläft noch?«

»Natürlich«, entgegnete Yusuf. »Ich halte mich an meinen Teil unserer Abmachung.« Er wandte sich ab und entfernte sich ein paar Schritte.

»Wo willst du hin?«, rief Hassan ihm nach.

»Pinkeln, Mann«, warf Yusuf über seine Schulter zurück. »Wer weiß, wie lange das wegen der Kontrollen dauert.«

Gleich darauf waren sie wieder unterwegs. Hassan und seine Frau waren aus Hamburg, auch der Wagen war in der Hansestadt zugelassen. Sie würden Yusuf und Djamal mit in ihr Viertel nach Billstedt nehmen, wo so viele Menschen orientalischer Abstammung lebten, dass sie in der Menge verschwinden würden.

Sie waren nur wenige Kilometer weitergefahren, als der Wagen erneut an Geschwindigkeit verlor. Yusuf hielt den Atem an, und dann hörte er auch schon Yasminas lautes Stöhnen. Muslimische Frauen waren bekannt dafür, dass sie während der Geburt schrien wie am Spieß, damit ihre Männer erfuhren, welche Qualen sie litten. Kein deutscher Polizist würde sich damit auseinandersetzen wollen. Und so war es auch.

Mit einem Lächeln lehnte Yusuf sich zurück, als der Wagen wieder an Fahrt aufnahm. Er war in Hamburg.

Als Hassan schließlich in einer Seitenstraße parkte, kam Djamal gerade wieder zu sich. Unsicher versuchte er, sich aufzurichten. Es fiel nur wenig Licht in den Laderaum, aber genug, dass er die Hand sehen konnte, die Yusuf ihm reichte.

»Was … was ist passiert?«, fragte er mit belegter Stimme. »Ich war plötzlich wie ausgeknockt.«

»Dein Körper hat sein Recht gefordert, nachdem du etwas gegessen und getrunken hast. Vermutlich wirst du noch die ganze Nacht wie ein Stein schlafen.«

Der Wagen hielt, und Hassan öffnete ihnen die Tür.

Wohnblocks ragten um sie herum in die Höhe, zwischen zweien schien die schon tief stehende Sonne hindurch. Bei dem guten Wetter waren viele Menschen unterwegs, hauptsächlich Männer. Sie saßen auf Klappstühlen vor den Hauseingängen oder standen in kleinen Gruppen auf dem Gehweg. An einer Stelle hatten sie sich um eine alte Tonne versammelt, in der jemand ein Feuer entzündet hatte. Von irgendwoher plärrte orientalische Musik.

Djamal blinzelte in die Abendsonne. »Wo sind wir?«

»Hamburg«, erwiderte Yusuf. »Kennst du die Stadt?«

Djamal nickte. »Nina stammt von hier. Wir haben hier zusammen ihren Vater besucht.« Er sah sich irritiert um. »Aber …«

»Wo lebt ihr Vater?«

Djamal runzelte die Stirn. »Winterhude«, antwortete er schließlich. »Irgendwo an der Alster.«

»Ziemlich exklusive Gegend«, bemerkte Yusuf.

»Ja, das ist es wohl«, erwiderte Djamal abwesend. »Und wo sind wir hier?«

»Billstedt. Schon mal davon gehört? Liegt im Osten der Stadt.«

»Kenn ich nicht.« Djamal fuhr sich durch Gesicht und Haare. Er war noch immer nicht ganz bei sich. »Und was machen wir hier?«

»So viele Fragen«, erwiderte Yusuf kopfschüttelnd. Dann stellte er sich vor Djamal auf und sah ihm fest in die Augen. »Vertraust du auf Allah?«

Djamal war völlig überrumpelt. »Allah? Ja, natürlich.«

»Dann hör auf zu fragen und komm mit. Ich brauche deine Hilfe.«

Yusufs Finger schlossen sich um den Schlüssel in seiner Hosentasche, während er langsam die Straße hinunterging. Unter seinen Schuhen knackten die leeren Schalen von Sonnenblumenkernen und Pistazien, und das Geräusch vermischt mit dem Geruch des Feuers und dem Klang der Musik löste in ihm die Sehnsucht nach seiner wahren Heimat aus. Er bemerkte, wie Djamal sich neben ihm nervös umblickte.

»Was ist, fühlst du dich hier nicht wohl?«, fragte Yusuf belustigt.

»Nein, es ist nur. Ich mache mir Sorgen wegen der Polizei … du bist doch …«

Yusuf lachte auf. »Die Polizei kommt nicht hierher. Nicht einmal ein Taxifahrer fährt dich hierher, wenn er es vermeiden kann.« Er machte eine weit ausholende Geste mit seinem Arm. »Das hier, Djamal, ist *unsere* Welt.«

Er ging auf einen der Wohnblocks zu. Die Männer vor dem Eingang sahen auf. Yusuf grüßte höflich, wechselte ein paar Worte mit ihnen, so wie er es immer und überall tat, wenn er auf Glaubensbrüder traf. Dann trat er in das Treppenhaus. Der Geruch nach ungewaschenen Menschen und Urin war überwältigend. Djamal hielt sich mit der Hand Mund und Nase zu.

Die Wohnung lag im Hochparterre. Zwei kleine Zimmer, eine winzige Küche, Bad, ein Balkon. Yusuf durchquerte die Räume und trat auf den Balkon hinaus. Ein sicherer Fluchtweg im Notfall. Die Räume waren spartanisch eingerichtet, ähnlich wie die Wohnung in Berlin, in der er sich zuletzt aufgehalten hatte. Der Kühlschrank war gefüllt, auf dem Küchentisch lag ein Zettel mit Namen und Passwort der WLAN-Verbindung. Genauso war es abgesprochen gewesen. Yusuf nahm einen Plastikbecher mit Oliven aus dem Kühlschrank und hielt ihn Djamal hin.

»Hunger?«, fragte er.

Djamal schüttelte den Kopf. »Ich weiß nicht, aber das hier fühlt sich nicht richtig an«, bekannte er. Er war noch immer angeschlagen von dem Schlafmittel, das Yusuf ihm ins Wasser gemischt hatte.

Yusuf stellte die Oliven zur Seite. »Du hast Entsetzliches durchgemacht, seit wir uns getrennt haben«, sagte er und legte einen Arm um Djamal. »Und wir haben noch keine Gelegenheit gehabt, darüber zu sprechen.«

Djamal sah ihn aus seinen schönen Augen hilflos an. »Das kann ich auch nicht.«

Yusuf verstärkte den Druck seiner Hand auf Djamals Schulter. »Was du mir erzählst, hört nur Allah.« Behutsam führte er Djamal ins Wohnzimmer, drückte ihn auf eins der Kissen auf dem Boden und setzte sich neben ihn. »Vertrau auf Allah, den Großen, den Allmächtigen. Ich bin nur sein Werkzeug.«

Djamal zögerte, kämpfte mit sich, doch schließlich siegte das Bedürfnis, sein Leid und seinen Schmerz zu teilen. Aber er konnte Yusuf dabei nicht in die Augen sehen, mit starrem Blick fixierte er seine krampfhaft ineinander verschlungenen Finger, während die Worte erst stockend, dann aber immer schneller aus ihm herausflossen.

Yusuf lauschte schweigend.

Die deutschen Behörden hatten in der Tat ganze Arbeit geleistet. Er war ihnen zu Dank verpflichtet. Und Allah.

KAPITEL 43

Djamal lauschte seiner eigenen Stimme, wie er holpernd, stotternd sein Herz ausschüttete und sich von dem Entsetzen befreite, das ihn überkam, wenn er an die Stunden nach seiner Verhaftung zurückdachte. An die entwürdigende Angst, die er verspürt hatte. Yusuf unterbrach ihn nicht, und allmählich vergaß Djamal seine Gegenwart, und es war, als spräche er tatsächlich nur zu Allah.

In der Moschee war es ihm nicht gelungen, sich seinem Gott so hingebungsvoll anzuvertrauen. Mit aller Macht hatte sich sein Geist gegen die Erinnerung gewehrt, und so hatte er nur stumpf und leer um Hilfe gefleht, aber wie konnte Allah ihm helfen, wenn er sich nicht öffnen, den Schmerz nicht zulassen konnte?

Während er sprach, schüttelten Schluchzer seinen Körper. Er war hin- und hergerissen zwischen Scham und der verzweifelten Sehnsucht nach den vertrauten Gesichtern seiner Familie, nach Nina, selbst Issam wäre ihm willkommen gewesen. Aber wie sollte er ihnen gegenübertreten, nach allem, was er erlebt hatte? Würde nicht ein Blick in seine Augen genügen, um seine Schwäche zu erkennen und Mitleid zu provozieren? Die Demütigungen, die er erlitten hatte, saßen tief.

»Was hast du getan, das eine solche Behandlung rechtfertigt?«, flüsterte ihm eine Stimme zu, deren Ursprung er nicht deuten konnte.

Ja, was hatte er getan? Nie zuvor war er auffällig geworden. Und war dieser Vorfall nicht der letzte in einer langen Reihe von Kränkungen, die er stets aufs Neue erfuhr? Wie die Pöbeleien der jungen Heranwachsenden gegen ihn und seine Mutter, die anklagende Behandlung auf der Polizeiwache und die immer wiederkehrenden Blicke voller Misstrauen und Ablehnung wie die der Frau in der S-Bahn, deren Hände sich so fest um die Tasche auf ihrem Schoß geklammert hatten.

»Es ist an der Zeit, ihnen dieses Gefühl zurückzugeben, die Scham, die Angst, die Verzweiflung«, fuhr die Stimme fort. »Sie müssen am eigenen Leib erfahren, was sie uns antun, uns und unseren Schwestern und Brüdern überall auf der Welt.«

Die Worte ließen Djamals Erinnerungen an den Irak wieder lebendig werden. An die Trümmer und die Hoffnungslosigkeit, die die Amerikaner zurückgelassen hatten in ihrem Bestreben, jenem Teil der Welt ihre Ordnung aufzudrücken. So viel Ungerechtigkeit, so viel Leid war daraus erwachsen. Schmerz, den niemand rächte, weil jene, die es traf, weder Stimme noch Bedeutung hatten. Tief in ihm regte sich erneut die Wut darüber, die schon so lange an ihm nagte, und erhob sich über die Scham und die Angst und die Verzweiflung, die ihn erfüllte.

»Für uns gibt es keine Gerechtigkeit, es sei denn, wir kämpfen dafür«, ergriff die Stimme wieder das Wort, und mit einem Mal wurde Djamal bewusst, dass es niemand anderes als Yusuf war, der zu ihm sprach.

Aber wie hatte er seine Gedanken lesen können?

Djamal sah sich in dem Zimmer um, auf dessen Boden sie auf einem Teppich und einigen Kissen saßen, die Rücken an die kahle Wand gelehnt. »Warum sind wir hier?«, fragte er mit rauher Stimme.

»Wir sind hier, um zu kämpfen«, entgegnete Yusuf ruhig. »Für unsere Brüder und Schwestern, die sich nicht selbst verteidigen können. Für die Frauen, die ihre Männer beweinen, und die Kinder, die ihre Eltern verloren haben, und jene, die vor Ausbeutung, Krieg und Tod täglich fliehen.« Yusufs dunkle Augen fixierten ihn. »Willst du für sie alle an meiner Seite stehen?«

Djamal versuchte, seinem Blick standzuhalten, der Müdigkeit und Verwirrung Herr zu werden, die sein Hirn noch immer umnebelten. Wie konnte er nein sagen zu solch einer Frage? Natürlich wollte er für diese Menschen einstehen, etwas verändern zu ihren Gunsten. Seitdem er aus dem Irak zurückgekehrt war, beschäftigte ihn dieser Gedanke. Aber wollte er dasselbe wie Yusuf? Er fühlte sich plötzlich eingesperrt. Mit dem Rücken an der Wand.

Yusuf schien seine Verunsicherung zu spüren, denn er fasste ihn in einer warmen, versichernden Geste am Arm. »Lass uns etwas trinken, etwas essen. Du musst hungrig sein.«

Der plötzliche Wechsel zum Alltäglichen irritierte Djamal noch mehr. War er hungrig? Durstig? Er hätte es in diesem Moment nicht sagen können, doch als sie gleich darauf in der kleinen Küche standen und Yusuf helles, mit Sesam bestreutes Fladenbrot aus dem Schrank holte und Oliven, Hummus und Käse aus dem Kühlschrank, da knurrte sein Magen.

Aus einem Regal über der Spüle nahm Yusuf Gläser, füllte eins mit Wasser aus dem Hahn und reichte es Djamal, der, während er trank, aus dem Fenster auf dem Vorplatz auf eine Gruppe älterer, sich unterhaltender Männer blickte. Einer von ihnen wandte sich um, bemerkte ihn, lächelte und winkte kurz.

Djamal winkte zurück.

Unsere Leute, hatte Yusuf sie genannt.

Willst du für sie alle an meiner Seite stehen?

Yusuf setzte sich an den kleinen Tisch. »Setz dich zu mir!«, forderte er Djamal auf. Er teilte das Brot und reichte Djamal die Hälfte. »Es ist alles *halal,* was wir hier haben.«

Djamal beobachtete ihn, als er sich von dem Hummus etwas auf das Fladenbrot strich.

Yusuf wird dich enttäuschen, hatte Issam ihn gewarnt.

Warum musste er gerade jetzt an Issams warnende Worte denken?

Zögernd nahm er vom Käse und von den Oliven.

Es drängte ihn, seinen Cousin anzurufen, um ihn zu fragen, was er mit diesen Worten gemeint hatte. Aber noch mehr drängte es ihn, mit Nina zu sprechen. Intuitiv tastete er bei diesem Gedanken nach dem Mobiltelefon in seiner Hosentasche, aber es war nicht da. Natürlich nicht. Er hatte es in der S-Bahn zurückgelassen. Nervös fuhr er mit den Fingern über seine Jeans. *Habibti, ich ruf dich zurück. Versprochen.* Er würde einen Weg finden, um Kontakt zu ihr aufzunehmen.

»Warum hast du mich nicht gefragt, ob ich mit dir nach Hamburg kommen will? Warum hast du mich einfach mitgenommen?«, wagte er zu fragen.

Yusuf sah ihn erstaunt an. »Es steht mir nicht zu, dir diese Frage zu stellen. Das hat Allah getan, und du bist seinem Ruf gefolgt. Sonst wärst du jetzt nicht hier bei mir.« Er lehnte sich mit plötzlich ernstem Gesicht vor. »Es war allein deine Entscheidung. Bereust du sie?«

Für einen kostbaren Moment war Djamal wieder mit ihm in jener sonnigen Wohnung in Berlin.

»Allah ist barmherzig und wird dir, nachdem auch du durch die Hölle gegangen bist, deine Sünden verzeihen. Er nimmt jeden auf, egal, wann er zu ihm kommt, solange er demütig dem Glauben ergeben ist.«

Wie sehr hatte er sich in den vergangenen anderthalb Tagen an diese Worte geklammert, und jetzt saß ihm der Mann, der sie ausgesprochen hatte, gegenüber und fragte ihn, ob er es bereute, Allahs Ruf gefolgt zu sein.

»Ich bereue es nicht, aber ich bin unsicher«, erwiderte Djamal. Ihm war, als müsse er in Yusufs dunklen Augen ertrinken.

»Sind wir nicht alle Suchende ein Leben lang, Djamal?«, fragte Yusuf sanft. »Allah wird uns empfangen und aufnehmen in seinem Haus, wenn wir seiner Führung folgen.«

Yusufs Stimme war samtweich und voller Verheißung, und Djamal schluckte unwillkürlich. Er hatte um diese Führung gefleht, gebettelt, geweint. Wie konnte er da nicht bereit sein, wenn er sie nun erhielt?

»Oh, die ihr glaubt, sucht Hilfe in Geduld und Gebet; wahrlich, Allah ist mit den Geduldigen«, zitierte Yusuf leise eine Sure des Koran. »Wir werden euch ganz gewiss so lange prüfen, bis wir die kenntlich machen, die sich unter euch mit aller Kraft für unsere Sache einsetzen und standhaft sind.«

Die beruhigende Tiefe der Worte erfüllte Djamal mit Frieden. Allah hatte ihn nicht verlassen, er war da, hier bei ihnen in dieser nichtssagenden Wohnung in einem Hamburger Ghetto. Djamal meinte seine Nähe noch nie so intensiv erlebt zu haben wie in diesem Moment.

KAPITEL 44

Vivien schreckte auf, als ihr Telefon klingelte. Sie hoffte, es wäre Nina, aber als sie auf das Display blickte, erkannte sie Marc Bauers Mobilnummer.

Sie zögerte und nahm den Anruf nicht an. Sie hatte versucht, ihn zu erreichen, aber inzwischen war sie sich nicht mehr sicher, ob sie tatsächlich mit ihm sprechen wollte. Ihre Sorge, ihre Tochter in den Fokus der Behörden zu bringen, war nach längerem Nachdenken größer als der Nutzen, den sie sich von einem solchen Gespräch erhoffte.

Seit Nina vor rund zwei Stunden die Wohnung verlassen hatte, hatte Vivien nichts mehr von ihr gehört. Das war normalerweise nichts Ungewöhnliches. Doch ihr heftiger Streit und die besonderen Umstände hatten sie mehrfach bei ihr anrufen lassen. Sie hatte ihr auch eine Textnachricht geschickt, auf die Nina jedoch ebenfalls nicht reagiert hatte.

Endlich verstummte das Klingeln ihres Telefons, jedoch nur, um gleich darauf erneut zu beginnen. Wieder war es Marc. Vivien starrte auf das vibrierende Handy. Warum sprach er ihr nicht auf die Mailbox? Und dann kam ihr ein entsetzlicher Gedanke: Was, wenn Nina etwas zugestoßen war und er deshalb anrief? Hastig nahm sie das Gespräch an.

»Hallo Vivien«, meldete sich Marc.

»Was gibt es?«, fragte sie atemlos, ohne die üblichen Höflichkeitsfloskeln abzuwarten.

Einen Moment war Schweigen am anderen Ende.

»Ist etwas geschehen?«, fragte er. »Du klingst beunruhigt.«

»Nein, ich …«, begann sie, »es ist nichts, ich stecke nur mitten in den Vorbereitungen für die morgige Präsentation.« Es war nur zum Teil gelogen. »Kann ich etwas für dich tun?«

Eine erneute Pause.

»Ich brauche deine Hilfe«, entgegnete er dann aber geradeheraus. »Und die deiner Tochter Nina. Könnt ihr nach Treptow kommen?«

»Jetzt?«

»Ja.«

»Nina ist nicht zu Hause.«

»Du kannst sie aber doch sicher erreichen.«

»Das ist gerade schwierig.«

»Warum?«

»Wir hatten Streit.«

»Etwas Ernstes?«

»Ich möchte nicht darüber sprechen.«

»Okay, das tut mir leid, es geht mich auch nichts an. Aber deinen Worten entnehme ich, dass sie ihr Handy dabeihat.«

Vivien räusperte sich. »Es ist mir, ehrlich gesagt, nicht recht, wenn du ohne mein Beisein Kontakt zu ihr aufnimmst.«

»Die Angelegenheit duldet keinen Aufschub.« Seine Stimme klang endgültig.

»Es geht um Djamal«, kombinierte Vivien.

Natürlich ging es um Djamal, sie wusste es, bevor Marc mit einem knappen Ja bestätigte. Mehr würde er dazu am Telefon nicht sagen. So gut kannte sie ihn. Dennoch zögerte sie.

»Was bedeutet es für Nina, wenn sie euch unterstützt?«, fragte sie vorsichtig.

»Nicht, überhaupt nichts, Vivien. Sie ist absolut sicher.« Trotz seiner Bemühungen, ruhig zu klingen, hörte sie die Ungeduld in seiner Stimme. Er war unter Druck. Etwas war schiefgelaufen. Aber so leicht ließ sie sich nicht einfangen.

»Es geht hier um Terrorfahndung, wenn ich mich recht erinnere«, warf sie ein. »Meines Erachtens nach keine kleine Sache.«

Er ging nicht darauf ein. »Warum kommst du nicht nach Treptow?«, schlug er stattdessen erneut vor. »Dann können wir alles in Ruhe besprechen.«

Sie kämpfte mit sich. Konnte sie ihm vertrauen?

»Vivien, ich müsste nicht anrufen«, fuhr Marc fort, bevor sie etwas sagen konnte. »Deine Tochter ist volljährig, wir könnten direkt Kontakt mit ihr aufnehmen, das weißt du. Aber ich möchte diesen Weg nicht gehen. Ich möchte dich dabeihaben.«

Vivien biss sich auf die Lippen. Die Drohung, die in seinen Worten lag, verärgerte sie, ebenso wie ihre vermeintliche Wahl, die tatsächlich aber keine war.

»In Ordnung«, stimmte sie gezwungenermaßen zu.

»Danke. Ein Wagen wird in zehn Minuten bei dir sein und dich abholen.«

»Ich werde fertig sein.«

Nervös suchte Vivien ihre Sachen zusammen. In was wurden sie und Nina hineingezogen?

Die dunkle Limousine wartete vor ihrer Haustür im Halteverbot. Der Fahrer, ein unscheinbarer Mann mittleren Alters, grüßte sie höflich und hielt ihr die Tür auf. Vivien hoffte, dass keiner ihrer Nachbarn sie in diesem Moment sah.

Eine Viertelstunde später passierten sie das Tor des ehemaligen Kasernengeländes in Treptow. Der Pförtner hatte ihre Ankunft gemeldet, doch es war nicht Marc Bauer, der sie vor dem Gebäude des BKA erwartete, sondern Lukas Weber. Vivien musste trotz der Anspannung beim Anblick des jungen Mannes lächeln, dessen Anzug um seinen schlanken Körper schlotterte und der mit dem Charme eines verlegenen Schuljungen ihren Blick suchte, als sie aus dem Wagen stieg.

»Lukas, ich hätte mir denken können, dass Sie auch hier sind«, begrüßte sie ihn und schüttelte herzlich die Hand, die er ihr entgegenstreckte.

»Ja, irgendwie kommen wir alle immer wieder zusammen«, entgegnete er. »Das lässt sich in unserem Beruf wohl nicht vermeiden.« Trotz seiner spürbaren Wiedersehensfreude schwang Unbehagen in seiner

Stimme mit. Den Grund dafür verstand sie, nachdem sie das Gebäude betreten hatte und den Mann erkannte, der in diesem Moment aus einem Seitenflügel das Foyer betrat. Unvermittelt blieb sie stehen. Vivien erlebte ein Déjà-vu, als Lukas Weber, in einer Geste, die beschützend wirkte, nach ihrem Arm griff. Sie schüttelte die Berührung ab, dachte an ihre Träume, die Beklemmung der letzten Tage, Marc Bauers ungewöhnliche Vorgehensweise in Bezug auf Djamal. Alles ergab schlagartig Sinn.

Der Mann bemerkte sie nun ebenfalls. Ihre Blicke trafen sich über die Distanz hinweg. Vivien schluckte hart. Als er näher kam, nahm sie die Spuren wahr, die die Jahre seit ihrem letzten Zusammentreffen in seinem Gesicht hinterlassen hatten. Doch die tiefer gewordenen Falten um die Augen und die Narbe auf seinem rechten Jochbein nahmen ihm nichts von der kraftvollen und gefährlichen Aura, die ihn nach wie vor umgab. Sie fragte sich, was *er* sah, wenn er sie betrachtete. Er kannte sie besser als jeder andere Mensch. Er hatte sie gezwungen, sich ihm auszuliefern, hatte ihren Widerstand gebrochen, ohne jemals selbst Hand anzulegen. Trotzig schob sie das Kinn vor. Es kostete sie Kraft, seinem Blick standzuhalten, nicht die Augen niederzuschlagen, und natürlich nahm er ihren Kampf wahr, wusste, was in ihr vorging. Ein kaum merkbares Lächeln umspielte seine Mundwinkel, als er sie mit einem »Hi Vivien« begrüßte.

»Hallo Joe.« Sie versuchte die Kälte zu ignorieren, die sich in ihr ausbreitete.

Die Angst.

Sie wusste nicht, wie lange sie so gestanden und einander angestarrt hatten, es kam ihr vor wie eine Ewigkeit, vermutlich waren es jedoch nur Bruchteile von Sekunden gewesen, bis ausgerechnet Ninas Stimme sie in die Realität zurückholte.

»Da ist meine Mutter!«, hörte sie ihre Tochter rufen und riss sich los.

Ninas Augen waren verweint, ihr schmales, hübsches Gesicht blass vor Müdigkeit. Ninas Blick flog zwischen ihr und DiSanto hin und her, und Vivien meinte die Neugier zu spüren, die ihre Tochter einen Atemzug lang ihre eigenen Sorgen vergessen ließ. Wer war dieser Mann, und warum stand ihre Mutter ihm wie versteinert gegenüber? Warum stellte sie, die stets auf Manieren und richtiges Benehmen pochte, sie einander nicht vor? Vivien las diese Fragen in den Augen ihrer Tochter und konnte sich doch nicht überwinden, entsprechend zu reagieren. Stattdessen wandte sie sich Weber zu, dessen Blick fasziniert an Nina hing, und Vivien realisierte, dass er sie das letzte Mal gesehen hatte, als sie noch ein Kind gewesen war.

»Ich nehme an, dass Marc Bauer bereits auf uns wartet«, erinnerte sie ihn spröde.

»Ja, natürlich«, beeilte er sich zu antworten. »Ich bringe Sie und Ihre Tochter zu ihm.«

Während sie die Treppe hinaufgingen, griff Nina nach ihrer Hand.

»Es tut mir leid«, flüsterte sie.

Vivien nickte nur.

DiSanto folgte ihnen. Seine Nähe irritierte sie so sehr, dass sie auf dem Treppenabsatz stolperte und gefallen wäre, hätte Nina sie nicht gehalten.

KAPITEL 45

Bauer blickte auf die von der Bundesanwaltschaft nach Berlin entsandten Staatsanwälte. Der Generalbundesanwalt hatte den Fall an sich gezogen aufgrund der akuten Gefährdung für die innere Sicherheit. Unter anderen Umständen wären alle Verdächtigen längst nach Karlsruhe gebracht worden, aber wegen der höchsten Terrorwarnstufe, die für Hamburg im Raum stand, und des engen Zeitfensters hatte er zugestimmt, die Vernehmungen der in Berlin in Gewahrsam genommenen Islamisten zunächst vor Ort durchzuführen. Die Wege sollten kurz gehalten werden, jeder sollte mit jedem sprechen.

Es war das kleinere Übel, darüber war Bauer sich im Klaren, aber es war eine zusätzliche Belastung, die Beamten aus Karlsruhe im Haus zu haben. Dadurch schränkte sich der Spielraum der SOKO ein, und das konnte Bauer nicht auch noch gebrauchen.

Ihre Gegenwart fesselte sie an die Regeln, wie DiSanto trocken bemerkt hatte. Selbst Jochen Metzner hatte über die geplante Ankunft der Juristen die Stirn gerunzelt, obwohl es seit langem zwischen BKA und Bundesanwaltschaft eine enge und gute Zusammenarbeit gab.

›Es war zu erwarten, dass der Generalbundesanwalt die Ermittlungen an sich zieht. Wir können dagegen nichts tun. Es ist bereits zu viel öffentlich in dieser Sache: Die Medien, die Ausschüsse, jeder schaut uns auf die Finger‹, hatte der zuständige Staatssekretär im Innenministerium auf Bauers Anfrage hin abgewehrt. ›In diesem Verfahren die Rechtsstaatlichkeit zu wahren hat oberste Priorität.‹

Während einer internen Lagebesprechung hatte Bauer mit seinen engsten Vertrauten die neue Situation diskutiert. ›Wir müssen alle uns zur Verfügung stehenden Ressourcen effektiv einsetzen, um Djamal

Khadim wiederzufinden‹, hatte dabei ausgerechnet Metzner gefordert. ›Nur so können wir das Schlimmste verhindern.‹

Ihr Blick war auf Hamburg gerichtet. Alles Weitere war zunächst zweitrangig. Damit gerieten sie genau wie alle anderen in jene nationale Kleinteiligkeit, in deren Rahmen jeder Staat nur auf seine eigenen Interessen fokussiert war, was die internationale Ermittlungsarbeit stets aufs Neue zurückwarf, aber die Zwänge ließen nichts anderes zu.

Erneut glitt Bauers Blick jetzt über die am Tisch sitzenden Staatsanwälte, und er durfte sich seinen Ärger nicht anmerken lassen, denn schon während ihrer kurzen Antrittsbesprechung versuchten sie, die Führung zu übernehmen. Sie waren zweifelsohne gut vorbereitet, hatten sich eingelesen und vermittelten Kompetenz. Aber das genügte nicht, um von Männern wie Mahmoud Ramis Informationen zu erhalten. Dafür brauchte es andere Methoden und keine juristischen Winkelzüge.

DiSanto prüfte, ob es über die amerikanische Botschaft einen Ausweg für sie gab, aber Bauer hatte nicht viel Hoffnung. Sie würden zweigleisig fahren müssen, offiziell unter der Ägide der Bundesanwaltschaft und inoffiziell auf eigene Verantwortung.

»Wie Sie vermutlich bereits erfahren haben, werden wir aufgrund der Terrorwarnungen unsere operative Basis umgehend nach Hamburg verlegen«, kündigte Bauer nun an. »Wir haben alle nötigen Gespräche mit der dortigen Polizeibehörde geführt und die entsprechenden Vorkehrungen getroffen. Gibt es von Ihrer Seite noch Fragen dazu?«

»Wir werden die Ermittlungen in Hamburg aktiv begleiten«, meldete sich der Sprecher der Anwälte zu Wort. »Aus diesem Grund haben wir bereits um weitere personelle Unterstützung ersucht.«

»Sicher«, erwiderte Bauer gefasst. »Jochen Metzner vom BKA wird die Koordination übernehmen und steht für Sie als Ansprechpartner bereit.«

Metzner, dessen Anspannung für diejenigen, die ihn besser kannten, durchaus greifbar war, warf Bauer einen Blick zu, der diesem wortlos signalisierte, dass er ihm den Rücken freihalten würde, und Bauer wusste, dass er darauf vertrauen konnte. Der grauhaarige, hagere Beamte besaß jahrelange Erfahrung mit den Juristen aus Karlsruhe.

Die Versammlung löste sich auf, doch noch bevor alle den Raum verlassen hatten, tauchte DiSanto in der Tür auf. »Ich habe keine Chance, Ramis hier rauszuholen«, sagte er leise zu Bauer, »aber wir haben eine Kontaktperson in Hamburg, die uns schon in der Vergangenheit wertvolle Hinweise geliefert hat. Die Agency hat bereits ein Zusammentreffen arrangiert.«

»Wann können wir mit einer Rückmeldung rechnen?«

»Ich bin dran, Bauer. Vertrau mir. Wie ist deine Planung?«

»Ich hab einen Hubschrauber anfordern lassen, der uns nach Hamburg bringt. Vorher hab ich noch eine Verabredung mit Vivien und ihrer Tochter.«

»Sie sind gerade angekommen.«

Bauer sah überrascht auf. »Bist du ihnen begegnet?«

»Unten im Foyer.«

»Oh!«, entfuhr es Bauer. »Und?«

DiSanto räusperte sich. »Die Zeit hat sicher einige Wunden geheilt, aber nicht alle.«

»Das ist auch kaum zu erwarten.«

»Vivien ist eine starke Frau«, sagte DiSanto dann zu Bauers Überraschung. »Bring sie auf unsere Seite, und wir werden wertvolle Unterstützung haben. Wenn nicht …« Er zuckte mit den Schultern. »Eine weitere Front, an der du kämpfen musst, kannst du dir nicht leisten.«

Bauer zog eine Augenbraue hoch bei diesen Worten, und DiSanto versetzte ihm einen freundschaftlichen Hieb auf die Schulter. »Ich glaube, Weber hat sie in das Büro nebenan gebracht.«

Als hätte er nur auf dieses Stichwort gewartet, erschien der junge Verfassungsschutzbeamte in der Tür des Konferenzraums. »Frau Mainhardt und ihre Tochter sind da. Sie …«

»Ja, ich habe schon davon gehört«, unterbrach Bauer ihn. »Ich komme sofort, und ich brauche Sie dort auch gleich, Lukas.«

»Wann startet der Hubschrauber?«, wollte DiSanto wissen.

»In einer Dreiviertelstunde. Wir sehen uns dort.«

Vivien und ihre Tochter waren in eine leise, aber heftige Diskussion verstrickt. Sie verstummten jedoch gleichzeitig, als er das Büro betrat. Um Viviens Mund lag ein angespannter Zug, Nina starrte auf ihre Hände und vermied seinen Blick. Er entdeckte Tränen in ihren Augen.

»Vivien, Nina, ich bin euch sehr dankbar, dass ihr gekommen seid«, begrüßte er sie, die angespannte Stimmung zwischen ihnen ignorierend.

Vivien zwang sich zu einem Lächeln, das ihre Augen jedoch nicht erreichte. Ihr Ärger, das erkannte er sofort, ging über den Streit mit ihrer Tochter hinaus. Es war bestimmt die Begegnung mit DiSanto, die sie noch immer beschäftigte.

»Ich muss mich bei dir entschuldigen, Vivien, ich hätte dir sagen sollen, dass Joe in Berlin ist«, wagte er einen Vorstoß.

Vivien sah ihn ablehnend an. »Ich konnte mir denken, dass er hier ist«, entgegnete sie eisig. »Die Behandlung von Djamal trägt nicht deine Handschrift.«

Bauer war sich bewusst, dass ihre Worte Ohrfeige und Kompliment zugleich waren. Er ging nicht darauf ein. Nicht vor ihrer Tochter, die während dieses kurzen verbalen Austausches ihr Schmollen vergessen hatte. Bauer ergriff die Gelegenheit und sprach sie direkt an. »Nina, du hast heute mit Djamal gesprochen.«

Sie nickte zögerlich.

»Wir kennen den Inhalt des Gesprächs, da wir Djamals Telefon überwacht haben«, fuhr Bauer fort. »Deswegen habe ich dich auch hergebeten.« Aus dem Augenwinkel bemerkte er, wie Viviens Mund noch eine Spur schmaler wurde.

Nina sah ihn verschüchtert an.

»Wir gehen davon aus, dass Djamal sich wieder bei dir melden wird.«

Sie schluckte und nickte kurz.

»Wenn er das tut, brauchen wir deine Hilfe.«

»Was … was muss ich denn tun?«

Bauer gab Weber ein Zeichen, der bereits in der Tür wartete und auf diesen Wink hin den Raum betrat. »Ich weiß nicht, ob du dich an Lukas Weber erinnerst. Vor etwa zehn Jahren habt ihr euch kennengelernt, aber da warst du erst neun und die Umstände außergewöhnlich.«

Ninas Blick glitt über Weber, doch es lag kein Wiedererkennen darin.

»Lukas ist bei uns für Technik und Kommunikation zuständig und wird dir erläutern, worauf es ankommt, wenn Djamal mit dir Kontakt aufnimmt«, erklärte Bauer.

»Wir haben uns ja schon bei Ihrer Ankunft gesehen«, übernahm Weber. »Wenn es Ihnen recht ist, würde ich gern sofort loslegen.«

»Hier?«, fragte Nina und sah sich unsicher um.

»Ich schlage vor, dass wir nach nebenan gehen. Im Konferenzraum haben wir einen Beamer, und auf meinem Laptop habe ich ein paar Folien zusammengestellt, die verdeutlichen, wie wir vorgehen werden und worauf es für Sie ankommt.«

»Ich nehme an, dass Ninas Telefon überwacht werden soll«, mischte Vivien sich ein. »Dafür gibt es sicher eine richterliche Genehmigung.«

»Ja, die gibt es«, erwiderte Bauer knapp. »Bist du damit einverstanden, dass Nina uns unterstützt?«

»Das ist allein ihre Entscheidung«, entgegnete Vivien ebenso kurz angebunden. »Sie ist volljährig.«

Bauer registrierte, wie Ninas Gesicht sich bei diesen Worten für einen flüchtigen Augenblick erneut trotzig verzog, und nickte Weber auffordernd zu.

»Kann ich dir etwas zu trinken anbieten?«, wandte er sich wieder an Vivien, sobald sein jüngerer Kollege mit ihrer Tochter den Raum verlassen hatte. »Ein Wasser? Kaffee, Tee?«

»Ein Wasser wäre gut, danke.«

Vivien hatte sich auf dem Stuhl zurückgelehnt und die Beine übereinandergeschlagen. Sie trug das schwarze Kleid vom Vortag, und er wehrte sich gegen die Emotionen, die bei ihrem Anblick in ihm emporstiegen. Sie schien zu spüren, was in ihm vorging. Schweigend sahen sie sich an, dann gelang es ihm, sich loszureißen.

»Ich bin gleich zurück«, murmelte er, fast erleichtert, hinausgehen zu können. Würde es denn niemals vorbeigehen?

Als er zurückkam, hatte auch sie sich wieder gefangen.

»Ist Djamal euer Lockvogel für Yusuf?«

Die Frage überraschte ihn und zeigte ihm gleichzeitig, dass er Vivien keineswegs unterschätzen durfte. Während einer laufenden Operation würde er normalerweise nicht auf eine solche Frage eingehen, doch er konnte Viviens Hilfe nur gewinnen, wenn er ehrlich war und seinerseits Zugeständnisse machte, deshalb bestätigte er schließlich ihre Annahme.

Ihre Finger schlossen sich fester um das Glas in ihrer Hand. »Was habt ihr mit ihm gemacht?«, fragte sie tonlos. »Habt ihr ihn DiSanto überlassen?«

Bauer hielt ihrem Blick stand, obwohl es ihm schwerfiel. »Er ist lediglich befragt worden«, antwortete er ruhig.

Sie stand auf und ging zum Fenster. Sie trug ihr dunkles Haar hochgesteckt, nur ein paar einzelne lockige Strähnen fielen in ihren Nacken.

»Lediglich befragt. So wie er mich lediglich befragt hat?«, fragte sie mit dem Rücken zu ihm. Es lag ein Zittern in ihrer Stimme, das er wohl zu deuten wusste. Er war versucht, sie in den Arm zu nehmen, aber er fürchtete, dass sie ihn zurückweisen würde.

Abrupt drehte sie sich schließlich um.

»Wie konntest du das zulassen, Marc?«, stieß sie bitter hervor. »Nicht nur, dass ihr mit eurem Vorgehen gegen elementare Gesetze dieses Staates verstoßt, ihr ruiniert, ohne auch nur mit der Wimper zu zucken, das Leben dieses jungen Mannes!«

Natürlich fühlte sie sich schuldig. Hatte sie nicht ihre Tochter überredet, ihnen weitere Informationen über Djamal zu liefern, und ihnen damit erst weiteres Rüstzeug gegen ihn in die Hand gegeben? Aber er konnte, durfte sich nicht auf diese Diskussion einlassen.

»Du weißt, was auf dem Spiel steht«, beharrte er. »Was in Berlin geschehen ist, darf sich nicht wiederholen.«

»Djamal hatte nichts damit zu tun!«, fuhr sie ihn an.

Bauer versuchte, ruhig zu bleiben. »Er hat Yusuf Asmani ermöglicht, sich der Überwachung zu entziehen. Nur unter dieser Voraussetzung konnte der Anschlag überhaupt ausgeführt werden.«

Vivien machte plötzlich einen Schritt auf ihn zu. »Djamal Khadim ist allen in die Falle gegangen. Diesem Asmani genauso wie euch«, stieß sie hervor. »Jeder hat ihn einfach nur für seine Zwecke ausgenutzt. Und wenn nicht irgendetwas geschieht, wird er am Ende dieser Woche tot sein.«

KAPITEL 46

Nina folgte dem schlaksigen Mann und blieb unschlüssig mitten im Konferenzraum stehen.

»Bitte«, sagte er und bot ihr einen Stuhl an, »nehmen Sie doch Platz.«

Die Förmlichkeit war ermüdend. »Sie können gern du zu mir sagen«, bemerkte sie, während sie sich setzte und dabei ihren kurzen Rock vergeblich in Richtung ihrer Knie zog.

Weber lächelte. »Gern, das Gleiche gilt umgekehrt. Ich heiße Lukas.«

»Ja, das hab ich schon gehört.«

Er besaß ein schnelles, offenes Lächeln, das ihr gefiel. Sie nahm an, dass er schon über dreißig sein musste, aber er sah so nicht aus. Er wirkte wie einer der jungen Männer aus ihrem Freundeskreis, und sie war froh, dass er sie instruierte und nicht Bauer oder der BKA-Beamte mit dem fahlen Gesicht, den sie bei ihrem letzten Besuch kennengelernt hatte. Die Gegenwart dieser Männer verunsicherte sie, und sie bewunderte ihre Mutter, wie sie völlig unbeeindruckt mit ihnen umging.

»Hast du schon einmal etwas über Telefonüberwachung gehört oder gelesen?«, wollte Weber jetzt von ihr wissen.

»Nur, was man so in Filmen sieht«, bekannte sie zurückhaltend.

Er öffnete seinen Laptop, und gleich darauf erschien eine Grafik auf der Leinwand an der Stirnseite des Raums.

Weber erklärte ihr mit knappen, präzisen Worten, was sie sah.

»Hast du das so weit verstanden?«, fragte er zum Abschluss.

Nina nickte. »Das ist ziemlich spannend, ich hätte nicht gedacht, dass das so funktioniert.«

»Interessierst du dich für Technik?«

»Ein bisschen«, gestand sie. »Machst du das schon lange?« Seine lockere Art und der jugendliche Ton, den er pflegte, ließen sie ihre Nervosität vergessen.

»Seit einigen Jahren.« Er lächelte. »Du weißt jetzt, worauf es ankommt. Wir wollen nicht nur das Gespräch aufzeichnen, sondern vor allem auch den Standort des Anrufers lokalisieren. Dafür braucht es ein bisschen Zeit.«

Nina schluckte. »Das heißt, ich soll möglichst lang mit Djamal reden.«

»Das ist richtig«, stimmte Weber ihr zu. »Du sollst ihn sozusagen am Auflegen hindern. Und dafür möchte ich dir ein wenig Rüstzeug an die Hand geben.«

Er rief eine neue Folie auf, und Nina überflog die Fragen und Antworten, die ein Gespräch im Fluss halten sollten.

»Du musst dir jetzt nichts merken, ich gebe dir das nachher als Handout mit«, beruhigte er sie, als er ihre gerunzelte Stirn sah.

»Das ist es nicht«, gestand sie. »Ich weiß nicht, ob ich das überhaupt kann, ob es nicht völlig unecht klingt, wenn ich so rede. Ich meine, Djamal kennt mich doch.«

»Er befindet sich in einer emotionalen Ausnahmesituation. Wir gehen nicht davon aus, dass ihm bewusst wird, was geschieht. Hinterher vielleicht, aber das ist dann irrelevant.« Er sah Nina fragend an. »Wollen wir das Telefonat mal durchspielen?«

Sie nickte. »Das wäre vielleicht ganz gut. Aber ich hab noch eine Frage.«

»Nur raus damit.«

»Wie könnt ihr so sicher sein, dass er mich tatsächlich anrufen wird?«

Weber rieb sich das Kinn und erinnerte sie dabei plötzlich doch sehr an Bauer und den BKA-Mann, und ihr wurde klar, dass er sich vielleicht nur durch sein Alter von diesen Männern unterschied.

»Nun«, sagte er schließlich, »wir haben das letzte Telefonat, das ihr geführt habt, von unseren Psychologen analysieren lassen.«

Nina spürte, wie sie rot wurde.

»Ich weiß, das ist unangenehm für dich. Ein Eingriff in deine Privatsphäre, aber leider nicht zu vermeiden.«

Nina räusperte sich. »Und was haben diese Psychologen gesagt?«

»Sie meinen, dass zwischen dir und Djamal eine sehr enge Bindung besteht, ungewöhnlich eng für euer Alter. Und sie sind sich sicher, dass er ein dir gegenüber gemachtes Versprechen nicht brechen wird.«

»Das hat er noch nie getan«, bestätigte Nina. »Er hat immer gehalten, was er mir versprochen hat.«

»Siehst du. Und er wird es auch diesmal tun.«

»Ja, vielleicht.«

»Hast du Zweifel?«

Wieder nickte sie. »Yusuf ... er hat einen merkwürdigen Einfluss auf Djamal.«

»Wie würdest du diesen Einfluss beschreiben?«

»Irgendwie unheimlich«, sagte Nina und sah Weber offen an. »Djamal verhält sich anders in seiner Gegenwart. Dieses eine Mal, als wir zusammen unterwegs waren, hing er ihm an den Lippen, als ob ich nicht existierte.«

»Yusuf Asmani ist bekannt dafür, dass er diese Wirkung auf andere Menschen ausübt. Aber dennoch solltest du auf Djamal vertrauen. In einem Moment größter Not hat er mit dir gesprochen. Mit niemand anderem. Auch nicht mit seiner Familie.«

»Das stimmt.« Nina atmete zitternd durch. »Ich möchte ihm so gern helfen.« Sie warf Weber einen flehentlichen Blick zu. »Und ich möchte, dass er einfach nur zu mir zurückkommt und alles wieder ist wie früher.«

»Wir tun alle unser Bestes dafür, Nina.«

Sie spielten verschiedene Gesprächsvarianten durch, bis Nina sich einigermaßen sicher fühlte.

»Du wirst allein sein, wenn du mit ihm sprichst, aber du musst dich nicht allein fühlen. Wir hören jedes Wort mit und zeichnen es auf.«

Nina schluckte. »Das will ich eigentlich am liebsten gleich wieder vergessen. Der Gedanke, dass jemand meine Telefongespräche mithört, ist unangenehm.«

»Es wird nur dieses eine sein, Nina. Bei allen anderen Gesprächen schalten wir ab.«

»Aber was ist, wenn er anruft, wenn ich in der Schule bin?«

»Er kennt doch sicher deinen Stundenplan und weiß, wann du am besten zu erreichen bist.«

Nina zog erneut nervös an ihrem Rock.

»Ich denke, er wird darauf Rücksicht nehmen.« Weber zog sein Mobiltelefon aus seiner Jackentasche. »Wir müssen hier jetzt zum Ende kommen. Ich hab gleich den nächsten Termin.« Er sah sie ernst an. »Bist du bereit? Wir verlassen uns auf dich. Es hängt viel davon ab.«

»Ich will, dass Djamal da rauskommt. Dafür werde ich alles tun.«

Sie merkte, wie er plötzlich zögerte. »Deine Mutter ist damit nicht ganz einverstanden?«, fragte er dann.

»Sie akzeptiert natürlich meine Hilfsbereitschaft, aber sie sorgt sich wegen der Zusammenarbeit mit den Behörden. Sie hat Angst, dass wir nur ausgenutzt werden.«

»Du und Djamal.«

Sie nickte verlegen.

Wieder huschte jener Zug über Webers Gesicht, der sie daran erinnerte, für wen er arbeitete. In dem lockeren Gespräch, das sie geführt hatten, hatte sie es erneut vergessen, und nun fragte sie sich, ob sie vielleicht zu offen gewesen war. Zu ehrlich. Ihre Mutter hatte sie davor gewarnt.

Vivien kam ihnen bereits entgegen, als sie den Konferenzraum verließen. Ihre Wangen glühten in einem zarten Rot, das nicht von ihrem Make-up herrührte und für Nina der klare Beweis war, dass ihre Mutter sich geärgert hatte.

»Können wir gehen?«, fragte Vivien.

»Ja, wir sind fertig.«

Sie nickte Weber zu. »Ich wünsche Ihnen alles Gute, Lukas.«

»Auf Wiedersehen, Frau Mainhardt. Tschüss Nina.«

»Wie kommen wir nach Hause?«, fragte Nina, sobald sie allein waren.

»Wir werden gefahren. Draußen steht ein Wagen für uns bereit.« Viviens Stimme klang so spröde, dass Nina ihre Mutter prüfend von der Seite ansah. »Worüber hast du dich geärgert, Mama?«

Vivien blieb mitten auf der Treppe stehen. »Ich schätze es nicht, benutzt zu werden«, entgegnete sie kalt. »Und noch weniger schätze ich es, wenn Mitglieder meiner Familie benutzt werden.«

»Aber ich will Djamal doch nur helfen.«

Ihre Mutter öffnete den Mund, als wolle sie noch etwas sagen, schloss ihn dann aber wortlos wieder und strich Nina stattdessen über das lange dunkle Haar. »Ich weiß«, sagte sie, und ihre Stimme klang mit einem Mal sehr viel wärmer. »Dir mache ich auch keinen Vorwurf, Nina.« Sie nahm ihren Arm. »Komm, lass uns nach Hause gehen.«

Nina warf einen Blick zurück und sah Bauer und den kantigen Amerikaner hinter einer Glastür stehen. Der durchdringende Blick des Amerikaners war mehr als unangenehm, oder kam es ihr nur so vor, weil sie an das kurze Zwiegespräch zwischen ihm und ihrer Mutter denken musste? Was auch immer ihrer Mutter vor zehn Jahren zugestoßen war, er hatte damit zu tun gehabt, dessen war Nina sich sicher, aber sie hatte nicht den Mut, danach zu fragen. Nicht jetzt und nicht in dieser Umgebung, in der Menschen arbeiteten, die nichts anderes taten, als andere Menschen zu überwachen.

Wie musste Djamal sich hier gefühlt haben!

Und plötzlich bildete sich ein Kloß in ihrem Hals, und ihr Herz schlug schneller, wenn sie daran dachte, wie es sein würde, wenn er anrief. Sie sehnte sich so entsetzlich danach, seine Stimme zu hören. Ihn zu sehen, zu berühren. Ja, sie würde alles dafür tun, es möglich zu machen. Sie senkte den Blick. Alles.

KAPITEL 47

Yusuf warf einen letzten Blick auf Djamals schlafende Gestalt, bevor er das Zimmer verließ. Djamal würde nicht aufwachen, bevor er zurück war, dafür hatte er gesorgt. Zwei Tage waren sie nun schon in Hamburg und die Vorbereitungen fast abgeschlossen. Die Behörden waren aufgeschreckt, ahnten, dass etwas passieren würde. Es war anders als in Berlin, wo der Anschlag die Nation aus heiterem Himmel getroffen hatte. Aber darauf war Yusuf vorbereitet. Er hatte Deutschland seiner Unschuld beraubt, jetzt waren die Sinne des Staates und seiner Organe geschärft wie die einer Katze auf dem Sprung, doch er würde sich und der Welt beweisen, dass er ihnen dennoch überlegen war, dass er seine Pläne ungeachtet aller Ermittlungen und Sicherheitsmaßnahmen durchführen konnte.

Dazu waren vor allem vier simple Regeln zu befolgen: keine öffentlichen Verkehrsmittel, kein Aufenthalt auf großen öffentlichen Plätzen, keine Mails, keine Mobiltelefone. Alle Absprachen fanden, wenn nicht von Angesicht zu Angesicht, über einen unverfänglichen Chat im Internet statt. Es durfte kein Fehler passieren. Und es würde kein Fehler passieren.

Mit einigen wenigen Griffen sammelte Yusuf alles zusammen, was er brauchte, verabschiedete sich von den beiden Männern im Wohnzimmer, die während seiner Abwesenheit dafür sorgen sollten, dass niemand die Wohnung verließ oder betrat, und zog schließlich die Wohnungstür hinter sich zu und schloss ab. Die Gerüche im Treppenhaus waren so vertraut wie verhasst, und bis die Haustür hinter ihm ins Schloss fiel, verfiel er automatisch in dic alte Gewohnheit, flach zu atmen, um möglichst wenig von dem Gestank in sich aufzunehmen.

Draußen nieselte es. Die Kapuze tief über die Augen gezogen, eilte er die Straße hinunter. Der Wagen parkte etwa zweihundert Meter weiter, ein unscheinbarer dunkelblauer Golf, vom Alter gezeichnet. Er stieg ein und verriegelte die Türen von innen. Dann zog er sein Kapuzenshirt aus, strich den Kragen des karierten Hemds darunter glatt und setzte die Brille mit dem schwarzen Horngestell auf, die er im Handschuhfach fand. Den Ausweis, der dort ebenfalls lag, steckte er in die Brusttasche. Bevor er den Motor startete, warf er noch einen kurzen prüfenden Blick in den Rückspiegel, und ein zufriedenes Lächeln huschte über sein Gesicht. Seine Tarnung war perfekt.

Keine fünf Minuten später erreichte er die Autobahn. Der Verkehr war dicht, obwohl es schon nach zwanzig Uhr war. Er konnte sich dank seiner langjährigen Erfahrung inzwischen gut Karten einprägen, und so hatte er auch diesmal in einem Internet-Café die Wegbeschreibung gegoogelt und sich anhand weniger Stichpunkte gemerkt, wie er fahren musste.

An der Ausfahrt Hamburg-Veddel irritierte ihn kurz eine Baustelle, aber dann hatte er seine Orientierung wiedererlangt. Er parkte den Wagen in der Nähe der S-Bahn-Station und nahm das zerschlissene Cordsakko von der Rückbank. Augenblicke später kletterte er zum Wasser hinunter, das auf der Elbinsel omnipräsent war. Die beiden Männer, mit denen er verabredet war, erwarteten ihn bereits unter der Brücke an der Müggenburger Durchfahrt. Wie verabredet waren sie mit dem Boot gekommen.

Yusuf sprang an Bord. Ein kühler Wind strich über das graue Wasser. Fröstelnd schlug er den Kragen des Sakkos hoch, nickte den Männern zu, und sie legten ab. Durch Spreehafen und Veddelkanal erreichten sie die Norderelbe genau gegenüber dem imposanten Neubau der Elbphilharmonie. Etwas weiter zu seiner Linken konnte er hinter einem Kreuzfahrer die grün oxidierten Kuppeldächer der Landungsbrücken durchschimmern sehen. Dahinter erhob sich die Silhouette der Stadt.

Bei diesem Anblick vergaß Yusuf für einen Moment die feuchte Kälte und starrte fasziniert über das Wasser, stellte sich vor, wie in nur zwei Tagen die Formation der Schiffe begleitet von einer Vielzahl von Motor- und Segelbooten hier eintreffen würde. Menschenmassen würden sich auf der Hafenpromenade drängen. Die ganze Welt würde Zeuge sein.

Natürlich würde die Einlaufparade unter extremen Sicherheitsvorkehrungen stattfinden. Hubschrauber würden das Spektakel aus der Luft überwachen und jede verdächtige Bewegung an die Einsatzzentrale melden, Polizeiboote würden auf dem Wasser kreuzen. Aber wie sollten sie vorhersehen, dass sich ein schnelles, wendiges Boot plötzlich aus der Masse löste, um auf die Gorch Fock zuzuhalten?

Das Segelschulschiff war das Aushängeschild der Deutschen Marine, ein Symbol der Republik schlechthin. Es zu treffen war ein Zeichen, über das niemand hinwegsehen konnte, zumal ranghohe Politiker aus ganz Europa an Bord sein würden. Vor Erregung wurde Yusufs Mund trocken. Es war so einfach, dass er sich fragte, warum vor ihm nicht schon jemand diesen Plan gefasst und ausgeführt hatte.

Der Mann am Steuer drosselte den Motor. Das Boot wurde langsamer und dümpelte am Rand der Kanalausfahrt. Yusuf tauschte mit dem Mann den Platz, ließ sich in die Funktionsweise des Motorbootes einweisen, drehte ein paar Runden, bis er ein Gefühl dafür hatte, und steuerte es schließlich zurück zu ihrem Ausgangspunkt unterhalb der S-Bahn-Station Veddel. Die beiden Männer verabschiedeten sich, und Yusuf blieb allein im Boot zurück. Gerade einmal vierzig Minuten waren vergangen, seit sie sich getroffen hatten. Sie hatten während der ganzen Zeit nicht mehr als zwanzig Worte miteinander gewechselt. Niemand kannte den Namen des anderen, keiner hatte Fragen gestellt.

Zufrieden fuhr Yusuf den Kanal weiter hinauf. Alles würde nach Plan laufen, und Djamal würde in die Geschichte der Hansestadt eingehen.

KAPITEL 48

Djamal wachte auf und starrte im Halbdunkel an die fleckige, weiße Zimmerdecke. Die Matratze unter ihm war durchgelegen, die Bettdecke kratzig. Er hatte Durst und fragte sich, wo er war. Langsam setzte er sich auf und presste die Finger an die Schläfen, um den Schmerz zu lindern, der bei dieser Bewegung in seinen Kopf schoss.

Allmählich kam die Erinnerung zurück.

Er war in Hamburg. Zusammen mit Yusuf. Aber wie lange war er schon hier? Und warum fiel es ihm so schwer, sich an Details zu erinnern? Er musste den Nebel in seinem Hirn durchdringen, sein Zeitgefühl wiedererlangen.

Bildfragmente tauchten auf: Die Gesichter zweier junger Männer. Sie hatten zusammengesessen auf den Kissen im Wohnzimmer, hatten Tee getrunken und etwas gegessen. Es war viel und laut geredet worden. Aber worüber hatten sie gesprochen? Hatten sie über den Glauben diskutiert? Der Schmerz in seinem Kopf ließ die Bilder ineinander verschwimmen, vergeblich versuchte er, Struktur in sie zu bringen, eine zeitliche Abfolge zu erlangen.

Ungelenk stand Djamal schließlich auf und trat ans Fenster. Durch die Schlieren auf der Scheibe blickte er hinaus. Sein Mund fühlte sich pelzig an, seine Zunge wie ein Fremdkörper. Draußen war es beinahe ganz dunkel. Keine Menschenseele war zu sehen. Auf den regennassen Autodächern spiegelte sich das Licht der Straßenlaternen.

Djamal lauschte in die Nacht. Von draußen drang das Tropfen des Wassers herein, aus einer anderen Wohnung hörte er entfernt den Ton eines Fernsehers. Sonst war es still. So still, dass ihm mit einem Mal klarwurde, dass er allein war.

Er öffnete die Zimmertür, ging durch den winzigen Flur und warf einen Blick in den Wohnraum, ohne Licht einzuschalten. Zwischen den Sitzkissen auf dem Fußboden stand eine Wasserpfeife neben leeren Teegläsern. Hatten sie geraucht? War das der Grund für seine Kopfschmerzen und den seltsamen Geschmack in seinem Mund? Er hatte keine Erfahrung damit, denn sein sportlicher Ehrgeiz hatte ihn bislang vom Rauchen abgehalten.

Eine Welle der Übelkeit überkam ihn, und er lehnte sich haltsuchend gegen den Türrahmen. Schweiß trat ihm plötzlich auf die Stirn. Er schaffte es gerade noch rechtzeitig in das kleine Badezimmer. Würgend hing er über der Kloschüssel und erbrach seinen Mageninhalt, bis nur noch Galle kam. Dann sank er neben dem Becken auf den Boden und lehnte den Kopf gegen die kalten Fliesen.

Was, bei Allah, war nur mit ihm los?

Es dauerte eine ganze Weile, bis er die Kraft fand, aufzustehen, und beinahe hätte ihn ein weiterer Übelkeitsanfall in die Knie gezwungen. Doch schließlich stand er vor dem Waschbecken und tastete nach dem Lichtschalter am Spiegelschrank. Kaltes Neonlicht flackerte und erhellte gleich darauf den Raum. Djamal sah sich um und konnte sich beim besten Willen nicht erinnern, hier schon einmal gewesen zu sein. Aber war das möglich? Dann fiel sein Blick auf sein eigenes Konterfei im Spiegel, und er schrak unwillkürlich zurück. Er sah fürchterlich aus: Die Augen blutunterlaufen, das Gesicht unter der olivfarbenen Haut aschfahl, und als er seine Hände betrachtete, stellte er fest, dass sie zitterten. Schwer stützte er sich auf dem Waschbecken auf. Was hatte ihn nur in diesen Zustand gebracht?

Er drehte das kalte Wasser auf und ließ es über seine Hände laufen, dann beugte er sich vor und wusch sich das Gesicht. An der Tür hing ein Handtuch. Er roch daran, bevor er es benutzte.

Noch immer wackelig auf den Beinen verließ er das Bad und ging in die Küche. Auf dem kleinen Tisch stand eine halbvolle Flasche Wasser, die er aufschraubte, ansetzte und mit einem Zug leer trank. Dann ließ er sich auf einen der beiden alten Küchenstühle fallen.

Er hatte die Badezimmertür aufgelassen, und der Lichtschein, der von dort in den Flur und fast bis in die Küche fiel, wurde von einem Gegenstand neben dem Herd reflektiert. Djamal griff danach. Der Widerschein kam von dem kleinen Display eines jener billigen Tastenhandys, die es in jedem Elektromarkt schon für zwanzig Euro gab. Er starrte unschlüssig darauf, wog es in seiner Hand und wollte es schon zurücklegen, doch dann huschten seine Finger wie von selbst über die Tastatur und gaben Ninas Nummer ein.

Er musste nicht lange klingeln lassen.

»Ja, hallo?«, meldete sie sich fragend.

Djamal schloss die Augen. Ihre Stimme zu hören war wie Balsam auf seiner Seele.

»Nina«, sagte er heiser.

»Djamal!«, stieß sie hervor. »Bist du es?«

»Ja, *habibti.*« Er kramte in seiner Erinnerung. »Kannst du mir sagen, welchen Tag wir heute haben?«

»Es ist Dienstag, Djamal. Dienstagabend.« Sie hörte sich an, als wäre sie außer Atem, wie immer, wenn sie aufgeregt war.

»Dienstag«, wiederholte er ungläubig. War er tatsächlich schon zwei Tage in Hamburg?

»Was ist mit dir?«, fragte sie besorgt. »Ist dir nicht gut, du klingst so seltsam.«

Er schluckte. »Ich weiß es nicht, ich bin völlig orientierungslos«, gestand er. »Ich …« Er brach ab, wusste nicht, wie er fortfahren sollte.

»Du hast mich angerufen, das allein zählt«, ermunterte sie ihn. »Jetzt wird alles gut.«

Er spürte, wie ihr ungebrochener Optimismus ihm ein Lächeln ins Gesicht zauberte. Er wusste, dass etwas lauerte, auf ihn wartete, etwas, das ihn aus dieser kurzen Ruhe und Geborgenheit wieder herausreißen würde, aber solange er mit Nina telefonierte, konnte es ihm nichts anhaben.

»Wo bist du?«, fragte sie.

»Hamburg.«

»Hamburg?«, erwiderte sie erstaunt. »Wie bist du nach Hamburg gekommen? Was machst du dort? Als wir das letzte Mal telefoniert haben, sagtest du, du hättest noch etwas zu erledigen. Hat es damit zu tun?«

Djamal zögerte. Warum stellte sie so viele Fragen? In seiner Erinnerung regte sich etwas.

»Darüber kann ich nicht sprechen«, sagte er, ohne zu wissen, warum.

Einen Atemzug lang war Schweigen.

»Kann ich zu dir kommen?«, fragte sie dann übergangslos.

Ja, nichts lieber als das!, schrie alles in ihm. Er wollte sein Gesicht in ihrem Haar vergraben und ihren Geruch ganz tief einatmen. Gleichzeitig wusste er, dass es nicht sein durfte.

»Es geht nicht, Nina.«

»Djamal, du fehlst mir aber so sehr.«

»*Habibti,* ich vermisse dich auch.«

»Aber …«

Er hörte nicht, was Nina als Nächstes sagte, denn plötzlich war wie aus dem Nichts die Erinnerung zurück.

Dienstag. Es war Dienstagabend, hatte Nina gesagt.

Plötzlich wusste er wieder, was in den vergangenen achtundvierzig Stunden geschehen war. Wer die jungen Männer waren, mit denen er und Yusuf zusammengesessen hatten.

»Bei Allah!«, entfuhr es ihm.

»Djamal?«

Ninas Stimme schien ihm nun weit entfernt, und die Sehnsucht, die er eben noch verspürt hatte, wich einer ganz anderen Erregung.

»Nina, ich muss auflegen.«

»Djamal, nicht, warte …«

Ihre Stimme hallte aus dem kleinen Lautsprecher durch die Küche, tanzte um ihn herum und ließ ihn kurz zögern, doch es gab kein Zurück. Er hatte sein Versprechen gegeben.

»*Habibti,* ich liebe dich«, flüsterte er, dann legte er auf.

Sein Herz klopfte heftig.

Er hatte sein Versprechen gegeben. Einen Pakt mit Allah geschlossen, und nicht nur Yusuf war Zeuge gewesen. Er sah wieder die Ehrfurcht in den Augen der jungen Männer, die Bewunderung, die sie ihm zollten. Noch nie zuvor hatte er einen solchen Moment erlebt, solche Emotionen gespürt, nicht einmal als die Männer seiner Familie ihn mit jenem alten Ritual in ihren Kreis aufgenommen hatten, das sie aus dem Zweistromland mit in den Westen gebracht hatten.

Er sehnte sich nach der Klarheit des Gebetes. Es würde Ruhe in seinen aufgewühlten Geist bringen, doch als er aufstehen wollte, schwindelte ihm, und ihm war, als schwanke der Boden unter seinen Füßen wie auf einem schlingernden Schiff. Das Letzte, was er wahrnahm, bevor er zusammenbrach, war die leere Wasserflasche auf dem Tisch.

KAPITEL 49

Zur ersten gemeinsamen Lagebesprechung im hamburgischen Polizeipräsidium hatte Bauer ein Kernteam aus Berlin mitgebracht, zu dem neben einigen weiteren Spezialisten natürlich Metzner, Weber und DiSanto gehörten. Außerdem waren führende Polizeikräfte der Stadt, Mitarbeiter der verschiedenen Nachrichtendienste, sowohl von Landes- wie von Bundesebene ebenso anwesend wie Vertreter des BKA.

»Die Hinweise verdichten sich, dass die Gorch Fock Ziel eines terroristischen Anschlags sein wird«, informierte Jochen Metzner die Runde.

Marc Bauer runzelte die Stirn. Das Segelschulschiff der Deutschen Marine würde in weniger als achtundvierzig Stunden die Einlaufparade zum Hamburger Hafengeburtstag anführen. Deutsche und europäische Politiker würden an Bord sein. Unter ihnen die Bundeskanzlerin.

»Hat sich das Kanzleramt zu den neuesten Entwicklungen geäußert?«, wollte er wissen.

»Die Kanzlerin ist nach wie vor entschlossen, an Bord zu gehen«, erwiderte Metzner, dessen Behörde die Personenschützer für die Bundespolitiker stellte.

»Gibt es jemanden, der sie davon überzeugen kann, davon abzusehen?«

Metzner zuckte entsagend mit den Schultern. »Ihrem Stab liegen die Risikoanalysen vor, die wir durchgeführt haben. Sie ist umfassend informiert.«

Bauer nahm an, dass die Kanzlerin sich nicht noch einmal auf einen solchen Eiertanz wie seinerzeit zu dem Fußballländerspiel in Hannover kurz nach den Anschlägen in Paris einlassen wollte, wo sie zunächst auch ihre Teilnahme zu, dann aber wieder abgesagt hatte. »Wir können unter den gegebenen Umständen nicht für ihre Sicherheit garantieren«, sagte er dennoch. »Ebenso wenig wie für die Sicherheit aller anderen, die an Bord der Gorch Fock sein werden.«

»Gibt es denn nicht die Möglichkeit, die Teilnahme des Schiffes an der Parade abzusagen?«, mischte sich ein Mitarbeiter des LKA Hamburg ein.

Bauer zog eine Augenbraue hoch. »Sie meinen unter einem vorgeschobenen Grund?«

Der Mann nickte.

»Das ist ausgeschlossen«, wies Bauer den Vorschlag zurück. »Darauf wird sich niemand im Verteidigungsministerium einlassen. Wir reden hier von der Kanzlerin und nicht von einem beliebigen Landespolitiker. Wir können nicht über ihren Kopf hinweg entscheiden.« Er räusperte sich. »Die Führung der Marine ist längst informiert. Wir fahren ein gemeinsames Sicherheitskonzept, und die Maßnahmen werden entsprechend verschärft werden. Die Besatzung des Schiffes ist auf den Besuch vorbereitet, es gibt aber einen offiziellen Konsens, dass das Kanzleramt bis zur letzten Minute offenlassen wird, ob er tatsächlich stattfindet.«

Natürlich war jeder im Raum zumindest in groben Zügen mit dem angesprochenen Sicherheitskonzept vertraut. Bauer hatte sich jedoch vorab auch über die Details briefen lassen. Wenn es einen Angriff gab, konnte er nur über das Wasser oder den Luftraum erfolgen. Entsprechend würden Polizeiboote einen Kordon um das Segelschulschiff bilden, der es den begleitenden Schiffen und Booten unmöglich machte, näher an die Gorch Fock heranzukommen. Auf zivilen Fahrzeugen würden Beamte zudem die Parade begleiten, um verdächtige Personen oder Bewegungen frühzeitig zu erkennen. Der Luftraum würde gesperrt sein und von einer Hubschrauberstaffel der Polizei überwacht werden. Das Netz war so engmaschig, dass es kaum vorstellbar war, wie ein Attentäter hindurchschlüpfen sollte. Und genau das war es, was Bauer Sorge bereitete.

Die Terrorwarnungen waren von zwei verlässlichen ausländischen Nachrichtendiensten an die deutschen Partnerbehörden weitergegeben worden. Nach wie vor deutete alles auf eine aus der syrisch-irakischen Region gesteuerte Anschlagsserie in Europa hin, eine konzertierte Aktion, die angeblich einem festen Plan folgte. Yusuf Asmani kam in Deutschland eine Schlüsselrolle bei der Durchführung dieses Plans zu. Bislang waren keine Details bekannt geworden, diese kristallisierten sich nun jedoch heraus – und zwar viel zu offensichtlich für Bauers Geschmack.

Er hatte seine Bedenken in seiner täglichen Analyse, die er für die Ministerien und das Kanzleramt erstellte, geäußert, aber zu seinem Ärger kein Gehör gefunden.

›Warum sollen wir die Warnungen der befreundeten Dienste in Zweifel ziehen‹, hatte nicht nur der Staatssekretär des Inneren, sondern auch Max Grundheber, der Beauftragte des Kanzleramtes für die Nachrichtendienste, gefragt. Es war einer der seltenen Fälle, in dem sich die beiden einig waren. Bauer hatte auf die Historie der bisherigen Anschläge in Europa verwiesen, die *immer* auf weiche Ziele gerichtet gewesen waren. Angefangen bei den verheerenden Attentaten in der Londoner U-Bahn über die auf die Vorortzüge in Spanien sowie die Anschläge in Paris, Brüssel und Berlin. Nie hatte eine öffentliche Person im Fokus der Terroristen gestanden. Ziel war es, Angst zu verbreiten, die Menschen in Europa ihrer Freiheit zu berauben, die den Terroristen aufgrund ihrer dogmatischen, religiösen Ausrichtung ein Dorn im Auge war.

›Sie haben völlig recht‹, hatte ihm der Staatssekretär des Inneren zugestimmt, ›aber aus unserer Sicht ist diese Serie mit dem Anschlag in Berlin fortgesetzt worden. Was uns in Hamburg erwartet, wird etwas ganz Neues sein.‹

»Ein reines Ablenkungsmanöver dieser islamistischen Kämpfer, meiner Meinung nach folgen sie einem ganz anderen Plan«, hatte Bauer gekontert, war aber auf taube Ohren gestoßen.

Als er seine Besorgnis nun im Rahmen der Lagebesprechung äußerte, fand er mehr Gehör.

»Dieses offensichtliche Gerede von einem Anschlag auf die Gorch Fock könnte in der Tat ein reines Ablenkungsmanöver sein«, stimmte DiSanto ihm zu.

»Aber womit müssen wir dann tatsächlich rechnen?«, wollte Lukas Weber wissen.

»Wir haben ein völlig unübersichtliches weiches Ziel, das wir nicht schützen können«, erklärte Bauer und wies auf die Karte hinter ihnen an der Wand, die den Hamburger Hafen und die Elbe bis nach Övelgönne zeigte. »Die Stadt rechnet mit anderthalb Millionen Besuchern, die sich nicht nur im Hafen und an der Elbe aufhalten werden, sondern auch auf dem Wasser auf Ausflugsschiffen und Barkassen. Ich fürchte, wir müssen damit rechnen, dass irgendwo inmitten einer dieser Menschenansammlungen ein Sprengsatz detonieren wird, und zwar zeitgleich mit dem Anschlag auf die Gorch Fock.«

»Einem solchen Szenario können wir unmöglich präventiv begegnen«, bemerkte Metzner, »wir haben nicht die Manpower, um überall Streifen mit Hunden patrouillieren zu lassen und jeden Besucher, der auf ein Schiff will, gesondert zu überprüfen.«

»Genau«, sagte Bauer fast erleichtert, dass endlich jemand seinen Gedankengängen folgte. »Yusuf Asmani weiß genau, dass er keine Chance hat, an die Gorch Fock heranzukommen, aber er weiß, dass er mit einer solchen Aktion unsere uneingeschränkte Aufmerksamkeit hat, um dann an anderer Stelle umso verheerender zuzuschlagen.«

»Und zwar dort, wo die Menschen zusammenlaufen, um zu sehen, was auf dem Wasser geschehen ist«, warf DiSanto ein und trat an die Karte. »Das ist eine klassische Vorgehensweise im Terrorkrieg im Nahen Osten. Die zweite Bombe ist die eigentlich gefährliche.« Er blickte in die Runde. »Wo also wäre ein Angriff auf das Segelschulschiff am wahrscheinlichsten?«

In diesem Moment klingelte Webers Telefon. Er nahm den Anruf an und verließ den Raum, kam jedoch gleich darauf wieder herein, die Augen vor Aufregung glänzend. »Djamal hat seine Freundin Nina Mainhardt angerufen. Wir haben die GPS-Daten des Telefons. Eine

Spezialeinheit der hamburgischen Polizei ist bereits auf dem Weg dorthin.«

»Wo ist er?«

»Hamburg-Billstedt.«

Bauer tauschte einen Blick mit DiSanto. »Joe und ich fahren hin.«

Weber nannte ihnen die Adresse. Bauer griff nach seinem Sakko. Im Laufschritt eilte er gleich darauf mit DiSanto durch das Gebäude dem Ausgang zu, wo ein ziviler Einsatzwagen auf sie wartete, um sie mit Blaulicht in den Osten der Stadt zu bringen. Bauer war sich im Klaren darüber, dass sein Platz im Präsidium war, hier liefen die Informationen zusammen, aber was, wenn die Einsatzkräfte vor Ort etwas übersahen? Und genau aus diesem Grund hatte er auch darauf bestanden, dass DiSanto ihn begleitete. Sie konnten sich keinen Fehler mehr erlauben.

Djamal Khadim war die zentrale Figur in Yusuf Asmanis Anschlagsplänen. Aber diese Pläne sahen nicht vor, dass Djamal sich auf einem Boot auf dem Weg zur Gorch Fock in die Luft sprengte, dessen war Bauer sich sicher. Wenn es ihnen wirklich gelang, ihn aus dem Verkehr zu ziehen, war die größte Gefahr, die drohte, gebannt. Asmani würde in der kurzen Zeit keinen Ersatz finden, und auf halbe Lösungen ließ sich der derzeit meistgesuchte Mann in Deutschland nicht ein. Dafür strebte er zu sehr nach Perfektion und Ruhm. Sie mussten sich seine bislang einzige gezeigte Schwäche zunutze machen.

KAPITEL 50

Yusuf starrte ungläubig auf die Szene, die sich ihm beim Betreten der Wohnung bot: Die beiden jungen Syrer, die er in der Wohnung als Wachposten zurückgelassen hatte, trugen einen besinnungslosen Djamal aus der Küche. Erschrocken hielten sie inne, als sie Yusuf im Türrahmen bemerkten.

»Was ist hier los?«, fragte Yusuf leise und betonte dabei jedes einzelne Wort so, dass kein Zweifel bestand, was er von der Situation hielt.

»Er ist bewusstlos«, stammelte Masur, der ältere der beiden.

»Das kann ich sehen«, bemerkte Yusuf abfällig. »Und wie ist er in die Küche gekommen?«

Die beiden jungen Männer tauschten einen schnellen Blick.

»Wissen wir nicht«, gab Masur kleinlaut zu. »Wir … wir waren kurz draußen.« Seine dunklen Augen in dem noch jungenhaften Gesicht flackerten nervös.

»Draußen? Unsere Abmachung war eine andere.«

»Ja, sicher, aber wir waren nur kurz weg, um …«

»Um was?«

Erneut sahen sie einander hilfesuchend an. »Wir haben etwas zu essen geholt. Es war nichts mehr da.«

»Und das hätte nicht Zeit gehabt, bis ich zurück bin?«

»Der Laden hatte nur bis neun geöffnet.«

Yusuf atmete gegen seinen Zorn an. »Schafft ihn zurück ins Schlafzimmer«, presste er schließlich zwischen den Zähnen hervor.

Er wartete, bis die Brüder den Weg frei gemacht hatten, dann trat er in die Küche. Dort fiel sein Blick auf die leere Wasserflasche auf dem Tisch, was ihm sofort die Erklärung für Djamals Zustand lieferte. Djamal war also aufgewacht, in die Küche gegangen und hatte seinen

Durst gestillt. Es war genügend Schlafmittel in der Flasche gewesen, um einen Stier umzuhauen. Wie lange hatte es gedauert, bis es bei Djamal gewirkt hatte, und was hatte er in der Zwischenzeit noch gemacht, während er allein war? Konzentriert sah sich Yusuf um. Unter dem Küchentisch lag etwas. Als Yusuf sich danach bückte, erkannte er Masurs Mobiltelefon. Ein altes Tastenhandy ohne Sperrcode, wie sie es alle benutzten. Es konnte nur einen Grund dafür geben, dass das Telefon dort lag. Yusuf hob es auf und spürte, wie ihm der Schweiß ausbrach, als er den Rufnummernspeicher aufrief und seine schlimmsten Befürchtungen bestätigt sah. Djamal hatte telefoniert, vermutlich mit seiner Freundin oder seiner Familie, und es war anzunehmen, dass jeder dieser Anschlüsse überwacht wurde.

Mit einem Satz war er im Flur. »Wir müssen hier weg!«

Die beiden jungen Syrer starrten ihn verständnislos an, doch dann bemerkten sie das Telefon in seiner Hand. Masur wurde blass.

»Ihr bringt Djamal raus!«, ordnete Yusuf knapp an. »Wir treffen uns in der übernächsten Querstraße, da steht der Wagen.« Ohne auf eine Antwort zu warten, eilte er durchs Wohnzimmer, riss die Balkontür auf und sprang im nächsten Augenblick schon über die Brüstung in das vom Regen durchnässte Gras. Er sah nicht zurück, als er zwischen den Gebäuden hindurchhastete. Das tat er nie. Jeder war für sich selbst verantwortlich.

Bevor er jedoch aus dem Schatten der Häuser auf die Straße trat, blickte er sich sichernd um, aber nichts Verdächtiges war zu sehen. Der Wagen stand nur wenige Meter entfernt. Yusufs Herz pumpte viel zu schnell, allerdings weniger vor Anstrengung als vor Wut. Er war zu leichtsinnig gewesen, hatte seine eigenen Regeln gebrochen und anderen vertraut in einer Phase, in der nichts mehr schiefgehen durfte. Wenn er Djamal nun verlor, war die Tat nicht mehr durchführbar.

Aus der Ferne hörte er den Klang von Martinshörnern. Atemlos hielt er inne und lauschte, bis sie allmählich wieder verklangen. Wo blieben die beiden Brüder mit Djamal? Er durfte nicht mehr lange warten. Wenn die Behörden das Telefon geortet hatten, würde es hier gleich wimmeln vor Polizisten und Spezialeinheiten. Und die würden sich nicht auf die Wohnung beschränken, sondern die gesamte Umgebung sichern. Jeder verdammte Bulle im Land kannte sein Gesicht. Sein Foto stand vermutlich bundesweit auf jeder Fahndungsliste längst auf Platz eins. Yusuf atmete tief durch, um sich zu beruhigen. Dann zog er sein Telefon aus der Tasche und rief die Nummer für Notfälle an.

Kaum dass er aufgelegt hatte, nahm er eine Bewegung zwischen den Häusern wahr. Masur und sein Bruder schleppten den immer noch bewusstlosen Djamal auf ihn zu.

Hastig schloss Yusuf den Wagen auf und startete den Motor. Die Brüder quetschten Djamal auf die Rückbank und stiegen ein. Die Türen waren noch nicht ganz geschlossen, als Yusuf bereits Gas gab. Der Wagen schleuderte kurz auf dem nassen Asphalt, um dann zu beschleunigen. Es war inzwischen kurz vor dreiundzwanzig Uhr, das Nieseln vom frühen Abend war in einen beständigen Regen übergegangen, und die kleinen Seitenstraßen, durch die Yusuf den alten Golf aus dem Viertel lenkte, waren wie ausgestorben. Kurz bevor sie die nächste größere Kreuzung erreichten, beobachteten sie auf der Hauptstraße mehrere Polizeifahrzeuge mit Blaulicht vorbeipreschen.

Masur murmelte neben ihm ein kurzes Gebet, für das Yusuf ihn am liebsten geohrfeigt hätte. Nicht Allah hat dich hier rausgeholt, ich war es, lag ihm auf der Zunge. Aber er behielt seinen Ärger für sich. Noch brauchte er seine Helfer.

Er fädelte den Wagen in den Verkehr auf der vierspurigen Straße ein, die Richtung Stadtzentrum führte. Das gelbe Licht der Laternen erhellte das Innere, und im Rückspiegel konnte er Djamal sehen, der mit halboffenem Mund noch immer komatös an der Schulter von Masurs Bruder schlief. Er würde so schnell nicht aufwachen, nicht nach der Dosis Schlafmittel, die er sich mit der Flasche Wasser unwissentlich verabreicht hatte. Und das war auch gut so. Fragen konnte Yusuf jetzt nicht gebrauchen. Nicht bevor sie ihr Ziel erreicht hatten.

Während der knapp halbstündigen Fahrt kauerten seine beiden jungen syrischen Begleiter schweigend auf ihren Plätzen. Natürlich rechneten sie damit, für ihr Versagen zur Rechenschaft gezogen zu werden, und sein beharrliches Schweigen verunsicherte sie zutiefst. Er hätte sich nie darauf einlassen dürfen, diese Mission mit ihrer Hilfe durchzuziehen. Es reichte eben nicht, dass verlässliche Männer aus dem inneren Kreis für ihre Integrität und Loyalität gebürgt hatten. Masur und sein Bruder waren nicht im Krieg gewesen, hatten Deutschland niemals verlassen. Sie wussten nicht, was es hieß, Befehle blind zu befolgen, weil das Leben anderer oder der Erfolg einer Operation davon abhing, waren nie in Gefangenschaft geraten, hatten weder Folter noch Demütigungen aushalten müssen. Mit ihrem Verhalten hatten sie letztlich gezeigt, dass sie tatsächlich nur unbedarfte Kinder waren, für die all das hier ein großes Abenteuer war. Bei Allah, er würde sie dafür zahlen lassen, dass sie seinen genialen Plan beinahe zum Scheitern gebracht hatten.

Endlich erreichten sie ihr Ziel, eine von heruntergekommenen Altbauten gesäumte Straße in Hamburg-Ottensen, gleich hinter dem Bahnhof Altona. Yusuf lenkte den Wagen durch eine Toreinfahrt auf einen unbeleuchteten Hinterhof. Er hatte den Motor noch nicht ausgeschaltet, als schon eine Tür aufging. Sein Netzwerk funktionierte noch. Sie wurden erwartet.

Er stieg aus und taxierte die Frau, die ihn begrüßte. Ihre südländische Attraktivität wurde überschattet von einer Kälte im Blick und einem harten Zug um den Mund, der Yusuf augenblicklich zur Vorsicht mahnte.

»Ich brauche für zwei Nächte einen sicheren Ort«, sagte er, als sie in einem nichtssagenden Raum im Erdgeschoss bei einem Glas Tee die Verhandlungen aufgenommen hatten.

»Wie sicher?«, wollte sie wissen.

»Absolut sicher.«

»Das ist nicht billig.«

»Ich weiß«, entgegnete er lediglich.

»Ich kläre, ob wir etwas für dich haben.«

Yusuf nickte und sah ihr nach, als sie den Raum verließ. Ihre Bewegungen waren so spröde wie ihr Blick kalt war. Aber sie war nur die Unterhändlerin. Die Entscheidungsbefugnis hatte vermutlich ihr Vater oder ein Bruder, die das Gespräch aus einem anderen Raum über die in einer Zimmerecke hängende Kamera verfolgten.

Yusuf hasste es, auf diese Weise Geschäfte zu machen, aber wo sonst traf er auf Partner, die sich weder für ihn noch für seine Pläne interessierten. Der gesamte Clan der Frau verdiente, soweit er informiert war, sein Geld vor allem mit Drogen- und Waffenschiebereien. Die Solidarität, die er hier erhielt, war nicht im Glauben verwurzelt, sie war käuflich. Es gefiel ihm nicht, sich darauf einzulassen, es bedeutete, die gesamte Operation auf ein fragwürdiges Niveau herunterzuziehen, aber er hatte keine Wahl.

Die Frau kam wieder, händigte ihm einen Schlüsselbund aus und nannte ihm eine Adresse, nachdem er ihr eine stattliche Summe Bargeld aus dem Vorrat, den er immer bei sich trug, auf den Tisch gezählt hatte.

»Wenn du gehst, schließt du ab und wirfst den Schlüssel in den Briefkasten«, sagte sie zum Abschied, dann fiel die Tür hinter ihm ins Schloss, und er stand in der Dunkelheit. Langsam ging er zum Auto zurück. Die Fahrt dauerte keine zehn Minuten. Die Adresse gehörte zu einem Schuppen in einem verlassenen Industriegebiet, kaum mehr als eine Garage mit einem Klo und einem Wasseranschluss. Er fuhr den Golf hinein und wartete, dass Masur zusammen mit seinem Bruder Djamal aus dem Wagen hob und auf eine Matratze in einer Ecke des Raumes legte.

Dann nahm er sie beiseite. »In weniger als sechsunddreißig Stunden könnt ihr euren Fehler wiedergutmachen.« Angesichts des Lächelns, mit dem Yusuf die beiden bei diesen Worten bedachte, schluckte Masur nervös. »Was sollen wir tun?«, fragte er sichtlich eingeschüchtert.

»Ihr werdet eine kleine Bootsfahrt machen.«

Masur wurde blass.

KAPITEL 51

Sie sind nicht mehr hier!«

Die Nachricht hallte Bauer bereits entgegen, als er aus dem Wagen stieg. Ohne auf den Regen zu achten, eilte er mit offenem Jackett auf den Wohnblock zu. Die Straße war abgesperrt, das blitzende Blaulicht der Einsatzwagen flackerte unwirklich durch die Nacht. Erste Schaulustige standen bereits auf den Balkons der umliegenden Häuser.

»Haben wir schon jemanden, der die Presse abfängt, die sicher gleich auflaufen wird?«, wandte Bauer sich an den Einsatzleiter der Polizei, den er auf dem Weg zur Wohnung traf.

Der Mann betrachtete ihn mit gerunzelter Stirn, nickte aber sogleich beflissen, als Bauer seinen Dienstausweis zückte. »Ich werde das persönlich übernehmen«, erklärte er.

»Wir haben hier einen Einsatz im Rahmen der Drogenfahndung, des organisierten Verbrechens, was immer Sie wollen und in diesem Milieu am wahrscheinlichsten ist«, erinnerte Bauer ihn, »aber kein Wort über den tatsächlichen Grund unseres Hierseins.«

»Natürlich«, beeilte sich der Beamte zu versichern. »Ich habe verstanden.«

Bauer zückte eine Karte. »Veranlassen Sie, dass alle Auswertungen der Spurensicherung und der KTU an diese Adresse geschickt werden. Und wir benötigen die Ergebnisse sofort.«

Mit DiSanto an seiner Seite, der sich wie immer, wenn er sich außerhalb seiner Befugnisse bewegte, zumindest offiziell im Hintergrund hielt, betrat Bauer das Gebäude.

Die im Hochparterre gelegene Wohnung bestand aus zwei abgewohnten, kaum möblierten Zimmern, einer winzigen Küche und einem Bad.

»Wir wissen es noch nicht genau, aber den Spuren nach zu urteilen waren drei bis vier Personen hier«, informierte sie einer der Mitarbeiter der Spurensicherung. »Wenigstens einer von ihnen hat die Wohnung über den Balkon verlassen. Wir haben entsprechende Abdrücke im Gras gefunden.«

»Was noch?«, hakte Bauer ungeduldig nach.

»Es führen Schleifspuren über den Rasen, eine der Personen war möglicherweise nicht in der Lage, eigenständig zu gehen.«

Bauer und DiSanto tauschten einen Blick.

»Khadim«, bemerkte DiSanto leise. »Vermutlich haben sie ihn unter Drogen gesetzt.«

»Überprüfen Sie jedes einzelne Gefäß, das benutzt wurde, auf Betäubungsmittel oder Ähnliches«, wies Bauer daraufhin den Beamten der Spurensicherung an. »Außerdem müssen die hier gefundenen DNA-Spuren sofort mit unserer Datenbank abgeglichen werden. Ich will eine Probe von jeder einzelnen Spur, selbst wenn wir keinen Treffer haben.«

»Die Bearbeitung …«, begann der Beamte.

»Dieser Fall hat absolute Priorität«, fiel Bauer ihm ins Wort. »Ich erwarte Ihre Ergebnisse umgehend.«

Ein weiterer Forensiker kam aus dem Wohnzimmer. »Das hier haben wir gerade auf dem Balkon gefunden.« In der Hand hielt er eine durchsichtige Plastiktüte mit einem Mobiltelefon.

Bauer nahm sie ihm ab. »Das nehmen wir gleich zur Auswertung mit. Haben Sie sonst noch etwas gefunden? Kleidung, Schuhe, irgendwelche persönlichen Dinge? Wenn die Männer die Wohnung überstürzt verlassen haben, werden sie nicht alles mitgenommen haben.«

»Bislang nicht. Aber wenn hier etwas ist, entgeht es uns nicht.«

»Asmani ist zu professionell, um irgendetwas zurückzulassen, selbst wenn er einen Ort völlig überraschend verlassen muss. Darauf ist er immer vorbereitet«, gab DiSanto zu bedenken, als sie wieder auf dem Weg nach draußen waren. »Und er wird seine Leute entsprechend instruiert haben.«

»Das ist mir klar, Joe. Aber Menschen machen Fehler.« Bauer hielt die Tüte mit dem Telefon hoch. »Wie sonst sollte Djamal Gelegenheit gehabt haben, Nina anzurufen?«

Vor dem Haus trafen sie erneut auf den Einsatzleiter. Bauer ging direkt auf ihn zu. »Lassen Sie die Nachbarn und auch die Bewohner der umliegenden Häuser befragen, deren Wohnungen so gelegen sind, dass sie eventuell sehen konnten, wer in dieser Wohnung war oder sich auf dem Balkon gezeigt hat«, ordnete er an. »Und lassen Sie Phantomzeichnungen anfertigen.«

Der Einsatzleiter räusperte sich beklommen. »Viele der Menschen hier sprechen kein Deutsch.«

Bauer starrte ihn ungläubig an.

»Dann besorgen Sie sich verdammt noch einmal Sprachmittler!«, entfuhr es ihm dann heftiger als beabsichtigt. Kopfschüttelnd eilte er davon.

DiSanto folgte ihm nachdenklich.

»Bauer, so kenne ich dich nicht«, stellte er fest, sobald sie außer Hörweite waren. »Was ist los? Wir können hier nichts mehr retten. Auch wenn wir herausfinden, wer alles in dieser Wohnung war und was hier vor sich gegangen ist, wie soll uns das weiterhelfen? Wir müssen uns auf das Kommende konzentrieren. Wo wird es den Angriff auf die Gorch Fock geben, wo könnte sich ein Attentäter in der Menge plazieren?« Er fasste Bauer an der Schulter und zwang ihn, stehen zu bleiben. »Was bringt dich so aus der Fassung? Das ist doch nicht deine Art.«

Bauer sah seinen amerikanischen Freund und Kollegen zunächst irritiert an, doch allmählich drang die Bedeutung von DiSantos Worten zu ihm durch. Ja, was war es, das ihn so aus der Fassung brachte? Ihre letzte Hoffnung, Djamal Khadim vor Beginn des Hafengeburtstags zu finden, hatte sich soeben zerschlagen. Das zerrte an seinen Nerven, zumal er sich dafür verantwortlich fühlte, dass ihnen in Berlin der Junge zusammen mit Yusuf Asmani entkommen war. Aber er war nicht das erste Mal in einer solchen Situation. Er kannte dieses Gefühl der plötzlichen Ausweglosigkeit, den Stress, der dadurch ausgelöst wurde. Wie oft schon hatte er dann bis zum Umfallen gearbeitet, um Lösungen zu finden. Das war es nicht.

»Vielleicht ist es der politische Druck, der hinter allem steht und mich so reizbar macht«, entgegnete er schließlich nachdenklich. »Die Nähe zu Berlin, diese ständige Auseinandersetzung mit Politikern und Ausschüssen …« Er zuckte ratlos mit dem Schultern, aber DiSanto hatte verstanden, worauf er hinauswollte.

»Du bist genauso wenig für einen Bürojob und die Diplomatie geschaffen wie ich«, sagte er.

Bauer seufzte. »Einmal Kampfschwein, immer Kampfschwein, was?«

DiSantos Augenbrauen zuckten bei dieser Bemerkung leicht nach oben, aber er nickte. »Das lässt sich in der Tat nicht so leicht abstreifen.«

Als sie zwanzig Minuten später wieder im Polizeipräsidium ankamen, ließ Bauer das sichergestellte Mobiltelefon in die entsprechende Abteilung bringen.

Jochen Metzner erwartete sie bereits. Über die jüngsten Entwicklungen war er informiert.

»Die Telefonaktion wäre eine gute Chance gewesen, das Ganze zu beenden, bevor es ernst wird«, begrüßte er sie, »aber wirklich geglaubt habe ich nicht, dass sie erfolgreich sein würde. Dafür hat Asmani uns schon zu oft ausgetrickst.« Er bat Bauer und DiSanto in einen der kleineren Konferenzräume in dem Flügel, der für sie reserviert war. »Aus diesem Grund haben wir hier intensiv weitergearbeitet.«

Metzner hatte sein Team, zu dem sich auch Weber gesellt hatte, nicht geschont, es war inzwischen nach Mitternacht, es roch nach Kaffee und billigem thailändischem Essen, und Müdigkeit sprach aus der Haltung und den Gesichtern aller Anwesenden, aber sie war gepaart mit einer eiserenen Entschlossenheit. *Nicht noch einmal Berlin* hatte jemand in großen roten Lettern auf das Flipchart in der Ecke des Raumes geschrieben und damit das Motto für die nächsten anderthalb Tage ausgegeben.

Metzner führte sie zu einer großflächigen Karte des Hamburger Hafengebietes, die über den Tisch gebreitet lag.

»Ich glaube, es ist uns gelungen, die Möglichkeiten einzugrenzen. Es gibt nur zwei Stellen, an denen ein Anschlag auf die Gorch Fock erfolgreich sein könnte«, erklärte er und strich sich über seinen grauen Dreitagebart. »Und wir werden die Gefahr an der Kai-Linie eingrenzen, indem wir einige Gebiete in der Höhe dieser Bereiche absperren und damit unzugänglich machen.«

»Was sagt der Erste Bürgermeister dazu?«

Metzner räusperte sich.

»Begeisterung sieht anders aus«, antwortete Weber, der gerade zu ihnen getreten war. »Aber unser Kollege vom BKA hat wirklich großartige Überzeugungsarbeit geleistet.«

»Mit Hilfe des Polizeipräsidenten und des Innensenators«, wiegelte Metzner ab.

Bauer lächelte das erste Mal an diesem Tag, und dabei richtete sich sein Blick erneut auf das Flipchart. *Nicht noch einmal Berlin.* Er atmete tief durch. Das war ihr Ziel, und sie würden es erreichen.

In diesem Moment klingelte sein Handy. Er zog es heraus und las die Textnachricht auf dem Display. Sie war von Vivien.

»Nina ist nach Hamburg unterwegs. Sie will Djamal finden, zusammen mit seinem Cousin Issam. Ich habe es eben erst erfahren.«

»Fuck«, erwiderte DiSanto nur, als Bauer die Nachricht vorlas.

»Asmani ist skrupellos. Wenn es ihnen wirklich gelingen sollte, ihn und Djamal zu finden, ist das Mädchen in Lebensgefahr.«

Bauer nickte angespannt. »Das sehe ich genauso, aber wir können darauf keine Rücksicht nehmen. Nicht in der aktuellen Situation.« Er wandte sich an Weber. »Versuchen Sie, Nina zu erreichen und weitere Informationen zu bekommen.«

Sein jüngerer Kollege fuhr sich nervös mit den Fingern durchs Haar. »Kann ich Sie einen Moment allein sprechen?«, fragte er mit einem Seitenblick auf DiSanto.

»Wir sind hier ein Team …«, reagierte Bauer irritiert.

»Reg dich nicht auf, Bauer«, fiel ihm der Amerikaner jedoch gelassen ins Wort.

»Es geht um meinen Informanten«, sprudelte es aus Weber heraus, sobald sie allein waren.

Bauer betrachtete ihn mit gerunzelter Stirn. »Hat er etwas für uns?«

Weber schüttelte den Kopf. »Nein, tatsächlich haben wir seit mehreren Stunden keinen Kontakt mehr zu ihm, und jetzt weiß ich auch, warum.«

Bauer horchte auf.

»Er hat sich gerade selbst verbrannt«, fügte Weber hinzu.

Bauer starrte seinen jüngeren Kollegen zunächst verständnislos an, doch dann begriff er, was Weber ihm sagen wollte. Die Textnachricht von Vivien! Nina war auf dem Weg nach Hamburg, und zwar in Begleitung von Djamals Cousin.

»Ihr Informant war Issam!«, entfuhr es Bauer.

Weber nickte, und Bauer seufzte unwillkürlich. »Das mischt die Karten auf gefährliche Weise neu.«

»Was schlagen Sie vor?«, fragte Weber ihn.

»Wir leiten eine Fahndung ein. Parallel dazu versuchen Sie, das Mädchen zu erreichen, auch wenn ich nicht viel Hoffnung habe, dass wir auf diese Weise etwas erreichen.«

KAPITEL 52

Scheiße, Issam, du hast die ganze Zeit über für die Polizei gearbeitet?«

»Verfassungsschutz«, entgegnete er trocken.

Nina starrte ihn noch immer ungläubig an. »Dann … dann war das alles nicht echt mit deiner Frömmigkeit und allem?«

Issam hielt den Blick starr auf die Straße gerichtet. »Ich bin Muslim, und ich stehe zu meiner Religion, aber nicht in dem Maße, wie ich es vorgegeben habe.«

»Aber warum?« Sie konnte es einfach nicht verstehen.

»Sie haben gut gezahlt«, entgegnete Issam knapp. Sie beobachtete, wie seine Hände das Lenkrad umklammerten, und erinnerte sich, was Djamal über seinen Cousin gesagt hatte, dass Issam als Rebell der Familie galt, sich von niemandem etwas sagen ließ. Sie runzelte die Stirn. »Und jetzt? Kannst du einfach so aufhören?«

»Ganz ehrlich, Nina, ich weiß es nicht und auch nicht, was passieren wird. Tatsächlich ist es mir auch egal. Ich kann nur an Djamal denken.«

»Aber wie bist du an diesen Job überhaupt gekommen?«

»Ich bin angesprochen worden«, entgegnete er, ohne sie anzusehen. Nina versuchte, ihre Verunsicherung nicht zu offensichtlich zu zeigen. Sie wusste, dass so etwas passierte, aber eigentlich nur aus Büchern oder Filmen. »Ist … ist es für dich nicht gefährlich, mir das zu erzählen? Was ist, wenn andere davon erfahren?«

»Du meinst andere wie Yusuf?«, fragte er.

Sie nickte.

»Ich verlass mich darauf, dass du nicht darüber sprichst.«

Nina sank tiefer in den Beifahrersitz des einfachen Mietwagens und warf ihm einen flüchtigen Seitenblick zu. Seine unerwartete Offenheit, ebenso wie das Vertrauen, das er ihr damit schenkte, überraschten sie. Was bezweckte er damit?

Er sah völlig anders aus, seit er seinen Bart abrasiert und seine muslimische Kleidung gegen Jeans und T-Shirt getauscht hatte. Beinahe ein wenig wie Djamal.

»Wäre es nicht klüger gewesen, dein Äußeres nicht so drastisch zu verändern? Ich meine, die Leute in Hamburg, von denen du gesprochen hast, sollen sie nicht denken, du bist noch einer von ihnen?«

»Das sind Leute, die ich von früher kenne, sie haben mit der salafistischen Szene nichts zu tun. Aber sie haben Beziehungen, wissen, was in der Stadt läuft, wer mit wem zusammenarbeitet und verhandelt.« Er sah zu ihr. »Sie verkaufen Informationen.«

Nina atmete tief durch. Issams Welt war ihr völlig fremd, und Issam erschien ihr plötzlich viel älter, viel erfahrener, sein Auftreten verändert, und sie fühlte sich entsetzlich naiv an seiner Seite.

Um von außen Haltung zu bewahren, zog sie ihr Telefon aus ihrer Tasche und sah, dass ihre Mutter angerufen hatte. Und eine weitere, ihr unbekannte Nummer war auf der Anrufliste. Sie zögerte.

»Was ist?«, wollte Issam wissen.

»Jemand hat versucht, mich zu erreichen. Ich kenn die Nummer nicht.« Unschlüssig fuhr sie über das Display.

»Du meinst, es könnte Djamal gewesen sein?«

Sie nickte nervös.

»Ruf zurück, sonst wirst du es nicht herausfinden.«

Es ist mitten in der Nacht, wollte sie wiedersprechen, erkannte dann aber selbst, wie irrelevant das war, und nahm das Handy ans Ohr. Aber es war nicht Djamal, der sich am anderen Ende der Leitung meldete, sondern Lukas Weber. Als sie seine Stimme hörte, sah sie sofort seine schlaksige Gestalt vor sich, den ungekämmten Haarschopf. »Nina, danke, dass du zurückrufst.«

»Was gibt es denn?«, fragte sie verhalten.

»Wo bist du?«

»Ich … wir …«, stotterte sie überrascht von seiner Frage.

»Wir sollten uns treffen.«

»Ich bin nicht in Berlin.«

»Ich weiß.«

Nina schluckte.

»Vielleicht ist es besser, wenn du auf laut stellst, dann kann Issam mithören.«

Nina legte einen Finger über das Mikrophon. »Das ist Lukas Weber«, flüsterte sie. »Er will uns treffen.« Verstört sah sie Issam an. »Warum?«

»Er war meine Kontaktperson.«

Nina schluckte. »Aber woher weiß er, dass wir zusammen unterwegs sind? Du hast doch gesagt, du hättest den Kontakt abgebrochen.«

»Vermutlich hat er die Information von deiner Mutter.«

Ninas Mund wurde schmal. Natürlich. Aber woher wusste sie davon? Hatte Sarah geplaudert? Das hatte ihre Schwester vorher noch nie gemacht.

»Sag Weber, dass du gleich noch einmal anrufst«, forderte Issam sie auf, und nachdem Nina aufgelegt hatte, fügte er hinzu: »Wenn wir in Hamburg sind, ist es vermutlich das Beste, wenn wir uns trennen.«

»Weshalb?«

»Ich möchte den Verfassungsschutz nicht auf den Fersen haben, wenn ich meine Kontakte aufsuche.«

»Und was bedeutet das für mich?«

»Dass du dich mit Weber triffst.«

Nina schüttelte energisch den Kopf. »Damit sie mich zu meiner Mutter zurückbringen?«

»Du bist volljährig.«

Nina schnaubte. »Das hab ich auch gedacht, aber du hast ja keine Ahnung, welche Beziehungen meine Mutter spielen lässt, wenn etwas nicht nach ihrem Willen geht. Warum willst du, dass ich mich mit Weber treffe?«

Issam nahm den Fuß vom Gas und steuerte den Parkplatz an, der vor ihnen lag. Er hielt, schaltete den Motor ab, und das erste Mal, seit sie ihn kannte, sprach er mit ihr wie mit einer langjährigen Vertrauten.

»Bei dem, was wir vorhaben, kann ich nicht für deine Sicherheit garantieren, Nina. Als wir in Berlin spontan aufgebrochen sind, hab ich mir gar nicht richtig bewusst gemacht, in welche Gefahr wir uns begeben. Ich hab mich von dir mitreißen lassen. Aber Webers Anruf hat mir gezeigt, was wir hier tun.« Im Halbdunkel des Wageninneren sah sie seine angespannten Gesichtsmuskeln. »Ich will nicht, dass dir etwas zustößt.«

»Und was ist mit dir?«

»Ich bin verantwortlich für Djamal. Er ist mein Cousin. Ohne mich wäre er in diese Situation nicht hineingeraten.«

Das war es also. Deshalb hatte er sich geoutet. Er wollte nicht, dass irgendjemand, nicht einmal sie, glaubte, er hätte Djamal rekrutiert. Aber gerade deswegen musste er doch auch verstehen, dass er sie nicht einfach abschieben konnte. Es ging um Djamal! Sie konnte ihn nicht im Stich lassen.

»Djamal ist dein Cousin«, sagte sie mit belegter Stimme. »Und er ist mein Freund. Er bedeutet mir alles. Ich kann genauso wenig wie du tatenlos rumsitzen, während Yusuf ihn womöglich dazu zwingt, sich selbst zu töten. Bitte Issam, das kannst du nicht von mir verlangen!« Sie begann zu weinen.

Issam rührte sich nicht.

»Okay«, sagte er schließlich nach einer Weile. »Kannst du den Akku aus deinem Telefon rausnehmen?«

Sie schüttelte den Kopf.

»Dann musst du es irgendwo zurücklassen. Solange wir es dabeihaben, kann Weber uns überall orten. Du hast mir ja auch erzählt, dass es abgehört wird, für den Fall, dass Djamal anruft.«

Nina sah ihn erschrocken an. »Ja, aber was ist, wenn er tatsächlich noch einmal anruft und mich dann nicht erreichen kann?«

»Du musst dich entscheiden.«

»Ich hab mich entschieden«, stieß sie noch immer unter Tränen hervor.

»Okay, beruhig dich, Nina. Wir bleiben zusammen. Dann aber mit allen Konsequenzen. Du wirst hier dein Telefon zurücklassen.«

Ohne dass sie es wollte, schlossen sich ihre Finger fest um das Handy. »Muss das wirklich sein?«

»Ja!«

»Aber wie?«

»Nimm den Chip raus und spül dann das Telefon ins Klo.«

Nina blickte auf das beleuchtete Toilettenhaus und spürte, wie die Angst ihr die Kehle zuschnürte. Plötzlich wünschte sie sich, sie wäre in Berlin geblieben, verzweifelt sehnte sie sich nach der Nähe ihrer Mutter und nach Sarah. Aber zurückzugehen hieße, Djamal im Stich zu lassen. Alles in ihr schüttelte sich bei dem Gedanken, und sie reckte sich nach dem Türgriff. Doch bevor sie aussteigen konnte, hielt Issam sie am Arm zurück. »Bist du dir ganz sicher, Nina?«

Ihr Herz schlug schnell, aber sie nickte.

»Gut«, sagte er, »dann geh.«

KAPITEL 53

Seitdem Vivien wusste, dass Nina mit Issam nach Hamburg gefahren war, um Djamal zu suchen, hatte sie weder geschlafen noch einen vernünftigen Gedanken fassen können. Was brachte ihre Tochter dazu, so unüberlegt zu handeln? Sie wusste doch, in welche Gefahr sie sich begab. Vivien erinnerte sich an Ninas Entsetzen kurz nach dem Anschlag vor dem Berliner Dom und daran, wie kleinlaut ihre Tochter in den Räumen des BKA gewesen war. Die Gegenwart von Männern wie Marc Bauer und Jochen Metzner hatte das Mädchen zutiefst verunsichert, von Joe DiSanto ganz zu schweigen.

Und nun?

Nun war sie aufgebrochen wie David, um gegen einen Goliath zu kämpfen, der ihr nicht nur haushoch überlegen war, sondern auch von einer Skrupellosigkeit, die ihresgleichen suchte. Und an ihrer Seite lediglich ein unreifer junger Mann, der glaubte, diesem gefährlichen Terroristen die Stirn bieten zu können. Es war einfach absurd, dass sich ihre Tochter so verhielt. Aber es war die Realität.

Vermutlich hätte sie noch immer nichts von Ninas Plänen gewusst, wenn Sarah sie nicht ins Vertrauen gezogen hätte. »Ich habe Nina hoch und heilig versprochen, dass ich nichts erzähle«, hatte sie ihr gestanden, »aber ich habe solche Angst um sie!«

Himmel ja, die hatte sie auch. Und gleichzeitig war sie so zornig, dass sie Nina, würde sie in diesem Moment vor ihr stehen, vermutlich geohrfeigt hätte, egal, wie alt sie war. Aber vor allem fühlte sie sich hilflos. Sie wusste einfach nicht, was sie tun sollte, um Nina zu finden und sicher nach Hause zu bringen. In ihrer Verzweiflung hatte sie sogar Marc Bauer um Hilfe gebeten. Seine Antwort war denkbar knapp ausgefallen. Abweisend geradezu. Erst im Nachhinein war ihr klargeworden, in welcher Situation er sich befand. Dennoch hatte sie sich nur schwer wieder beruhigen können.

Gleich am Morgen hatte sie ihre Beziehungen sowohl in Hamburg als auch in Berlin spielen lassen, um zu erfahren, wie die Lage in der Hansestadt tatsächlich war. Sie hatte kaum nennenswerte Informationen erhalten – ein deutlicheres Signal, wie ernst es war, hätte es nicht geben können.

So hatte sie schließlich mit Christian gesprochen, ihrem Ex-Mann und Vater der Zwillinge. ›Komm mit Sarah nach Hamburg‹, hatte er vorgeschlagen, ›ihr müsst das nicht allein durchstehen.‹

Sie hatte erst gezögert und dann eingewilligt.

Jetzt saß sie mit Sarah im Zug. Die anderthalbstündige Fahrt war fast vorbei, sie rollten bereits durch die Außenbezirke der Hansestadt. Vivien schluckte wiederholt gegen die Emotionen an, die sich ihrer ungewollt jedes Mal bemächtigten, wenn sie Hamburg erreichte. Die Erinnerungen, die diese Stadt für sie barg. Fast ihr ganzes Leben war sie ihre Heimat gewesen. Wie sehr sie sie vermisste, begriff sie immer erst, wenn sie wieder hier war.

Christian erwartete sie auf dem Bahnsteig. Er war ein attraktiver Mann von sportlicher Statur, dessen ehemals dunkles kurzes Haar in den vergangenen zwei Jahren grau geworden war. Das Lächeln, das zur Begrüßung in seinem Gesicht lag, ließ sie sofort aufatmen.

»Du siehst müde aus«, sagte er leise.

»Ich habe entsetzliche Tage hinter mir.«

»Warum hast du nicht eher angerufen?«

Ja, warum?

Christian war nie ihr Feind gewesen. Selbst in der Zeit, als es zwischen ihnen beiden ganz schwierig geworden war. Es war ihnen gelungen, sich einvernehmlich und ohne Rosenkrieg zu trennen, sehr zum Bedauern der Boulevardpresse der Hansestadt, die dem Inhaber der Reederei-Dynastie Mainhardt gerne einen Skandal angedichtet hätte. Aber weder Christian noch Vivien hatte der Öffentlichkeit diesen Gefallen getan.

Natürlich hätte sie ihn schon früher anrufen können, vermutlich wäre es nur fair gewesen, denn Nina war auch seine Tochter. Sie wusste nicht, warum sie es nicht getan hatte, daher blieb sie ihm die Antwort schuldig, nahm aber dankbar den Arm, den er ihr bot. Sarah, ebenso groß und sportlich wie ihr Vater, folgte ihnen in einigem Abstand.

»Wann hast du das letzte Mal von Nina gehört?«, wollte Christian wissen, sobald sie im Auto saßen.

Vivien lehnte sich im Polster des BMW zurück. »Ich habe ihr gestern Nacht kurz vor zwölf eine Nachricht per WhatsApp geschickt, nachdem ich sie telefonisch nicht erreichen konnte. Ich konnte sehen, dass sie sie gelesen hat, aber sie hat nicht geantwortet. Etwas später hat Sarah es noch einmal versucht, aber diese Nachricht hat sie nicht einmal mehr erhalten.« Die Erinnerung regte Vivien so sehr auf, dass ihre Stimme zitterte.

»Vermutlich hat sie ihr Telefon irgendwo zurückgelassen, damit man nicht orten kann, wo sie sich befindet«, mutmaßte Christian.

Vivien nickte. »Das befürchte ich auch.«

Trotz der angespannten Situation verströmte er eine Ruhe, die sich sofort auf sie übertrug.

»Ich nehme an, du hast schon sämtliche Möglichkeiten ausgeschöpft«, bemerkte er.

»Ich habe jeden angerufen, der helfen könnte«, gestand sie mit einem Seufzen, »aber wenn ein junges Mädchen verschwinden will …«

Im Rückspiegel suchte Christian den Blick seiner Tochter. »Was meinst du, Sarah, du bist Nina am nächsten von uns allen. Wird sie sich bei uns melden?«

»Ich weiß es nicht«, gestand sie unsicher. »Nina war so durcheinander in den letzten Tagen. Ich habe sie fast nicht wiedererkannt. Sie war verrückt vor Sorge um Djamal.«

»So wie wir jetzt verrückt vor Sorge um sie sind«, entfuhr es Vivien. »Wenn ich nur wüsste, was wir tun können!«

»Wir können nur darauf hoffen, dass sie sich bei uns meldet.«

»Was ist mit diesem Issam, mit dem sie unterwegs ist?«, wollte Christian wissen.

»Er ist über sein Telefon ebenso wenig zu erreichen wie Nina«, erwiderte Vivien. »Ich stehe in ständigem Kontakt sowohl mit Djamals Familie als auch mit der von Issam.«

»Ich habe heute lange mit Ayasha gesprochen, Djamals Schwester«, warf Sarah ein. »Ich hatte gehofft, sie wüsste ein bisschen mehr über Issams Bekanntenkreis, aber das war leider vergeblich.«

Sie erreichten den Leinpfad, wo die alte Villa der Mainhardtschen Familie stand. Der Anblick gab Vivien einen Stich ins Herz. Hier waren ihre Töchter aufgewachsen, hatten zusammen im Garten gespielt und sich auf den Weg in die Schule gemacht. Jeder Stein barg Erinnerungen, besonders an Nina, die schon als Kind wild und ungestüm gewesen war.

»Lass sie gesund zu uns zurückkommen«, flüsterte Vivien, während ihre Finger über das kalte Gusseisen des Gartentors strichen, das sie so oft hinter ihren Töchtern geschlossen hatte.

KAPITEL 54

Hey, Djamal.«

Mühsam öffnete Djamal die Augen. Seine Lider waren schwer, wie verklebt, und im ersten Moment sah er nichts, nur Schlieren, aus denen sich schließlich ein Gesicht formte. Yusufs Gesicht.

Unsicher fuhr Djamal sich mit der Hand über sein Gesicht, als könne er so die Dumpfheit aus seinem Hirn vertreiben, die dort seine Gedanken ebenso überlagerte, wie die Schlieren vor seinen Augen seinen Blick trübten. Seine Kehle war trocken, als hätte er stundenlang mit offenem Mund geschlafen, sein Hals rauh. Yusuf war der einzige Fixpunkt in diesem wabernden Nebel. Djamal klammerte sich daran fest, während er gleichzeitig versuchte, einen klaren Gedanken zu fassen. Zu verstehen. Wo war er? Was war geschehen?

Verloren begegnete er Yusufs forschendem Blick, während dieser ihm eine Hand in den Nacken legte und ihm half, sich aufzurichten. Djamal kämpfte mit dem Schwindel, der sich sofort seiner bemächtigte.

»Wie fühlst du dich?«, fragte Yusuf.

Wie er sich fühlte? Djamal horchte ergebnislos in sich hinein und schüttelte schließlich mühselig den Kopf.

Yusuf hielt ihm eine Wasserflasche an die Lippen.

»Trink!«, forderte er ihn auf. »Dann wird es dir bessergehen.«

Djamal verschluckte sich, hustete, würgte.

»Langsam«, warnte Yusuf, »nur kleine Schlucke.«

Das Wasser belebte Djamal und vertrieb seine Benommenheit. Yusufs Hand lag noch immer in seinem Nacken und stützte ihn.

»Wird es besser?«

Djamal nickte.

Yusufs Augen durchbohrten ihn förmlich. »Bist du bereit?«

Bereit.

Das Wort breitete sich in seinem Kopf aus, verhallte, und beinahe hätte Djamal sich im Tanz der Buchstaben verloren, hätten nicht Yusufs Augen ihn gefangen gehalten und zurückgezwungen.

»Eine große Aufgabe liegt vor dir«, drang seine leise Stimme weiter in Djamals wirre Gedanken. »Allahs Wille zu erfüllen braucht deine ganze Ergebenheit.«

Allahs Wille.

Wohlige Wärme durchflutete Djamal, als die Erinnerung den Nebel auflöste. Ruhe durchströmte die Leere in seinem Geist und füllte ihn mit der Liebe zu seinem Gott. In seiner Verklärung schien ihm sogar die abgestandene Luft in dem klammen, düsteren Schuppen plötzlich so kostbar und rein wie eine Morgenbrise. Seine Muskeln entkrampften sich.

Er war ein Diener Allahs. Und nur Allahs Wille zählte. Alles andere war nachrangig. Djamal legte den Kopf in den Nacken und schloss für einen kostbaren Moment die Augen, spürte dabei, wie Yusufs Hand sich behutsam von seinem Nacken löste, während ihre Wärme blieb, einem Sinnbild gleich für Allahs unsichtbare Gegenwart, für die Güte und Liebe, mit der er sie in seinem Licht einhüllte.

Durchdrungen von dieser göttlichen Erkenntnis suchte Djamal Yusufs Blick.

»Ich sehe, du bist bereit«, sagte dieser so leise, dass Djamal die Worte mehr von seinen Lippen ablas, als dass er sie tatsächlich hörte. Aber brauchte es noch Worte zwischen ihnen, wo doch Allah ihr Mittler war?

»Manchmal braucht es Worte«, nahm Yusuf seinen Gedanken auf, ohne dass Djamal wusste, ob er ihn überhaupt ausgesprochen hatte. »Um Allahs Glanz in diese Welt zu bringen und den Ungläubigen zu zeigen, wie mächtig er ist, braucht es manchmal sogar sehr viele Worte, die jedoch leer bleiben, wenn ihnen keine Taten folgen.«

Djamal nickte. Darüber hatten sie lange diskutiert in den vergangenen Tagen. Er, Yusuf und die beiden anderen. Als er sich umblickte, sah er sie in einer Ecke sitzen. Den Koran auf ihren Knien rezitierten sie lautlos die Suren. Nur ihre Münder bewegten sich.

Es waren einfache Jungen von schlichtem Gemüt, so dass er sich fragte, wie sie die Tiefe der Religion erfassen konnten. Er hatte mit Yusuf darüber gesprochen, ihn gefragt, wie er ihre Schlichtheit ertrug.

»Auch sie suchen nach Führung, nach dem Frieden, den nur Allah ihnen schenken kann«, hatte Yusuf ihm erklärt. »Wir dürfen uns nicht über sie erheben, nicht nur, weil Allah sie unserem Schutz anvertraut hat, sondern auch, weil wir sie brauchen, so wie der König im Schach die Bauern braucht.« Yusuf verfiel schnell in diese Art der Sprache, wenn es um die eine wahre Lehre ging, um den Glauben, der sie alle trug. Natürlich verstand Djamal, was er meinte. Wer mehr besaß, ob in materieller Hinsicht oder im Geiste, war verpflichtet, diesen Reichtum zu teilen.

Djamal wusste nicht, welche Aufgabe Masur und seinem Bruder zukam. Yusuf hatte ihm gegenüber ebenso wenig davon gesprochen, wie er ihnen von Djamals Pflicht erzählt hatte. Niemand außer Yusuf kannte den gesamten Plan.

»Es ist jetzt auch für dich Zeit, zu beten, Djamal«, erinnerte dieser ihn.

Und Djamal verspürte tatsächlich sofort den Drang, sich Allah zuzuwenden, allein im Zwiegespräch mit ihm zu sein. Yusuf reichte ihm eine alte Plastikschale gefüllt mit Wasser für die rituelle Waschung. Dann ließ er ihn allein.

Später verließen Masur und sein Bruder den seltsamen fensterlosen Raum, in dem sie sich befanden. Djamal nahm es kaum wahr, hörte nur das Klacken der Tür und versank wieder im Gebet.

Schließlich berührte Yusuf ihn an der Schulter.

»Es ist so weit, Djamal.«

Djamal fühlte sich seltsam schwerelos. Eine große Last war von ihm abgefallen. Die Entscheidung war getroffen.

KAPITEL 55

Marc Bauer blickte angespannt auf die Bildschirme an den Wänden des Lagezentrums. Menschenmassen drängten sich auf den Landungsbrücken im Hamburger Hafen. Über ihnen flatterten Flaggen und bunte Wimpel im Wind, und aus einem wolkenlosen, blauen Himmel strahlte die Sonne und schärfte jede Kontur. Durch Absperrungen war das Areal eingegrenzt und unterteilt worden, Beamte patrouillierten in der Menge, sowohl in Zivil als auch in Uniform, Letztere zusammen mit Sprengstoffspürhunden. Stationäre und mobile Überwachungskameras lieferten ihnen eine Flut von Bildern ins Polizeipräsidium. Mit Hilfe entsprechender Software wurden Gesichter und Profile abgeglichen, die Auswertung wurde von Mitarbeitern des Verfassungsschutzes und des BKA überwacht. Polizeihubschrauber lieferten die Luftaufnahmen, auf denen auch die großen Kreuzfahrer an den Terminals in Altona und in der Hafencity zu sehen waren. Für alle anderen war der Luftraum gesperrt, ebenso wie die Elbe nur für die an der Einlaufparade teilnehmenden Schiffe freigegeben war. Diese hatten sich bereits formiert, und Bauer konnte beobachten, wie sie langsam näher kamen. Das Spektakel hatte begonnen: Historische Großsegler und Dampfschiffe, Schaufelraddampfer und Koggen sowie Einheiten internationaler Marineverbände, Rettungskreuzer und Küstenschutzschiffe glitten, umringt von einer Vielzahl kleiner Motor- und Segelboote, langsam auf das Hafengebiet zu. Allen voran strahlte der weiße Schwan, wie die Gorch Fock aufgrund ihrer Farbgebung und Linienführung genannt wurde.

Die Windverhältnisse und die relative Enge innerhalb des Fahrwassers während der Parade zwangen die Großsegler dazu, mit Motorkraft zu fahren. Nur hier und da wölbte sich um der Optik willen ein Fetzen

Tuch im Wind. Dennoch boten die Schiffe, und das musste selbst Bauer sich eingestehen, einen imposanten Anblick.

Doch es war nichts, woran er sich hätte erfreuen können. Nicht unter diesen Bedingungen. Die Polizeiboote, die auf beiden Seiten die Gorch Fock abschirmten, ließen keinen Zweifel, wie bedrohlich die Situation war. In der Masse der begleitenden Fahrzeuge verbargen sich auch zivile Einsatzkräfte, die jede verdächtige Bewegung sofort meldeten. Inwieweit all diese Maßnahmen das Risiko für die Politiker auf dem Achterdeck des Segelschulschiffes minimierten, würde sich zeigen. Die Bilder der Hubschrauberkameras zeigten die Politprominenz umringt von Personenschützern, die in ständigem Kontakt mit ihren Kollegen auf den Booten und im Lagezentrum standen. Der gelbe Blazer der Bundeskanzlerin stach hell aus dem dunklen Tuch ihrer männlichen Begleiter heraus.

»Du bist nicht zufrieden«, stellte DiSanto fest, der unbemerkt zu ihm getreten war. »Dein Gesichtsausdruck spricht Bände.«

»Ich kann nicht zufrieden sein. Wir suchen die Nadel im Heuhaufen, und noch haben wir sie nicht gefunden«, gab Bauer zurück und warf DiSanto einen irritierten Blick zu. »Warum bist du überhaupt hier? Wolltest du nicht an Bord der Gorch Fock sein, um den amerikanischen Botschafter persönlich zu schützen?«

DiSanto schüttelte den Kopf. »Ich habe es mir überlegt. Wir haben genug gute Leute dort draußen. Ich kann hier mehr von Nutzen sein.«

»Kann ich das als freundliche Umschreibung deuten, dass du dich zu alt fühlst für solche Einsätze?«

»Überleg dir, was du sagst, Bauer«, warnte DiSanto mit einem Grinsen.

Trotz der Anspannung huschte auch über Bauers Gesicht ein Lächeln. Es war gut, dass DiSanto da war. Ihre kleinen Wortgefechte gaben ihm in all dem Stress das Gefühl, noch Mensch zu sein.

»Was ist in der Zwischenzeit passiert?«, wollte DiSanto wissen.

»Wir haben in Höhe der Landungsbrücken und am Fischmarkt bislang zwanzig auffällige Personen vorübergehend in Gewahrsam genommen, aber noch keine Spur von Djamal Khadim oder Yusuf Asmani.«

DiSanto verfolgte mit gerunzelter Stirn das Geschehen auf den Bildschirmen. »Verdammt viele Menschen. Asmani wird sich dort nicht blicken lassen. Das Risiko geht er nicht ein. Er weiß genau, dass wir das Areal überwachen.«

Bauer nickte. »Davon gehe ich auch aus.«

Die Schiffe der Einlaufparade näherten sich. Als die Gorch Fock das Altonaer Kreuzfahrtterminal passierte, tönte das tiefe Horn des dort liegenden Kreuzfahrers zur Begrüßung. Das Geräusch war wie ein Signal. Die Anspannung im Lagezentrum war plötzlich noch greifbarer und spiegelte sich in den Mienen und der Haltung aller. Rücken wurden noch ein wenig gerader, und Finger huschten schneller über die Tastaturen.

Bauer atmete tief durch, während sein Blick zwischen den Monitoren hin und her flog, um auch die kleinste auffällige Bewegung wahrzunehmen, nichts zu versäumen.

Ein langsam gegen den Strom der entgegenkommenden Schiffe fahrendes graues Schlauchboot fiel ihm auf. Kameras mit großen Objektiven baumelten um die Hälse der beiden Männer an Bord, am Heck des Bootes wehte eine Flagge mit der Aufschrift »Presse«.

»Was macht das Fahrzeug dort?«, wollte er wissen. »Wie ist es durch den zweiten Ring der Polizeiboote gekommen?«

Seine Frage erreichte die Einsatzkräfte vor Ort nahezu zeitgleich, und er konnte beobachten, wie sich eines der Polizeiboote aus dem Ring um das Segelschulschiff löste und Kurs auf das fragliche Fahrzeug hielt. Einer der Polizisten rief die beiden Männer an Bord über Megaphon an. Sie stoppten und drehten bei. Bauer hielt den Atem an.

»Presse mit Akkreditierung«, wurde er informiert.

»Ich will kein Boot, niemanden, egal, ob mit oder ohne Akkreditierung innerhalb des zweiten Rings sehen«, gab er ungehalten zurück. »Die Anweisungen waren klar und deutlich.«

Das Schlauchboot drehte ab. Der Abstand zur Gorch Fock vergrößerte sich.

»Keine Gefahr«, murmelte DiSanto. »Ein Angriff muss auf der Backbordseite der Gorch Fock erfolgen, sonst ist die Explosion von den Landungsbrücken aus nicht zu sehen, weil das Schiff die Sicht verdeckt.«

Bauer runzelte die Stirn, während sein Blick unwillkürlich zum Südufer der Elbe glitt, dort, wo sich der leuchtend gelbe Rundbau erhob, der eigens für eine Musicalproduktion gebaut worden war. Auch hier hatten sich Menschen versammelt, um die Einlaufparade zu beobachten, wenn auch weitaus weniger als am gegenüberliegenden Ufer, weshalb die Präsenz der Polizei kaum spürbar war. Bauer hatte sich gegenüber dem Hamburger Innensenator und Polizeipräsidenten nicht durchsetzen können mit seinem Wunsch, auch dort ein größeres Aufgebot an Einsatzkräften zu positionieren.

»Wir sind am Limit unserer Möglichkeiten«, war die finale Antwort gewesen.

Tatsächlich fehlte Bauers Meinung nach der Wille. Weder die politische Führung in Hamburg noch in Berlin folgte der Theorie einer zweiten Bombe, dennoch hatte man dem Drängen von Bauers Sonderkommission nachgegeben und entsprechende Vorkehrungen am stark frequentierten nördlichen Elbufer getroffen. Zu mehr war man jedoch nicht bereit gewesen. Bauer hatte sich damit zufriedengeben müssen, dass das Gelände am Südufer lediglich aus der Luft überwacht wurde.

»Worüber denkst du nach, Bauer?«, wollte DiSanto wissen.

»Was ist, wenn Asmani nicht an den Landungsbrücken zuschlägt, sondern hier?«, fragte Bauer und wies auf die fraglichen Flächen.

»Haben wir dort Leute?«

»Nicht genug, das ist das Problem.« Bauer starrte noch immer auf den Bildschirm. »Wo, zum Teufel, ist der Hubschrauber, der über dem Südufer kreisen soll?«

»Er hat ein größeres Operationsgebiet und befindet sich jetzt gerade über der Gorch Fock«, meldete ein Mitarbeiter des BKA.

Bauer unterdrückte einen Fluch. »Ich brauche ihn am Südufer. Jetzt!«

Gleich darauf konnte er beobachten, wie einer der Polizeihubschrauber auf das Südufer der Elbe zuhielt.

»Ich will eine direkte Verbindung«, forderte er und griff nach einem Headset.

»Wir brauchen möglichst viele Aufnahmen zur Personenidentifizierung«, teilte er der Crew des Hubschraubers mit. »Aber gehen Sie nicht zu tief runter, der Überflug muss wie zufällig aussehen.«

Nach noch nicht einmal einer Minute erhielten sie bereits die ersten Bilder. Bauer machte sich nicht die Mühe, daraufzuschauen, das konnte die Software schneller als jeder Mensch. Tief in seinem Inneren hoffte er, dass seine Ahnung sich nicht bestätigen würde, aber die Hoffnung war eitel.

»Treffer!«, erreichte ihn Webers aufgeregte Stimme, noch bevor er den Gedanken zu Ende gedacht hatte. »Wir haben ihn!«

Auf einem der Monitore erschien die Vergrößerung einer Aufnahme. Inmitten einer Gruppe von mehr als fünfzig Menschen direkt neben einer Familie mit zwei kleinen Kindern stand Djamal Khadim. Tiefe Schatten lagen unter seinen Augen, deren Blick ins Leere gerichtet war. Trotz des warmen Frühlingstages trug er einen weiten schwarzen Kapuzenpulli, seine schlanke Gestalt darunter wirkte seltsam aufgeblasen.

»Er trägt einen Sprengstoffgürtel«, rief Weber aus.

Bevor irgendjemand etwas tun konnte, hallte ein weiterer Schrei des Entsetzens durch den Raum. »Dort, das Boot!«

Das graue Schlauchboot mit den Presseleuten hatte gewendet. Mit Vollgas hielt es auf die Gorch Fock zu. Zwei Polizeiboote schossen darauf zu, um ihm den Weg abzuschneiden, während an Deck der Gorch Fock die Personenschützer die Politiker wie eine Herde Schafe vor sich hertrieben.

Eine Explosion erschütterte den Hafen.

KAPITEL 56

Djamal spürte, wie ihm der Schweiß über die Haut lief. Ihm war warm, viel zu warm in der Sonne, und auch der leichte Wind, der vom Wasser herüberwehte und den Geruch nach Öl und Dieselqualm mit sich trug sowie Fetzen von Musik und Stimmen vom jenseitigen Ufer, brachte keine Kühlung. Djamal kniff die Augen zusammen und versuchte, den Pulk von Menschen zu ignorieren, in dem er sich befand. Sie standen direkt am Wasser, manche hatten Klappstühle mitgebracht, andere hantierten mit ihrer Fotoausrüstung, Kinder liefen zwischen ihnen hin und her.

»Da, Papa, schau, was das Schiff macht!«, rief ein kleines Mädchen mit weißblonden Zöpfen, das nur wenige Schritte von ihm entfernt auf den Schultern seines Vaters thronte.

Unwillkürlich folgte Djamals Blick dem ausgestreckten Arm des Kindes. Das große weiße Segelschiff, das die Einlaufparade anführte, entrollte zwei seiner mächtigen Segel, die sich sofort im leichten Wind aufblähten. Um Djamal herum klickten Kameras. Aufgeregte Stimmen wurden laut.

Djamal schloss die Augen, um Ruhe zu finden, doch seine seltsame, schwammige Gefühllosigkeit der letzten Tage verlor sich zusehends in dem grellen Licht, das auf seine Netzhaut brannte, und in den Geräuschen, die mit unerwarteter Intensität in seine Ohren drangen und Wellen des Schmerzes in seinem Kopf auslösten.

›Es dauert nicht lange‹, hatte Yusuf ihm versichert, als er Djamals plötzliche Nervosität beim Erreichen des Geländes bemerkt hatte. »Es ist deine letzte Prüfung, und sie führt dich direkt zu Allah.«

Yusuf hatte ihn an sich gezogen, wie es der Vater mit dem Sohn tat, um ihn zu segnen, und hatte ihn auf die Stirn geküsst. Djamal meinte noch immer die Berührung von Yusufs Lippen zu spüren, das Lächeln in seinen Augen zu sehen. »Wir sehen uns im Paradies, Bruder.«

Yusufs suggestive Worte, noch mehr aber sein Blick hatten ihn hierhergetrieben mit dem Gurt um seinen Körper, unter dessen Gliedern sich nun brennend der Schweiß auf seiner Haut sammelte und der ihn bei jeder Bewegung daran erinnerte, zu welcher Mission er aufgebrochen war.

Ohne dass er sich dagegen wehren konnte, schaute er über die Menschenmenge. Er nahm die Freude der Frau wahr, die sich in den Arm ihres Mannes schmiegte, genauso wie er die Anstrengung sah, die in der Miene eines älteren Mannes lag, und die heitere Diskussion eines jungen Pärchens beobachtete, das die nackten Füße ins Wasser hielt. All das war *Leben*.

Leben in all seinen Facetten.

Er hörte das Lachen des Mädchens mit den weißblonden Zöpfen und blickte in das Gesicht ihres Vaters, der geduldig die Fragen seines Kindes beantwortete. Und plötzlich wurde dieses Gesicht überlagert von den Gesichtern anderer Väter, Männer, die er im Irak gesehen hatte, in Berlin, vom Gesicht seines eigenen Vaters. Besaßen sie nicht alle denselben Ausdruck, wenn sie mit ihren Kindern sprachen? War es nicht völlig unerheblich, welchem Volk und welcher Ethnie sie angehörten?

Automatisch strichen Djamals Finger über den Zünder, der genau über seinem Magen lag. Und ein Schmerz durchzuckte ihn. Konnte es wirklich Allahs Wille sein, Zwietracht zu säen zwischen diesen Männern? Sie in einen Krieg zu führen, in dem sie sich gegenseitig zerstörten? Djamal spürte, wie sich Übelkeit seiner bemächtigte.

Das Mädchen auf den Schultern des Vaters, die Frau, die sich in den Arm ihres Mannes schmiegte. Der Alte, der sich jetzt mit einem Taschentuch den Schweiß von der Stirn strich. Was würde von ihnen bleiben, wenn er den Zünder betätigte? Besaß er wirklich das Recht, sie zu töten? War *das* Allahs Wille?

Sein Blick wanderte erneut über das Wasser zurück zu dem weißen Segelschiff, und er spürte den Druck des Gürtels an seinem Körper. Seltsamerweise fürchtete er nicht seinen eigenen Tod, er war diesen Schritt gegangen, hatte sich gelöst, aber er fürchtete plötzlich den Tod derer, die hier so sorglos, so ahnungslos um ihn herumstanden, verloren im Augenblick, nicht wissend, dass er ihr letzter sein würde, wenn er seinen Auftrag erfüllte.

Eine junge Frau ging an ihm vorbei, streifte ihn und warf dabei ihr Haar zurück. Der Geruch, den es verströmte, erinnerte ihn an Nina und brachte sie ihm so nahe, dass er fürchtete, sie könnte hier sein. Der Gedanke ließ ihn nicht mehr los, und wenn noch ein Zweifel in ihm gewesen war, so war er durch diese kurze Begegnung beseitigt.

Was, wenn Nina tatsächlich hier wäre? Es erschien ihm völlig unwahrscheinlich – aber doch möglich! Gehetzt sah er sich um, ob er sie in der Menge entdecken konnte. Sie war nicht da. Es war alles Einbildung. Oder doch nicht?

Seine plötzliche Nervosität zog die Aufmerksamkeit der Umstehenden auf sich. Er zwang sich, zu Boden zu sehen, sich zu beruhigen, und so entging ihm, was auf dem Wasser geschah. Erst die entsetzten Ausrufe der Umstehenden brachten ihn wieder zu sich. Und dann erschütterte auch schon eine Explosion den Hafen.

Wie paralysiert starrte Djamal auf den Feuerball und den Qualm, der aufstieg, obwohl er gewusst hatte, dass genau das passieren würde. Er war gefangen in einem Gefühl der Unwirklichkeit. Die Explosion war das Signal für ihn, und wie Yusuf es vorausgesagt hatte, drängten die Menschen um ihn herum zunächst auf das Ufer zu, stießen sich gegenseitig zur Seite, um einen besseren Blick zu bekommen. Dann schrie jemand: »Ein Anschlag!« Ein Ruf, der sich fortpflanzte und Neugier in Hysterie wandelte. Nun kämpfte jeder nur noch darum, sich selbst in Sicherheit zu bringen. Djamal spürte Schultern und Hände an seinem Körper, Atem auf seiner Haut. Schreie gellten in seinen Ohren, vermischten sich mit dem fernen Klang der Sirenen.

Draußen auf dem Wasser brannte es noch immer, ein Hubschrauber schoss im Tiefflug über ihre Köpfe hinweg.

Jetzt musste er den Zünder betätigen.

Jetzt!

In den Gesichtern der Menschen um ihn herum lag Verstörung und Entsetzen. Und Angst. Panische Angst.

Das Mädchen mit den weißblonden Zöpfen weinte, während sein Vater es schützend an sich drückte und sich verzweifelt nach seiner Familie umblickte. Das junge Pärchen hatte längst die Füße aus dem Wasser gezogen und rannte. Fort, nur fort!

Die Anschläge in Europa und Deutschland hatten Spuren in den Seelen der Menschen hinterlassen. Die Bilder der Toten waren präsent, würden es für immer bleiben.

Und während er die fliehenden Menschen um sich herum sah, spürte Djamal ein Entsetzen in sich aufsteigen, das er nicht für möglich gehalten hatte.

Was trug er um den Körper?

Was war er gerade noch bereit gewesen zu tun?

Die Explosion war sein Zeichen gewesen. Sein Ruf zu Allah, wie Yusuf es formuliert hatte. Djamal atmete schnell, sein Herz pumpte, während er sich eilig vom Wasser entfernte. Er wurde angerempelt, zur Seite gestoßen, und voller Entsetzen hielt er schützend die Hände über den Zünder an seinem Bauch und suchte hilflos nach einem Weg aus der Menge.

Endlich fand er abseits des Tumults, auf der rückwärtigen Seite eines Gebäudes, hinter einem Container einen unbeobachteten und sicheren Platz. Hastig streifte er seinen schwarzen Kapuzenpulli ab und löste vorsichtig das Tape, mit dem der Sprengstoffgürtel an seinem Körper befestigt war. Als er schließlich auf die Pakete und den Zünder auf dem Boden vor ihm blickte, durchlief ihn ein Schauer. Er floh um die Gebäudeecke, sank ungeachtet der Gefahr auf die Knie und dankte Allah.

Plötzlich erschütterte eine erneute Explosion das Gelände. Djamal schlug schützend die Hände über den Kopf. Die Druckwelle schien seine Trommelfelle zu zerreißen, Glas und Steine prasselten um ihn herum zu Boden, während er sich intuitiv zusammenrollte wie ein Embryo. Eine kalte Gewissheit breitete sich in ihm aus: Yusuf hatte nichts dem Zufall überlassen: Der Sprengstoffgürtel war mit einem Fernzünder versehen gewesen. Djamals Magen krampfte, und er übergab sich auf den staubigen Asphalt.

Als er sich wieder aufrichten konnte, blickte er sich um. Er musste weg, gleich würde das Gebiet von Einsatzkräften wimmeln, aber wohin sollte er flüchten? Die Straße war voller Polizeifahrzeuge, dieser Weg war ihm abgeschnitten. Er hastete über das Industriegelände und presste sich in den Schatten der Gebäude, so wie sich ein Hubschrauber näherte. Seine Flucht erschien ihm wie eine Odyssee, er wusste weder, wo er sich befand, noch, wohin er lief. Unschlüssig blieb er schließlich stehen, verborgen hinter einem hohen, mit Ranken zugewucherten Maschendrahtzaun, als er begriff, dass es ihm gelungen war, dem Zentrum der Suche zu entkommen. Er fand eine Lücke im Zaun, quetschte sich hindurch und erreichte einen schmalen Fußweg, der auf eine Straße mündete. Er bemerkte nicht den Mann, der dort halb verborgen von Büschen und wildem Gestrüpp lauerte, denn seine Ohren waren noch immer halb taub von der Explosion, sein Blick mehr zurück als nach vorne gerichtet.

»*Ahlan sadiqi,* hallo, mein Freund«, begrüßte Yusuf ihn.

KAPITEL 57

Die Aufregung im Lagezentrum hatte sich noch nicht wieder gelegt, als einer der Hubschrauberpiloten eine weitere Explosion meldete.

Bauer griff sofort nach dem nächstbesten Headset. »Was ist passiert?«

»Ein Sprengsatz auf einem Industriegelände in Steinwerder. Die Kollegen hätte es beinahe erwischt.«

»Ist jemand zu Schaden gekommen? Gibt es Tote oder Verletzte?«

»Wir können nichts sehen. Zu viel Staub und Qualm.«

»Ein Einsatzteam. Sofort!«, bellte Bauer in den Raum. »Lassen Sie sich von der Hubschrauberbesatzung die genauen Koordinaten geben.« Dann wandte er sich an Metzner. »Was haben Sie von der Gorch Fock?«

Die Monitore zeigten noch immer zwei brennende Polizeiboote. Von dem Schlauchboot waren nur Fragmente übrig. Auf einem anderen Schirm wurden die ersten Bilder von der Explosion am Südufer der Elbe eingespielt. Bauer starrte darauf, während er Metzners Ausführungen lauschte. Auf dem Segelschulschiff war niemand ernstlich zu Schaden gekommen. Nur ein paar Leichtverletzte durch fliegende Trümmerteile, verursacht durch die Druckwelle. Auch das Schiff war nicht beschädigt.

»Die Kanzlerin?«, hakte Bauer nach.

»Wohlauf. So wie die anderen Politiker auch. Sie werden unter besonderem Schutz von Bord gebracht, sobald die Gorch Fock angelegt hat.«

Bauer nickte erleichtert. An Bord waren die Politiker im Moment am sichersten. Die Lücke des inneren Schutzrings, die durch den Ausfall der beiden Polizeiboote entstanden war, war durch Kräfte des äußeren Rings sofort geschlossen worden, so dass das Schiff bestmöglich gesichert war, und natürlich würde es nicht an dem ursprünglich vorgesehenen Liegeplatz festmachen. Seit Bekanntwerden der Anschlagspläne hatte man einen Ausweichplatz in einem der Industriehäfen festgelegt, der bereits von einem Hubschrauber angeflogen wurde, der die wichtigsten Gäste direkt nach Berlin bringen würde.

Metzner räusperte sich. »Aber die Besatzungen der Polizeiboote hat es schwer getroffen. Drei Beamte sind schwerverletzt, eine Beamtin schwebt in Lebensgefahr.«

Bauer senkte den Blick und dachte an die Familien der Betroffenen. An das, was jetzt auf sie zukam.

»Was ist mit den Attentätern?«, fragte er dann.

Metzner schüttelte den Kopf. »Beide wurden durch die Explosion sofort getötet. Es hat sie so zerlegt wie das Boot.«

Bauer kommentierte diese Bemerkung nicht. »Dann konzentrieren wir uns jetzt auf das Südufer«, ordnete er lediglich an.

»Wir erhalten dazu gerade eine Meldung«, schaltete sich ein weiterer Mitarbeiter ein. »Wie es scheint, ist niemand zu Schaden gekommen. Der Sprengsatz ist hinter einem Gebäude detoniert.«

»Ist schon jemand vor Ort?«

»Ein Expertenteam ist unterwegs. Sie müssten jeden Augenblick eintreffen.«

»Das ist zu spät.«

In diesem Moment trat ein Mann auf ihn zu, den Bauer aus dem Team bislang nur vom Sehen kannte. »Der Sprengsatz ist vor einer Wand explodiert«, erläuterte er. »Können Sie mir von dieser Wand ein hochauflösendes Foto besorgen?«

»Sie sind …?«, fragte Bauer.

»Forensiker«, fiel ihm der Mann ins Wort. »Ich kann auf diese Weise zumindest eine erste Einschätzung abgeben.«

Augenblicke später lieferte ihnen die Hubschraubercrew das gewünschte Bild. Der Forensiker vertiefte sich in die gestochen scharfe Aufnahme.

»Der Sprengstoff ist nicht an einem menschlichen Körper explodiert«, sagte er schließlich zu Bauer.

»Wie lässt sich das so schnell feststellen?«

»Da der Sprengsatz in der Nähe eines größeren Gebäudes detoniert ist, haben wesentliche Teile des zerborstenen Materials an der Wand Rückstände hinterlassen. Bei keinem Partikel dieser Rückstände lassen sich auf den ersten Blick menschliches Gewebe oder organische Flüssigkeiten erkennen.«

»Also können wir einen Selbstmordattentäter ausschließen.«

»Prinzipiell schon. Zumindest können wir ausschließen, dass der Sprengsatz durch den Träger manuell ausgelöst wurde.«

»Es handelt sich also tatsächlich um einen Sprengstoffgürtel?«, folgerte Bauer.

Der Forensiker bestätigte das und wies auf das Foto. »Hier sehen Sie Spuren von Textilien und Tape an der Wand, die darauf schließen lassen.«

»Wir müssen also von einer Zeit- oder Fernzündung ausgehen«, resümierte Bauer.

»Das ist richtig.«

Bauer rieb sich das Kinn. »Ein Zeitzünder ergibt keinen Sinn, und die Fernzündung über ein Mobiltelefon kann ausgeschlossen werden, da die Mobilfunknetze im Umfeld des Hamburger Hafens sofort nach der ersten Explosion bewusst und aktiv von behördlicher Seite gestört wurden. Also kann es nur ein Funksender gewesen sein, vergleichbar mit denen, die für Modellfahrzeuge verwendet werden. Die verfügen jedoch nur über eine geringe Reichweite. Lassen Sie das überprüfen!«

Er traf auf Metzners Blick, der den gleichen Gedanken hatte wie er.

Wer auch immer die Zündung ausgelöst hatte, konnte nicht weit vom Tatort entfernt sein.

Die Crews der Hubschrauber wurden eingewiesen, dic Einsatzkräfte vor Ort zusammengezogen und der öffentliche Nahverkehr im

Bereich Steinwerder und den angrenzenden Bezirken unterbrochen. Es gab keinen Beamten in der Hansestadt, der nicht die Fahndungsfotos von Yusuf Asmani und Djamal Khadim vor Augen hatte. Dennoch blieb die Jagd erfolglos. Die Gesuchten waren wie vom Erdboden verschluckt.

KAPITEL 58

Nina schrie auf und klammerte sich verzweifelt an Issam fest, als die zweite Detonation den Hamburger Hafen erschütterte. Sie hatten es am Südufer auf Höhe des Musicalbaus gerade bis an die Wasserkante geschafft.

»O mein Gott!«, entfuhr es ihr unter Tränen. »Wir sind zu spät!«

Sie spürte die gleiche Angst, das gleiche Entsetzen bei Issam, aber er war beherrschter als sie, reckte sich in die Richtung, aus der jetzt weitere aufgeregte Schreie kamen. Ein Rauchpilz stand über einem Gebäude jenseits der Menschenmenge, die wie eine Herde nervöser Schafe in eine neue Richtung drängte. Er nahm Ninas Arm und zog sie hinter sich her.

Nina stolperte, blind vor Tränen, und versuchte, mit ihm Schritt zu halten, während ihre eigenen Worte in ihr nachhallten.

Wir sind zu spät! Zu spät! Zu spät!

»Djamal ist tot!«, wimmerte sie. »O mein Gott, er ist tot!« Sie musste es aussprechen, sonst wäre sie erstickt. Sie bekam auch so kaum noch Luft.

»Hör auf!«, herrschte Issam sie an. »Du weißt es nicht. Vielleicht lebt er noch.«

»Aber die Explosion …«

»Soweit ich das sehen kann, hat sie hinter dem Gebäude dort vorn stattgefunden, nicht inmitten der Menschen.«

Nina blieb abrupt stehen. »Meinst du …«, ihre Kehle schnürte sich vor Aufregung zusammen, sie konnte nicht weitersprechen.

»Ja«, erwiderte Issam angespannt, während er sie weiter hinter sich herzog, »es könnte sein, dass Djamal sich des Gürtels entledigt hat und noch lebt.«

»Wir müssen ihn finden!« Nina konnte sich nicht beruhigen.

»Deswegen sind wir hier«, gab Issam knapp zurück.

Die Konsequenz, die er trotz seiner eigenen Unsicherheit zeigte, imponierte ihr, und sie versuchte sich zu fassen. Doch ihr Herz klopfte laut, als sie den alten Lagerschuppen erreichten, dessen Fenster die Detonation hatte zerbersten lassen. Noch war nichts abgesperrt, die Polizei hatte die Unglücksstelle noch nicht erreicht. Im nächsten Moment aber wurde das Knirschen der Glasscherben unter ihren Füßen übertönt vom Krach eines sich nähernden Hubschraubers. Hastig zog Issam Nina in den Schatten eines Vordachs.

»Wir können nicht lange bleiben!«, schrie er gegen den Lärm an. »Wenn wir Djamal nicht schnell finden, müssen wir weg sein, bevor die Polizei auftaucht!«

Der Hubschrauber senkte sich auf der anderen Seite des Gebäudes herab, verharrte dort kurz drohend wie ein riesiges Insekt und drehte dann so plötzlich wieder ab, wie er gekommen war.

Issam und Nina hasteten weiter.

Die rückwärtige Front bot ein Bild der Zerstörung. Glas, Mauerwerk und die Überreste eines in der Nähe abgestellten Containers waren überall verstreut, die Luft schien zu vibrieren vom Staub, der sich noch nicht wieder vollständig gesenkt hatte.

»Bleib hier«, wies Issam Nina an.

Geduckt eilte er weiter.

Nina schloss in ihrer Panik die Augen, als könne sie so alles ausschließen, was um sie herum geschah, und die Ereignisse durch ihre Willenskraft beeinflussen. »Bitte«, flüsterte sie tonlos in stetiger Wiederholung, »bitte, lass ihn am Leben sein.«

Die vergangenen zwölf Stunden waren ein einziger Alptraum gewesen. Sie hatte Issam auf einer Odyssee durch ihre Geburtsstadt Hamburg begleitet, die sie in Viertel und Straßen geführt hatte, die sie noch nie betreten hatte. Sie war Menschen begegnet, deren Misstrauen ihr Angst eingeflößt hatte, hatte im dunklen Auto gewartet, während Issam in allen möglichen Sprachen, nur nicht auf Deutsch, mit ihnen verhandelt hatte. Immer wieder hatten Geldscheine den Besitzer gewechselt. Zu einem großen Teil war es Geld, das sie am Geldautomaten von ihrem Konto abgehoben hatte, bevor sie nach Hamburg aufgebrochen waren. Beinahe alle ihre Ersparnisse. Den Rest hatte Issam beigesteuert.

Weit nach Mitternacht hatten Müdigkeit und Aufregung dazu geführt, dass sie Schüttelfrost bekommen hatte, der so schlimm war, dass Issam sie in Altona in die Notaufnahme bringen wollte. Mit letzter Kraft hatte sie sich dagegen gewehrt, und letztlich hatte er nachgegeben.

Seit ihrem Aufbruch in Berlin hatte sie ihn von einer ganz anderen Seite kennengelernt und dabei endlich nachfühlen können, warum Djamal so eng mit seinem Cousin befreundet war und ihn auch noch verteidigt hatte, als er in die salafistische Szene abgedriftet zu sein schien. Und immer wieder musste sie dabei feststellen, dass sich die Vettern ähnlicher waren, als sie es je für möglich gehalten hatte.

Es war ausschließlich Issams Hartnäckigkeit zu verdanken, dass sie den Hinweis erhalten hatten, dass etwas während der Einlaufparade geplant war und das Segelschulschiff der Marine im Fokus stand. Niemand hatte Genaues sagen können, aber das war, so Issam, auch nicht verwunderlich, wenn Yusuf im Spiel war. Er gab seine Pläne, wenn überhaupt, erst im letztmöglichen Moment preis. An die entscheidende Information, dass der eigentliche Anschlag am Südufer stattfinden sollte, war Issam jedoch nur durch Zufall geraten. Tatsächlich hatten sie, bis vor wenigen Minuten, nicht sicher sein können, ob sie überhaupt auf der richtigen Fährte waren, denn sie waren nur der nebenbei dahingeworfenen Bemerkung eines Mannes gefolgt, der Yusuf noch aus seiner Zeit in Hamburg kannte und sich erinnerte, dass er sich damals für eben dieses Südufer interessiert hatte.

›Wir müssen hin!‹, hatte sie gedrängt. ›Wenn er mich sieht, wird er die Bombe nicht zünden!‹

›Vielleicht sollten wir lieber die Behörden informieren‹, hatte Issam zögerlich geantwortet.

Seine Worte hatten die Erinnerung an das Gebäude des BKA zurückgebracht, an jenen besonders gesicherten Teil, an Djamals unerklärliches Verschwinden …

›Nein!‹, hatte sie heftig widersprochen. ›Sie werden Djamal in ein Gefängnis stecken und nie wieder freilassen! Wir müssen ihn finden!‹

Wieder hörte sie den Knall der Explosion, sah den Rauchpilz vor sich, vernahm ihre eigene Stimme.

Wir sind zu spät!

Waren sie es wirklich? Hatte *sie* Djamal getötet, weil sie keine andere Hilfe hatte akzeptieren wollen?

Sich eilig nähernde Schritte rissen sie aus ihren Gedanken. Issam stand vor ihr.

»Ich bin kein Experte, aber es sieht nicht so aus, als ob es hier irgendwo Reste eines menschlichen Körpers gibt.«

Nina atmete hastig ein. »Er lebt?«

»Ich weiß es nicht, aber wenn er lebt, müssen wir ihn vor Yusuf finden.« Issams Worte wurden begleitet vom Klang sich nähernder Sirenen.

Sie rannten über das Gelände, quetschten sich durch einen Zaun und erreichten einen schmalen Weg, der sie vom Hafengebiet weg zu einer Straße führte. Nina schwindelte, als sie Issam hinterhereilte, stolperte über eine Wurzel und fiel der Länge nach hin. Sie atmete Erde und Dreck.

»Issam!«

Er kam zurück und half ihr auf. Gleich hinter den Büschen fuhren auf der Straße mehrere Polizeifahrzeuge in die Richtung, aus der sie gerade gekommen waren.

»Ich kann nicht mehr«, schluchzte Nina. »Meine Knie sind ganz weich, und mir ist schlecht …«

Issam presste die Lippen zusammen. »Dort vorn an der Ecke ist eine Tankstelle. Schaffst du es so weit?«

Sie nickte unter Tränen. »Wie sollen wir Djamal bloß finden?«

Issam gab ihr keine Antwort, hielt sie nur, bis ihr Zittern abebbte.

»Ich werde ihn finden«, versprach er schließlich. »Du brauchst jetzt erst einmal Ruhe.«

Sie wollte widersprechen, aber sie kam nicht mehr dazu.

»Bleiben Sie stehen und nehmen Sie die Hände hoch!«, erklang eine strenge Stimme hinter ihnen.

Issams Miene verhärtete sich.

Nina schüttelte panisch den Kopf, als sie begriff, dass er drauf und dran war, zu fliehen. »Nicht Issam«, flehte sie leise. »Sie werden auf dich schießen.«

Langsam drehte sie sich mit erhobenen Händen um, und trotz ihrer Angst war sie beinahe dankbar, die beiden uniformierten Polizisten zu sehen, die jetzt langsam näher kamen.

Zusammen mit Issam saß sie Augenblicke später im Heck eines Polizeifahrzeugs, das mit Blaulicht Richtung Innenstadt fuhr. Nina lauschte auf die hereinkommenden Meldungen. Stimmen sprachen durcheinander in Abkürzungen, die ihr wie eine fremde Sprache erschienen. Kein Wort darüber, ob Djamal gefunden worden war.

Unter ihrem langen Haar, das sich aus dem Pferdeschwanz gelöst hatte, sah sie zu Issam, der wie versteinert neben ihr saß und starr geradeaus blickte. Sie wusste, sie wurden zum Polizeipräsidium gebracht. Was sie dort erwartete, konnte sie jedoch nur ahnen. Was würde man ihnen vorwerfen bezüglich ihres Alleingangs? Als der Wagen vor dem Eingang des Gebäudes hielt, erblickte sie Lukas Weber, der die Wagentür öffnete und sie in Empfang nahm.

»Was ist mit Djamal?«, fragte sie mit klopfendem Herzen, kaum dass sie neben ihm stand.

»Tut mir leid, aber dazu darf ich dir nichts sagen.«

Nina biss sich auf die Lippe und versuchte die Tränen zu unterdrücken, die erneut in ihr aufstiegen.

Sie wurde von Issam getrennt, der von den beiden Polizisten, die sie hergefahren hatten, in das Gebäude gebracht wurde. Zwischen ihm und Weber hatte es einen leisen verbalen Austausch gegeben, dem Nina jedoch nicht hatte folgen können.

Unsicher sah sie ihm nach.

»Nina, wir haben ein paar Fragen an dich.«

Sie nickte stumm.

»Wenn wir fertig sind, werden deine Eltern dich abholen, wir haben sie bereits informiert.«

Nina schluckte.

Ihre Eltern.

Ihre Mutter war also in Hamburg. Der Gedanke erleichterte und verängstigte sie zugleich, denn ihre Anwesenheit zeigte ihr ohne jeden Zweifel, wie ernst die Situation war.

KAPITEL 59

Nach ihrer Rückkehr nach Berlin hatte die Kanzlerin sich der Presse gestellt und ein kurzes Statement zu den Vorfällen gegeben, das sich hauptsächlich darauf beschränkte, den Familien der Verletzten ihr Mitgefühl auszusprechen und ihre Dankbarkeit zu äußern für die kompetente und gute Arbeit der Einsatzkräfte.

»Das schätze ich an ihr«, stellte DiSanto fest, der die Ansprache zusammen mit Bauer, Weber und Metzner verfolgte. »Sie ist sachlich und frei von jedem Populismus. Sie sagt nichts, was andere hinterher ausbügeln müssen.«

»Wenn es keine Verletzten gegeben hätte, hätte sie sich vermutlich noch gar nicht geäußert«, bemerkte Bauer. »Sie legt sehr viel Wert darauf, sich vor einem solchen Auftritt ausführlich von ihrem Beraterstab in Kenntnis setzen zu lassen. Und in diesem speziellen Fall muss klar überlegt werden, was man der Presse und damit der Öffentlichkeit erzählt.«

»Wir haben dazu bereits Vorschläge eingereicht«, warf Metzner ein. »Wir können nur hoffen, dass sie berücksichtigt werden.«

»Verirrte Einzeltäter?«, fragte DiSanto.

Metzner nickte. »Es wäre unklug, in der Bevölkerung die Angst vor einer Anschlagsserie zu schüren, solange wir nicht einmal wissen, ob die Bedrohung wirklich akut ist.«

DiSanto neigte nachdenklich den Kopf. »Die Bedrohung ist da. Sie sollten das nicht herunterspielen.«

»Es gibt in der Bevölkerung ein Bewusstsein dafür«, mischte sich Bauer ein. »Aber ich stimme Jochen Metzner zu. Die Sache darf nicht zu hoch aufgehängt werden. Es spielt vor allem den terroristischen Gruppierungen in die Hände, wenn es ihnen allein durch das Erzeugen von Angst gelingt, den Lebensstil in unseren Ländern zu verändern. Das darf nicht passieren.«

»Es ist nicht vorbei«, warnte DiSanto, »nicht, solange Asmani auf freiem Fuß ist. Nicht, solange wir nicht wissen, was aus Djamal Khadim geworden ist.«

»Das ist uns allen klar«, entgegnete Bauer knapp und wandte sich an Weber. »Haben Sie Kontakt zu den Mainhardts?«

»Die Familie befindet sich noch in Hamburg«, antwortete Weber.

»Das Mädchen ist in Gefahr, solange Djamal Khadim flüchtig ist«, betonte DiSanto. »Wenn wir davon ausgehen, dass der Junge gekniffen hat, könnte sich Asmani an ihm rächen, indem er ihr etwas antut.«

»Ich habe bereits mit der Familie über diese Möglichkeit gesprochen«, erwiderte Weber. »Ihre Eltern und auch Nina haben zugestimmt, dass wir ihr einen sehr erfahrenen Personenschützer an die Seite geben.«

»Bleiben sie vorerst in Hamburg?«, wollte Bauer wissen.

»Leider konnten wir sie davon nicht überzeugen. Das wäre die bessere Lösung gewesen als eine Rückkehr nach Berlin in der momentanen Situation.«

»Was ist mit Djamals Cousin Issam?«

»Er befindet sich vorübergehend in Schutzhaft. Wir überlegen, ihn ins Zeugenschutzprogramm aufzunehmen.«

»Können wir – auch wenn Asmani und Khadim noch nicht gefasst sind – davon ausgehen, dass die Gefahr für die Stadt gebannt ist?«, mischte sich ein Mitarbeiter des Hamburger LKA ein.

»Von der Bedrohung, die wir seit Tagen im Fokus hatten, geht keine Gefahr mehr aus. Auf weitere haben wir momentan keine Hinweise«, bestätigte Bauer. »Dennoch sollten wir den Krisenstab bis zum Ende des Hafengeburtstags aufrechterhalten, allerdings denke ich, dass unsere Anwesenheit hier in Hamburg nicht mehr nötig ist. Asmani wird nicht das Risiko eingehen, hierzubleiben. Und die bereits eingeleitete Fahndung lässt sich besser von Berlin aus koordinieren, da wir einkalkulieren müssen, dass er unter Umständen versuchen wird, sich ins Ausland abzusetzen.« Er warf einen Blick in die Runde. »Kann ich weiter auf Ihre und die Mitarbeit Ihrer Abteilungen zählen?«

»Solange wir Asmani nicht haben, haben wir kaum eine andere Wahl, oder?«, bemerkte Metzner.

»Ihn zu finden muss oberste Priorität haben«, stimmte DiSanto zu. »Aber wir sollten unsere Erwartungen nicht zu hoch schrauben.«

Seine Worte waren das Signal für einen allgemeinen Aufbruch. Trotz der spürbaren Erleichterung über den glimpflichen Ausgang der aktuellen Ereignisse gab es keine Entspannung. Zu viel stand nach wie vor auf dem Spiel. Bauer beobachtete, wie Laptops zusammengeklappt, hastig noch Brötchen gegessen und letzte Reste Kaffee getrunken wurden. In wenigen Stunden würden sie sich alle in Berlin wiedertreffen. Die, die es sich leisten konnten, würden die Fahrt für ein paar wertvolle Stunden lang entbehrten Schlafs nutzen.

Auf Bauer und DiSanto wartete bereits ein Hubschrauber.

»Was wolltest du mit deiner Bemerkung sagen, dass wir unsere Erwartungen in Bezug auf die Ergreifung Asmanis nicht zu hoch schrauben sollten?«, fragte Bauer seinen amerikanischen Freund, sobald sie Gelegenheit hatten, allein zu sprechen.

DiSanto antwortete nicht sofort. »Asmani wird nicht noch einen Fehler machen. Dafür ist er zu klug. Zu ehrgeizig«, erwiderte er schließlich. »Er wird sich rächen für diese fehlgeschlagene Aktion, aber dann wird er sich zurückziehen, seine Wunden lecken und neue Pläne schmieden.«

»Du meinst …«

»Ich meine, dass er Djamal Khadim längst in seinen Fängen hat und seine Wut an ihm auslassen wird«, unterbrach DiSanto ihn. »Und an dem Mädchen, wenn wir Pech haben.«

DiSantos Worte ließen Bauer an die Anklage und die Warnung denken, die Vivien ihm vor wenigen Tagen entgegengeworfen hatte.

Djamal Khadim ist allen in die Falle gegangen … Jeder hat ihn einfach nur für seine Zwecke ausgenutzt. Und wenn nicht irgendetwas geschieht, wird er am Ende dieser Woche tot sein.

Hatte er etwas in der Hand, um dieses Schicksal abzuwenden? Wenn DiSanto recht behielt, gab es eine letzte Hoffnung, Djamal Khadim zu retten. Wenn Asmani wirklich von Rachsucht getrieben war, ließ er sich dadurch vielleicht zu unvorsichtigem Handeln hinreißen. Seine Pläne waren nicht aufgegangen. Nicht, weil er gefasst wurde oder sie vereitelt worden waren, sondern weil seine Manipulationskraft, seine vermeintliche Allmacht versagt hatte. Das konnte er nicht einfach hinnehmen. Nicht bei dem Ego, das er ihnen bislang gezeigt hatte. Es war eine winzige und ihre einzige Chance.

KAPITEL 60

Djamal versuchte, sich festzuhalten an der Reinheit Allahs, am Licht und an der Wärme, die sein Gott ihm bedeuteten. Anfangs hatte der Rhythmus des Gebets ihn getragen, hatte er sich flüchten können, doch das war längst vorbei.

Es gab keine Flucht.

Keinen Gott.

Das war das Erste, was Yusuf ihm deutlich gemacht hatte, nachdem er seine Maske hatte fallenlassen. ›Du wirst mit dem Gedanken an mich sterben, mit meinem Namen auf deinen Lippen‹, hatte er ihm prophezeit. ›Du wirst dich an nichts mehr erinnern, außer an mich.‹

Trotz des Entsetzens, das Djamal verspürt hatte, der Panik, die sein gesamtes Denken zu blockieren drohte, hatte er sich in einem letzten Aufbäumen gewehrt: ›Glaubst du, dein Handeln ist in Allahs Sinn?‹

Aber Yusuf hatte ihn nur angesehen und gelacht. ›Scheiß auf Allah!‹, hatte er erwidert und damit den letzten Zweifel in Djamal beseitigt. Er war tatsächlich einer Lüge aufgesessen. Er hatte sich wie ein Kind verführen lassen, indem er an Yusufs Lippen hing und meinte, in seinen Worten die Stimme Allahs zu hören und die Wahrheit zu erkennen. All die süßen und betörenden Verheißungen, all ihre erleuchtenden Gespräche waren nur Lug und Trug gewesen.

Der einzige Gott, an den Yusuf glaubte, war er selbst. Er stand im Mittelpunkt seines Universums, das sich aus seiner unstillbaren Gier nach Macht nährte. Und nun würde Yusuf ihn töten.

›Warum?‹, hatte Djamal gefragt.

Und wieder hatte Yusuf gelacht. ›Ganz einfach, weil ich es kann.‹

Weil ich es kann.

Allah, beschütze mich, hatte Djamal lautlos gefleht.

Wieder und immer wieder.

Aber Allah war fort.

Er hatte Djamal alleingelassen in jenem kahlen Raum mit den zerborstenen Fenstern, den rostigen Streben in der Decke und dem aufgerissenen rauhen Betonboden, in dem die unwirkliche Stille nur durch den Wind unterbrochen wurde, der durch die gähnenden Öffnungen pfiff, und vom unmelodischen Krächzen der Rabenvögel, die als Einzige auf dem verlassenen Gelände zu leben schienen. Djamal wusste nicht, wie er hierhergekommen war. Er war den Launen Yusufs ausgeliefert, dessen Kommen und Gehen keinem erkennbaren Rhythmus folgte. Überhaupt hatte Djamal nur verschwommene Erinnerungen an die Ereignisse der vergangenen Tage, das einzige Bild, das klar vor seinen Augen stand, war der abgelegte Sprengstoffgürtel vor ihm auf dem Boden. Doch die Kraft und den Hoffnungsschimmer, den er aus dem Bewusstsein zog, Yusufs Manipulationskraft widerstanden und damit unzähligen Menschen Leid und Tod erspart zu haben, trieb dieser ihm schnell und gründlich wieder aus.

Schon bald beschränkte sich Djamals Dasein auf den hilflosen Versuch, seine Nacktheit auszuhalten und die Kälte, den Gestank nach Rattendreck und seinen eigenen Exkrementen. Er biss sich die Lippen blutig, in seinem verzweifelten Bestreben nicht zu schreien, Herr über Angst und Schmerzen zu bleiben. Aber er war nicht stark genug.

Yusuf tötete ihn langsam und mit Bedacht.

Stück für Stück sezierte er Djamals Körper wie seinen Geist, und der Schmerz raubte Djamal schließlich die Sinne, machte ihn zum Tier, das flehte, bettelte und weinte. In den wenigen lichten Momenten, die blieben, war er erfüllt von Scham und Ekel angesichts der Handlungen, zu denen Yusuf ihn zwang. Nie wieder würde er in die Augen derer, die er liebte, blicken können. Nicht mit der Erinnerung an seine eigene Schwäche. Für ein paar schmerzfreie Atemzüge, einen Schluck Wasser, für ein paar Minuten Schlaf war er zu allem bereit.

Yusuf wusste genau, was er tat. Nie ging er den Schritt zu weit, nie verlor er die Beherrschung. Und das war vielleicht das Schlimmste, denn so währte Djamals Agonie ewig, konnte er weder leben noch sterben, der Qual nicht entfliehen, bis Yusuf ihn entlassen würde in den Tod, nach dem er sich so heftig sehnte.

»Sieh mich an!«, hörte er seine Stimme jetzt wie von fern.

Mühsam öffnete Djamal seine zugeschwollenen Augen.

Yusuf stand vor ihm, fixierte ihn, als wolle er prüfen, was er noch aushielt, und Djamal konnte nichts ausrichten gegen das Zittern, das seinen Körper unter diesem Blick befiel, und das Rasen seines Herzens, das bis in seine Kehle hinauf zu pulsieren schien. Sein Überlebensreflex ließ ihn nach Luft schnappen, ankämpfen gegen die plötzliche Benommenheit, die ihn ergriff, doch plötzlich erkannte er, was geschah.

Er zögerte nur den Bruchteil einer Sekunde.

Dann ließ er sich fallen in die überwältigende, alles überdeckende Müdigkeit, die selbst den Schmerz in sich aufzusaugen schien. Das erste Mal, seit sein Peiniger ihn hierhergebracht hatte, verspürte Djamal keine Angst mehr. Er wusste, es war vorbei, Yusuf konnte ihm nichts mehr anhaben.

Und während er weiter hinabglitt, sich verlor in dem wunderbaren lichten Nichts, löste Yusufs Gestalt sich vor ihm auf, seine Worte verklangen. Mit einem Mal spürte Djamal die Nähe seiner Eltern, Nina war da, berührte ihn, und mit seinem letzten Atemzug meinte er den Duft ihres Haars zu riechen. Ein einziges Wort formte sich in ihm.

»Habibti«, flüsterte er und streckte die Hand nach ihr aus, auf wundersame Weise von seinen Fesseln befreit.

KAPITEL 61

Nein!«, hörte Yusuf sich selbst schreien. Er sprang auf Djamal zu, packte ihn an den Schultern und schüttelte ihn. Er durfte nicht tot sein, allein er, Yusuf, bestimmte, wann er starb! Es konnte nicht sein, dass er sich ihm entzog!

Aber als er Djamals Kopf anhob, musste er erkennen, dass er ihn verloren hatte. Mehr noch. Sein Plan, Djamal in Schmerz und Verzweiflung sterben zu lassen, war gescheitert. Fassungslos starrte Yusuf auf das Lächeln, das selbst im Tod noch die Lippen des jungen Mannes umspielte. Was hatte er in seinem letzten Moment gesehen?

Er ließ den Körper auf den Boden sinken und trat wütend danach. Trat und schlug ihn, bis er sich abreagiert hatte. Niemand widersetzte sich ihm, ohne dafür zu bezahlen. Nicht einmal die Toten.

Dann packte er seine Sachen und ging, ohne auch nur einen Blick zurückzuwerfen.

Die Luft draußen war klar und frisch und verhieß einen strahlenden Tag. Die Birken, die auf dem verlassenen Industriegelände emporschossen, trugen das erste Frühlingsgrün. Aus der Ferne hörte Yusuf das Rauschen der Stadt. Er wusste, er durfte nicht nach Berlin zurückkehren. Der Weg zurück in den Irak war vorerst ebenfalls versperrt. Seine Auftraggeber waren unzufrieden. ›Was ist aus all deinen Worten geworden?‹, hatten sie gefragt und den Kontakt abgebrochen.

Er war auf sich gestellt. Wie so oft in seinem Leben. Nun musste er sorgfältig seine nächsten Schritte planen. Nicht nur die deutschen Behörden waren ihm auf den Fersen. Ein ehemals enger Vertrauter, der ihm noch einen letzten Gefallen erwiesen hatte, hatte ihn vor den Amerikanern gewarnt. ›Die CIA sucht nach dir, nimm dich in Acht.‹

Yusuf lachte grimmig in sich hinein.

Scheiß Amerikaner. Meinten die Welt zu beherrschen.

Er tastete nach dem Ausweis in der Innentasche seiner Jacke. Er musste es über die grüne Grenze nach Polen schaffen. Sich weiter nach Weißrussland oder die Ukraine durchschlagen. Er hatte ehemalige Waffenbrüder in Tschetschenien, wenn er bis dorthin gelangte, war er sicher.

Der alte Golf mit Hamburger Kennzeichen, mit dem er Djamal nach Berlin gebracht hatte, stand am Rand des Industriegebietes am Straßenrand zwischen anderen parkenden Autos. Yusuf sicherte eine ganze Weile die Umgebung, bevor er sich ihm wie zufällig näherte. Nichts passierte. Langsam schlenderte er an dem Wagen vorbei die Straße hinunter. Sondierte erneut die Umgebung. Schließlich blieb er stehen und steckte sich eine Zigarette an. Als er aufgeraucht hatte, ging er zurück zum Wagen, schloss die Tür auf und setzte sich hinein. Bevor er den Zündschlüssel ins Schloss steckte und drehte, zögerte er einen winzigen Moment, dann lachte er über seinen Verfolgungswahn und startete den Motor.

Wenig später hielt er vor einem Internet-Café in einer heruntergekommenen Gegend an. Niemand beachtete ihn, als er sich einen Kaffee nahm, an einen freien Computer setzte und die Bilder ins Netz stellte, die er auf einem Stick dabeihatte. Nur eine junge Drogenabhängige, die bettelnd durch die Reihen strich, erhaschte einen Blick auf das, was er tat.

»Hey, Mann, was hast du denn da für perverses Zeug?«, lallte sie.

Yusuf sah sie nur an. »Willst du dir etwas verdienen?«, fragte er ruhig.

Ihr Blick wanderte von dem Foto auf dem Monitor zu ihm und wieder zurück. Wortlos schüttelte sie den Kopf und ging weiter.

Als Yusuf eine weitere halbe Stunde später auf die Autobahn einbog, dachte er an die Begegnung zurück. Wie immer, wenn er getötet hatte, verlangte es ihn nach Sex, das Bedürfnis war drängend, und er hätte mit dem Mädchen vorliebgenommen, wäre sie willig gewesen.

Aber vielleicht war es besser so. In weniger als einer Stunde würde er in Frankfurt an der Oder sein. Auf der polnischen Seite waren die Nutten freizügiger und die Preise günstiger als in Berlin. Sein Schwanz wurde bretthart nur bei dem Gedanken daran.

Doch als es endlich so weit war und er den beiden jungen Frauen vom Straßenstrich in dem grauen Hotelzimmer beim Ausziehen zusah, ging nichts mehr. Fassungslos drückte er den Mädchen ein paar Scheine in die Hand und schickte sie weg, während ihm das Herz bis zum Hals klopfte. Er sah Djamals Gesicht vor sich, das Lächeln, das selbst im Tod noch auf seinen Lippen lag, und ein Schauer überlief ihn.

Was war geschehen?

Wo war das Glück geblieben, sein ständiger Begleiter?

Er kam nicht dazu, sich diese Frage zu beantworten, denn in diesem Augenblick flog die Tür des Hotelzimmers auf, und schwarzgekleidete, vermummte Beamte der polnischen Polizei stürmten den Raum.

Wie immer hatte Yusuf ein Zimmer im Erdgeschoss gefordert, aber selbst sein gutes Training und die besten Reflexe halfen ihm nicht. Noch bevor er die Balkontür erreichte, überwältigten die Männer ihn und warfen ihn zu Boden.

Die Kunstfasern des billigen Teppichs kratzten auf seiner Haut, in seinem Rücken spürte er das Knie eines seiner Angreifer, gleich darauf schnappten Handschellen um seine Handgelenke. Niemand sprach.

Yusuf blieb reglos auf dem Boden liegen, wehrte sich nicht. Er wusste sehr genau, wann es sinnlos war, Widerstand zu leisten. Doch gleich darauf wünschte er sich, er hätte es dennoch getan.

»Yusuf Asmani«, vernahm er eine emotionslose Stimme mit schwerem amerikanischem Akzent. Es war eine Feststellung, keine Frage.

Yusuf sah auf, und der Schweiß brach ihm aus, als sein Blick auf den Mann in der Tür traf und über tätowierte Unterarme hinauf zu einem kantigen, kahlrasierten Schädel glitt.

»Ich denke, es gibt einiges, was du mir erzählen wirst«, fügte der Amerikaner hinzu und näherte sich ihm dabei ohne Hast wie eine Raubkatze, die ihr Opfer gestellt hat.

Yusuf schob trotzig das Kinn vor, auch wenn ihm das Herz bis zum Hals schlug. »Ich befinde mich auf polnischem Staatsgebiet und unterstehe der Rechtsprechung dieses Landes«, stieß er hervor.

Der Amerikaner lächelte gefährlich.

»Was für ein Bullshit«, sagte er dann.

KAPITEL 62

Zwei Tage waren vergangen, seit Vivien mit ihren Töchtern nach Berlin zurückgekehrt war. Der Abschied von Christian war ihr schwergefallen, die bedrohliche Situation hatte die Familie unerwartet zusammengeschweißt. Es war eine Erleichterung gewesen, nicht allein vor den Anforderungen und Sorgen zu stehen. Beinahe hätte sie seinem Drängen nachgegeben, noch ein paar Tage zu bleiben, aber sie wusste auch, dass ein solches Zugeständnis zu anderen Problemen geführt hätte. So hatten sie sich am Tag nach Ninas Rückkehr von Christian zur Bahn bringen lassen, in Begleitung des Personenschützers, den Lukas Weber für Nina abgestellt hatte und den ihre Tochter in ihrer Verzweiflung widerspruchslos hinnahm.

Tatsächlich war Nina völlig eingeschüchtert. Vivien hatte nicht in Erfahrung bringen können, was ihr und Issam letztlich in Hamburg zugestoßen war, Nina weigerte sich, darüber zu sprechen. Doch die Erinnerung daran gepaart mit ihrer Angst um Djamal ließen sie nicht mehr richtig schlafen.

Noch immer wusste niemand, wo er war.

Was aus ihm geworden war.

Der Personenschutz war auf seine Familie ausgeweitet worden, vor allem auf seine jüngere Schwester Ayasha, und die Stimmung bei den Khadims war von tiefer Verzweiflung geprägt. Nicht nur, dass sie um Djamals Leben fürchteten, nein, er wurde von den Behörden auch als vermeintlicher Terrorist gesucht, was seiner Mutter das Herz brach.

Vivien versuchte, Trost zu spenden und Hoffnung zu verbreiten, sowohl bei ihrer Tochter als auch bei Yara Khadim, auch wenn sie insgeheim das Schlimmste befürchtete.

So gingen weitere bange und düstere Tage ins Land. Es gelang Vivien in dieser Zeit nicht, Kontakt mit Marc Bauer oder Lukas Weber aufzunehmen. Jedes Mal wurde sie vertröstet, aber der versprochene Rückruf blieb aus. In den Medien wurden die Anschläge in Berlin und Hamburg ausgeschlachtet, aber wer genau hinhörte, stellte schnell fest, dass kaum Informationen an die Öffentlichkeit gelangt waren. Was in den Fernsehsendern, Zeitungen, Newstickern und zahllosen Online-Portalen verbreitet wurde, waren reine Vermutungen, unterfüttert mit den fragwürdigen Statements eines Heers vermeintlicher Experten. Die wirklichen Autoritäten schwiegen. Aufgrund ihrer Erfahrungen war für Vivien genau dieser Umstand das sicherste Zeichen, dass weitaus mehr hinter allem steckte, als man der Bevölkerung suggerierte.

»Du siehst Gespenster«, wiegelte auch Gerd Ingenhausen ab und versuchte, das Thema zu wechseln, als sie den Punkt bei einem gemeinsamen Abendessen zur Sprache brachte, aber Vivien ließ nicht so schnell locker.

»Gerd, ich habe inzwischen verstanden, dass es innerhalb des Kabinetts einen Konsens gibt, so zu tun, als wäre alles vorbei. Aber ich meine, dass es nicht so einfach ist. Genauso wenig wie ich nicht daran glaube, dass ihr alles im Griff habt.«

Ingenhausen warf ihr über den Rand seiner Brille einen Blick zu, den sie nur zu gut kannte. »Welches Land kann von sich behaupten, die Bedrohung durch Terrorismus im Griff zu haben?«, fragte er sie. »Egal, wie viele Gefährder der Innenminister überwachen lässt, egal, wie viele Überwachungskameras installiert werden, ein verirrter Einzeltäter genügt, um all diese Sicherheitsmaßnahmen obsolet werden zu lassen.«

»Aber warum hüllt ihr euch dann in dieses verkrampfte Schweigen?«

»Weil wir den Tätern keine Plattform bieten wollen«, entgegnete Ingenhausen ruhig. »Wenn ich könnte, würde ich selbst die Berichterstattung in den Medien einschränken …«

»Ihr wollt verhindern, dass der Terrorist zum Star wird«, fiel Vivien ihm ins Wort.

Er nickte. »Natürlich arbeiten wir mit allen Kräften daran, die Sicherheit in diesem Land zu erhalten, aber in der ganzen Debatte wird oft vergessen, dass wir nach wie vor in einem der sichersten Staaten der Welt leben, und das auf einem Niveau, von dem andere nur träumen können.« Über den Tisch hinweg griff er überraschend nach ihrer Hand. »Ich weiß, das ist alles schwer für dich, da du persönlich betroffen bist. Die Emotionen verstellen einem den Blick auf das große Ganze, aber das ist normal.«

Vivien schluckte unwillkürlich, denn ihre Hoffnung, über Gerd nicht nur etwas über die Situation im Allgemeinen, sondern vor allem auch über Djamals Verbleib zu erfahren, hatte sich mit dieser Geste zerschlagen. Selbst wenn er Informationen besaß, würde er sie nicht preisgeben.

Doch endlich, mehr als eine Woche nach dem verheerenden Attentat in Berlin und vier Tage nach Hamburg, reagierte Marc Bauer auf ihr verzweifeltes Bemühen, ihn zu kontaktieren.

»Können wir uns sehen?«, fragte er am Telefon ohne weitere Einleitung.

Seine Stimme klang gehetzt, und so drang sie nicht weiter in ihn und sagte spontan zu.

»Wo sollen wir uns treffen?«, fragte sie.

»Ich komme zu dir.«

Sie zögerte. »Nina wird dich mit Fragen überhäufen, wenn sie dich sieht.«

»Es wäre besser, wenn wir zuerst allein sprechen können. Aber ich möchte das nicht in einem Café oder an einem anderen öffentlichen Ort tun.«

Als sie ihm noch am selben Abend die Tür öffnete, erschrak sie. Die Müdigkeit hatte tiefe Spuren in seinem Gesicht hinterlassen. Sie hatte etwas zu essen kommen lassen, aber bei seinem Anblick war ihr klar, dass ihm nicht der Sinn danach stand.

»Komm rein«, bat sie. »Die Mädchen sind nicht da. Sarah ist eingeweiht und hat ihre Schwester zu einer Freundin mitgenommen.«

»Ich wusste, dass ich mich auf dich verlassen kann.«

Sie führte ihn ins Wohnzimmer.

»Was ist geschehen, Marc?«

»Wir haben Djamal gefunden.« Sein Tonfall ließ keinen Zweifel darüber, wie diese vier Worte zu verstehen waren.

Entsetzt ließ sie sich auf eine Ecke der Couch nieder und verschränkte ihre zitternden Hände ineinander.

Bauer verharrte mitten im Raum, schweigend.

»Er ist tot«, stieß Vivien schließlich hervor.

Bauer nickte und senkte seinen Blick zu Boden.

Vivien spürte, wie ihr die Tränen kamen. Wie die Angst und die Sorge und die verlorene Hoffnung, all die unterdrückten Gefühle der vergangenen Tage sich Bahn brachen. Wie Endgültigkeit sie einhüllte.

Verzweifelt schluckte sie dagegen an, sie wollte nicht, dass Bauer sie so schutzlos sah, deshalb stand sie auf, schlug die Arme um ihren Körper und trat ans Fenster, den Rücken zu ihm gewandt.

Er ließ ihr Zeit.

»Weiß seine Familie es schon?«, gelang es ihr schließlich zu fragen.

»Nein, du bist die Erste.«

Sie schloss die Augen. Er hätte nicht kommen, sich nicht ihrem Schmerz und ihrem Zorn aussetzen müssen, der unweigerlich ausbrechen würde, wenn sie sich erst gefasst hatte. Aber er war hier.

Langsam drehte sie sich um.

»Es tut mir leid, Vivien.« Er räusperte sich. »Ich weiß, diese Entschuldigung macht Djamal nicht wieder lebendig. Sie macht nicht die Fehler rückgängig, die wir begangen haben.«

Sie sagte nichts.

»Und du hast es prophezeit«, fügte er nach einer Pause hinzu.

»Wie ist er gestorben?«, fragte sie mit belegter Stimme.

Bauer schüttelte den Kopf.

»Sag es mir!«

»Willst du es wirklich wissen?«

»Würde ich dich sonst fragen?«

Er griff in die Innentasche seines Jacketts, zog ein Kuvert hervor und reichte es ihr. Plötzlich war sie sich nicht mehr sicher, ob sie sehen wollte, was darin verborgen war, doch ihre Finger entwickelten ein Eigenleben, öffneten den Umschlag, zogen Fotos heraus. Als sie darauf blickte, stöhnte sie auf.

»Warum?«, entfuhr es ihr. »Warum, Marc?«

Er presste die Lippen aufeinander.

»Das ist Asmanis Tat«, sagte er nach einer Weile. »Wir haben ein Bekennerschreiben von ihm. Die Fotos sind Screenshots eines Videos, das er ins Netz gestellt hat mit der Überschrift *Wie wir mit Verrätern umgehen.*« Er hielt ihrem Blick stand, aber sie konnte sehen, wie sich die Muskeln in seinem Gesicht von der Anstrengung, seine Gefühle zu kontrollieren, anspannten. »Asmani ist gestern in einem polnischen Grenzort verhaftet worden.«

»Ihr habt ihn?«, entfuhr es ihr ungläubig.

»Die Amerikaner haben ihn«, korrigierte Bauer. »Über einen Hamburger Verbindungsmann der CIA haben wir Fabrikat und Kennzeichen des Fahrzeugs erhalten, mit dem er unterwegs war. Mit Hilfe der Aufzeichnungen von Maut- und Überwachungskameras konnten wir grob den Bereich eingrenzen, den er angesteuert hat. Er hatte sich auf einem verlassenen Industriegelände südöstlich von Berlin eingenistet.«

»Warum habt ihr ihn dort nicht gleich festgesetzt?«, fragte sie fassungslos. »Hätte Djamal so nicht gerettet werden können?«

Bauer verneinte bedauernd. »Es gab keine Chance. Wir waren zu spät.«

»Aber wie seid ihr Asmani dann ausgerechnet in Polen auf die Spur gekommen?«

»Die Amerikaner haben das Fahrzeug noch in Berlin verwanzt. Laut der Akte, die die CIA über Asmani hat, war die Wahrscheinlichkeit sehr hoch, dass er sich nach Osten absetzen würde.«

Vivien presste die Lippen zusammen. »Er wird sich also nicht vor einem deutschen Gericht für seine Taten verantworten müssen.« Mit gerunzelter Stirn blickte sie ihn an. »Warum hast du das zugelassen, du wusstest doch …«

»Die Amerikaner haben ein ganz besonderes Interesse an Asmani«, fiel er ihr ins Wort. »DiSanto hat den Fall übernommen. Eine Festnahme auf polnischem Staatsgebiet war für ihn ein Heimspiel.«

Vivien spürte, wie ein Schauer sie bei seinen Worten überlief.

DiSanto hat den Fall übernommen.

»Warum erzählst du mir das alles?«, wollte sie wissen.

»Ich weiß es nicht, Vivien«, gestand Bauer müde. »Vielleicht erhoffe ich mir von dir Absolution.«

Einen Moment lang starrte sie ihn einfach nur an. Sie hatte ihn noch nie so reden gehört, noch nie so desillusioniert erlebt. Sie wusste sehr wohl, dass er in seiner beruflichen Vergangenheit immer wieder Entscheidungen getroffen hatte, die den Tod einzelner Menschen zur Folge gehabt hatten. Nach Abwägung aller Fakten hatte er das in Kauf genommen, wenn er damit andere Leben retten konnte.

Bis zum heutigen Tag.

War der Tod von Djamal, die Verantwortung, die er dafür offensichtlich empfand, der Tropfen, der das große Fass zum Überlaufen gebracht hatte? Verhalten machte sie einen Schritt auf ihn zu und streckte ihre Hand aus. Zögerlich ergriff er sie.

»Der Tod von Djamal liegt nicht allein in deiner Verantwortung. Letztlich ist er ein Sinnbild, eine Warnung für uns alle«, sagte sie leise. »Jeder Einzelne in diesem Land trägt Verantwortung dafür, dass junge Männer wie er sich verlieren. Dass Fremdenhass und Ausgrenzung sie in die Arme von Seelenfängern wie Yusuf Asmani treiben. Jeder von uns ist verantwortlich, der nicht bereit ist, zu erkennen, dass unsere Welt sich längst gewandelt hat und wir offen sein müssen für das Neue, das nicht nur kommt, sondern bereits da ist.« Ihre Finger schlossen sich fester um seine Hand. »Djamal war kein besonderer junger Mann, aber er gehörte zur Zukunft unseres Landes.«

Er betrachtete sie schweigend.

»Du wirst dich hoffentlich nie ändern, Vivien«, sagte er schließlich. »Es ist nicht immer angenehm, was du sagst, und manchmal schmerzt es auch in der Deutlichkeit, mit der du dich äußerst. Aber genau dafür liebe ich dich.«

Ihre Blicke fingen einander, hielten sich, und dann spürte sie seine Lippen auf den ihren. Einen kostbaren Augenblick lang, gleichzeitig endlos und doch viel zu kurz, gab es nur sie beide, waren die Welt und ihre Sorgen vergessen.

Erst als sie die Wohnungstür hinter ihm geschlossen hatte und am Fenster darauf wartete, dass er auf die Straße trat, kehrten ihre Gedanken zurück zu Djamal. Sie dachte an Yara Khadim, an Nina und fragte sich, was sie ihrer Tochter erzählen konnte, wie ihr in ihrem Schmerz helfen, und zu ihrem eigenen Entsetzen empfand sie Genugtuung bei dem Gedanken, dass Yusuf Asmani nicht in einem deutschen Gefängnis auf seinen Prozess wartete, sondern sich stattdessen in den Fängen des skrupellosesten Verhörspezialisten der westlichen Welt befand. War das auch Marcs Motivation für seine stillschweigende Zustimmung zu dieser Auslieferung gewesen? Die Vorstellung erschreckte sie beinahe noch mehr, denn Marc war für sie jemand, dessen Rechtsempfinden bislang seine Emotionen immer dominiert hatte. Dafür liebte *sie* ihn.

In diesem Moment verließ er unten das Haus, und bevor er in den wartenden Wagen stieg, sah er zu ihr herauf und winkte, und diese Geste mehr als alles andere, das Lächeln, das dabei in seinem Gesicht lag, gab ihr unverhofft neuen Mut. Sie würden sich wiedersehen, irgendwann, irgendwie. Es ging immer weiter. Niemand stand den Problemen allein gegenüber, und gemeinsam hatten sie eine Stimme. Das Geschehene war nicht rückgängig zu machen, aber jeder konnte denen, die nicht mehr unter ihnen weilten, Respekt zollen, indem er danach strebte, im ständigen Wandel der Welt zu bestehen und das Neue, wie auch immer es sich zeigte, anzunehmen.

ANMERKUNG DES AUTORS

Die Mechanismen, die dazu führen, dass ein junger Mensch sich radikalisiert, sind immer dieselben, ob er sich der politisch linken oder rechten Szene verschreibt oder dem Dogmatismus religiöser Eiferer verfällt. Diesen Prozess nachzuzeichnen war mein Ziel.

Auslöser für eine Radikalisierung ist in der Regel die Suche nach der eigenen Identität, der Wunsch nach Zugehörigkeit gepaart mit der in Hass gipfelnden Ablehnung bestehender gesellschaftlicher Strukturen, in denen der junge Mensch keinen Platz findet. In dieser Zeit spielen charismatische »Seelenfänger« wie Yusuf, bei denen die jungen Menschen vermeintlich Halt und Anerkennung finden, eine wichtige Rolle. Die Radikalisierung vollzieht sich tatsächlich häufig schnell und in nur wenigen Wochen, was den Prozess für Außenstehende oft schwer nachvollziehbar macht.

Aus der beruflichen Erfahrung heraus, nach zahllosen Gesprächen mit Betroffenen und dem Abschluss umfangreicher Recherchen zum Thema der Radikalisierung hat sich für mich herauskristallisiert, dass wir uns gegen Terrorakte nicht schützen können, wenn wir nicht bereit sind, jenen, die auf der Suche sind, ein Ziel und eine Perspektive zu geben auf der Grundlage von humanistischer Bildung und Chancengleichheit nicht nur in unserer eigenen Gesellschaft, sondern über die Grenzen der westlichen Welt hinaus.

Jens Kubo, Januar 2017

QUELLEN UND WEITERFÜHRENDE LITERATUR

Die fünf wichtigsten Sachbuchtitel, die mich bei meiner Arbeit begleitet haben, möchte ich hier für all diejenigen erwähnen, die sich mit der Thematik über den vorliegenden Roman hinaus, der zwar in seinen Hintergründen real, von den handelnden Personen und der Geschichte her jedoch frei erfunden ist, weiter beschäftigen möchten.

Lamya Kaddor beschreibt in *Zum Töten bereit,* Piper Verlag, sehr anschaulich, welche persönlichen und gesellschaftlichen Mechanismen zur Radikalisierung von Jugendlichen führen.

Einen klaren Blick auf die Entwicklung des Terrorismus im Allgemeinen und des Dschihadismus im Besonderen gibt meiner Meinung nach Peter R. Neumann in *Die neuen Dschihadisten,* Econ Verlag.

Um die Hintergründe der aktuellen Geschehnisse zu verstehen, sind von Volker Perthes *Das Ende des Nahen Ostens, wie wir ihn kennen,* Edition Suhrkamp, und von Michael Lüders *Wer den Wind sät,* C. H. Beck Verlag, empfehlenswert.

Hamed Abdel-Samad nimmt in *Der islamische Faschismus,* Droemer Verlag, kritisch Stellung zum Islam.

Sie hat nichts zu verlieren.
Sie hat eine mörderische Wut.
Und sie kann sich an nichts erinnern …

JUTTA MARIA HERRMANN

AMNESIA. ICH MUSS MICH ERINNERN.

THRILLER

Als Helen die schockierende Diagnose Krebs im Endstadium erhält, wagt sie den Schritt, Berlin zu verlassen und Zuflucht in der alten Heimat bei ihrer Familie zu suchen. Sie hofft, sich endlich mit ihrer Mutter aussöhnen zu können, zu der sie ein schwieriges und distanziertes Verhältnis hat. Schon bald nach ihrer Ankunft muss sie feststellen, dass ihre schwangere Schwester von Ehemann Leon gedemütigt und misshandelt wird. In ihrer Angst um Kristin und das Baby spielt Helen mit dem Gedanken, Leon aus dem Weg zu räumen. Was hat sie groß zu verlieren? Aber einen Menschen töten? Ist sie dazu wirklich fähig? Am nächsten Morgen ist Leon tot – ermordet. Und Helen fehlt jede Erinnerung an die vergangene Nacht …